insel taschenbuch 4712

Anne Cuneo

# Der Eiskönig aus dem Bleniotal

Tessin, in den 1820er Jahren. Bittere Armut herrscht im Bleniotal. Der junge Carlo Gatti flieht von dort, kommt auf Umwegen nach Paris. Er schlägt sich durch, verkauft Maroni, atmet begierig das Flair der Hauptstadt. Er steigt auf durch harte Arbeit. Als energischer Selfmademan geht er nach London, ein kometenhafter Aufstieg beginnt. Er gründet Kaffeehäuser im französischen Stil, sein Erfolgsrezept: Schokolade und Speiseeis, auch für die einfache Bevölkerung. Im brodelnden London der Industrialisierung wird Carlo Gatti berühmt. Der Genuss von Speiseeis war lange den Wohlhabenden vorbehalten. Doch seine »Penny Licks« können sich auch einfache Leute leisten. Anne Cuneo erzählt die wundersame Geschichte eines Aufsteigers, der es vom Straßenkind im Tessin zum Eiskönig von London brachte. Ein ergreifendes Porträt eines Lebens im viktorianischen England wie bei Charles Dickens. Nach einer wahren Geschichte.

Anne Cuneo (1936-2015), Schweizer Schriftstellerin und Regisseurin, lebte in Zürich und Genf. Zuletzt erschien im Insel Verlag der Roman *Zaïda* (it 4359).

ANNE CUNEO

# *Der Eiskönig aus dem Bleniotal*

Roman

Aus dem Französischen von Erich Liebi

Insel Verlag

Die Originalausgabe erschien 2014 unter dem Titel *Gatti's Variétés*
bei Bernard Campiche Éditeur, Orbe.

Erste Auflage 2019
insel taschenbuch 4712

Vertrieb durch den Suhrkamp Taschenbuch Verlag
Umschlaggestaltung: zero-media.net, München
Umschlagfotos: Imgorthand / Getty Images; Krasimira Petrova
Shishkova / Trevillion Images; FinePic®
Druck: CPI – Ebner & Spiegel, Ulm
Printed in Germany
ISBN 978-3-458-36412-2

*Der Eiskönig aus dem Bleniotal*

M. CARLO GATTI
1817—1878

***Gatti, in its way, is not***
***so much of London but of England,***
***and of all the world.***

*Auf seine Art gehört Gatti nicht so sehr London,*
*sondern England und der ganzen Welt.*

George Robert Sims
Living London, 1900

# ERSTES BUCH

## Nicolas

*Carlo Gatti converted his premises into confectioner's shops and cafés. (…) Carlo's establishments were an immediate hit. (…) Ices had previously been a luxury for the idle rich, and this was the first time in England that they became available to the poor. Again he enjoyed spectacular success. On a sunny summer day, he insisted to a parliamentary board of enquiry a few years later, he sold thousands of ices to people who strolled across Hungerford Bridge.*

Peter Barber
A Curious Colony,
Leicester Square and the Swiss

*Carlo Gatti baute seine Räumlichkeiten in Confiserien und Kaffeehäuser um. (...) Carlos Betriebe liefen von Anfang an ganz toll. (...) Eiscreme war bisher ein Luxus für reiche Müßiggänger gewesen, jetzt aber wurde sie in England zum ersten Mal auch für arme Leute erschwinglich. Und wieder hatte er eindrucksvollen Erfolg. Ein paar Jahre später erklärte er vor einer parlamentarischen Untersuchungskommission, er habe an einem sonnigen Sommertag Tausende Portionen Eiscreme an Passanten verkauft, die über die Hungerford-Brücke spazierten.*

PETER BARBER
A Curious Colony,
Leicester Square and the Swiss

# I

»O Signur! *Ma à l'è un bagaï!*«

Er spricht nicht wie wir. Es ist schon fast fünfzig Jahre her, aber mir ist, als wäre es erst gestern gewesen. Ich sehe diese riesige Hand, die sich mir in meinem Loch entgegenstreckt. Hinter ihm regnet es in Strömen, die Räder machen jenes typische Geräusch, das man hört, wenn sie durch Schlamm fahren. Eine richtige Ratte flitzt zwischen seinen Schuhen voller Straßendreck hindurch, direkt auf der Höhe meiner Augen. Vom Mann ist nur diese Hand zu sehen und zwei Füße, die fest auf dem Boden stehen – an eine Flucht ist nicht zu denken.

Die Hand kommt näher, der Mann beugt sich noch etwas vor, um mehr Kraft zu haben, nicht etwa, weil ich dick oder schwer wäre, sondern weil ich mich festklammere. Wo ich doch endlich einen Unterschlupf gefunden habe …

Als er mich aus dem Loch gezogen hat, sehe ich ihn besser, der Schein einer Laterne fällt auf ihn, er ist ein Riese. Ich bin augenblicklich patschnass.

»O Signur«, murmelt der Riese wieder, »das ist ja ein Kind. Ich habe dich für eine Katze gehalten. Wie alt bist du?« Ich schaue ihn an, ohne ein Wort hervorzubringen, ich verstehe seine Frage nicht. Er spricht sonderbar. Dann fragt er mich auf Italienisch: »Wie heißt du?«

»B... Boy.«

»Du heißt Boy?«

Ich nicke.

Einen Augenblick lang sieht er mich an, als ob er zögerte – er wird mich laufen lassen. Aber nein, er hebt mich auf, schlägt seinen weiten Umhang auf und hüllt mich ein.

Er drückt mich an sich und zum ersten Mal seit Langem bin ich an der Wärme. Dieser Mann kommt mir vor wie ein heißer Ofen.

Jetzt aus der Nähe sehe ich auch seinen schwarzen Bart und die dunklen Augen.

»Hast du Eltern, Boy?«

Geduldig wartet er auf meine Antwort.

»Meine Mutter ... überfahren ...«

»Wann?«

Ich mache eine hilflose Handbewegung. Ich habe sie über die Gasse laufen sehen und aus den Augen verloren, dann habe ich einen Schrei gehört und etwas Lebloses am Boden liegen sehen. Ich wollte zu ihr laufen, aber eine Kolonne schwer beladener Wagen stand mir im Weg. Als ich endlich hindurchschlüpfen konnte, war niemand mehr da. War das heute? Gestern? Ich weiß es nicht.

Er lässt es gut sein und macht sich auf den Weg.

Ich bin sicher, dieser Mann muss Kaminfeger sein, einer von denen, die kleine Jungen suchen, die für sie in enge Kamine kriechen.

Der Riese geht zügigen Schrittes, dann und wann murmelt er ein paar unverständliche Worte. Er hält mich immer noch im Arm, nach und nach wird mir wärmer.

Wir treten irgendwo ein, zuerst sehe ich nichts, dann schlägt er seinen Umhang auf und stellt mich auf den Boden. Ich befinde mich in einer Küche, so erschöpft, dass mich meine Beine im Stich lassen und ich zu Boden falle.

Wieder mache ich die Augen auf und sehe jetzt zwei über mich gebeugte Gesichter: einen jungen breitschulterigen Mann mit Bart und eine Frau neben ihm. Sie wirkt sehr klein und ist voller Runzeln wie ein Apfel, sie trägt ein Kopftuch und schaut mich mit stechendem Blick aus dunklen Augen an.

Sie sagen Wörter, die ich nicht verstehe.

Als sie sehen, dass meine Augen wieder offen sind, wedelt die Frau mit einem Finger unter meiner Nase herum und schreit etwas.

Der Mann stellt mich wieder auf die Beine und ich sehe, dass es der gleiche ist wie vorher.

»Geht's besser, Boy?«

Er redet Italienisch.

Ich schlucke leer, schüttle schwach den Kopf, bringe nichts heraus, alles dreht sich.

»Der Kleine ist am Verhungern«, ruft der Mann plötzlich. Er setzt mich an den Tisch, an seiner Stimme erkenne ich, dass er Befehle erteilt. Die Alte stellt eine Schale vor mich hin. Der Duft lähmt mich. Ich habe schon so lange nichts mehr gegessen, dass sich mir der Magen umdreht. Der Mann schüttelt den Kopf, setzt sich mir gegenüber, greift nach einem Löffel, füllt ihn und streckt ihn mir entgegen.

»Hier, Zichinin, iss.«

Ich mache den Mund auf, und er steckt mir langsam, mit viel Geschick und Geduld den Löffel Suppe hinein, meine erste Suppe, nur ganz wenig auf einmal.

Ich weiß, dass er mich bei dieser Gelegenheit zum ersten Mal Zichinin (Zikinin ausgesprochen) nannte, denn später tat er es immer wieder – wenn die Leute es nicht verstanden, runzelten sie kurz ihre Stirn, aber die Tessiner, die wussten, dass Zichinin »ein kleines bisschen« oder »Prise« heißt, amüsierten sich köstlich über diesen Spitznamen – inzwischen bin ich gut sechs Fuß groß.

»Ja, aber als ich ihm diesen Übernamen gab, war er wirklich nur ein Dreikäsehoch und so leicht, dass ich ihn mit einer Hand hochheben konnte«, erklärte er jeweils.

Als ich die Suppe gegessen hatte, nahm mich die alte Frau, Nonna Gina, wie ich später erfuhr, bei der Hand, zog mich splitternackt aus und steckte mich in einen Holzbottich, mit dem sie zuvor sehr beschäftigt war, während ich keine Ahnung hatte, dass es meinetwegen war.

Ich schlug um mich, aber nur halbherzig, denn an diesem Abend war ich buchstäblich am Sterben, und sie war stärker als ich. Sie redete pausenlos mit einer für eine so kleine Frau erstaunlich tiefen Stimme, und natürlich verstand ich kein Wort. Vermutlich sagte sie, ein verlaustes Ding wie ich müsse tüchtig gestriegelt werden. Nachdem sie mich wieder aus dem Bottich gezogen hatte, scherte sie mir auch noch den Kopf, dann zog sie mir saubere Sachen an.

Der Mann, der während meiner erzwungenen Waschung nicht da gewesen war, kam zurück und brachte einen schwarzhaarigen Jungen mit, der älter war als ich.

»Agostino«, sagte er auf Italienisch, »hier ist … wie soll ich dich denn nennen, mein Junge? Erinnerst du dich wirklich an keinen anderen Namen als Boy?« Ich dachte nach. Ganz weit hinten in meinem Gedächtnis gab es vielleicht einen Namen, vielleicht Nicolás, aber war das wirklich ich? Ich hatte bis jetzt immer nur Boy hier, Boy da gehört. Macht nichts.

»Nicolás. Nick,« stammelte ich.

»Aha, sehr gut. Also denn, Agostino, das ist Nicola.« Den Namen hat er immer so ausgesprochen, italienisch, mit Betonung auf dem o. »Er bleibt bei uns, wir werden sehen, wofür wir ihn brauchen können, später, wenn es wieder ein bisschen Fleisch gibt an diesem Knochengestell.«

Agostino sah mich an, mit skeptischem Blick, wie es mir schien, und ich fragte mich, ob ich wohl sein Prügelknabe sein würde, wie bislang auf der Straße, wo meine Mutter und ich gelebt hatten und wo es üblich gewesen zu sein schien, dass die Älteren ihren Spaß daran hatten, die Kleineren zu quälen. In Wirklichkeit war er dann zwar distanziert mir gegenüber, aber immer sehr nett.

Eine Frau mit einem Baby an der Hüfte kam hereingewirbelt, in meinen Kinderaugen schön wie die Madonna persönlich.

Sie fing zu schreien an und fuchtelte mit einer Hand herum, einmal in die Richtung des Mannes, dann in meine. Hier brauchte es keine Sprachkenntnisse, um zu verstehen. Diese Person war wütend, weil der Mann, ihr Ehemann, wie ich vermutete, einen streunenden Hund aufgelesen hatte.

»Mach dir keine Sorgen«, murmelte Agostino plötzlich. »Er hört nicht auf sie und wird dich nicht wieder auf die Straße setzen.«

»Wer … wer ist das?«

»Tante Maria, die Frau von Onkel Carlo. Er erträgt es nicht, verwahrloste Kinder auf der Straße zu sehen, und hat schon einige nach Hause gebracht. Aber nicht aus Wohltätigkeit, du wirst hart dafür arbeiten müssen, mach dich darauf gefasst.«

Erst Jahre später habe ich erfahren, dass der »Mann«, wie ich ihn immer noch nannte, an den Ort zurückgekehrt war, wo er mich gefunden hatte, eine heruntergekommene Straße in der Gegend von Seven Dials, um etwas über den Unfall meiner Mutter in Erfahrung zu bringen. Aber er hat natürlich nichts herausgefunden. In Seven Dials werden keine Fragen beantwortet, die von Ausländern schon gar nicht. Von diesem Tag an war ich für ihn einer der Seinen.

»Unser Zichinin«, pflegte er zu sagen.

Am anderen Morgen, geschlafen hatte ich in einem Zimmer mit Agostino und ein paar anderen Kindern, fragte dieser mich etwas in seiner eigenen Sprache, doch weil ich ihn nicht verstand, wechselte er ins Italienische.

»Was machst du hier, wenn du nicht sprechen kannst wie wir?«

Was sollte ich antworten? Ich sah ihn nur an und zitterte innerlich – würde er mich rauswerfen können?

»Du musst es Onkel Carlo angetan haben.« Er blieb stehen und musterte mich einen Augenblick lang kritisch. »Aber sprechen kannst du schon?« Ich nickte. »Umso besser, dann sag etwas.«

Ich nahm meinen ganzen Mut zusammen.

»Wer … wer ist Z… Zio Carlo?«

Zufrieden sah er mich an, als ob es sein persönlicher Erfolg gewesen wäre, mich zum Sprechen gebracht zu haben.

»Zio Carlo? Das ist mein Onkel, der Bruder meines Vaters. Carlo Gatti. Der Chef.«

»Der Chef von was?«, brachte ich mühsam hervor. Er musste Kaminfeger sein, da war ich mir ganz sicher, auch wenn sein Haus nicht unter einer Schicht Kohlenstaub lag. Aber gut, irgendetwas musste ich ja sagen.

»Er stellt Schokolade her. Und er ist der Chef des Café Gatti am Markt von Hungerford und einigen kleineren Cafés anderswo. Wusstest du nicht, dass du bei einem Kuchenbäcker und Gastwirt gelandet bist?«

Nein, an jenem Tag wusste ich nicht, was ein Gastwirt war und das Wort Schokolade verstand ich nicht, weshalb ich mich mit einem stummen Nein begnügte. Aber immerhin war mir klargeworden, dass ich nicht bei einem Kaminfeger war und mit etwas Glück nicht in Kamine klettern musste.

Ich war sehr klein und schwächlich, fiel oft hin, das Gehen war mühsam, und so verfügte der, den ich jetzt Zio Carlo nannte, ohne dass er dagegen protestierte, ich hätte zu Hause zu bleiben, solange ich noch nicht bei Kräften sei.

»Mit wem hast du jeweils Italienisch gesprochen, Zichinin?«, fragte mich Zio Carlo mehrmals und mit Nachdruck.

»Ehm … Meine Mutter.«

»Deine Mutter war Italienerin?« Ich gab keine Antwort, ich verstand die Frage nicht. »Arbeitete sie? Als was?«

»Als ich klein war, machte sie künstliche Blumen, das hat sie mir erzählt. Aber soweit ich mich erinnern kann, schleppte sie sich auf den Straßen herum, sie … sie … Ich weiß nicht, was sie tat.«

»Ich will mich erkundigen, ob sie bei einem meiner Vettern gearbeitet hat. Wie war ihr Name?«

Ich zuckte mit den Schultern.

»Mamma …«

Mit einem Seufzer verdrehte er die Augen.

Da half alles nichts. Meine Erinnerungen an mein früheres Leben waren ebenso schwach wie an meine ersten Tage bei den Gattis. Fest steht, dass ich noch einmal davongekommen war. Mir ist nur geblieben, dass dieses Haus ganz anders war als die Bruchbuden, in denen wir gehaust hatten, nicht etwa, weil es geräumiger, sondern weil es sauber war. Die alte Dame, Nonna Gina, wie sie alle nannten, putzte von früh bis spät, schimpfte, wenn man Schmutz hereintrug, und rückte den Flecken an unseren Kleidern zu Leibe. Das Haus war baufällig, die Kleider geflickt, aber unter ihrem Regime war alles peinlich *sauber.*

Abend für Abend stellten sich die Männer, die für Zio Carlo arbeiteten, in der Küche ein, wo Zia Maria und Nonna Gina die Mahlzeit bereitet hatten. Während des Essens wurde diskutiert und heftig gestikuliert. Ich saß dann irgendwo vergessen zwischen zwei Kolossen von Männern und hörte zu. Nach ein paar Tagen begann ich zu verstehen, was sie sagten.

Agostino ging zur Schule. Nonna Gina fand, das sei Zeitverschwendung. Aber Zio Carlo und, wie es hieß, auch sein Bruder Giovanni, der sich in Paris aufhielt, blieben unnachgiebig.

»Wir leben in einer anderen Welt. Wenn wir es schaffen wollen, brauchen wir Wissen. Die Kinder gehen zur Schule, Buben und Mädchen.«

Damals gab es nur zwei Mädchen in der Familie: Rosa, etwa vier oder fünf Jahre alt, lebendig und schwatzhaft, und Carla, erst wenige Monate alt. Auch mehrere Buben gab's, alle älter als ich, Cousins, Neffen, auf jeden Fall Landsleute. Aber auch ein paar kleine Londoner gehörten dazu, die Zio Carlo irgendwo aufgelesen hatte. Zu sehen bekam ich sie nur selten.

Wenn Agostino von der Schule zurückkam, breitete er seine Hefte an einer Ecke des Küchentisches aus und widmete sich in mehreren Sprachen schimpfend seinen Hausaufgaben. Die Küche war praktisch der einzige Raum, in dem wir uns aufhielten, sie war einigermaßen warm, in den anderen Räumen war es eiskalt.

Mit der Zeit nahm niemand mehr Anstoß daran, wenn ich in dürftigem Italienisch oder Straßenenglisch Fragen stellte, man ließ mich überall gewähren, und wenn Zio Carlo da war, was selten vorkam, erklärte er regelmäßig:

»Aha, unser Zichinin kommt wieder zu Kräften! Grüne Augen hast du und rotes Haar, du musst Ire sein. Du wirst ein hübscher Bursche, wenn du weiter schön der Suppe zusprichst. Aus dir wird mal was.«

Besonders gerne kletterte ich neben Agostino auf die Bank, um ihm bei seinen Hausaufgaben zuzusehen. Ab und zu stellte ich Fragen. »Was ist das für ein Wort?« Dann erklärte er es mir. Oder: »Ist das ein Wort?«

Und Agostino erklärte mir, nein, das sei eine Zahl.

»Hier, das ist eine Zwei, das eine Fünf, das eine Vier«, und er streckte die entsprechende Anzahl Finger hoch. »Aber jetzt lass mich in Ruhe, ich muss lernen.«

Dann wartete ich ein Weilchen, bis ich eine weitere Frage zu stellen wagte. Er nahm sich einen Augenblick Zeit für eine Antwort und hieß mich gleich wieder schweigen.

Am Abend stellte ich mich manchmal neben Zio Carlo, der Zahlen addierte, mit deutlich mehr Mühe als Agostino bei seinen Hausaufgaben, schien mir.

Tagsüber half ich Nonna Gina, wenn man meine bescheidenen Versuche überhaupt als »Helfen« bezeichnen wollte. Nach ein paar Tagen fing ich an, das Haus zu erkunden. Ich begann mit dem Estrich, wo die Betten für Zio Carlos Arbeiter in Reih und Glied standen. Und ganz vorsichtig wagte ich dann die Treppe hinunterzugehen ins Erdgeschoss. Eine Flügeltür führte ... wohin wohl? Ein bisschen ängstlich stieß ich sie auf, ging hinein und war überwältigt vom Geruch. Im Grunde genommen war dieser Geruch im ganzen Haus wahrzunehmen. Oben war er verhalten, aber hier unten erschlug er mich.

Nach ein paar Augenblicken wurde die Dame hinter dem Ladentisch auf mich aufmerksam, wie ich da auf der Türschwelle stand.

»Wo kommst du denn her, Kleiner? Wer bist du?«

»Ich ... ich bin Nick. Ich wohne oben.«

Sie winkte mich herein und ich trat näher.

Es war ein Schokoladeladen, sehr hübsch dekoriert mit Blumen, die ... die ... – als ich sie berührte, spürte ich, dass sie nicht echt waren, sondern aus Papier und Wachs. In meinen Erinnerungen, weit entfernt, blitzte etwas auf: Meine Mutter sitzt an einem kleinen Fenster, stellt solche Blumen her und singt dazu auf Italienisch. Warum hatte sie aufgehört, künstliche Blumen herzustellen? Mir war zum Weinen, aber schließlich gewann die Neugier Oberhand.

An jenem Tag wäre ich nicht in der Lage gewesen, alle die hier ausgebreiteten Dinge zu benennen, aber eines war sicher: Man konnte sie essen und es schmeckte gut, und ich war ganz verblüfft über diese Opulenz.

Besonderes Interesse sowohl bei Kunden im Laden wie bei Passanten draußen auf der Straße weckte die Maschine im Schaufenster, die von einem der Männer, die ich abends bei Tisch traf, bedient wurde. Er hieß Battista Bolla. Ich verstand irgendwann, dass der Chef der Gasthäuser eindeutig Carlo Gatti war, die Schokolade aber in der Verantwortung Herrn Bollas stand. Auf mein scheues *buongiorno* antwortete er jeweils mit einem sonoren *good morrrning*, aber ansonsten sprach er kein einziges Wort Englisch. Draußen drückte man sich an der Schaufensterscheibe die Nase platt, drinnen streckte man seinen Kopf so weit als irgend möglich vor.

»Was machst du?«, fragte ich in einem etwas ruhigeren Moment den Arbeiter, der Herrn Bolla zur Hand ging.

»Schokolade für die Dragees und das Pulver, das wir den Leuten verkaufen.«

Die junge Frau, Mary, streckte mir ein braunes Dragee hin.

»Koste!«

Und so kam es, dass ich zum ersten Mal in meinem Leben Schokolade aß.

Seit diesem Tag spielte sich mein Leben in der Küche und im Laden ab. Ich war fasziniert von der Maschine mit dem großen Rad, vom Mahlen der Kakaobohnen und von der Schokolade, die zu fließen anfing. Das Übrige ging in einem Raum dahinter vonstatten, aber alles geschah vor aller Augen. Oft blieben die Leute stehen, traten in den Laden, probierten, kauften.

Auch Mary fragte ich nach der Bedeutung geschriebener

Wörter und sie antwortete geduldig. In diesem Haus voller Tessiner war sie die einzige Engländerin – aus purer Notwendigkeit, wie Zio Carlo fand, um die meist englische Kundschaft besser bedienen zu können.

Wie lange es so lief, könnte ich nicht sagen, und was sich in meinem Kopf abspielte, auch nicht. Aber Tatsache ist, dass ich eines Tages dank Mary und Agostino lesen konnte.

Am leichtesten waren für mich aber die Zahlen. Warum, weiß ich auch nicht; sie kamen mir wie lebendige Wesen vor, die mit mir redeten. Das Prinzip des Addierens hatte ich im Handumdrehen kapiert, zur Subtraktion war es dann nur noch ein kleiner Schritt. Wie ich auch multiplizieren und dividieren lernte, weiß ich nicht mehr; ich konnte es eines Tages einfach.

Ich wusste nie, wie alt ich war, aber älter als sechs Jahre kann ich damals nicht gewesen sein.

Natürlich erschien mir damals alles, was ich erlebte, als Selbstverständlichkeit, und ich ging davon aus, dass mein Kopf genauso funktionierte wie der Agostinos.

Inzwischen war ich für alle so etwas wie ein kleiner Hund geworden in diesem Haus, in dem sich die Mitglieder der Familie Gatti tummelten. Von Agostino erfuhr ich bald einmal, dass Rosas Mutter eine der ganz wenigen Frauen war, die ihrem Mann nach England gefolgt waren. Alle anderen waren »im Tal« geblieben, und dieses Tal war weit weg, auf der anderen Seite des Meeres.

»Sogar mein kleiner Bruder Stefano ist noch dort. Ich bin hierhergekommen, weil mein Vater und mein Onkel wollten, dass ich eine gute Schule besuchen würde, zuerst in Paris, dann hier. Wenn ich groß bin, will ich hier in London arbeiten. In unserem Tal gibt es nicht genug Arbeit für alle. Und für die wenige Arbeit wird man sehr schlecht bezahlt.«

Die zwei oder drei Frauen, die sich um den Haushalt kümmerten, gehörten alle zur Familie, Mütter oder Ehefrauen eines der Männer. Nonna Gina hatte mich in ihr Herz geschlossen; kaum dass mich meine Beine wieder trugen, half ich ihr beim Aufheben schwerer Sachen und beim Kochen. Allmählich begann ich ihre Sprache zu verstehen, nicht zuletzt deshalb, weil in ihrem Dialekt auch italienische Wörter vorkamen. Kurz und gut, in dieser Küche und in diesem Haus lebte ich wie in einem Kokon, weshalb mir das Unglück, dass ich wohl haarscharf am Hungertod vorbeigegangen war, als etwas längst Vergangenes, beinahe Unwirkliches vorkam.

Die Zeit meiner Wiederherstellung, die aus mir, denke ich, wieder ein Kind wie alle anderen gemacht hatte, endete eines Abends, als ich Zio Carlo zusah, wie er sich mit einer Addition abmühte. Mühsam zählte er die Zahlen zusammen und schrieb dann zuunterst in der Kolonne drei Zahlen hin. Hundertvierundfünfzig.

Es platzte einfach so aus mir heraus.

»Aber nein, Zio Carlo, das gibt nicht hundertvierundfünfzig, das gibt hundertsiebenundfünfzig.«

Zuerst sah mich Zio Carlo ganz streng an, weil ich ihn unterbrochen hatte. Aber dann erschien ein feines Lächeln auf seinen Lippen.

»Aha, unser Zichinin kann besser rechnen als sein Onkel Gatton.«

Gatton meint im Dialekt des Tals die Steigerung von Gatti (Katzen). Alle, die nicht Onkel Carlo zu ihm sagten, benutzten diesen Übernamen, zu Recht übrigens; auch als Erwachsener erreichte ich nie seine Größe und schon gar nicht seine Breite.

Jetzt aber sah er mich mit gerunzelter Stirn an.

»Nein, nein ... Z... Zio Carlo, ich ...«

»Warum weißt du überhaupt, dass es hundertsiebenundfünfzig gibt?«

Dreimal musste er fragen, bis ich endlich gestand.

»Ich weiß es nicht.«

»Wieso sagst du denn, es gebe hundertsiebenundfünfzig?«

»W...eil es hundertsiebenundfünfzig gibt.«

Jetzt lachte er schallend.

»Unverschämt ist er geworden, unser Zichinin! Komm, setz dich auf meine Knie und zeig mir, warum es hundertsiebenundfünfzig gibt.«

Natürlich hätte ich nicht gewusst, wie ich ihm das erklären sollte. Ich habe einfach für mich alle Zahlen heruntergebetet und jedes Mal zusammengezählt. Und es gab immer hundertsiebenundfünfzig.

Er nahm die Feder wieder zur Hand, rechnete nach und kam zum gleichen Ergebnis wie ich. Dann legte er mir seine Hände auf die Oberschenkel, sah mir direkt in die Augen und verfügte:

»Von morgen an kommst du mit mir nach Hungerford und machst die Kasse mit diesem Schussel von Serafino, der sich dauernd verrechnet.«

So kam es, dass ich tags darauf zum ersten Mal seit Langem das Haus verließ.

Als mich Zio Carlo auf der Straße aufgelesen hatte, musste es Anfang Herbst gewesen sein, jetzt ging es auf Weihnachten zu. In meinem früheren Leben als kleiner Junge, unterernährt (und wenn mich meine Erinnerung nicht täuscht, von einer meist betrunkenen Mutter sozusagen mir selbst überlassen), war ich oft auf dem Markt von Covent Garden gewesen, wohin man mich schickte, um liegengelassenes welkes Gemüse zu holen, aber auf den Markt von Hungerford war ich nie gekommen, das wäre zu weit gewesen für mich.

Seither habe ich den Weg von Holborn nach Hungerford viele hundert Mal gemacht und er ist mir bald einmal recht kurz vorgekommen, aber bei diesem ersten Mal war er für mich wie eine lange Reise.

Wir mussten Essen und Pakete nach Hungerford bringen, auch an diesem Morgen, noch bevor es richtig Tag geworden war. Zio Carlo nahm einen Fiaker, ein *Hackney,* wie man in London sagte. So etwas hatte ich noch nie gesehen: Die Straßen flitzten nur so vorbei, es blieb mir kaum Zeit, auf Häuser und Leute zu achten, erst recht nicht beim schwachen Licht der Gaslaternen, wenn es überhaupt welche gab.

Der Hungerford-Markt glich in etwa dem von Covent Garden, aber ohne die vielen Hallen in Reih und Glied, nur ein sehr langes, dreifach unterteiltes Gebäude verlief in Stufen vom *Strand* an die Themse hinunter. Der oberste Teil mit Läden im Erdgeschoss war bewohnt, der mittlere Teil, die sogenannte Grand Hall, bestand aus lauter Läden rund um ein großes Viereck, und im untersten Teil, den man über eine Treppe erreichte, war der Fischmarkt zu Hause, der direkt vom Fluss her beliefert wurde.

Da war auch der Quai, wo die Personendampfer anlegten mit Passagieren von und nach den verschiedensten Anlegestellen am Fluss.

Der Hungerford-Markt war sozusagen eingeklemmt zwischen dem Boots- und dem Pferdeverkehr, denn am anderen Ende, auf dem *Strand* bei Charing Cross, befand sich eine große Poststation mit Kutschen und allen möglichen anderen Fuhrwerken, ein sehr belebter Platz von früh bis spät – Marktschreier, Pferdegewieher, kommandierende Kutscher und das Gesumme einer für meine Kinderohren zahllos scheinenden Menge von Leuten.

In der Grand Hall verfügte Zio Carlo über zwei Räume. Im kleineren verkaufte er Schokolade und Gebäck, im größeren hatte er ein Café eingerichtet, wo seine Süßwaren, heiße Schokolade, Kaffee und weitere alkoholfreie Getränke angeboten wurden. Die Leute saßen an kleinen runden Marmortischen, die man aus Paris hatte kommen lassen, wie man mir erzählte, mit

Stühlen, großen Spiegeln, einem Kristallleuchter mit Gaslicht und Sitzbänken in rotem Samt entlang der Wände, auf der rückwärtigen Seite befanden sich Ausschank und Kasse.

Ich saß hoch oben auf einem hohen Stuhl, neben Serafino. Im *Hackney* hatte Zio Carlo noch einmal meine Fähigkeiten in Addition und Subtraktion geprüft. Dann war er seiner Sache sicher: Der Zichinin konnte rechnen und irrte sich nicht.

»Du nennst die Preise, sagst sie an Nicola weiter, dieser zählt zusammen und du gibst das Resultat weiter«, hatte Zio Carlo Stefano bei unserer Ankunft befohlen. Natürlich war Serafino von dieser Maßnahme nicht erfreut. Der Bursche war etwa fünfzehn, schon recht groß und breitschulterig, hatte schwarzes Kraushaar und dunkle Augen, für mich war so jemand ein Erwachsener, was er selber vermutlich auch so sah. Und so jemandem setzte man ein schmächtiges Büblein vor die Nase, das ihm nicht einmal bis zur Taille reichte, um ihn zu *kontrollieren.*

»Serafino«, sagte Zio Carlo mit donnernder Stimme, »Nicola muss lernen, die Kasse zu machen, er versteht sich nun mal aufs Zusammenzählen, und du kannst das nur mittelmäßig. Außerdem bedienst du lieber, statt die ganze Zeit hinter der Kasse zu sitzen. Also bring ihm bei, was du weißt, lerne von ihm, besser zusammenzuzählen, und wenn du magst, werdet Freunde.«

Nach einer gewissen Zeit haben wir seine Anordnungen befolgt. Und Serafino fand dann nach meinem Dafürhalten die beste Erklärung für Zio Carlos Güte, die dieser mir gegenüber bis zu seinem Tod bewiesen hat.

»Weißt du was«, sagte er zu mir, »er hatte graue Augen und kastanienbraunes Haar, aber abgesehen davon gibt es eine gewisse Ähnlichkeit zwischen seinem Sohn Stefano und dir. Das ist der Grund, warum Gatton dich mag und sich um dich kümmert.«

»Stefano?«

»Ja, Stefano war sein Name, im letzten Frühling ist er gestorben, auch eine seiner kleinen Schwestern, Apollonia hieß sie. Es muss ein Fieber gewesen sein, sagte man mir.«

Ich war zwar noch klein damals, aber vergessen habe ich diesen Augenblick nie.

Ich verspürte eine große Erleichterung. Bis jetzt war ich mir hilflos vorgekommen, man gab mir, ich nahm, was hätte ich sonst tun können? Jetzt auf einmal spürte ich, dass auch ich etwas zu geben hatte. Ich würde zwar niemals den richtigen Sohn ersetzen können, aber Zuneigung zeigen, das konnte ich. Ich war zwar scheu und Gatton ein rauer Mann – doch entmutigt hat mich das nie.

## II

Meine Arbeit als Hilfskassierer gefiel mir sofort. Ich hatte großes Glück, fand ich. Mir war bewusst, dass viele Kinder, die noch wesentlich kleiner waren als ich, hart arbeiten mussten. Gesehen hatte ich nur jene, die die Kaminfeger in die Kamine hinaufschickten, weil nur sie schmal genug waren, um dort durchzukommen. Zurück kamen sie dann meist mit blutenden Armen und Beinen, und von einer Frau hatte ich gehört, diese Kinder stürben wie die Fliegen. Das hatte mir gereicht. Lange war ich überzeugt gewesen, dies würde auch mein Schicksal sein, sodass ich noch jetzt manchmal bös davon träume.

Ich gab mir an der Kasse des Café Gatti große Mühe und schon bald hatte ich mich daran gewöhnt, dass man mich fragte, wenn ich das Rechnungsergebnis präsentierte:

»Bist du sicher?«

»Ja, meine Dame, wenn Sie möchten, zähle ich es mit Ihnen noch einmal durch.«

Geschrieben wurden die Rechnungen selbstverständlich von Serafino, ich konnte zwar mühelos lesen, aber schreiben nicht.

Die Arbeit begann sehr früh am Morgen und dauerte bis spät in die Nacht. Am Morgen noch vor Tagesanbruch gingen wir mit einem Krug Kaffee oder Tee zu den Fischern und Händlern am Wasser, ein Erwachsener trug den Krug und ich hängte mir an jeden Finger eine Tasse. Im bleichen Licht des Tagesanbruchs wimmelte es auf dem Fluss von Booten, die in der Strömung von Ebbe oder Flut schaukelten, man hörte das Ächzen der Takelage, das Quietschen der Ketten und das dumpfe Geräusch der Schrauben der Dampfer zwischen den Seglern. Direkt am Ufer unterhalb des Hungerford-Marktes lagen bereits die Boote der Fischer, sie waren lange vor uns gekommen und schon damit beschäftigt, ihre Ware zu versteigern. Schreie, Pfiffe, Lachen drangen aus dem allgemeinen Lärm heraus. Im Licht der Lampen am Quai funkelte kurz eine Ladung Fische in schimmerndem Silber. Das Ganze war mehr zu erraten als wirklich zu sehen, vor allem, wenn der frühe Morgennebel sehr dicht war. Die Kälte war mörderisch, und die Fischer waren noch so gerne bereit, einen halben Penny für ein heißes Getränk zu zahlen. Geräuschvoll tranken sie ihren Tee und schrien gleichzeitig herum:

»Hier frischer Fisch, heute Nacht gefangen. Kommt, schaut euch die Ware an.«

Die Versteigerung war in vollem Gang, zwischen Bietern und Fischern wurden Zahlen hin und her gerufen, es wurde geschimpft und gelacht.

Sobald der Markt öffnete, wurden die Fische in die Auslagen gebracht und dann kamen die Hausdamen, die Köchinnen, dann und wann auch mal die Köche oder deren Abgesandte, um zu kaufen, was für die Mahlzeiten ihrer Herrschaften bestimmt war.

Anschließend strömten die Leute in die Haupthalle, um sich auch mit Gemüse, Fleisch und Geflügel einzudecken.

Einige schauten auch bei Gatti vorbei und erstanden eine Süßigkeit, Schokoladepulver oder Kuvertüre zur Verzierung der Kuchen, die sie backen wollten. Wie mir Serafino erzählte, waren die Leute am Anfang frühmorgens gekommen und gleich wieder gegangen, aber Zio Carlo wurde nicht müde, seine Kunden Morgen für Morgen zum Bleiben anzuhalten, sich zu setzen und einen Kaffee zu trinken. Als ich dazukam, war es nicht mehr nötig, die Leute zum Verweilen zu überreden. Inzwischen ließ sich die Dienerschaft der Hautevolee gerne bei Gatti für einen Kaffee oder eine Tasse Schokolade nieder – nur ganz kurz, wie sie betonten, bevor sie wieder gingen, um diese Getränke ihrerseits für ihren Herrn oder ihre Herrin zuzubereiten. Es gab aber auch welche, die jeden Morgen kamen und blieben, eine Waffel verzehrten und eine Schokolade tranken, um den neuesten Klatsch aus ihren Haushalten auszutauschen, während sich in meinem Kopf gewöhnliche Häuser, die ich noch nie von innen gesehen hatte, in zauberhafte Schlösser verwandelten, wo sich kapriziöse Prinzessinnen und hitzköpfige Prinzen tummelten.

Gouvernanten, Köchinnen und ihre Mägde verkehrten ebenso bei Gatti wie ihre männlichen Kollegen. Zio Carlo erklärte es jedem, der es hören wollte, ein Kaffeehaus habe so schicklich zu sein, dass es von den Frauen jeglichen Standes absolut bedenkenlos besucht werden könne. Zu diesem Zweck war bei Gatti ein besonders stämmiger Kellner damit beauftragt, jedermann vor die Türe zu stellen, der es wagen sollte, es an »Korrektheit mangeln zu lassen«.

Nach den ersten paar Tagen fing ich an, auch als Kellner einzuspringen, wo Not am Manne war. Niemand schien etwas dagegen zu haben. Damals wimmelte es ja in den Fabriken nur so von Kindern in meinem Alter.

Im Laufe des Vormittags kamen auch die Stammgäste des frühen Morgens, die Fisch- und Gemüsehändler, die Fleischhauer kurz wieder vorbei, um im Stehen rasch einen Kaffee zu trinken und ein Stück Gebäck zu sich zu nehmen.

Einer von ihnen, der gesehen hatte, wie ich die Preise des Konsumierten zusammenzählte und das Resultat an Serafino weitergab, sagte mir einmal:

»Sollte ein Kind in deinem Alter um diese Zeit nicht in der Schule sein?« Ich sagte nichts, doch der Mann musste in meinem Blick eine Mischung aus Verlangen und Hilflosigkeit gesehen haben. »Mein Sohn ist etwa in deinem Alter. Ihm habe ich gesagt: ›Wenn du Fischer werden willst, wirst du Fischer, ich habe ein solides Boot, das auch du wirst brauchen können, aber bevor es so weit ist, will ich, dass du zur Schule gehst. Denn Bildung ist eine schöne Sache, sie öffnet dir Türen und ermöglicht dir vieles.‹ Sechs Pence zahle ich die Woche für die Schule, die er besucht. Und er lernt, weil er begriffen hat, dass Lernen jetzt gerade die Arbeit ist, die man von ihm verlangt. Es gefällt ihm sogar. Jemand, der so schnell zusammenzählen kann wie du, sollte zur Schule gehen.«

Als der Mann gegangen war, sagte Serafino:

»Im Tessin haben wir einen Abgeordneten, Franscini heißt er. Er erzählt überall: ›Wo es keine Schulbildung gibt, gibt es keine Freiheit‹, unser Lehrer wiederholt das andauernd.«

»Du bist zur Schule gegangen, Serafino?«

»Na klar, bei uns gehen alle die sechs ersten Jahre zur Schule. Die Reichen machen dann weiter und wir, die anderen, suchen uns eine Arbeit.

»Aber … das kostet doch etwas?«

»Nein, die ersten sechs Jahre sind gratis. Danach muss man zahlen. Gehst du denn nicht zur Schule?«

»Ich? Die Schule kostet Geld, ich hab keines.«

»Möchtest du denn gerne?«

Ich seufzte.

»Ja, das möchte ich schon gerne.« Ich hatte die Kaminfegerbuben und mich als Bettler vor Augen, der welkes Gemüse zusammenklaute. »Aber ich bin ganz zufrieden so, wie es ist«, fügte ich rasch hinzu.

Danach vergingen bestimmt einige Wochen, bis ein Kunde mir das Geständnis entlockte, dass ich nicht schreiben konnte.

»Wie, du kannst nicht schreiben? Aber du kannst lesen und du verstehst, was du liest.«

»Ja, das stimmt, aber schreiben kann ich nicht.«

»Du solltest in die Sonntagsschule gehen, dort bringen sie es dir bei.«

Nachdem der Herr, dem Aussehen nach ein Gentleman, gegangen war, fragte ich Serafino.

»Ja, von den Sonntagsschulen hab' ich gehört«, gab er mir zur Antwort. »Agostino sagt, es gebe eine ganz in der Nähe der Confiserie.«

»Ist das die, wo Agostino hingeht?«

»Nein, er geht in eine Schule, die Geld verlangt. Sein Vater, der in Paris ist, hat ihn nach England geschickt, damit er hier zur Schule geht und gut Englisch lernt, danach kann er dann für Zio Carlo arbeiten.«

Unsere Gespräche fanden alle im Tessiner Dialekt statt. Ich hatte beim Sprechen zwar noch einige Mühe damit, aber das Verstehen ging von Mal zu Mal besser. Serafino und Zio Carlo sprachen nur notdürftig Englisch und ein Italienisch, das mir fremd war, und nie, wenn sie unter sich waren.

Unter der Woche schlief ich zusammen mit anderen Buben oft in Hungerford, aber an den Samstagabenden kehrte ich immer zu Zio Carlo zurück, mit Serafino, meinem Mentor für alles mit Ausnahme des Addierens, wofür ich der seinige war.

Als wir eines Abends das leckere Essen verzehrten, das Zia Maria und Nonna Gina zubereitet hatten, sprach Serafino Zio Carlo auf das Thema an.

»Chef, meinen Sie nicht, Nick sollte zur Schule gehen, um schreiben zu lernen?«

Zio Carlo machte eine große Handbewegung:

»Eines Tages habe ich genug Geld, um sämtliche Kinder zur Schule zu schicken. Aber gerade jetzt habe ich mit den Backwaren, der Schokolade und einer Idee für heiße Tage so viele Eisen im Feuer, dass ich es mir nicht erlauben kann, auch nur einen Penny für Zichinins Schulbildung auszugeben. Dabei weiß ich, dass er sich dort wohl fühlen würde wie ein Fisch im Wasser, nicht wahr, Zichinin?«

»Könnte ich vielleicht zur Sonntagsschule gehen?«, wagte ich leise zu fragen, »es heißt, die koste nichts.«

»Nichts? Bist du sicher?«

»Ja«, bestätigte Serafino, »es gibt eine etwas weiter unten an der Ecke von Holborn, man kann einfach hingehen. Es wird zwar viel in der Bibel gelesen, aber sie bringen dir bei …«

»Sprich nicht in diesem Ton darüber, die Bibel ist das Wort Gottes«, sagte Zio Carlo mit Zorn in der Stimme.

»Ich wollte damit nur sagen, dass sie Protestanten sind«, erklärte Serafino.

Zio Carlo wischte das Argument mit einer Handbewegung weg.

»Sie sind Christen. Und die Bibel ist für Katholiken und Protestanten die gleiche. Wenn man dich fragt, antwortest du, du seist protestantisch. Wissen wir übrigens, ob du katholisch oder protestantisch bist? Bist du zur Kirche gegangen, bevor dich Nonna Gina mitgenommen hat?«

»Ich erinnere mich nicht.«

»Gut, geh in die Sonntagsschule, wenn du dort schreiben lernst, umso besser. Und du, Serafino, hilfst ihm dabei. Er hilft dir ja auch beim Zusammenzählen. Seit er hier ist, gibt es keine Fehler mehr in unseren Rechnungen.«

So kam es, dass ich am anderen Morgen in die Sonntagsschule unserer Pfarrgemeinde ging. Weil er in seiner Schule schon ganz gut Englisch gelernt hatte, begleitete mich Agostino. Das Englisch aus den *Rookeries,* wie man die verrufenen Quartiere nannte, aus denen ich stammte, war nur schwer zu verstehen. Nur mit Mühe gelang es uns, Rosa, Carlos älteste Tochter, zurückzuhalten, die sich damals in den Kopf gesetzt hatte, immer das Gleiche zu tun wie die Buben.

»Du kannst schon bald lesen und schreiben, Rosa, mein Schatz!«

»Agostino geht jeden Tag zur Schule. Warum ich nicht?«

»Warte noch ein Weilchen, wenn du dann noch willst, kannst du auch zur Schule gehen.«

Zio Carlo, für den etwas nie schnell genug gehen konnte und der ungeduldig wurde, wenn man ihn nicht gleich verstand, brachte für Rosa eine Engelsgeduld auf, die das Mädchen schamlos ausnutzte. Aber in diesem Fall blieb Zio Carlo unbeugsam.

»Agostino geht mit Nicola, weil er noch etwas zu klein ist. Wenn er sich dann gut genug auskennt, kann er alleine hingehen. Er wird an deinem ersten Schultag auch dich begleiten.«

Obwohl noch ein Kind, gab Rosa sich nicht ohne Weiteres geschlagen.

»Warum gehst denn nicht du mit Nick, Papa?«

»Weil ich meinem Freund Bolla helfen muss, die Bottiche für die Schokolade vorzubereiten. Genug jetzt, fort mit euch.«

Wir machten, dass wir fortkamen.

Aus Angst, zu spät zu kommen, waren wir zu früh da. Die Sonntagsschule begann um zehn, und es war noch nicht einmal neun Uhr. Doch der Raum, in den man uns schickte, war schon geöffnet und eine Dame und ein Herr waren dabei, Schiefertafeln und Kreide bereitzulegen. Den Wänden entlang gab es Bänke.

Der Herr trat zu uns.

»Kommt ihr für den Unterricht, Kinder?«

Ich war zu eingeschüchtert und brachte kein Wort heraus.

Agostino antwortete für uns beide.

»Ehm … Es ist … Das ist mein Freund Nick, er kann lesen und möchte gern auch schreiben lernen.«

»Und du?«

»Ich kann schon lesen und schreiben, ich gehe unter der Woche zur Schule. Ich bin nur heute gekommen, um den Kleinen hier zu begleiten«, sagte der Bursche, der allerhöchstens vier oder fünf Jahre älter war als ich. Aber es stimmt natürlich, ich war noch klein und er einen Kopf größer als ich.

»Sehr gut! Du kannst uns helfen, wir sind immer knapp an Leuten, um auf alles aufzupassen hier.« Er sah mich nachdenklich an. »Du erinnerst mich an jemanden, mein Kleiner. An einen Knaben, der vor ein paar Jahren hier vorbeigekommen ist, er war sehr begabt, hatte aber nur die Mädchen im Kopf, wir haben ihn wieder aus den Augen verloren. Er war Ire. Und ihr, seid ihr auch aus Irland?«

»Nein, ich bin aus der italienischen Schweiz«, antwortete Agostino sofort. »Ich bin Agostino Gatti, und das hier ist Nick.«

»Ich bin Reverend Toogood, und das hier ist Frau Toogood. Also denn, Agostino und Nick, hierher.«

Zio Carlo hatte uns empfohlen, nicht allzu sehr zu betonen, dass man über meine Herkunft nicht so genau Bescheid wusste. Deshalb ließen wir den Pfarrer in seinem Glauben.

»Kannst du lesen, Nick?«

»Ja … ja, Mister.«

»Ja, *Reverend.*«

»Ja, Reverend.«

Er schrieb Buchstaben auf eine Tafel.

»Lies!«

Wollte er sich über mich lustig machen? Ich sah ihn erstaunt an, was ihn zum Lachen brachte.

»A, E, I, O, U«, sagte ich.

»Sehr gut, jetzt schreibst du diese Vokale so auf die Tafel, wie ich sie notiert habe. Wenn du so weit bist und alles korrekt ist, gebe ich dir auch Konsonanten und dann ganze Wörter. Schreiben lernt man nur durch Üben, merk dir das.«

Der Raum füllte sich allmählich und ich staunte, weil nicht nur Kinder gekommen waren. Auch Männer und Frauen waren da, ältere und jüngere. Alle waren wie wir sauber angezogen, trugen ihre Sonntagskleider, und alle wollten lesen, schreiben und rechnen lernen.

»Bei der Bahn kann man nicht arbeiten, wenn man nicht lesen kann, erklärte mir ein Mann, ohne dass ich ihn gefragt hätte, und setzte sich neben mich. Dem Alter nach hätte er mein Vater sein können. »Ich will aber bei der Bahn arbeiten. Lokomotivführer, das ist mein Traum.«

»Sind … Sie nicht zur Schule gegangen?«

Er lächelte wohlwollend.

»Als ich so alt war wie du, wusste man da, wo ich herkomme, nicht einmal, was eine Schule war. Niemand ging zur Schule. Und als ich nach zehn Jahren auf See wieder an Land kam, wusste ich zwar, dass es Schulen gab, konnte sie mir aber nicht leisten. Doch jetzt bin ich hier, mit fünfunddreißig, und lerne zusammen mit dir. Also? Ein schönes A, nicht wahr …«

Gemeinsam schrieben wir den ganzen Vormittag Buchstaben und Silben ab. Unsere Schreibübungen wurden nur gelegentlich unterbrochen durch ein Gebet oder von Frau Toogood, die aus der Bibel vorlas.

»Es wäre hilfreich, wenn ihr euch das *Handbuch der Rechtschreibung* besorgen könntet, sagte der Reverend, bevor er uns zur Mittagspause entließ. Er wedelte mit einem Heft herum. »Es kostet einen halben Penny. Ich möchte, dass ihr dafür bezahlt, damit ihr euch daran erinnert, dass es sich um ein Buch handelt und wertvoll ist. Es öffnet euch die Türe zum Schreiben.«

Zum Mittagessen kehrten wir nach Hause zurück und wurden bei Tisch mit Fragen bombardiert. Nachdem wir einen weiteren Versuch Rosas, mit uns zu kommen, vereitelt hatten, saßen wir um zwei Uhr wieder in der Sonntagsschule, jeder von uns mit einem halben Penny in der Tasche, die Zio Carlo unter zahlreichen Seufzern herausgerückt hatte.

Am Nachmittag schrieben wir etwas mehr und beteten etwas weniger. Und diejenigen unter uns, die lesen lernten, buchstabierten die Sätze, die der Reverend auf eine große Tafel an der Wand kritzelte: »Nicht umsonst wirst du den Namen des Herrn anrufen« oder »Die Hand Gottes beschützt jene, die ihn anrufen«. Auch das war Beten, einfach auf andere Art. Nachdem ich mich mit einem Seitenblick vergewissert hatte, dass ich auch die folgenden Sätze würde lesen können, setzte ich meine Schreibübungen fort. Frau Toogood hatte für mich Silben vorgegeben wie ba, be, bi, bo, bu. Während ich mit einem Ohr den anderen zuhörte, die lasen, schrieb ich Zeile für Zeile immer wieder diese Silben, und um fünf Uhr machte ich mich sehr zufrieden mit dem *Handbuch der Rechtschreibung* auf den Heimweg.

Und Sonntag für Sonntag bin ich gerne immer wieder hingegangen. Es ließ sich nicht vermeiden, dass Rosa mich bald einmal begleitete. Sie schaffte es sogar, schneller schreiben zu lernen als ich. Während ich in Hungerford am Arbeiten war, konnte sie die Zeit nutzen, um auf einer Tafel, die sie sich bei Frau Toogood ausgeliehen hatte, ihr Schreibtalent zu pflegen. Auch das *Handbuch der Rechtschreibung* hatte ich ihr überlassen. Ich hatte es in einem Zug von A bis Z gelesen und erinnerte mich an jede einzelne Seite, ich brauchte nur die Augen zuzumachen, um die nächste Übung vor mir zu sehen. Ich hatte nicht das Gefühl, es handle sich dabei um eine besondere Begabung, sondern glaubte, es würde allen so ergehen. Ich habe ein Erinnerungsvermögen, das man heutzutage ein fotografisches nennt. Eine einmal gesehene Seite bleibt mir im Gedächtnis, ich brauche nur an sie zu denken und schon ist sie da. Bei dem Leben, das wir hier alle führten, die Großen und die Kleinen, hatte niemand Zeit, etwas davon zu bemerken. Zio Carlo, der die Fähigkeiten der Buben, die er beschäftigte, sehr wohl wahrzunehmen (und auszunutzen) verstand, hätte es vielleicht eines Tages bemerkt, wenn er nicht so fieberhaft beschäftigt gewesen wäre – nebst seiner täglichen Arbeit in Holborn und auf dem Markt auch mit seinen zwei Projekten: der Eiscreme und der Weltausstellung.

Um verständlich zu machen, was sich dann ereignete, muss ich auf den Maroni-Verkauf zu sprechen kommen.

Ich bin nie dabei gewesen, anfangs, weil ich zu schwach und zu kränklich war, um in die Kälte hinauszugehen, und später, weil ich auf dem Hungerford-Markt gelandet war.

Die Kastanien seien das Einzige, was im Tessin im Überfluss produziert werde, das habe ich tausendmal zu hören bekommen, und viele Tessiner waren ausgewandert, um Maroni zu verkaufen. Das hatten auch die Gattis getan, in Paris genauso wie in London. Sie benutzten dazu zweiräderige Karren, in welchen sich ein Herd befand, in dem die Kastanien geröstet wurden. Und große Töpfe, in denen der Kaffee heiß blieb, solange es Glut gab im Herd.

Als ich endlich richtig zu verstehen begann, worüber um mich herum gesprochen wurde, war Zio Carlo voll von einer Idee durchdrungen und sprach nur noch davon: den Ofen in den Karren durch einen Kühlbehälter ersetzen und auf der Straße Eiscreme verkaufen wie im Café.

Eiscreme kannte man natürlich auch in London, aber sie war bis dahin ausschließlich eine Sache für die Reichen und sehr Reichen.

Sie wurde mit dem Namen eines Confiseurs der Luxusklasse verbunden, Herrn Gunter, weshalb der Mittelstand und die Armen nicht davon träumen konnten, auch nur davon zu kosten. Bald waren mir zwei Dinge klar: Erstens strömten die Leute nur der Eiscreme wegen in die Confiserie in Holborn, in die Markthalle von Hungerford und an die Verkaufsstellen zwischen Holborn und dem *Strand.* Und zweitens war Zio Carlo von morgens früh bis abends spät damit beschäftigt, natürliches Eis aufzutreiben, das für die Herstellung von Eiscreme unverzichtbar war.

Eiscreme und Fruchteis waren die Sensation. Zio Carlo hatte den Verkauf in kleinen Portionen eingeführt, er vertrieb sie in Bechern, die man auslöffeln, oder in niederen Gläsern, die man ausschlecken konnte, weshalb diese rasch den Namen *Lick* erhielten – Schleck. Es gab *Half Penny Licks* (für einen halben Penny), *Penny Licks* und *Twopence Licks* (für einen und zwei Pence), zum Preis von vier Pence bekam man Eis im Becher.

Weil es noch Winter war, stürzte man sich noch nicht auf die Eiscreme, aber regelmäßig sah man feine Damen in Begleitung ihrer Kinder kommen, denen sie versprochen hatten, die Neuigkeit kosten zu dürfen, wenn sie schön brav wären.

»Ist euch das klar?«, sagte Zio Carlo. »In drei Monaten wird die Weltausstellung eröffnet. Wenn wir diesen Sommer beim Kristallpalast präsent sind, sobald es heiß wird und Hunderttausende Ausländer für die Ausstellung nach London kommen, können wir unsere Eiscreme in pures Gold verwandeln.«

Der Kristallpalast war im Hyde Park für die große Ausstellung gebaut worden, die vom Frühling bis in den Herbst dauern sollte. Der Hyde Park lag zu weit weg von meinem Arbeitsplatz unter der Woche und von der Schule am Sonntag, als dass ich hätte hingehen können, aber ich hörte, was darüber gesagt wurde. Der Palast war noch eine Baustelle und niemand wusste, ob die Gerüchte zutrafen, der Palast sei ganz aus Glas, wie sein

Name vermuten ließ, und doch wurde alles Mögliche vermutet: Ein schreckliches Monster sei er, ein Elefant in einem englischen Garten, ein Wunder des Fortschritts, das Schaufenster des modernen Englands, ein Konzert der Nationen ... Alle hatten ihre Meinung, vom letzten Fischer bis zu einem der Stammkunden, einem Abgeordneten des Unterhauses, der gelegentlich »für eine Eiscreme« auf dem Weg von Whitehall bei uns vorbeikam, und die Ansicht dieses Abgeordneten kam der Realität vermutlich am nächsten:

»Bei den vielen Gerüsten ist noch nicht zu sehen, ob es ein Monster wird oder ein Meisterwerk. Ich wette auf das Meisterwerk.«

Die Gattis hätten ganz gerne Eiscreme, Schokolade, Waffeln und Kaffee im Innern des Kristallpalastes verkauft, aber Zio Carlo hatte bald den Bescheid bekommen, die Verpflegung dort sei den Herren Schweppe übergeben worden. Dieses Unternehmen suchte Zio Carlo augenblicklich auf, aber man hatte dort kein Musikgehör für ihn; man ließ ihn schnöd wissen, man brauche jemanden wie ihn nicht, nicht einmal seine Idee des fahrenden Eiscremeverkaufs hatte man ihn präsentieren lassen.

»Dann eben nicht«, sagte er, »die Straße ist für alle da. Drinnen wäre es besser gewesen, aber wenn wir draußen verkaufen können, wird es auch gut.«

Es wurde viel geredet über diese Ausstellung, unter den Kellnern in der Markthalle genauso wie bei Tisch in Holborn. Für Zio Carlo war alles klar: grandios werde sie, sie *konnte* nur grandios werden.

»Man wird Maschinen zu sehen bekommen, Produkte, Erfindungen aus der ganzen Welt. Ich habe gehört, auch die Schweiz werde vertreten sein. Wenn wir doch bloß auch etwas zum Ausstellen hätten ...«

Jemand musste das gehört haben.

Eines Nachmittags kam Zio Carlo in den Hungerford-Markt, wie er es oft tat um diese Zeit – er verstand es, für Stimmung zu sorgen. Das Publikum war zu dieser Tageszeit ganz anders als am Vormittag, vornehmer, gemischter. Gelegentlich bot Zio Carlo eine Musikantengruppe auf – einmal waren es Tessiner mit ihren Liedern auf Italienisch, ein anderes Mal Studenten des Konservatoriums, die alle möglichen Arten von Musik spielten. Zio Carlo setzte sich dann an einen Tisch, spendierte den Kindern *Licks* und war sich auch nicht zu schade, selber zu bedienen, wenn es nötig war. An jenem Tag gab es keine Musik, er ließ sich auf die rote Sitzbank direkt unter der Kasse fallen, dann hob er den Blick, beugte sich zurück, um mich sehen zu können, und sagte:

»Bring doch deinem armen Zio Carlo einen Kaffee, mein Zichinin, er braucht ganz dringend einen.

Ich gehorchte.

Als ich dabei war, den Kaffee zu servieren, trat ein sehr gut gekleideter Herr hinzu.

»Herr Gatti?«

»Zu Ihren Diensten, mein Herr.«

»Ich bin Joseph Cubitt, mein Vater ist an der Weltausstellung für die Maschinen verantwortlich und ich unterstütze ihn auf der Suche nach Neuheiten, die wir ausstellen können.«

»Setzen wir uns, mein Herr. Nicola, bring Erfrischungen für Herrn Cubitt. Was hätten Sie gern?«

»Ich würde gerne von Ihrer Eiscreme kosten, ich habe davon gehört.«

Ich ging, um ein kleines Tablett mit Zwei-Pence-Licks (unsere größten) vorzubereiten, die der Eiskonditor mit verschiedenen Geschmackssorten füllte.

»Haben Sie schon mal Eiscreme gegessen?«, fragte Zio Carlo, als ich das Tablett auf den Tisch stellte.

»Warum fragen Sie?«

»Weil man erst lernen muss, wie Eiscreme zu essen ist. Man darf keinesfalls einen Löffel voll einfach so runterschlucken. Man muss sie kosten, nur wenig auf einmal und sie auf der Zunge schmelzen lassen. Wenn man sie dann schluckt, ist sie immer noch kalt. Andernfalls wäre sie *zu* kalt.«

»Danke für Ihre hervorragenden Ratschläge.« Während ein paar Augenblicken genoss er seine Eiscreme schweigend und sah ganz danach aus, als ob sie ihm schmecken würde. »Ich habe Sie aufgesucht, Herr Gatti, weil ich beim Vorbeigehen in Ihrem Schaufenster in Holborn die Schokolademaschine gesehen habe. Man sagte mir, Sie wären hier zu finden.«

»Gefällt sie Ihnen? Für die Herstellung von Schokolade, ohne die Kakaobohnen zu beschädigen, ist sie perfekt.«

»Das glaube ich Ihnen. Die junge Dame im Laden hat mir alles erklärt und ich finde Ihr Herstellungsverfahren sehr ausgeklügelt. Was halten Sie davon, die Maschine auszustellen?«

»An der Weltausstellung?«

»An der Weltausstellung.«

»Das … Das wäre … Nein, es geht nicht, wir brauchen die Maschine täglich für die Produktion der Schokolade, auf die wir in unseren Geschäften angewiesen sind. Es sei denn, ich könnte in der Ausstellung selbst produzieren …«

»Nein, das wird nicht gehen.« Er überlegte kurz. Ich hatte mich unterdessen wieder auf meinen Hochschemel gesetzt und verfolgte die Diskussion direkt unter mir aufmerksam. »Man könnte … ich finde diese Maschine interessant, außerdem wird sie mit Dampf betrieben, und Dampfmaschinen, glauben Sie mir, sind die Zukunft.«

Zio Carlo stimmte bei, in seinem holperigen Englisch, das seinen Gesprächspartner aber nicht weiter zu stören schien. Das Gespräch ging weiter, dann sagte Herr Cubitt:

»Und wenn wir ein Modell Ihrer Maschine bauen würden? Ich kenne einen Modellbauer, der oft für meinen Vater arbeitet, wenn er für seine großen Konstruktionen Modelle benötigt.«

Zio Carlo zögerte nicht.

»›Modell eines mit Dampf betriebenen Apparats zur Herstellung von Schokolade auf französische oder italienische Art.‹ Ich sehe das klar vor mir. Geben Sie mir seine Adresse, mein Herr.«

Kaum war Herr Cubitt gegangen, stand Zio Carlo mit der Adresse in der Hand auf. Die Idee, seine Maschine an der Weltausstellung zu zeigen, begeisterte ihn umso mehr, als er wegen der Eiscreme-Geschichte gar nicht an diese Möglichkeit gedacht hatte. Ich hatte ihn mehr als einmal sagen hören, das sei »ein alter Plunder«, in einem beklagenswerten Zustand aus Frankreich herbeigeschafft. Aber wenn sie in Frankreich auch alt sein mochte, für England war sie eine Neuheit – man brauchte nur an die tägliche Ansammlung von Menschen zu denken, die zu praktisch jeder Tageszeit ihre Nase an diesem Schaufenster breitdrückten.

»Dieses Modell wird teuer werden, aber es ist gut angelegtes Geld«, stellte er fest. Dann warf er sich den Mantel über, setzte sich den Hut auf, griff zum Stock und schon war er weg.

So kam es, dass Gatti & Bolla doch noch in der Weltausstellung präsent waren.

# III

Der Augenblick, als mein Lebensweg eine unerwartete Wende nahm, ist mir lebhaft in Erinnerung geblieben. Das Datum habe ich zwar nicht mehr im Kopf, aber es war vor der Weltausstellung.

Ein Sonntag war's und ich ging zur Sonntagsschule – ohne Rosa, sie lag mit einer Brustfellentzündung im Bett. Um sie zu trösten, überließ ich ihr das *Handbuch der Rechtschreibung*, das ich ja ohnehin von A bis Z auswendig konnte.

Als ich in die Schule gekommen war, hatte ich zwar lesen können, aber nur einfache Sachen. An den paar Sonntagen hatte ich etwas schwierigere Wörter gelernt, und wir lasen Sätze, die ich inzwischen schon verstand, wenn ich nur drüber sah. Ich brauchte nicht mehr mit lauter Stimme zu lesen. Aber ich war noch immer Anfänger und musste hart arbeiten. In der Regel schrieb ich am Vor- und las am Nachmittag.

Als ich Reverend Toogood erklärte, das Handbuch sei zu Hause geblieben, sah er mich strafend an.

»Wie willst du ohne es arbeiten?«

»Aus dem Gedächtnis natürlich. Geben Sie mir eine Aufgabe, Reverend.«

»Mach dich nicht lächerlich. Wenn ich dir sage: ›Schreib mir zehnmal die erste Lektion von Tafel Nr. 6 ab, erinnerst du dich nicht.«

Ich konzentrierte mich kurz, schloss die Augen.

*»Sag als Erstes: Friede diesem Haus. Die Gnade sei mit dir, empfange den Frieden dessen, der ist, der war und der sein wird. Halte dich nicht für weise. Spitze deine Ohren und höre auf die Weisen.«*

Ich machte die Augen wieder auf. Reverend Toogood sah mich verblüfft an.

»Hast du verstanden, was du mir gesagt hast?«, fragte er schließlich.

»Ehm ... Friede diesem Haus, der Herr wird kommen ...«, dann verstummte ich. Nach einer Pause fühlte ich mich verpflichtet, zu ergänzen: »Aber ich kann alles schreiben, ich weiß alle Wörter.«

Er packte mich beim Arm, zog mich in eine Ecke und begann, mich über das gesamte Handbuch abzufragen. Ich blieb keine Antwort schuldig.

»Das heißt, du kannst das gesamte Handbuch auswendig.«

»Ja, aber ...«

»Wie lange hast du gebraucht, um es auswendig zu lernen?«

Ich überlegte.

»An einem Abend habe ich es gelesen, und ab und zu lesen Rosa und ich es gemeinsam.«

»Das heißt also, du erinnerst dich an alles, was du gelesen hast.«

»Ehm ... Ja.«

»Verstehst du auch, was du liest?«

»N...n... nein, nicht immer.«

»Aber du erinnerst dich?«

»Ich weiß nicht, ob ich mich daran erinnere. Es bleibt einfach.«

Er lächelte.

»Man könnte das vielleicht ein ›absolutes Gedächtnis‹ nennen, so, wie man vom ›absoluten Gehör‹ spricht. Das ist eine Gottesgabe, die nicht jeder bekommt. Könntest du deinen Vater bitten, mich zu besuchen?«

Ein kurzes Zögern – sollte ich gestehen, dass ich keinen Vater hatte? Ich sagte lieber nichts und begnügte mich mit einem:

»Ja, Reverend.«

Zio Carlo war von morgens früh bis abends spät unterwegs. Er organisierte für den Frühling den Eiscreme-Verkauf auf der Straße, kümmerte sich um die Weltausstellung, packte kräftig zu, besprach sich mit Kunden und führte das Café. Ich wartete deshalb, bis mir der rechte Moment gekommen schien. Ob er bereit sein würde, für mich den Vater zu spielen?

Als ich ihn eines Nachmittags auf dem Hungerford-Markt darauf ansprach, meinte er nur:

»Sehr gut. Ich schaue bei Gelegenheit bei ihm vorbei.«

Er muss kurz darauf hingegangen sein, denn als ich mich am nächsten Samstagabend zu Tisch setzte, sagte er:

»Habt ihr gewusst, dass unser Zichinin von sich reden macht – und zwar im Guten? Dein Reverend möchte, dass du jeden Tag zur Schule gehst. Er will sogar versuchen, ein Stipendium für dich aufzutreiben.«

»Ein Stipendium?«

»Ja, Geld, damit du eine richtige Schule besuchen kannst.«

»Aber … ich will bei euch bleiben!«

Alle lachten, auch Zio Carlo, aber dann erklärte er:

»Die für dich infrage kommende Schule befindet sich in der Newgate Street, gleich um die Ecke. Du bleibst bei uns, Zichinin, und wenn du Ferien hast, nehmen wir dich voll in Anspruch, vielleicht bist du ja groß genug für den Eiscremekarren, falls ich es schaffe, bis zum Sommer genügend davon aufzutreiben. Kennst du Mr Stephenson?«

»Nein.«

»Das ist der hochgewachsene Herr mit dem vielen Haar, der Abgeordnete im Unterhaus, der ab und zu bei uns einen Kaffee trinkt oder ein Eis isst.«

»Ach, der Herr der Lokomotiven?»

»Genau der.«

»Neulich hatte er Zeichnungen der Lokomotiven dabei, die an der Weltausstellung zu sehen sein werden.«

»Wenn er kommt und ich grad nicht da bin, richtest du ihm aus, dein Chef bitte um die Ehre eines Gesprächs mit ihm. Und wenn er entschieden hat, wann und wo, gibst du mir Bescheid.« Er starrte mich an. »Nick, wir brauchen eine Identität für dich. Wenn du zur Schule gehst, reicht es nicht, einfach nur der Nick zu sein, und mir nichts, dir nichts kann ich nicht einen Nicola Gatti aus dir machen. Mit der Schweizer Botschaft ist es ein bisschen kompliziert.«

Dieses Problem löste sich allerdings bald sozusagen von selber.

Unter der Woche übernachteten wir, ich hab's erwähnt, in Hungerford, es gab in der Markthalle einen Schlafsaal, einige von uns schliefen manchmal auch im Café, wo etwas Tageswärme erhalten blieb. Der Frühling nahte zwar in Riesenschritten, aber kalt war es immer noch.

Eines Nachts wurde dort bei uns eingebrochen. Die Räuber hatten nicht damit gerechnet, dass jemand im Café sein würde. Die Kellner, allesamt junge stämmige Burschen, ließen sich nicht zweimal bitten und nahmen es – zu allem entschlossen – mit den Eindringlingen auf, woraus eine fürchterliche Schlägerei resultierte. Selbstverständlich ohne mich, ich war noch zu klein, um mich unter Leute zu wagen, die mir wie Titanen vorkamen. Es war eine helle Mondnacht, der Morgen nahte wohl schon, denn die Öl- und Gaslaternen waren bereits angezündet worden und das Geschrei der Fischer war auch schon zu hören. Im fahlen Licht, das von draußen kam, erkannte ich plötzlich jemanden. Einer der Männer, die sich prügelten, kam von Seven Dials, dort hatte ich ihn manchmal herumlungern sehen. Ich wusste nicht, wie er hieß. Aber ich wusste, dass er verheiratet war und zwei oder drei kleine Kinder hatte. Er merkte, dass ich ihn erkannt hatte, sah mich an und hielt die Hand auf den Mund. Ich schüttelte den Kopf und hoffte, er würde meine Botschaft verstehen und mich nicht umbringen, damit ich ihn nicht verriet. Er verstand mich, und wie es schien, vertraute er mir, denn noch bevor die Nachtwächter da waren, hatten sich die drei oder vier Männer seiner kleinen Truppe aus dem Staub gemacht, ohne etwas mitgehen zu lassen.

Der Vorfall gab viel zu reden, einer der Spiegel im Café musste ersetzt werden, eine Sitzbank brauchte eine Reparatur, ein Marmortischchen musste zusammengeflickt werden. Die Leute kamen aus lauter Neugier, Zio Carlo verbrachte den folgenden Tag damit, Ordnung zu schaffen und die Kunden persönlich zu empfangen – er wusste genau, was er ihnen sagen musste. Am Abend war die Kasse kaum weniger gut gefüllt als an anderen Tagen.

Vielleicht zwei oder drei Tage später wurde ich morgens, auf dem Weg zurück vom Fluss, wo ich Kaffee serviert hatte, von einer Frau angesprochen. Zuerst erkannte ich sie nicht, es war ja auch noch ziemlich dunkel, dann aber sah ich, dass es die Frau des Einbrechers war, den ich bei der Schlägerei im Café erkannt hatte.

»Boy, hier bist du also«, rief sie. »Wir haben dich überall gesucht.«

»Wer hat mich gesucht?«

»Deine Mutter ist von einem Wagen überfahren worden, eigentlich wurde sie von den Pferden zu Tode getrampelt, weißt du das? Sie ist kurz darauf gestorben, machte sich aber noch große Sorgen um dich.«

Was ich an jenem Abend empfunden hatte, war plötzlich wieder da, ich erschauerte, fand es aber gescheiter, nichts zu sagen.

»Arme Nora! Gott hab' sie selig. Seit dem Tod deines Vaters war sie nicht mehr dieselbe.«

»Mein Vater? Ich habe einen Vater?«

»Aber natürlich, Boy, alle haben einen Vater. Deiner ist in einer Rauferei ums Leben gekommen, als du noch ganz klein warst. Er war noch jung, sehr jung sogar. Er vergötterte deine Mutter, aber er war ein Hitzkopf … Du gleichst ihm, weißt du, sehr sogar. Mein Mann hat dich wiedererkannt neulich abends … Du hast hoffentlich niemandem etwas davon erzählt?«

Eine der eisernen Regeln der *Rookeries* lautete, dass man niemals jemanden verriet – das hatte ich schon mit der Muttermilch aufgenommen, falls ich jemals Muttermilch getrunken habe.

»Natürlich nicht, das geht niemanden etwas an.«

»Sehr gut. Mein Mann war sich nicht sicher, aber ich beruhigte ihn: ›Er ist ein braver Junge, ich will ihm sagen, dass seine Mutter tot ist‹.«

»War sie nicht sofort tot?«

»Oh, sie war schwer verletzt und überlebte nicht lange.«

»Kennt ihr den Namen meines Vaters?«

»Dein Vater war Ire, das weißt du doch?«

»Nein, von Wissen kann nicht die Rede sein, aber ich höre immer wieder, ich sähe aus wie ein Ire, weshalb …«

»Ihr gleicht euch wie ein Ei dem anderen, du bist zwar noch klein, er war groß und breitschulterig. Mein Mann sagte: ›Als ich dieses Gesicht sah, glaubte ich, Martins Gespenst vor Augen zu haben.‹ Wenn du groß bist, wirst du deinem Vater gleichen, wie er leibte und lebte.«

»Mein Vater hieß Martin?«

»Wahrscheinlich wusste außer deiner Mutter niemand, wie er wirklich hieß. Eines Tages tauchte er einfach auf, schwadronierte herum und die Mädchen stürzten sich auf ihn wie die Fliegen aufs Fleisch, das kannst du mir glauben. Aber er hatte nur Augen für deine Mutter, das arme Ding, man wusste nicht, wo sie herkam, ein Nichts und Niemand, er hat sie unter seine Fittiche genommen.« Sie überlegte kurz. »Vielleicht hat er ja jemandem gesagt, wie er heißt, Martin als Vor- oder als Familienname? Wer weiß! Er war Ire, weshalb ihn alle *Irishman* nannten, den Iren.« Sie legte mir eine Hand auf den Arm. »Ich werde meinen Mann beruhigen, und wenn du mal in Seven Dials vorbeikommst, schau bei uns vorbei. Aber jetzt, wo du das alles hinter dir hast, rate ich dir, lieber bei deiner Arbeit zu bleiben, das ist sicher besser, als im Schlamm der Themse nach ein paar verlorengegangenen Pence herumzuwühlen, Geschäfte zu überfallen oder dich als Taschendieb zu betätigen.«

Sie drückte noch einmal meinen Arm und entschwand eiligen Schrittes.

Ich hatte mich so sehr daran gewöhnt, gewissermaßen ein Niemand zu sein, dass der Gedanke, jetzt auf einmal eine Mutter namens Nora und einen Vater zu haben, dessen Ebenbild ich sein sollte und der einen Namen hatte, mich ganz aus der Fassung brachte. Ich brauchte den ganzen Morgen, um mich wieder zu beruhigen.

Als Zio Carlo am frühen Nachmittag kam und mir wie gewohnt beiläufig mit einer Hand meine Haare zerzauste, erklärte ich ihm:

»Zio Gatton, ich weiß jetzt, wie ich heiße. Ich bin Nicola Martin, und meine Mutter hieß Nora.«

Ich erzählte ihm von der Begegnung mit der Frau, aber selbstverständlich, ohne ihren Mann zu erwähnen. Ich stellte die Sache als zufällige Begegnung dar.

»Das heißt also, dass deine Eltern tot sind«, schloss er. »Das macht die Sache möglicherweise einfacher …«

Am folgenden Sonntag sprach ich in der Schule den Reverend darauf an.

»Reverend, erinnern Sie sich, als ich das erste Mal kam, sagten Sie mir, ich würde Sie an einen Iren erinnern?«

»Natürlich, sehr gut sogar erinnere ich mich.«

»Wissen Sie, wie er hieß?«

»Weißt du, wir stellen keine Fragen, die die Leute aus den *Rookeries* lieber nicht beantworten. Aber wenn mich mein Gedächtnis nicht täuscht, hieß er Nicolas, er sprach den Namen irisch aus, mit Betonung auf dem A – Nicolàs.«

»Und er soll sehr stark gewesen sein?«

»Sehr stark, körperlich, aber auch geistig. Wenn er so viel Freude am Arbeiten gehabt hätte wie du, hätte etwas aus ihm werden können. Aber er war viel zu sehr ein Luftikus. Zu alt schon, um zur Schule zu gehen, und bereits zu alt auch, um zu verstehen, dass er etwas Vernünftiges hätte lernen sollen. Warum fragst du, kennst du ihn?«

»Nein. Ich habe von einem Iren gehört, der gestorben sein soll, und dachte …«

Ich ließ es dabei bewenden. Aber ich wusste jetzt sicher von meinem Vater, dass sein Familienname Martin war und dass wir denselben Vornamen hatten, dass er »sehr begabt« gewesen war und »körperlich und geistig sehr stark«. Und jung war er gewesen.

Es dauerte ein paar Tage, vielleicht sogar mehr als eine Woche, bis Mr Stephenson wieder bei uns im Café erschien, eines Nachmittags gegen fünf. Zio Carlo war hier, setzte sich zu ihm an den Tisch, rief die Bedienung und brachte ein lebhaftes Gespräch mit ihm in Gang. Sie waren zu weit weg von mir, als dass ich hätte hören können, worüber sie mit gedämpfter Stimme sprachen, aber es musste wohl um mich gehen, denn beide sahen gelegentlich zu mir hinüber.

Serafino reichte mir Rechnungen zur Kontrolle – er machte

immer noch Rechenfehler, ich habe nie begriffen, warum. Ich war sehr beschäftigt und vergaß Mr Stephenson für einen Augenblick. Doch als ich mich wieder umsah, entdeckte ich, dass er nicht mehr an seinem Tisch saß, sondern mir beim Zusammenzählen zusah.

»Kannst du auch multiplizieren?«, fragte er mich rundheraus.

»Ja … ja, mein Herr.«

»Wie viel gibt siebenundvierzig mal achtzehn?«

»Siebenundvierzig … mal achtzehn …« Ich machte die Augen zu und zählte an meinen Fingern ab. »Achthundertsechsundvierzig.«

»Und wie bist du zu diesem Ergebnis gekommen?«

»Ehm … Ich sagte: siebenundvierzig mal zwei gibt vierundneunzig, mal zehn, weniger vierundneunzig. Stimmt. Achthundertsechsundvierzig.«

Er sah mich mit gerunzelter Stirn an.

»Wie alt bist du?«

»Ich weiß es nicht, mein Herr. Vielleicht sechseinhalb, sagt Zio … Herr Gatti.«

»Und wo hast du rechnen gelernt?«

Ich zuckte mit den Schultern. Ich wusste es selber nicht.

»Man sagt, du machtest nie einen Fehler beim Rechnen.«

»Das stimmt, aber warum, weiß ich nicht.«

Jetzt lächelte er.

»Aber ich weiß, warum. Du hast eine Begabung für Zahlen.«

Eine Begabung! Eine zweite Begabung! Ich war ja noch so klein und konnte mir plötzlich gar nicht vorstellen, dass der liebe Gott so großzügig Begabungen verteilte.

»Das kann nicht sein, mein Herr, ich habe bereits meine Begabung«, sagte ich.

Jetzt lachte Herr Stephenson.

»Wie bitte, du möchtest nicht zwei Begabungen haben? Was ist sie denn, deine erste?«

»Wenn ich eine Seite einmal gelesen habe, bleibt sie.«

»Du erinnerst dich an sämtliche Wörter?«

»Ja, alle auf der Seite.«

Jetzt wurde er auf einmal sehr ernst.

»Wenn ich dich dem Christ's Hospital empfehle, eine sehr gute Schule für Schüler wie dich, wirst du dann Ehre für mich einlegen?«

»Ich … ich werde mir alle Mühe geben, mein Herr.«

»Ich schaue, was sich machen lässt.«

»Er ging, schüttelte Zio Carlo die Hand und versprach, bald wieder vorbeizukommen.

Zio Carlo kam zu mir an die Kasse.

»Wie es aussieht, hast du einen guten Eindruck hinterlassen, Zichinin.«

»Ich … ich weiß nicht, Zio Carlo.«

»Aber ich weiß es. Er hat es mir gesagt. Er findet nur, du seist noch ein bisschen klein.«

»Ach, ich …«

»Es entspricht nicht deinem Alter, Zichinin, denn was du da drin hast …«, er tippte mir an die Stirn, »… ist das Doppelte deines Alters, das ist deine Größe. Aber du wirst dich gegen Größere, Dickere und Bösere zur Wehr setzen müssen.«

»Warum denn, ich habe doch niemandem etwas Böses getan?«

»Weil … Das kommt an allen Schulen vor.« Er sah mich nachdenklich an. »Und ich möchte, dass du Nicolas Martin heißt, dein Familienname könnte ohne Weiteres auch englisch sein. Ich habe festgestellt, dass die Engländer die Iren nicht gerade in ihr Herz geschlossen haben, weshalb wir auf jeden Fall eine weitere Schwierigkeit vermeiden sollten.«

In den folgenden Tagen, vielleicht gar Wochen, kam das Thema nicht mehr zur Sprache. Das war mir mehr als recht, ich machte ganz gerne die Kasse, denn ich hatte ein Büchlein entdeckt, das ein

Kunde wohl liegen gelassen hatte, *Das Schloss von Otranto* hieß es. Ich hatte es beiseitegelegt, weil ich dachte, es würde jemand zurückverlangen, aber nach zehn Tagen war es immer noch da. Ich schlug es auf, plagte mich mit den ersten drei Seiten, doch dann ging es plötzlich ganz leicht und ich las immer, wenn mir die Arbeit Zeit dafür ließ. Ich las langsam und verstand nicht gleich alles von den finsteren Abenteuern Matildas und Theodors im Kampf gegen den bösen Manfred. Später kam ich darauf, dass mein Büchlein die vereinfachte Fassung eines komplexeren Romans sein musste.

Ein- oder zweimal überraschte mich Zio Carlo beim Lesen.

»Was machst du? Du liest?«

»Nur weil es grad nichts zu tun gibt, Zio Carlo, aber wenn Sie wollen …«

»Nein, nein. Verstehst du, was du liest?«

»Es ist die Geschichte von Theodor und Matilda und …«

»Du liest gerne, nicht wahr?«

Ich nickte und er ging seufzend weg. »Dieser Junge ist wirklich etwas Besonderes.«

Reverend Toogood sagte ich nichts von meiner Lektüre, er hätte bestimmt keine Freude gehabt daran.

Sonntags machte ich weiter mit meinem *Handbuch der Rechtschreibung* und seinen Sätzen, die nach den Worten des Reverend dazu bestimmt waren, »Seele und Geist zu erheben«. Allmählich nahm meine Handschrift Gestalt an.

Dieses tägliche Einerlei dauerte eine gewisse Zeit, auf jeden Fall bis zum April 1851.

Ich war an einem Samstagabend gerade nach Holborn zurückgekehrt und wir aßen, was sehr selten vorkam, ohne Zio Carlo am Tisch.

»Möchte bloß wissen, wohin er sich verkrochen hat«, murmelte Nonna Gina vor sich hin, als ob es um einen zehnjährigen Schnösel gegangen wäre.

Nach dem Essen verzogen sich die Männer, aber ich blieb bei Nonna Gina und half ihr. Als wir gerade die letzten Töpfe reinigten, trat ein Mann hinzu, den ich nicht gleich als Zio Carlo erkannte. Nonna Gina schrie so laut auf, dass Zia Maria herbeieilte.

Zio Carlo trug Kleider, die ihre besten Tage längst hinter sich hatten: abgewetzt, von zweifelhafter Sauberkeit, die Kopfbedeckung erinnerte nur von ferne an einen Hut.

»Bist du das, Carlo? Was machst du denn da?«

Nonna Gina stürzte sich gewissermaßen auf ihn und begann, ihn von seinem Überzieher zu befreien. »Nicht in meiner Küche« oder etwas Ähnliches murmelte sie dazu, »fort mit diesem Unrat, in den Ofen.«

Zio Carlo machte eine Handbewegung.

»Beruhige dich, Nonna. Ich war in St. Giles, und das war nicht in meiner üblichen Kleidung möglich, in denen ich meine Gäste empfange, ich hatte keine Lust, wegen meiner Kleider ausgeraubt oder umgebracht zu werden.«

»St. Giles?« Nonna Gina mochte so selten das Haus verlassen, wie sie wollte, aber zu Ohren gekommen war ihr dennoch, was sie von St. Giles zu halten hatte: »Ein Gaunernest!«

Onkel Carlo seufzte.

»Dort gibt es vor allem einen Haufen armer Leute, hoffnungslos, ohne jede Zukunft – es ist furchtbar.«

»Aber was hattest du dort verloren?«

»Ich war mit jemandem verabredet, der mich versetzt hat, und hatte deshalb drei freie Stunden vor mir, so dachte ich, ich könnte etwas erledigen, was ohnehin demnächst hätte getan werden müssen: Ich habe mich auf die Suche gemacht nach der Identität unseres Zichinin.«

»Nach meiner?«

»Ja, nach der deinen. Du wirst zur Schule gehen und genug

Scherereien haben, ohne vom ersten Tag an gleich als Bastard oder Findelkind etikettiert zu werden.«

»Und, hast du gefunden, was du gesucht hast?«, fragte Zia Maria.

»Ja, hab' ich. Ich war bei Reverend Bickersteth, dem Rektor von St. Giles, und fragte ihn, ob er Zichinins Eltern kenne, Seven Dials gehörte ja zu seinem Sprengel.«

»Und?«

»Ich habe erfahren, dass deine Mutter, Nora mit Namen, eine Zeitlang Papierblumen gemacht hat, vermutlich für meine Vettern. Sie war erst einundzwanzig, als sie starb, das heißt, sie war fünfzehn, als du zur Welt kamst. Sie war ein Waisenkind und tatsächlich Italienerin, aufgewachsen muss sie in Saffron Hill sein, im Italiener-Quartier, aber man wusste nichts Genaueres über sie. Der Pfarrer erinnert sich nur ihres Vornamens wegen an sie, weil dieser für seinen Sprengel sehr unüblich war.«

»Und mein Vater?«

»Genaueres wusste der Pfarrer nicht. Er ist ihm nie begegnet. Falls er gestorben ist, muss es anderswo gewesen sein, er erscheint nicht im Sterberegister von St. Giles.«

»Hast du eine Spur von Nicola gefunden?«, erkundigte sich Zia Maria.

Zio Carlo sah mir in die Augen und mir war klar, dass er jetzt etwas Wichtiges sagen würde.

»Ich denke, ich sollte dir die Wahrheit sagen, Zichinin. Ich kann mich darauf verlassen, dass Zia Maria für sich behält, was ich dir jetzt sage, und Nonna Gina ebenso. Geradeheraus, Zichinin. Ich erzähle dir, wie es gewesen ist. Und du wirst davon kein Sterbenswörtchen verlauten lassen, kapiert?« Ich nickte energisch. »Ich erklärte dem Reverend, dass du wahrscheinlich im Christ's Hospital zur Schule gehen wirst, dass es nicht leicht für dich sein würde wegen der Art, wie du sprichst, und weil du noch so klein bist. Und ich habe ihm auch klargemacht, dass er dir eine weitere Schwierigkeit ersparen könnte.«

Er zog ein Stück Papier aus der Tasche.

»Das ist dein Taufschein, mein lieber Nicola.«

»Ach, sie haben mich taufen lassen?«

»Ganz bestimmt nicht. Außerdem ist es keineswegs sicher, dass deine Eltern verheiratet waren. Sicher ist nur das Todesdatum einer Nora Martin, man vermutet, dass sie deine Mutter war, und da sie den Namen deines Vaters trug … aber im Eheregister des Sprengels ist nirgendwo eine Heirat verzeichnet. Eigentlich hätte das alles in Somerset House registriert werden müssen, wo der Zivilstand der Londoner Bevölkerung registriert wird. Der Reverend versicherte mir, weil die neue Bestimmung erst vor kaum fünfzehn Jahren erlassen worden sei, habe es vorkommen können, dass die Leute eine Geburt weiterhin im Hinblick auf die Taufe der Kirche meldeten, dieses Vorgehen werde nach wie vor toleriert. Der Reverend ist zwar gehalten, die Eltern mit dem Schein hier ins Somerset House zu schicken, aber dazu zwingen kann er sie nicht.«

»Und dann?«, fragte Nonna Gina.

»Dann war der Reverend einverstanden, deinen Geburtsschein zu verfassen.« Er legte das Papier in seiner Hand auf den Tisch und zeigte mit dem Finger auf die Einträge in den von schwarzen Linien begrenzten Feldern. »Hier steht das Datum deiner Taufe. 26. September 1844, genau sechs Jahre bevor ich dich gefunden habe. Hier steht dein Taufname – Nicolas, wie du siehst. Dann die Namen der Eltern: Nora und Nicolas. Und der Familienname: Martin. Der Beruf deines Vaters ist mit Docker angegeben.«

»Mein Vater war Docker?«

»Ich habe keine Ahnung. Aber du hast ja selber gesagt, er sei breitschulterig gewesen und nach Aussage des Reverend war er noch jung, deshalb dachte ich, er hätte Docker sein können. Zum Schluss hier die Unterschrift dessen, der den Schein ausgestellt hat.

»Und das ist alles?«

»Das ist alles. Jetzt hast du eine Identität. Ich bewahre dieses Dokument sorgfältig für dich auf und lasse dich von jemandem in Somerset House registrieren und die Erklärung abgeben, deine verstorbenen Eltern hätten dich uns zur Pflege anvertraut, damit wirst du zum ordentlichen Bürger Englands.«

»Dann bin ich jetzt kein Findelkind mehr?«

»Doch, du bist immer noch das Kind, das ich gefunden habe, aber du bist nicht mehr Boy, du hast jetzt einen Namen und eine Identität. Es gibt dich. Und jetzt gehe ich mich umziehen und waschen.« Er stand auf und streichelte mir mit seiner großen Hand die Haare. Eine seltene Zärtlichkeit. »Du glaubst gar nicht, wie froh ich bin, dich da herausgezogen zu haben damals, mein Kleiner. Am liebsten hätte ich immer gleich alle die hungernden Kinder in Lumpen mitgenommen.« Dieses Gespräch fand in der Dialektsprache statt, die ich inzwischen recht gut verstand. Zia Maria machte eine Geste des Widerspruchs. »Ich weiß, Maria, ich weiß, ich kann sie nicht alle retten, aber Abhilfe gegen diese schreckliche Situation braucht es gleichwohl. Das ist kein Leben dort, das ist die Hölle.«

# IV

Die Nacht, als Zio Carlo mich gefunden hatte, brachte einen so radikalen Einschnitt in mein bisheriges Leben, dass es mir danach nie mehr gelungen ist, mich klar und deutlich an die Zeit davor zu erinnern. Ich sehe mich zusammen mit anderen Kindern im Themse-Schlamm nach Brauchbarem wühlen, man nannte uns *Mudlarks,* Schlammlerchen. Mit der Realität hat diese Bezeichnung allerdings nichts zu tun. Es war kalt, wir wateten mit nackten Füßen im Schlamm herum, und wenn wir nichts Brauchbares ablieferten, setzte es jedes Mal eine Tracht Prügel. Keine Spur von Lerche. Oder ich sehe uns an der Arbeit für einen der *Dustmen,* der Müllmänner, die Abfälle, Asche und Exkremente einsammelten, sortierten und verkauften. Vielleicht hatte ich auch einen kleineren Bruder, wenn er denn wirklich mein Bruder war, ich bin mir nicht sicher, kaum jünger als ich, und ich glaube mich zu erinnern, dass er starb, nachdem er mit einem Fuß in eine Glasscherbe getreten war. Schuhe hatten wir keine.

Und weil diese undeutlichen, aber schrecklichen Bilder unkontrolliert in meinem Kopf herumfuhrwerkten, hielt ich mich für einen Idioten. Als nun plötzlich feststand, dass ich über ein Gedächtnis verfügte, das alles behielt, was es einmal aufgenommen hatte – Gelesenes, Geschriebenes, Gesprochenes, einfach alles – war ich fassungslos. Jetzt, viel später, glaube ich zu verstehen, dass eine Mischung aus Nahrung, Sauberkeit, Wohlwollen und sogar etwas Zuneigung, wie rau sie auch gewesen sein mochte, mich stark gemacht hatte, und dass das, was man meine Begabungen nannte, zwar durchaus vorhanden gewesen war, aber verschüttet unter den Entbehrungen, die mein Los als Kind prägten: ausgebeutet, unterernährt, halbnackt und von einer sicher verzweifelten Mutter vernachlässigt.

Nichts Besonderes, wird man mir entgegenhalten, es habe in London Zehn-, wenn nicht sogar Hunderttausende Kinder wie mich gegeben – von ihren bedürftigen Eltern im Stich gelassen, wenn es überhaupt Eltern gab, denn oft genug war bald einmal kein Vater mehr da, um die vielen hungrigen Mäuler zu stopfen. Nicht unbedingt tot, bloß verschwunden.

Der Zufall, das Schicksal oder wie man das immer nennen will, hatte mich aus meiner misslichen Lage befreit und mich in einen fest gefügten Familienkreis versetzt. Er bestand aus mehreren Gattis, und jene, die einen anderen Namen trugen, stammten immerhin auch »aus dem Tal«, denn sie sprachen die gleiche Sprache wie Zio Carlo und Nonna Gina. Sie lebten nicht im Überfluss, ganz im Gegenteil, jeder einzelne Penny wurde dreimal umgedreht, bevor man ihn ausgab. Aber man spürte bei allen – wie soll ich sagen? – dass sie ein Ziel hatten, Würde und den Willen, sich gegenseitig beizustehen. Und eine Hoffnung, die man in den Quartieren wie dem meiner Herkunft oder in Saffron Hill überhaupt nicht kannte.

Nonna Gina hatte die Lumpen, in denen man mich gefunden hatte, ausgebessert und ließ mich sie im Hausinneren tragen. Aber im Café als Kellner in Lumpen? Auf keinen Fall! Man hatte mir einen Anzug zurechtgemacht, der Agostino nicht mehr passte, denn Zio Carlo bestand auf einer »anständigen

Kleidung« für mich. Er erwartete, dass ich seinem Geschäft Ehre machte, das wurde ja auch Tag für Tag auf Hochglanz poliert. Die Kellner trugen eine Art Uniform, schwarze Hose, weißes Hemd und eine grau gestreifte Jacke – für alle das Gleiche. Solche Details waren Zio Carlo so wichtig, dass er kaum je Geld in der Tasche hatte, er »investierte« es, wie er zu sagen pflegte.

In Wirklichkeit war er allerdings durchaus auf dem Weg, ein reicher Mann zu werden, nur wusste er es noch nicht, niemand von uns ahnte es.

Es dauerte ein paar Wochen, bis ich es mir eingestehen konnte, ja, ich war begabt für Zahlen, ja, ich las gerne und behielt alles Gelesene im Kopf. Im Grunde hätte mich Zio Carlo ganz gerne weiterhin in die Sonntagsschule geschickt und mich wochentags arbeiten lassen – Kinder, die schon mit sechs Jahren arbeiten mussten, das war damals gang und gäbe. Auch ich hatte nichts gegen die Aussicht auf ein Leben als Kellner. Aber eben – wenn es nicht jenes Etwas gegeben hätte, in dem sich Zio Carlo von allen anderen unterschied: Er war jederzeit bereit, eine sich bietende Gelegenheit beim Schopf zu packen. Wenn man mir also eine Ausbildungsmöglichkeit anbot, die nach seinem Dafürhalten meinen Begabungen entsprach, galt es zuzugreifen, da gab es nichts zu diskutieren. Das würde sich später auszahlen. Das war eine Investition.

Inzwischen war auch sein Bruder Giovanni nach London gekommen. Mir wurde klar, dass er ganz anders war als Zio Carlo, obwohl sich die beiden Brüder äußerlich sehr ähnlich sahen. Giovanni dachte zuerst nach, bevor er handelte und sprach. Er hatte andauernd tausenderlei Einwände gegen alles und wollte überzeugt werden.

»Das geht mir zwar auf die Nerven, aber es ist heilsam, es zwingt uns, gründlicher nachzudenken«, hatte Zio Carlo einmal nach einem heftigen Disput eingestanden; und für einen Draufgänger wie ihn wollte das etwas heißen.

So kam es, dass Giovanni eines Abends mit gerunzelter Stirn zuhörte, als Zio Carlo über ein langes Gespräch mit Herrn Stephenson am Nachmittag im Café berichtete.

»Herr Stephenson hat mit einem der Leiter von Christ's Hospital gesprochen, dann legten sie seinen Fall vor und im Prinzip nehmen sie unseren Zichinin. Wir haben ihm ein Geburtsdatum im September 1844 gegeben, bis im September zu Schulbeginn an Michaelmas, wie man das offenbar nennt, wird er das erforderliche Mindestalter erreicht haben.«

»Dieses Christ's Hospital, was ist das?«

»Eine Schule für begabte Kinder, die sich den Unterricht nicht leisten können. Wie man mir sagte, ist es Bedingung für die Aufnahme, mit leeren Händen anzutreten, alles Nötige kommt von der Schule. Sie dauert acht oder neun Jahre, und wenn die Zeit um ist, haben sie alles, um eine Stellung in einer Kanzlei anzutreten, eine Berufslehre zu machen oder an die Universität zu gehen. Offenbar gibt es diese Schule seit drei Jahrhunderten.«

»Aber wird er reif genug sein dafür, der Kleine?«, fragte Zio Giovanni nachdenklich.

»Ich zweifle nicht im Geringsten, dass er reif genug sein wird, du hast ja gesehen, wie gut er lesen kann.« Jetzt wandte er sich an mich. »Aber ich warne dich, mit dem *Schloss von Otranto* ist jetzt Schluss, es ...«

»Ich hab's ja schon fertiggelesen.«

Zio Carlo warf einen Hilfe suchenden Blick zum Himmel.

»Bis September liest du nichts anderes als die Bibel und vor allem die vier Evangelien, ist das klar? Man erwartet, dass du sie lesen und rezitieren kannst, du wirst also üben müssen. Und dass du schreiben und rechnen kannst, verlangen sie auch. Also sei fleißig am Sonntag. Fürs Rechnen mache ich mir keine Sorgen, aber Schreiben ist nicht so einfach.«

»Wir müssen eine Bibel für ihn kaufen, die unsere ist italienisch«, stellte Zio Giovanni fest.

»Herr Stephenson wird ihm eine englische besorgen.«

»Und wann soll er das alles üben, wenn du ihn den ganzen Tag für dich arbeiten lässt?«

Zio Carlo lächelte verschmitzt.

»Verlasse dich auf ihn, er wird die Evangelien genauso lesen wie er das *Schloss von Otranto* gelesen hat, immer, wenn er an der Kasse grad nichts zu tun hat. Wenn der Straßenverkauf der Eiscreme im Sommer so gut läuft, wie ich hoffe, kann ich ihm dann aus der eigenen Tasche eine Bibel kaufen. Jetzt gerade bin ich ziemlich blank.«

»Kann ich dieses *Schloss von Otranto* mal sehen?«, fragte Zio Giovanni.

Ich ging es holen, ich bewahrte es unter meiner Matratze auf. Zio Giovanni blätterte es durch, las die ersten Seiten, und ich sagte mir, er werde wohl nichts verstehen, denn Zio Giovanni lebte seit vielen Jahren in Frankreich und sprach kaum Englisch. Gleichwohl kümmerte er sich regelmäßig um seine Kinder, Agostino, den Älteren, und Stefano, den Jüngeren, der inzwischen zusammen mit seinem Bruder zur Schule ging. Alle wohnten gemeinsam in Holborn unter einem Dach, bis Zio Giovanni etwas Zahlbares finden würde. Wahrscheinlich hatte er das *Schloss von Otranto* schon in seiner Muttersprache gelesen, denn er fing an, mir Fragen über den Handlungsverlauf zu stellen, und ich antwortete ihm, so gut es ging.

Es dauerte ein Weilchen, bis er erklärte:

»Hmm … Ja, doch, ich glaube, es könnte klappen.«

»Natürlich klappt es«, entgegnete Zio Carlo. »Aber ich habe den Herrschaften klargemacht, es komme nicht infrage, dass ich dich gehen lasse, bevor die Weltausstellung schließt. Wir brauchen diesen Sommer jede Kraft.«

Ein paar Tage später kam Mr Stephenson im Café vorbei und brachte die Evangelien mit.

»Lies mir etwas vor«, befahl er und reichte mir das Buch.

Ich las ein paar Zeilen, er hörte aufmerksam zu.

»Ja, ich sehe, dass du wirklich lesen kannst. Und du kannst rechnen, sogar multiplizieren. Lerne die Evangelien gut, inzwischen sorge ich dafür, dass du zur Schule gehen kannst.«

»Danke, mein Herr. Ehm … man sagt, an der Ausstellung sei eine Ihrer Lokomotiven zu sehen.«

»Ja, das stimmt. Und?«

»Ich möchte sie gerne sehen.«

»Schauen wir mal, was sich machen lässt. Du aber pass gut auf diese Bibel auf, sie soll dich dein ganzes Leben lang begleiten.«

Aber er musste gar nichts machen, denn nur Stunden oder Tage später entschied Zio Carlo, der überall und nirgends war, ich hätte die Ausführung des Modells für die Schokolademaschine zu überwachen, jedenfalls für ein paar Tage. Nicht ich allein natürlich, sondern zusammen mit einem Erwachsenen, einem von Zio Carlos Vettern, Giustino, dessen Englisch mehr als dürftig war.

Als ich Reverend Toogood davon erzählte, was ich für ein Geschenk des Himmels hielt, runzelte dieser die Stirn.

»Zumindest solltest du ein korrektes Englisch sprechen.«

Ich sah ihn erstaunt an.

»Spreche ich denn nicht … ehm, wie haben Sie gesagt?«

»Ein korrektes Englisch. Nein, dein Englisch ist nicht korrekt, und wenn ich nicht vertraut wäre mit diesem Quartier hier, hätte ich manchmal sogar Mühe, dich zu verstehen. Den schlimmsten Wortschatz aus den Elendsvierteln hast du zwar bereits ausgemerzt, aber es gibt noch viel zu tun.«

So kam es, dass er am Sonntag eine zusätzliche Stunde Sprachunterricht für mich ansetzte, um mir Laute beizubringen, die meinen *Cockney*-Akzent, wie er meine Art zu sprechen nannte, säubern würden. Er ließ mich auf einem Stuhl Platz nehmen und zwang mich minutenlang, »plaine« zu sagen anstatt »plaan«, »eating« statt »eatin'«, »ich bin gekommen« anstatt »ich bin aufgekreuzt« und so weiter.

Meine Bemühungen wurden wesentlich erleichtert dadurch, dass ich mich an der Weltausstellung mit einem Jungen anfreundete, einem Ingenieurssohn, der es geschafft hatte, sich für die Dauer der Ausstellung als Laufbursche der Maschinen-Abteilung anstellen zu lassen, und der das Englisch der besseren Quartiere sprach. Zuerst machte er sich über mich lustig, dann aber korrigierte er mich.

Während Monaten schon hatte ich über die Weltausstellung reden hören. Doch als ich mich kurz vor der Eröffnung zum ersten Mal dorthin begab, zusammen mit Battista Bolla, der sicherstellen wollte, dass seine Maschine so ausgestellt würde, dass das Publikum verstand, wie die Herstellung von Schokolade funktionierte, da war ich sprachlos. Alle hatten den Kristallpalast in den höchsten Tönen gelobt. Doch die Wirklichkeit übertraf sämtliche Beschreibungen. Er war riesig. Im Innern standen richtige Bäume, voll belaubt. Ulmen seien es, sagte man mir. Man hörte sogar die Spatzen zwitschern und sah sie überall herumflattern.

Als wir einen Tag vor der Eröffnung am 1. Mai dort waren, schien es mir ein Ding der Unmöglichkeit, das gewaltige Durcheinander noch rechtzeitig zum Verschwinden zu bringen.

»Und das wollen sie der Königin präsentieren?«, fragte Battista Bolla und schüttelte den Kopf.

Aber wie durch ein Wunder war alles fein säuberlich an seinem Platz, als die Königin und der Prinzgemahl eintrafen.

Hier würde ich nun gerne berichten, ich hätte mit eigenen Augen gesehen, wie Ihre Majestät die Ausstellung eröffnete. Aber leider stand ich strategisch nicht am richtigen Ort. Aber auch ohne meinen Blick auf die Königin geworfen zu haben, war es doch großartig. In den achtundvierzig Stunden vor der

Eröffnung war das Wunder geschehen: Am Morgen des 1. Mai 1851 konnten die Besucher, die in den Kristallpalast strömten, die hohen Säulen in Blau, Weiß und Gold, die Schriftzüge auf zahlreichen Tafeln in Rot und die samtenen Wandbehänge in Hülle und Fülle bewundern.

Im Zentrum befand sich ein riesiger Brunnen aus Kristall oder doch zumindest aus Glas, mit mehreren Wasserstrahlen, der Mittelpunkt des allgemeinen Interesses. Von meinem Platz aus, in der Ecke von Gatti & Bolla, konnte ich gerade noch den oberen Teil sehen. Für mich unvergesslich ist der Augenblick, als am Eröffnungstag ein Chor ein Lied anstimmte, das *Te deum* von Händel, wie ich mir sagen ließ. Die Musik, die Leute, der Springbrunnen, in dem sich das Sonnenlicht spiegelte – eines der eindrücklichsten Bilder, die mir geblieben sind, begleitet von einem Gefühl, das für mich neu war: Ich, ein Straßenkind aus den *Rookeries*, nur knapp dem Armutstod entgangen, hatte überlebt und nahm teil an etwas, was allgemein als außergewöhnlich traumhaft betrachtet wurde. Auch Zio Carlo, der ebenfalls zur Eröffnung gekommen war, muss etwas Ähnliches empfunden haben, denn plötzlich spürte ich seine Hand auf meinem Kopf und hörte ihn murmeln: »*Ta seet un bon fiöö*, Zichinin. Du bist ein braver Junge, Zichinin.« Mit anderen Worten: Alles war gut.

Wir waren in Sektion sechs untergebracht: »Maschinen und Instrumente des Gewerbes«. Hier gab es Maschinen zum Aufrauen und Spinnen von Baumwolle, zum Bedrucken von Stoffen, zur Papierherstellung, Druckerpressen und ganz in der Nähe befand sich eine der größten Attraktionen: Lokomotiven. Nach ein paar Tagen hatte ich Maschinen gesehen, von denen ich sonst nicht einmal geträumt hätte und ohne die Weltausstellung auch heute noch nichts wüsste.

Kleinere Objekte verschiedenster Art, die auch leichter zu verstehen waren, gab es in Fülle, ab und zu schnappte ich im

Vorbeigehen eine Erklärung auf, die ich zwar nicht immer verstand, aber gierig aufsog. So entdeckte ich dank der Weltausstellung zum Beispiel auch den Telegrafen und ließ mir erklären, wie er funktionierte.

Anderswo in dieser riesigen Halle gab es weitere Gattis, man traf sich nur zufällig und kannte sich kaum – Hersteller von Papierblumen, wie sie auch in der Confiserie in Holborn verwendet wurden. Sie hatten ihren Stand auf einer der Galerien, dort hinauf hatte ich mich anfänglich nicht gewagt – aus Angst, mich in dieser Unermesslichkeit zu verirren.

Mary hatte die Erläuterungen, die Battista Bolla zum Modell der Schokolademaschine darbot, auf Englisch übersetzt, ich hatte sie auswendig gelernt und leierte sie herunter, wenn Battista die Maschine erklärte, wobei ich mich bemühte, so zu sprechen, wie es mir Reverend Toogood Sonntag für Sonntag einzutrichtern versuchte. Als Battista dann nach Holborn zurückkehrte, um mit der echten Maschine Schokolade herzustellen, gab ich bald einmal selber die Erklärungen dazu ab, wenn Giustino, der mich begleiten sollte, nicht da war. Die Leute lachten, weil ich vermutlich den meisten Zuschauern wie ein gebildeter Affe erschien, aber das war mir egal.

Nachdem ich einmal lesen und schreiben gelernt hatte, war die Weltausstellung meine erste Schule.

Wieder war mir mein Gedächtnis eine Hilfe. Nach zwei Wochen kannte ich alle Wege auswendig, ich nutzte jede Gelegenheit, um herumzustreunen, und ich sammelte Informationen, die ich seither nirgendwo mehr gefunden habe. Ein kunterbuntes Durcheinander. Ich sah, wie Baumwolle gewoben wurde (»Präg dir diese Maschine gut ein, kleiner Mann, sie bedeutet, dass sich Knaben deines Alters nicht mehr zu Tode schuften müssen in den Fabriken«), ich sah, wie Wolle aufgeraut wurde, Mähmaschinen sah ich und die Herstellung von Papier in riesigen Rollen. Aber eigentlich sah ich all dies gar nicht wirklich, sondern hörte den Erklärungen zu, die ich überall, wo immer ich kreuz und quer unterwegs war, aufschnappen konnte. Daraus machte ich mir ein Bild, wie es sein könnte, wenn diese Maschinen in Betrieb gesetzt wurden. Noch heute wäre ich in der Lage, aus dem Gedächtnis Funktionsbeschreibungen einer Vielzahl von Maschinen und Apparaten zu notieren.

Sogar den Hafen von Liverpool sah ich mir an, mit allem, was dazugehörte, mit Schiffen und Quais, als Modell nachgebaut.

Dank des Umstandes, dass sich die Evangelien, die mir Herr Stephenson besorgt hatte, in einem kleinen Büchlein befanden, trug ich dieses die ganze Zeit bei mir und las dann und wann eine Seite.

Anfänglich hatte es geheißen, ich könnte in der Ausstellung übernachten, aber die Wächter hatten das nicht zugelassen. Dann entdeckten wir einen Omnibus, der vom Kristallpalast über die Oxford Street direkt nach Holborn fuhr, und den nahm ich täglich morgens und abends. Die Omnibusse wurden von zwei Pferden gezogen, bei sehr schlechtem Wetter sogar von dreien. Für einen Penny oder zwei bekam ich einen Platz drinnen oder für einen halben Penny oben auf dem Dach. Man kletterte die eisernen Sprossen hinauf, die am Holz des Wagens befestigt waren. Am Anfang hatte ich ein bisschen Angst, vor allem auf dem Weg hinunter, aber das gab sich. Glücklicherweise hatten wir damals einen sehr schönen Sommer. Während ich wartete, bis sich der Omnibus einen Weg durch den Verkehr gebahnt hatte, las ich in meiner Bibel. Ich hatte immer noch Angst, allein unterwegs zu sein (Was, wenn ich von einem Kinderhändler entführt würde? Und als Kaminfegerjunge verkauft?). Doch der Kutscher hielt ganz in der Nähe unserer Confiserie in Holborn, um andere Fahrgäste aussteigen zu lassen. Diese Gelegenheit nutzte ich. Mit der Zeit wich die Angst und verschwand schließlich ganz. Ich nutzte diese Fahrten, um die Geschichten unseres Herrn zu lesen; sie sind mir in lebendiger Erinnerung geblieben. Ich war nicht religiös damals und bin es auch nie geworden, aber dieser Lesestoff fesselte mich; ich glaube, ich las das als Siebenjähriger wie einen Roman. Was ich davon verstand, war allerdings eine andere Frage. Manchmal, vor allem, als es dem Herbst zuging, achtete ich mehr auf das, was draußen im Straßengetümmel geschah – die gewaltigen Staus und das dazugehörige Gefluche der Kutscher, das Pferdegewieher, die scharfen Pfiffe des Kontrolleurs, mit denen er dem Kutscher signalisierte, anzuhalten. Inzwischen wurde es früh dunkel und wir waren in etwa in dem gleichen Rhythmus unterwegs wie der Laternenanzünder, der mit seiner langen Leiter von Lampe zu Lampe ging, hinaufstieg, den Gashahn aufdrehte und wieder herunterkam. Es kam vor, dass ich mich oben auf dem Omnibus in der Oxford Street auf gleicher Höhe mit dem Laternenanzünder befand.

»Was liest du denn da, Rotznase?«

»Die Bibel. Wo kommt das Gas her?«

»Unter dem Straßenpflaster gibt es ein Loch.«

Dann verschluckten uns wieder das Getümmel und der Lärm.

Ich höre auf. Ich hätte tausenderlei Dinge zu erzählen aus jener Zeit, aber etwas will ich unbedingt noch erwähnen: den Eiscreme-Verkauf.

Zio Carlos Idee war gut. Zum ersten Mal begegneten die Leute, die aus dem Kristallpalast strömten, massenhaft den *Barrows,* den Gatti-Eiscreme-Karren. Oft war es heiß und sie hatten Durst und Hunger, weshalb wir mit den Eiscreme-Karren goldene Geschäfte machten.

»Das glaubst du gar nicht«, sagte Agostino zu mir. Er nutzte seine Ferien, um einen der Karren zu begleiten. »Am Eingang zum Hyde Park ist er nach einer Stunde ausverkauft. Für viele Leute ist es das erste Mal, man muss ihnen erklären, dass man nicht alles auf einmal verschlingen sollte …« Er grinste. »Ein

Kerl, der uns nicht glaubte, meinte danach, wir hätten ihn vergiftet. Was ihm im Magen brannte, war die Kälte des Eises, aber er war überzeugt, es sei Zyankali.«

Zio Carlo rannte weiterhin herum wie irr, um natürliches Eis aufzutreiben, was im Sommer natürlich keine einfache Sache war.

»Ich muss das selber machen«, brummte er gerne vor sich hin. Inzwischen schaffte er es immer wieder, das nötige Eis aufzutreiben und in Holborn und in zugemieteten Räumen lief die Eiscreme-Produktion auf Hochtouren.

Doch jedes Mal, wenn Zio Carlo darauf zu sprechen kam, regte er sich über die Herren Schweppe auf, die sich weigerten, seine Eiscreme zu verkaufen.

»Habt ihr gesehen, was die im Kristallpalast Eiscreme nennen? Flüssig! Und der Preis erst ... Mit dem, was die verlangen, leiste ich mir ein köstliches Essen in einem guten Restaurant.«

Eiscreme war zweifellos nicht die einzige kostspielige Erfrischung. Es war zwar verboten, eigene Verpflegung in die Ausstellung mitzubringen, aber die Leute scherten sich schon bald nicht mehr darum, die Wächter waren machtlos und gaben klein bei. Sie beschränkten sich darauf, aufzupassen, dass die Picknicker wenigstens ihre Abfälle nicht liegen ließen.

Wie dem auch sei. Wenn die Leute, vor allem im Juli und August, aus dem Kristallpalast strömten, stürzten sie sich auf die Karren, die Zio Carlo an strategischen Plätzen an der Bayswater Road und an der Ecke Oxford Street platziert hatte. Einer der Verkäufer war Serafino. Zio Carlo schickte mich gelegentlich zu ihm, um ihm zur Hand zu gehen.

»Ich glaube, du bist wirklich wieder vollkommen in Ordnung. Deine Beine und dein Rücken sind gerade und nach meiner Auffassung hast zu sogar zu wachsen angefangen. Es wird dir gut tun, draußen zu sein.«

So arbeitete ich bis zum Ende der Weltausstellung an zwei

Orten. Es hieß, sie habe insgesamt sechs Millionen Besucher gehabt.

Aber leider ging dieser gewinnträchtige Sommer auch vorbei, und eines Abends Mitte Oktober saßen wir alle an Nonna Ginas Tisch und feierten das Ende der Weltausstellung.

Viel hatte sich nicht verändert, aber eines war doch spürbar: Man musste nicht mehr jeden Penny dreimal umdrehen, bevor man ihn ausgab. Die Geschäfte waren den ganzen Sommer über sehr gut gelaufen, und zwar nicht nur das Eiscreme-Geschäft. Auch die Cafés hatten gut gewirtschaftet, unsere Süßwaren schnitten beim Publikum besser ab als diejenigen der Herren Schweppe und wurden mit Begeisterung verzehrt.

Und das hatte Folgen. Als ich scheu bemerkte, am anderen Morgen würde ich an meinen Arbeitsplatz in Hungerford zurückkehren, hob Zio Carlo eine Hand:

»Du kannst jetzt zwar noch nicht in die Schule eintreten, Neue werden nur alle drei Monate aufgenommen, du musst warten bis im Januar. Aber nun wirst du nur am Vormittag nach Hungerford gehen und mittags zurückkommen und lernen. Du wirst wahrscheinlich zu einem Gespräch mit der Schulleitung gebeten. Herr Stephenson schreibt, es sei alles auf guten Wegen, aber du musst vorbereitet sein. Es gibt bei uns in Hungerford einen Omnibus, der bis Charing Cross fährt. Damit kannst du fahren. Aber ich denke, deine Beine werden dich tragen, wenn du von Zeit zu Zeit mal zu Fuß gehst.

Es mag zwei oder drei Wochen später gewesen sein, als Herr Stephenson eines Tages Zio Carlo zu sich einlud. Wir gingen zusammen in sein Büro in einem sehr beeindruckenden Gebäude. Durch offene Türen sah ich überall Leute über große Blätter gebeugt.

»Ich habe mit Sir John Key, einem der Leiter von Christ's Church, über den jungen Nicola gesprochen. Er möchte ihn sehen, bevor er eine Empfehlung abgibt. Du musst das verstehen, Nicola, es ist nicht nur für dich, sondern auch für uns wichtig, dass du Erfolg hast. Wenn du dich schlecht aufführst, wird man uns für unglaubwürdig halten, wenn wir später andere Kinder empfehlen möchten.«

»Ja, mein Herr, das verstehe ich.«

»Wie steht es mit dem Schreiben?« Er schob mir ein Blatt Papier und einen Bleistift zu. »Zeig mir, was du kannst, schreib deinen Namen.«

Ich konzentrierte mich und tat, was er von mir verlangte. Anschließend diktierte er mir ein paar Wörter und ich schrieb sie mehr schlecht als recht aufs Papier, was bei ihm Heiterkeit auslöste.

»Glücklicherweise ist nicht deine Handschrift dafür maßgeblich, ob du an die Schule aufgenommen wirst oder nicht.« Dann wandte er sich an Zio Carlo: »Seine Gesundheit?«

»Er war lange Zeit geschwächt, wir befürchteten Rachitis, aber es war nichts dergleichen. Inzwischen steht er sicher auf seinen Beinen. Und er wächst.«

Ein paar Tage später holte mich Herr Stephenson ab und wir fuhren mit der Kutsche zu Sir John Key. Dieser Herr mit grau meliertem Haar und wohlwollendem Aussehen war, wie mir Herr Stephenson zuvor gesagt hatte, Bürgermeister von London gewesen und interessierte sich für begabte Kinder.

»Du hast Glück«, sagte er, »ich hatte bereits ein anderes Kind zur Aufnahme vorgeschlagen, aber es wurde so krank, dass es dieses Jahr nicht zur Schule gehen kann. Jetzt hoffe ich, dass du seinen Platz bekommst.«

Sir John Key bombardierte mich mit Fragen, Zeit zum Nachdenken ließ er mir keine. Er setzte mich vielmehr so sehr unter Druck, dass die Antworten sozusagen von ganz allein hervorsprudelten. Nach einer halben Ewigkeit lehnte er sich in seinem

Sessel zurück und sah uns beide abwechselnd und unter Andeutung eines Lächelns an.

»Was möchtest du machen, kleiner Nicola, wenn du groß bist?«

Die Antwort schoss aus mir heraus, ohne dass ich auch jetzt Zeit zum Nachdenken gehabt hätte.

»Lokomotiven.« Selbst für meine Kinderohren klang das sehr anmaßend, weshalb ich mich korrigierte: »Auf jeden Fall Maschinen.«

Sir John lachte aus vollem Hals.

»Ein Lehrling wie geschaffen für Sie, Stephenson.« Er sah mich lange an. »Ich glaube, wir können es wagen. Ich habe schon weniger aufgeweckte Kinder empfohlen, aus denen allen etwas Rechtes geworden ist. Du wirst Ehre für uns einlegen, nicht wahr, Nicola?«

»Ich werde es versuchen, mein Herr.«

Jetzt stand er auf, legte eine Hand auf meinen Krauskopf und sprach:

»Mehr erwarten wir nicht von dir, nur dass du dir alle Mühe gibst.«

An die nun folgenden Gespräche erinnere ich mich nur noch vage, ich glaube aber, dass sie keine entscheidende Rolle mehr spielten. Von dem Augenblick an, als Sir John Ja gesagt hatte, war es für mich klar, dass die übrigen Schulleiter es ihm gleichtun würden.

# V

An einem eisigen Januarmorgen des Jahres 1852 nahm mich Zio Carlo mit feierlichem Gesicht an der Hand und ging mit mir ins Christ's Hospital, das ganz in der Nähe unseres Hauses lag.

Herr Stephenson, Lord Key und Zio Gatti hatten ausgemacht, mich in der Schule als mittelloses Waisenkind und Mündel der Gattis zu präsentieren. Was exakt der Wirklichkeit entsprach. Die Pfarrei St. Andrew und Reverend Toogood sorgten für die erforderlichen Garantien. Ich beantwortete eine Vielzahl von Fragen. Die Schulleitung nahm mich auf.

Nonna Gina hatte mir meine Taschen mit Süßigkeiten vollgestopft, Zia Maria steuerte das Taschentuch und das Nachthemd bei, das die Schule von Neueintretenden verlangte. Agostino stattete mich mit einem grünen Stein als Glücksbringer aus, Battista Bolla schob mir einen Shilling in die Tasche (»Man weiß ja nie«), Stefano und Rosa wollten mit uns kommen und mussten davon abgebracht werden.

Die Feierlichkeit des Augenblicks wurde zudem dadurch unterstrichen, dass mich Zio Carlo persönlich begleitete.

Seit die Weltausstellung zu Ende war, hatte es keinen einzigen ruhigen Moment mehr gegeben. Wir hatten alle Hände voll zu tun: die Schokoladeproduktion steigern, Eis und die Lagerräume dafür organisieren, die Routen und das Personal für den Eiscreme-Verkauf im folgenden Sommer festlegen, neue Cafés nach dem Vorbild von Hungerford eröffnen – mit Marmortischen, Sitzbänken und Stühlen aus rotem Samt, Wandspiegeln und Leuchtern und mit dem obligaten Tee. Sie wurden alle ein großer Erfolg.

Zio Carlo machte nur Pause, um zu schlafen, denn er wollte über alles, was er in Bewegung setzte, auf dem Laufenden sein und machte täglich seine Runden in den Cafés und an den anderen Orten.

Wenn er sich also an diesem Januar-Morgen Zeit nahm, mich gemessenen Schrittes zu begleiten, konnte das nur bedeuten, dass er es für wichtig hielt. Und mir gab es das Gefühl, ihm wirklich etwas zu bedeuten, auch wenn er seine Zuneigung nur selten zum Ausdruck brachte.

»Du musst fleißig sein, Zichinin«, sagte er plötzlich, »du hast das unverhoffte Glück, eine seriöse Ausbildung zu bekommen. Es heißt, diese Schule sei einmalig im ganzen Land. Sie genießt den Schutz des Souveräns, also Ihrer Majestät, der Königin. Die Schule hat Niveau und Tradition und bringt nützliche und vernünftige Männer hervor. Bei mir kannst du Kellner werden, vielleicht auch Besitzer eines Cafés, das sind anständige Berufe, doch diese Schule gibt dir die Möglichkeit zu Besserem.«

Er sah mich mit gerunzelter Stirn an und ich fühlte mich zu einer Antwort bemüßigt.

»Ja, Zio Carlo.«

»Weißt du, Nicola, ich hätte auch studieren können, aber ich war blöd genug, die Chance zu verpassen. In London erzählt man sich, ich sei nicht zur Schule gegangen, weil wir zu arm waren, und ich lasse sie in diesem Glauben, aber es stimmt nicht. Ich bin nicht zur Schule gegangen, weil ich zu *blöd* war. Reich waren wir wahrlich nicht, aber meine Brüder haben alle studiert.« Er unterbrach sich, als wir die Farrington Street überquerten. »Für uns war sofort klar, dass du dafür geschaffen bist, aber im Moment habe ich nicht die Mittel, um eine Schule für dich zu bezahlen – noch nicht. Wenn das, was ich auf die Beine stelle, misslingt, sind wir alle bettelarm. Wenn wir Glück haben und es gelingt, zahle ich dir sogar die Universität, wenn du das willst. Aber nun bin ich sehr erleichtert, dass man dir dieses Stipendium gewährt. Du hast es dir mit harter Arbeit verdient, in der Schule, zu Hause, im Café. Ich bin stolz auf dich. Und ich möchte, dass du mir versprichst, dafür zu sorgen, dass ich *jederzeit* Grund haben werde, stolz auf dich zu sein.«

Auf der anderen Straßenseite war inzwischen das Schulgebäude zu sehen. Ich schluckte zwei-, dreimal leer (vielleicht waren es auch Tränen), dann sagte ich ebenso feierlich wie er gerade:

»Ich verspreche Ihnen, alles zu tun, was in meinen Kräften steht, Zio Carlo.«

Ich hatte allerdings erst vor zwei oder drei Wochen begriffen, dass ich nicht in London, sondern in Hertford zur Schule gehen würde, einem Ort, von dem ich noch nie gehört hatte. Das Christ's Hospital schickte seine jüngsten Schüler dorthin. Erst nach ein paar Jahren wurde man nach London verlegt. Ich hatte deshalb das Gefühl, meine Versprechungen seien nicht sonderlich viel wert, ich schaffte es nicht, mir ein Bild davon zu machen, was auf mich zukam, und war entsprechend verängstigt.

Endlich standen wir vor dem Eingang. Als Erstes trat man durch eine Torpforte in einen großen Hof. Ein Mann, der Pförtner vermutlich, schickte uns in ein Gebäude zur Rechten.

Dort fanden wir uns in einem riesigen Zimmer wieder. Da das Schuljahr zu St. Michael begann, im September also, waren die meisten der neuen Schüler bereits eingetreten. Jetzt waren wir nur zu dritt: Ein Junge meines Alters hing an den Rockzipfeln seiner Mutter, und ein etwas älteres Mädchen wurde von einer verschlossen wirkenden Frau begleitet. So erfuhr ich, dass

Christ's Hospital auch Mädchen aufnahm, sie wurden in Hertford untergebracht und blieben dort für die ganze Zeit ihrer Ausbildung, im Gegensatz zu uns, den Knaben, die nach London zurückkehren würden.

Die »Eltern« wurden gebeten, jetzt zu gehen, worauf sich der Bub noch einmal hinter seiner Mutter verkroch und das Mädchen noch einen kleinen Knicks vor der Frau machte, die es begleitete, was mir klarmachte, dass sie nicht die Mutter des Mädchens sein konnte. Zio Carlo beugte sich zu mir herunter und drückte mir einen Kuss auf die Wange und eine halbe Krone in die Hand, und murmelte:

»Schreib uns, Zichinin, wachse schön und arbeite gut. Und ich verspreche dir, dass du nächsten Sommer die Kunden in Hungerford bedienen wirst. Wir verlassen uns auf dich.«

Zio Carlo hatte keine Ahnung von dem, was man heutzutage Psychologie nennt, aber er wusste, welche Worte es brauchte, um einen kleinen Jungen zu beruhigen.

Ein Lächeln noch, dann war er weg. Zum ersten Mal seit dem Abend, als er mich »aufgelesen« hatte, war ich wieder allein. Sozusagen jedenfalls, denn der andere Junge und ich wurden gleich von einer Hausdame in Empfang genommen, die uns in einen großen Raum führte und uns befahl, uns auszuziehen. Dann kommandierte sie uns mit einer Seife in der einen und einer Bürste in der anderen Hand unter eine Dusche.

Nonna Gina hatte mich früh an diesem Morgen bereits geschrubbt, aber ich protestierte nicht und tat, was man von mir verlangte.

Dann drehte die Hausdame das Duschwasser ab, hüllte uns in Badetücher und ging mit uns in einen anderen Raum, das Krankenzimmer. Ein bärtiger Mann sah uns über seinen Zwicker hinweg an.

»Ich bin Dr. Martin. Wer von euch ist Nicola Martin?«

»Ich, mein Herr.«

»Verwandt mit den Martins von Warwickshire?«

»Ich ... ich glaube nicht, mein Herr, mein Vater stammte aus Irland. Er ist gestorben, kurz nachdem ich auf die Welt gekommen bin, ich habe ihn nie ...«

»Wir wissen also nicht, ob wir Verwandte sind. Zeig mal her.«

Er drehte mich in alle Richtungen, prüfte meine Zähne, meine Kehle, meine Ohren und meine Haare (es wäre aussichtslos gewesen, auf einem Kopf, der gerade von Nonna Gina kam, auch nur eine einzige Laus zu finden).

»Wie alt bist du? Aha, sieben Jahre und vier Monate. Mmm ... Etwas klein noch für dein Alter. Das Turnen wird dir gut tun.«

Von meinen Beinen hatte er nicht gesprochen. Ihre Schwäche war das dauerhafteste Überbleibsel aus meiner Zeit des Elends. Doch in den vergangenen drei Wochen hatten mich die Erwachsenen gezwungen, zu Fuß zu gehen, Besorgungen zu machen oder eine Nachricht zu überbringen, so oft sie nur konnten – und das konnten sie oft. Den Weg zwischen Hungerford und Holborn habe ich bestimmt hundertmal gemacht.

Ich wurde als Schüler für geeignet befunden.

Jetzt wurde für uns ein Zimmer geöffnet, in welchem Dutzende blauer Jacken hingen. Ich probierte mehrere an, bis wir eine gefunden hatten, die passte, und zum ersten Mal trug ich nun die Uniform von Christ's Hospital: eine lange blaue Jacke, dunkle Hose, Strümpfe und Weste in Gelb, schwarzer Gürtel. Ich war ein »Bluecoat«, eine Blaujacke geworden, das war der Spitzname, mit dem uns Schüler und Ehemalige von Christ's Hospital hochnäsig traktierten. Aus meinem früheren Leben waren mir nur meine Schuhe und meine wenigen Münzen in der Tasche geblieben.

Die anfängliche Panik hatte sich in Neugier verwandelt und wurde dann augenblicklich vergessen, als ich erfuhr, wir würden mit der *Bahn* nach Hertford fahren.

Begleitet von einem Pförtner machten wir uns gleich nach einem frugalen Mittagsmahl auf den Weg. Wir waren nunmehr ein Dutzend. Uns drei Neuen hatten sich Schüler angeschlossen, die den Weihnachtsurlaub in London verbracht hatten. Ich musste nur kurz hinschauen, um die berechnenden Blicke einer Gruppe von etwa zehnjährigen Schülern festzustellen. Eine Erklärung brauchte ich nicht. Sie hatten vor, die kleinen Neuen, die wir waren, einzuschüchtern, vielleicht sogar zu quälen. Ich hatte alles aus meinem früheren Leben vergessen, sogar meine Art zu sprechen war anders geworden. Alles, außer dem Gespür für Gefahr und in gewisser Hinsicht für Möglichkeiten, ihr zu begegnen. Ich nahm den anderen Neuen am Arm (zu zweit ist man immer stärker).

»Wie heißt du?«

»Stephen.«

»Achte nicht auf die vier dort, die zu uns hinüberschielen. Bleib immer in meiner Nähe.«

Nachdem diese Sicherheitsmaßnahme getroffen war, konnte ich mich auf den Weg konzentrieren, den wir in einer Kutsche zurücklegten. Wir fuhren entlang der Themse und erreichten den Bahnhof von Bishopsgate, von wo unser Zug abfahren sollte.

Am Bahnhof vergaß ich zunächst die drohenden Gefahren, denn zum ersten Mal sah ich die Lokomotiven in Aktion, die ich in der Weltausstellung bewundert hatte: Stephenson, Crampton, John Bull, Lion, Firefly – Namen, Buchstaben, Zahlen schwirrten in meinem Kopf herum und ich versuchte, sie hier in den Blick zu bekommen.

Unser Zug fuhr mit einer für mich unvorstellbaren Geschwindigkeit. Wir fuhren in der 3. Klasse, die Waggons waren offen und der Wind blies uns ins Gesicht. Mehr als zuzuschauen, wie die Landschaft an uns vorüberzog, erlaubte die Zeit nicht. Nach einer guten Stunde waren wir bereits in Hertford; vierundzwanzig Meilen hatten wir zurückgelegt, das grenzte für mich damals an ein Wunder.

Hertford ist klein, in meinen Augen des Stadtmenschen befanden wir uns weit draußen auf dem Land.

Nach nur wenigen Schritten waren wir in Christ's Hospital.

Hinter dem Gittertor erstreckte sich eine lange Allee aus Bäumen und Häusern. Links die Mädchen, rechts die Knaben. Wir verabschiedeten uns von Jane, dem Mädchen, das zusammen mit uns eingetreten war. In Kontakt mit den Mädchen kamen wir nur ganz selten, weshalb ich sie nur von Weitem zu Gesicht bekam. Wir wurden in das zweite Haus rechts geführt. Im zweiten Stock wies man uns zwei Betten in einem Schlafsaal mit insgesamt an die fünfzig Betten zu.

Um fünf Uhr versammelten wir uns in einem riesigen Raum zum Nachtessen: Eine Tasse Milch, Brot, Käse, kurze Zeit später gingen wir zu Bett. Die vier Angeber vom frühen Morgen bekam ich nicht wieder zu Gesicht, sie schliefen in einem anderen Saal, aber ich war mir meines ersten Eindrucks sicher, sie würden uns Ärger machen.

Am anderen Morgen standen wir um sieben Uhr auf, ein paar ältere Schüler, unsere »Betreuer«, zeigten uns Neulingen, wie man das Bett macht, die Stube putzt, die Kleider reinigt. Die Hausdame drückte mir eine Zahnbürste in die Hand – ein Ding, das ich noch nie zuvor vor Augen gehabt hatte. Man erklärte mir, wie wichtig sie sei »für ein strahlendes Lächeln«. Ich hatte damals noch längst nicht alle Milchzähne verloren.

Um neun fing der Unterricht an. Ich musste ein paar Sätze schreiben und ein paar Bibelverse aufsagen. Dann musste ich eine Addition und eine Subtraktion machen. Daraufhin schickte mich der Herr mit dem strengen Gesicht, der mich geprüft hatte, in die große Grammatikschule. Es gab auch eine kleine Grammatikschule für jene, die noch Lesen und Schreiben lernen mussten – eigentlich war beides vorausgesetzt, aber es gab natürlich immer Ausnahmen.

Die Klasse war ganz anders als die in der Sonntagsschule. Wir saßen zu fünft oder zu sechst auf Bänken. Insgesamt waren wir etwa fünfzig Schüler.

Wir hatten Latein, Rechnen, englische Grammatik, Rechtschreibung, Schönschrift, Bibellesungen und Gesang, außerdem bestand die Möglichkeit, an freiwilligem Musikunterricht teilzunehmen.

Gelegentlich erzählte man uns auch etwas über Geschichte und Geografie, aber immer außerhalb des Programms.

Ich sog das alles auf wie ein Schwamm. Ich konnte mir alles problemlos merken, wenn man mir etwas einmal gesagt oder ich es einmal gelesen hatte. Anfänglich dachten die Lehrer, ich mache mich über sie lustig. Aber ihre Nachfragen machten ihnen klar, dass ich wirklich in einer Viertelstunde auswendig konnte, wofür andere zwei Stunden brauchten. Ich konnte nichts dafür, ich verstand ja selber nicht, wie das möglich war. Besonders augenfällig war es immer, wenn es um Zahlen ging. Wenn man mir eine Rechenoperation erklärte, war es, als hätte ich sie bereits gekannt und als ob der Lehrer nur den Schleier höbe, unter welchem sie verborgen gewesen war.

Bei Latein und Englisch war mir nicht immer klar, was ich mir gemerkt hatte, aber weil der Unterricht sehr stark aufs Auswendiglernen ausgerichtet war, merkte meist niemand etwas von meinen Verständnisschwierigkeiten.

Mittwoch und Samstagnachmittag war schulfrei, dann machten wir Sport. Schon wieder etwas Neues. Ich mochte Sport von Anfang an gern und schon bald gehörte ich einer der beiden Kricket-Mannschaften an. Nachdem ich die Regeln erfasst hatte, warf ich mich mit Leib und Seele ins Spiel. Von körperlicher Schwäche konnte keine Rede mehr sein.

Im Rückblick kommen mir die zwei Jahre in Hertford als verschwommenes Einerlei vor, aber ich erinnere mich, wie rasch ich mich langweilte im Unterricht, wenn ich eine Lektion begriffen oder mir gemerkt hatte und warten musste, bis meine Kameraden auch so weit waren. Bald entdeckte ich die Bibliothek und es ging nicht lange, bis ich die verschiedensten Bücher las.

Es kam vor, dass ich in einem Buch auf meinen Knien las, wenn der Lehrer etwas erklärte, was ich bereits verstanden hatte. Zwei- oder dreimal fasste ich dafür zehn Stockhiebe und trug einen misshandelten Hintern davon. Als mich die Lehrer dann etwas besser kannten, taten sie so, als sähen sie nichts, zumal manches Buch (sie stammten ja alle aus der Schulbibliothek) durchaus mit dem Unterrichtsthema zu tun hatte.

Ansonsten gäbe es kaum etwas zu berichten von meiner Zeit in Hertford, wenn nicht diese Rüpel gewesen wären. Ihnen habe ich die für mich bedeutendsten Ereignisse jener Zeit zu verdanken.

Zu den vier Kerlen, die mir auf der Hinreise aufgefallen waren, hatten sich weitere gesellt, und ihr Anführer war ein Jack Jones, ein großer Rohling, dem die etwas Kleineren imponieren wollten, indem sie die jüngsten Mitschüler quälten.

Insgesamt hatte die Schule hohes Niveau, denn wir als Schüler waren sehr sorgfältig ausgewählt worden, man vergewisserte sich, dass wir über die nötigen Grundkenntnisse verfügten.

Aber wir waren natürlich nicht alle gleich, einige von uns erzielten bessere Resultate als andere. Jack Jones und seine Clique hatten es ganz besonders auf die guten Schüler abgesehen. Sie konnten sie überhaupt nicht leiden.

Bei den Schmähungen, die wir, die Kleinsten, zu erdulden hatten, will ich mich nicht lange aufhalten, aber als sie mich eine ganze eiskalte Nacht lang in eine Abstellkammer einsperrten, gingen sie zu weit. Als eine unbekannte Hand die Tür aufsperrte, muss es fünf oder sechs Uhr früh gewesen sein.

Ich torkelte auf durchfrorenen Füßen, mit blauen Lippen und gefühllosen Händen in unseren Schlafsaal. Stephen und Kai, meine beiden besten Freunde, hatten sich Sorgen gemacht, weil ich nicht neben ihnen in meinem Bett lag. Sie verloren keine Zeit.

»Unsere Mutter rieb uns immer kräftig, um uns wieder aufzuwärmen«, sagte Stephen leise, um die anderen nicht aufzuwecken, dann begann er mich mit der rauesten Decke des ganzen Schlafsaals zu rubbeln.

Selbstverständlich kam es nicht infrage, uns bei den Erwachsenen zu beklagen. Aber am Tag darauf trafen wir uns spontan etwa zu zehnt in einer Ecke des Hofes und ignorierten das Grinsen der Rüpel.

»Gegen eine Gruppe kann es nur eine Gruppe aufnehmen«, sagte Nigel. Er hatte rotes Haar und war ein stämmiger Kerl. Er war mir bereits aufgefallen, wie er Streithähne in Schach hielt, indem er zuerst den einen und dann den anderen zur Vernunft brachte. Es ging eine große Ruhe von ihm aus, die sich auf andere auswirkte. Und es war ganz natürlich, dass er sich als unser Chef durchsetzte.

»Sie sind die Rüpel, wir könnten die ›Lausbuben‹ sein«, schlug ich vor.

»Wir brauchen einen Bluteid«, meinte ein Dritter, »wir müssen schwören, uns immer gegenseitig zu helfen – gegen die Rüpel unter den Schülern und gegen gewisse Missbräuche von Aufsehern und Lehrern, vor allem auf der Oberstufe, dort gibt es einige besonders schlimme.«

»Wie soll das gehen mit dem Bluteid?«, fragte ein kleiner Blonder.

»Ich habe ein Taschenmesser«, sagte ein anderer.

Der Herrgott muss über uns gewacht haben, als wir uns anderntags alle den Ballen der linken Hand, der Herzhand, so viel ritzten, dass es blutete, und uns gegenseitige Hilfe schworen. Die Sauberkeit des Messers war nicht über alle Zweifel erhaben, aber es kam bei keinem von uns zu einer Infektion. Wir waren nunmehr die blauen »Lausbuben«: Nigel, die zwei Johns, wobei der jüngere zur besseren Unterscheidung rasch Johnny genannt wurde, Thomas, Stephen, Charles, Richard, George, Victor, Kai und ich. Wir waren alle sieben oder acht Jahre alt, nur Nigel war schon neun und Kai, dessen Mutter Norwegerin war, sogar schon zehn. Er hatte im Unterricht einiges aufzuholen, weil er nach dem Tod seines Vaters in Norwegen nach England zurückgekehrt war und Englisch hatte lernen müssen.

Wir blauen »Lausbuben« sind bis zum Schluss unserer Zeit in Christ's Hospital zusammengeblieben, und auch seither haben wir uns nie aus den Augen verloren. Es war immer selbstverständlich, dass der eine im Falle einer Notlage die anderen um Hilfe bitten konnte.

Wir hatten sehr bald Gelegenheit, unsere Wirksamkeit zu beweisen. Als zwei der Rüpel den etwas schwächlich wirkenden Thomas, den kleinen Blonden, bedrängten und ihn zwingen wollten, für sie etwas aus ihrem Schlafsaal zu holen, sahen sie sich plötzlich von einem halben Dutzend schweigender Knaben mit geballten Fäusten umringt. Kein Wort wurde gesprochen. Sie zogen sich zurück.

Nachdem sich ähnliche Situationen abgespielt hatten, verloren die Rüpel ihr Interesse an uns. Sie blieben unter sich, denn wenn es darum ging, die Kleinen wie wir zu verteidigen, griffen wir auch ein, wenn Knaben Hilfe brauchten, die nicht zu uns »Lausbuben« gehörten. Während unserer zwei Jahre in Hertford haben wir übrigens auch jeden Abend kontrolliert, ob niemand in einem Raum oder Schrank eingesperrt war.

Am besten erinnere ich mich an die Sommer- und Weihnachtsferien jener Zeit. Sie waren damals lang genug, sodass es sich lohnte, nach Hause zu fahren. Ganz im Sinn seiner Ankündigung hatte mir Zio Carlo zu den Sommerferien von 1852 von Agostino schreiben lassen: »Wir erwarten dich wie abgemacht.« Im Briefumschlag lag auch eine Fahrkarte nach London.

Vier oder fünf von uns reisten in Begleitung eines unserer Pförtner. In dieser Gruppe kannte ich nur Kai näher. In London wurden wir erwartet. Als ich Nonna Gina zusammen mit Serafino am Bahnsteig sah, hätte ich beinahe geweint. Sie warf ihre Arme zum Himmel.

»Signur! Bist du das, Zichinin? Es wird bald einmal schwierig für mich, dich an den Ohren zu ziehen.«

»Sag ehrlich, Nick, wie hast du das geschafft?«, fragte Serafino.

Im Vergleich mit den beiden stellte ich tatsächlich fest, dass ich ein bisschen gewachsen war, bis dahin war mir das nicht bewusst gewesen.

Als ich mich vom Pförtner verabschieden wollte, sah ich, dass Kai traurig war, weil seine Mutter nicht gekommen war.

»Komm mit uns«, schlug ich ihm vor, ohne nachzudenken. Der Pförtner, ein junger Mann, der erstmals Schüler begleitete, war überrascht und sprach davon, Kai an die Schule in London zu begleiten, doch als Nonna Gina die Situation erfasste, ergoss sich ein Schwall von Dialektworten über den Mann. Ich übersetzte.

»Wir wohnen in Holborn Nummer 129, im Haus der Schokoladefabrikanten Gatti & Bolla. Wenn Kais Mutter da ist, kann sie ihn bei uns abholen. «

Ein etwas erfahrenerer Pförtner hätte sich vermutlich nicht darauf eingelassen. Der unsrige aber hatte zweifellos einen ruhigen Abend in London im Kopf und willigte ein.

Am anderen Morgen waren Kai und ich schon bei Tagesanbruch in Hungerford. Zio Carlo, den wir am Abend zuvor nicht gesehen hatten, kam gegen neun, als wir bereits mit dem Service für die Fischer fertig waren, und musterte mich von Kopf bis Fuß.

»Gut, Zichinin, deine Hauptaufgabe hast du erfüllt – du bist gewachsen. Mach weiter so.« Dann drehte er sich zu Kai um. »Die Nonna hat mir von dir erzählt. Du bist Kai?«

Das Gespräch war in Dialekt geführt worden, ich übersetzte zunächst, dann sprach Zio Carlo auf Englisch weiter.

»Ich komme gerade aus unserem Laden in Holborn, dort ist eine Nachricht deiner Mutter hinterlassen worden. Sie konnte nicht kommen, weil sie gestern deinen kleinen Bruder zur Welt gebracht hat.«

»Ein kleiner Bruder? Wie …?«

»Wusstest du nicht, dass deine Mutter in Erwartung war?«

»Nein, ich bin das ganze Jahr über nie zu Hause gewesen. Ich wusste nicht einmal, dass sie Herrn Crispin geheiratet hat, ich vermute jedenfalls, dass sie ihn geheiratet hat.«

»Deine Mutter lässt dich wissen, dass du jederzeit zu ihr gehen kannst. Aber wenn du meine Meinung wissen möchtest, mit dem Säugling wird sie sehr beschäftigt sein und du wärst für sie für ein paar Wochen eine Sorge mehr. Bleib doch hier, falls du Lust hast, zu arbeiten.« Ohne auf Kais Zustimmung zu warten, sagte er: »Ich lasse ihr eine Nachricht zukommen.«

So kam es, dass Kai bei uns blieb und sogar ein paar Brocken unseres Dialekts erlernte.

Seit wir uns kennengelernt hatten, war auch er gewachsen, er war jetzt elf. An die Arbeit im Service gewöhnte er sich problemlos. Seine einzige Sorge galt seiner Mutter, Mrs Crispin.

Eines Sonntags gingen wir sie besuchen, sie wohnte in Camden Town, an einer ruhigen Straße mit Bäumen und kleinen Häusern. Sie sah aus wie ein junges Mädchen.

»Meine Mutter hat meinen Vater geheiratet, als sie fünfzehn war, jetzt ist sie erst siebenundzwanzig«, erklärte mir Kai, als er sah, dass ich große Augen machte. Mrs Crispin wurde vollkommen von ihrer neuen Familie in Anspruch genommen. Kai wurde gewissermaßen als Cousin auf Besuch behandelt. Als er ihr sagte, er bleibe bei uns, schien sie erleichtert zu sein.

Gemeinsam kehrten wir nach Holborn zurück. Kai war traurig und ich versuchte ihn zu trösten, so gut es ging – er hatte das Gefühl, seine Mutter verloren zu haben.

Auf dem Hungerford-Markt setzten wir unsere Arbeit fort.

Zwei oder drei Wochen später verfügte Zio Carlo, wir zwei sollten von nun an mit einem Eiscreme-Karren ausrücken. Serafino begleitete uns die ersten Tage, um uns seine Tricks beizubringen, dann würde man uns eine Strecke zuteilen – komme, was da wolle!

Etwa zwei Wochen lang betätigten wir uns als fliegende Eiscreme-Verkäufer. Morgens um acht lieferte man uns die bereits aufbereitete Eiscreme aus dem Keller der Firma, und wir rückten aus, um unser Glück bei den Leuten zu versuchen, die um neun zur Arbeit eilten. Wenn wir gut verkauft hatten, kehrten wir mittags nach Holborn oder Hungerford zurück, um Nachschub zu holen.

Die übrige Zeit waren wir auf der Straße, mitten unter einem Heer von Passanten, aber auch von fliegenden Händlern wie wir – alle, die sich kein eigenes Ladengeschäft leisten konnten, luden ihre Ware auf ihre Schultern oder in eine Karre. Haushaltsartikel wurden feilgeboten, Gemüse, Fisch, Orangen, Sandwiches, Kuchen, Vögel, Schreibzeug und sogar Bücher. Sie störten uns nicht, im Gegenteil, sie waren genauso oft unsere Kunden wie die Kinder, die uns den ganzen Tag belagerten, wo immer der Ruf »Hokey pokey« erklang. Volkes Stimme hatte den fliegenden Eiscreme-Verkäufern den Namen *Hokey Pokey* gegeben.

Auch auf Londons Straßen bekamen wir es mit Rüpeln zu tun. Es waren Kinder in unserem Alter, auch Halbwüchsige gelegentlich, die überzeugt waren, uns mit Steinwürfen oder mit Fausthieben einschüchtern oder uns, wie es einmal vorgekommen ist, die Kasse rauben zu können. Wir mussten uns also verteidigen. Kai, der einen Kopf größer war als ich, verpasste ein- oder zweimal einem der Spielverderber eine Tracht Prügel, das sprach sich herum und sorgte für Ruhe.

»Mein Stiefvater hat mir beigebracht, wie ich mich verteidigen kann, es ist ganz leicht«, erzählte Kai, »wenn du willst, zeig' ich es dir.«

Das wollte ich durchaus. Offenbar hatte sich Kais Stiefvater oft zu verteidigen gehabt, denn was er Kai beigebracht hatte, war regelrechtes Boxtraining.

Die letzten Ferientage verbrachte Kai bei seiner Mutter. Erst zu St. Michael sahen wir uns an der Garderobe von Christ's Hospital wieder, wo wir neu eingekleidet wurden, denn wir waren inzwischen weitergewachsen.

Über das zweite Jahr in Hertford will ich mich nicht lange auslassen, das wäre uninteressant, denn ich langweilte mich fürchterlich, außer wenn ich Bücher ergattern konnte, die ich verschlang, auch wenn ich nicht verstand, was ich las. Und außer, wenn ich den anderen »Lausbuben« behilflich war. Wir gaben uns Mühe, damit alle mehr oder weniger auf dem gleichen Niveau waren und wir alle gemeinsam nach London wechseln konnten. Und außer Johnny und Thomas, die ein weiteres Jahr in Hertford bleiben mussten, schafften wir es alle.

Die Schulleiter kamen öfters zu Besuch, um sich zu vergewissern, dass es uns gut ging, und mit Zwischenprüfungen unsere Lernfortschritte zu kontrollieren. Im Frühling 1853 kam Sir John Key eines Tages persönlich vorbei, um mir zu sagen, ab Michaelmas würde ich in London sein.

»Schon!«

»Deine Lehrer wollen dich so schnell als möglich loswerden, es heißt, du lernest sehr rasch und brauchtest sie gar nicht mehr.«

»Oh, mein Herr …«

»War natürlich ein Scherz. In Hertford ist dir alles sehr leicht gefallen – in London aber wirst du dich richtig ins Zeug legen müssen.«

»Ich wünsche mir nichts mehr als das, mein Herr«, gab ich zur Antwort.

Er lächelte und sagte beim Gehen: »Wir sehen uns in London.«

# VI

Als ich im Juli 1853 aus Hertford nach London zurückkehrte, gab es für mich nur einen Grund des Bedauerns: Ich würde für ein ganzes Jahr Johnny und Thomas nicht mehr sehen. Mir waren zahlreiche Geschichten zu Ohren gekommen, Geschichten von Gewalttätigkeiten, in die Betreuer, Aufpasser, Lehrer verwickelt waren, sie zirkulierten von einem Jahrgang zum anderen, aber ich hatte Glück gehabt: In Hertford war keiner meiner Vorgesetzten grausam zu uns gewesen und die »Lausbuben« hatten es geschafft, den Rohlingen (beinahe) Einhalt zu gebieten. Dem Stock bin ich nicht immer entkommen (welches Kind könnte das schon!), aber in den seltenen Fällen, wo es Hiebe setzte, hatte ich jedes Mal eine Dummheit begangen, die ich noch so gerne vergessen möchte.

Gut zwei Monate hatte ich schulfrei; ich verbrachte die Zeit teils auf dem Markt von Hungerford, als fliegender Eiscreme-Verkäufer zusammen mit Kai, teils zwei Wochen zusammen mit Kai bei seinen Eltern, denen es jetzt, da ihr Baby größer geworden war, durchaus daran gelegen war, mich einzuladen.

Herr Crispin war Reeder und hatte oft in Norwegen zu tun, wo er Kais Vater, Kapitän Greger, kennengelernt hatte. Dieser war mit einem seiner Schiffe auf See verschollen. Crispin hatte der jungen Witwe einen Besuch abgestattet, um ihr seine Hilfe anzubieten, sich in sie verliebt und sie schließlich geheiratet.

Die Crispin-Familie entsprach dem klassischen Modell: Papa, Mama, größere und kleinere Kinder, ein Hausknecht, eine Zimmerfrau, eine Köchin und ein Küchenmädchen.

Zum ersten Mal wurde mir hier bewusst, dass mir in meiner frühen Kindheit etwas gefehlt hatte. Meine Mutter hatte mich ganz bestimmt geliebt, aber in meinen nur vagen Erinnerungen an sie kam Zärtlichkeit nicht vor. Ich bin noch heute überzeugt, dass meine Gleichgültigkeit – meine Unempfindlichkeit –, was die Qualität des Essens, der Unterbringung, die Kälte, Drangsalierungen und gelegentliche Tiefschläge angeht, aus jenen Jahren stammt, als ich, soweit ich mich noch erinnern kann, mit nichts auskommen musste.

Auch die Gattis waren eine Familie, sie hatten mich sozusagen kollektiv adoptiert. Aber diese Familie war riesig, sie umfasste außer Zia Maria und ihren Nichten auch Nonna Gina, die, soweit ich es verstand, in Wirklichkeit die Großmutter von niemandem oder – je nach Belieben – von allen war. Dazu gehörten auch noch Brüder, Cousins und Bekannte aus dem Tessin. Selten saßen weniger als zehn Personen am Tisch.

Aber zurück zu meinen Ferien. Sie wären ereignislos verlaufen, wenn nicht das Undenkbare geschehen wäre, als ich eines Tages in Hungerford an der Kasse saß und nun auch die Rechnungen schrieb. Serafino war Vollzeit-Kellner geworden und Kai ging ihm zur Hand.

Zio Carlos Geschäfte liefen sichtlich besser. Er ließ das Markt-Café renovieren und vergrößern. Auch in Holborn wurde ausgebaut, und wenn Zia Maria oder Nonna Gina ihn um einen Shilling oder zwei baten, um einkaufen zu gehen, machte er nicht mehr wie früher ein verzweifeltes Gesicht. Er war noch immer sehr beschäftigt, eilte von einem Café zum anderen, suchte nach natürlichem Eis und organisierte den Straßenverkauf. Der Zufall (oder vielleicht war es auch höhere Fügung) wollte es, dass er an jenem Tag in Hungerford war, was nicht mehr sehr häufig der Fall war.

Das Café war vollbesetzt und zunächst sah ich den Mann, der sich in eine Ecke gesetzt hatte, gar nicht. Doch dann sagte Gianluca, einer der Kellner:

»Hast du den Typen dort in der Ecke gesehen? Er könnte dein größerer Bruder sein.«

Zio Carlo hörte das und sah in die fragliche Ecke. Als der Mann merkte, dass wir ihn ansahen, stand er auf. Wir gingen ihm entgegen.

Er trug eine blaue Matrosenjacke und seine Hautfarbe war die eines Seefahrers. Groß, breite Schultern, glattrasiert, im besten Mannesalter.

»Guten Tag. Man hat mir gesagt, dass ich den kleinen Nicolas Martin hier finden würde, ich weiß nicht ...«, dabei verschlang er mich geradezu mit seinen Blicken aus grünen Augen, wie ich sie noch nie gesehen hatte.

»Setzen wir uns«, befahl Zio Carlo. Und als wir saßen, sagte er: »Ich bin sein Vormund« und legte besitzergreifend eine Hand auf meine Schulter, »Carlo Gatti mein Name, ganz zu Ihren Diensten. Und wer sind Sie?«, fragte er schmunzelnd und es war ihm anzusehen, dass er es bereits wusste.

»Auch ich bin Nicolas Martin, der Vater des Kleinen.«

»Das ist nicht wahr, mein Vater ist tot!«, rief ich unvermittelt, während ich mich an Zio Carlos Hand klammerte.

Er lächelte traurig.

»Ja, auch ich dachte, ich sei tot. Eines Abends, als du ein Jahr oder vielleicht anderthalb Jahre alt warst, geriet ich in eine Schlägerei, von Anwerbern angezettelt, die junge Männer entführen und sie gegen ihren Willen an Bord eines Schiffes bringen. Sie schlugen mich zusammen und schleppten mich auf eines der Schiffe. Ich versuchte ihnen klarzumachen, dass ich eine Frau und ein Kind hatte, die mich brauchten, doch das kümmerte diese gott- und gesetzlosen Kerle keinen Deut. Schmuggler waren sie, für Rohstoffe, Alkohol, Sklaven, was auch immer. Nur der Kapitän selbst war vielleicht kein Pirat. Er war vermutlich einfach zu alt und zu faul dazu. Sie hielten mich fest, bis das Boot auf hoher See war, dann zwangen sie mich mit dem Knüppel in der Hand, Tag und Nacht zu schuften, es war die Hölle.«

»Und Sie brauchten ganze sieben Jahre, um zurückzukommen«, rief Zio Carlo empört aus.

Mein Vater (mein *Vater!*) streckte eine Hand aus, als ob er sich verteidigen wollte.

»Drei Jahre hat es gedauert, bis ich abhauen konnte. In den Häfen wurde ich strengstens überwacht. Eines Nachts aber, als wir ein anderes Schiff kreuzten, gelang mir eine abenteuerliche Flucht. Das Meer war ruhig, auf See wurden wir nicht überwacht. Jedenfalls lagen die zwei Schiffe für einen kurzen Moment längsseits nebeneinander, es war windstill. Ich ließ mich ins Wasser gleiten. Das war gefährlich, ich wusste es, aber ich konnte nicht mehr. Ich sagte mir, wenn ich nicht umkäme, bliebe schlimmstenfalls alles beim Alten. Aber ich hoffte und es hat sich gelohnt. Ich schwamm um das Boot herum, damit mich unsere Leute nicht sehen konnten, dann fing ich an zu schreien. Weil es finster war, hielten mich die Matrosen des anderen Schiffes für einen der ihren und warfen mir ein Tau zu. Dann erhob sich ein leichter Wind, die zwei Schiffe grüßten sich und setzten ihre Fahrt fort. Ich meldete mich beim Kapitän, der mich zunächst wieder ins Meer werfen wollte, dann aber einwilligte, mich als Arbeitskraft zu behalten. Das einzige Problem war, dass das

Schiff nach Adelaide unterwegs war, nach Südaustralien. Dort bin ich geblieben und habe für diesen Kapitän gearbeitet, er hat rasch erkannt, dass ich ein guter Kerl bin. Ich erzählte ihm von Nora und dem Kind. Er lehrte mich das Handwerk und machte mich schließlich zu seinem Zweiten. Ich ging zur Schule, hab' Examen bestanden, bin fähig, ein Schiff zu führen. Doch um Ihre Frage zu beantworten: Um zurück nach London zu können, brauchte ich Geld. Ich musste warten, bis ich genug auf der Seite hatte, dann musste ich mir ein Schiff suchen, und die Reise war sehr lang. Aber jetzt bin ich hier. Sie finden, das habe lange gedauert. Aber ich komme sozusagen vom anderen Ende der Welt. Im Grunde genommen habe ich mich sehr beeilt.«

»Können Sie sich ausweisen?«

»Ja, als Bürger Süd-Australiens, einer Niederlassung freier Menschen.«

Er sah mich an, streckte eine seiner riesigen Hände als scheue Geste der Zärtlichkeit aus und strich mir über die Haare. Und mir schossen die Tränen in die Augen. Mein Vater! Ich hatte einen Vater!

»V...v... warum haben alle gesagt, Ihr seid tot?«, stammelte ich.

»Ich weiß es nicht. Vielleicht hat es Nora gesagt, um sich nicht eingestehen zu müssen, dass ich mich wortlos aus dem Staub gemacht habe. Ich bin seit Wochen in London und habe euch überall gesucht. In Saffron Hill, wo Nora hergekommen war, gab es nicht die geringste Spur von ihr. Auch in Seven Dials, wo wir gewohnt hatten, wusste niemand etwas. Und die einzige Person, die sich an mich erinnern konnte, bestätigte mir, ich sei tot. Ich verlor einen Haufen Zeit mit nutzloser Sucherei. Bis ich gestern auf den Gedanken kam, den Vorsteher von St. Giles aufzusuchen. Von Reverend Bickersteth erfuhr ich dann von Ihnen, Herr Gatti. Er schickte mich zu Reverend Toogood von

St. Andrew in Holborn, wo du, wie er sagte, die Sonntagsschule besuchtest, wie ich vor zehn Jahren.« Er deutete ein Lächeln an. »Heute Morgen war ich beim Reverend, der mir eine Standpauke hielt, wie sie wohl keiner seiner Schüler je zu hören bekommen hat. Es brauchte Zeit, bis ich ihm meine Geschichte erzählen konnte. Schließlich verriet er mir deinen Aufenthaltsort. So war das. Deine Mutter soll gestorben sein, stimmt das?«

Ich nickte. Er schloss die Augen.

»Ich habe mir große Sorgen gemacht euretwegen, das kannst du mir glauben. Nora war ohne mich verloren, dessen war ich mir sicher.«

»Wie alt sind Sie, Martin?«

»Siebenundzwanzig.«

»Und wie alt waren Sie, als Sie eine Familie mit Kind gründeten?«

Mein Vater wurde rot.

»Wir waren ahnungslos«, gestand er schließlich. »Die kleine Nora war die reine Unschuld ...«

»Und Sie haben sie verführt!« Zio Carlo war empört.

»Keineswegs, mein Herr, ich liebte sie. Sie war ein Waisenkind, Italienerin, sprach nur ein paar Worte Englisch, ihre Familie hatte sie in einer Cholera-Epidemie verloren, glaube ich; erzählt hat sie nie etwas, auch nicht, als ihr Englisch ein bisschen besser geworden war. Ich hätte sie geheiratet, aber der damalige Gemeindevorsteher wollte uns nicht trauen, er nahm uns nicht ernst, wir seien zu jung, hätten nichts und wüssten nicht, was wir täten. Er bombardierte uns mit seinen Argumenten, dann warf er uns hinaus. Ich war überzeugt, dass wir unbedingt eine andere Kirche finden mussten. Deshalb ging ich zu Reverend Toogood, er hätte uns ganz bestimmt getraut, erst recht, weil unterdessen der Kleine auf der Welt war. Aber dann kam die Entführung.«

»Sind Sie wirklich Ire?«

»Mütterlicherseits. Mein Vater war ein Seemann aus London. Und bevor Sie mich danach fragen: Er versprach, meine Mutter zu heiraten, verführte sie und verschwand. Aber ich wusste, wie er hieß. Als ich fünfzehn war und meine Mutter starb, kam ich nach London, um ihn zu suchen. Gefunden habe ich ihn nicht und bei allem, was zusammenkam, stürzte ich ins Elend. Ich habe versucht, lesen und schreiben zu lernen, aber es half alles nichts, ich fand keine dauerhafte Anstellung.« Eine Pause trat ein. »Ja, ich weiß, ich war ein Luftikus, ich habe mich geirrt.«

Zio Carlo sah ihn lange an, ohne etwas zu sagen, dann fragte er:

»Haben Sie Geld?«

»Ich habe, wovon ich für ein paar Wochen leben kann. Bis ich Arbeit finde. Ich mache die Runde bei den Reedern, ob nicht ein Kapitän gebraucht wird oder ein Zweiter oder sogar nur ein gewöhnlicher Matrose.«

»Und wo wohnen Sie?«

»Im Hotel der Handelsmarine an der Well Street.«

»Ich hatte schon Angst, Sie könnten ein Vermögen gemacht haben und wir müssten Nicola von der Schule nehmen. Sie ist hervorragend und er profitiert sehr davon und genießt es. Aber Christ's Hospital nimmt nur mittellose Schüler an, die Eltern dürfen höchstens fünfhundert Pfund verdienen.«

Mein Vater lachte.

»Fünfhundert Pfund! Das wär' nicht schlecht, aber davon bin ich sehr weit entfernt, ich muss sehr schnell Arbeit finden.«

»Bevor Sie nichts mehr zu beißen haben, kommen Sie bei mir vorbei. Ich bin aber kein Wohltäter, ich lasse Sie für mich arbeiten.«

»Danke, mein Herr. Reverend Toogood sagte mir, Sie seien der Vormund des Kleinen, und auch, dass er ein glänzender Schüler sei.«

»Ja, es läuft gut mit ihm, aus diesem Grund wird er auch hier bei uns bleiben, bis Sie wieder eine Familie haben. Und schreiben Sie sich das hinter die Ohren: Laut Nicolas Taufschein waren Sie verheiratet, er ist kein uneheliches Kind. Also behalten Sie in Zukunft die Geschichte dieses absonderlichen Pfarrers, der Sie nicht trauen wollte, unbedingt für sich.«

»Einverstanden. Laut meinen australischen Papieren bin ich ja auch mit Nora verheiratet.«

»Als Erstes stellen wir Sie Sir John Key, Nicolas Schulleiter, vor. Ich will, dass alles seine Ordnung hat.«

Doch noch vor Sir John unterzog Zio Carlo meinen Vater der Prüfung durch die Familie. Er ließ ihn kommen, als wir besonders zahlreich bei Tisch waren, damit ihn möglichst alle zu sehen bekamen. Er wurde zu allem Möglichen befragt und ganz genau unter die Lupe genommen, so sehr, dass er schließlich ganz eingeschüchtert war.

Zio Giovanni legte ihm sogar eine ganze Reihe von Fragen vor, die manchmal übersetzt werden mussten, weil Zio Giovannis Englisch nach wie vor zu wünschen übrig ließ. Er wollte damit den Bildungsgrad meines Vaters testen. Es zeigte sich, dass er kein großer Leser war, sich aber an alles erinnerte, was er gelesen hatte. Und eine Begabung für Zahlen hatte er auch.

Mit anderen Worten: Er bestand die Prüfung.

»Jetzt weißt du, von wem du dein Gehirn geerbt hast, Zichinin«, stellte Zio Carlo fest. »Und du hast jetzt jemanden für deine mathematischen Spielereien.«

Und Nonna Gina ließ sogar verlauten:

»Was für ein schöner Mann, dein Vater! Und er wirkt seriös.«

Und beim Besuch bei Sir John zeigte sich auch dieser »hocherfreut«, Herrn Martins Bekanntschaft zu machen. Es wurde gleich vereinbart, Zio Carlo bleibe mein Vormund, solange mein Vater weder Arbeit noch einen festen Wohnsitz hatte.

»Glauben Sie mir, mein Herr, ich habe nicht die Absicht, Herrn Gattis Autorität infrage zu stellen.«

»Ich muss sagen, die Ähnlichkeit zwischen Nicola und Ihnen ist sehr verblüffend. Sie werden niemals leugnen können, sein Vater zu sein.«

»Das will ich auch gar nicht.«

Es gab ein kurzes Schweigen und Sir John musterte meinen Vater.

»Ich kenne ein paar Reeder, wenn Sie möchten, kann ich …«

Mein Vater lächelte.

»Wenn alle Stricke reißen, nehme ich gerne Ihre Empfehlung in Anspruch, aber fürs Erste möchte ich versuchen, auf eigene Faust eine Anstellung zu finden.«

»Das ehrt Sie. Sie wissen, wo Sie mich finden.«

Er brauchte Sir Johns Hilfe dann tatsächlich nicht, aber (vielleicht) hat ihm eine unerwartete Empfehlung – von mir – weitergeholfen.

Kai war bei der Begegnung mit meinem Vater dabei gewesen und erzählte die ganze Geschichte seinen Eltern.

»Ich bin auf der Suche nach Leuten für ein Schiff nach Norwegen«, erklärte Herr Crispin. »Sag deinem Vater, wenn er Interesse habe und bereit sei, vor allem im Norden zu arbeiten, solle er vorbeikommen. Wenn er die nötigen Fähigkeiten hat … wir werden sehen.«

Wie es scheint, hatte er die nötigen Fähigkeiten. Noch vor Ende der Schulferien war er als Zweiter Offizier an Bord eines Schiffes auf der Nordsee.

Den zweiten Schock dieses Jahres erlebte ich zu Beginn des neuen Schuljahres. Wir waren von einer Schule gekommen, wo wir unterdessen zu den »Größeren« gehörten, und fingen jetzt in einer anderen an, wo wir die Kleinsten der Kleinen waren. Die Disziplin mochte nicht gerade drakonisch sein hier, aber strenger als in Hertford ging es auf jeden Fall zu, von »ländlich« konnte keine Rede mehr sein.

Die Gebäude waren älter, kälter im Winter und stellenweise baufälliger. Für sämtliche Schüler war das Internat Vorschrift, sonst hätte ich es vorgezogen, in Holborn, nur zehn Minuten von der Schule entfernt, zu übernachten. Der Schlafsaal unter dem Dach war nicht besonders komfortabel, aber es war dort etwas weniger kalt als in der eisigen Stube, die uns auch als Aufenthaltsraum diente. Mitten im Raum stand eine Reihe recht großer Tische, auf welchen wir zeichnen, lesen, spielen und unsere Aufgaben machen konnten, wenn es solche denn gab, was nur selten vorkam, denn wir waren keine große Klasse.

Ich hatte das Glück, gleichzeitig mit dem neuen Schulleiter, Reverend Jacob, an die Newgate Street zu kommen. Er unterrichtete alte Sprachen. In Hertford hatte ich mehr schlecht als recht Latein gelernt, ich könnte nicht sagen, dass das Fach mich mitgerissen hätte. Doch Reverend Jacob schaffte es, mich für Latein und Griechisch, für die Literatur und für das Altertum generell zu gewinnen und schließlich gar zu begeistern. Ich begann Terenz, Vergil und Cicero zu lesen, als wären es Dickens-Romane, die ich übrigens dank Reverend Jacob ebenfalls entdeckte.

Drei oder vier Monate nach Schulbeginn wurde ich eines Tages kurz vor Weihnachten zum Direktor gerufen. Die versammelten »Lausbuben« versuchten zu erraten, weshalb, aber wir kamen zu keinem Ergebnis.

»Er ist genauso neu wie wir, vielleicht möchte er dich einfach kennenlernen.«

Wir wussten es nicht und sahen uns schweigend an.

Am anderen Morgen ging ich zum Rendezvous. Dass die »Lausbuben« aufpassten, beruhigte mich ein wenig, auch wenn wir nicht wussten, worauf genau, Hauptsache, sie passten auf.

Die Gegenwart des Reverend, unsere Begegnungen und Korrespondenzen haben mich mehr als vierzig Jahre lang begleitet, deshalb, so denke ich jetzt, muss er damals noch recht jung gewesen sein. Doch mit seinem Backenbart, seiner Körpergröße und seinem stechenden Blick kam er mir sehr alt vor – ich war ja immerhin erst neun.

»Martin, ich habe ein Problem mit Ihnen.«

»Mit mir?«

»Ja. Ihre Lehrer beklagen sich, Sie seien zerstreut im Unterricht. Besonders ungehalten aber macht sie etwas anderes: Wenn sie Sie bestrafen und dann abfragen, merken sie, dass Sie sich das Ganze eingeprägt haben, was ja bedeutet, dass Sie doch aufmerksam waren. Können Sie mir das erklären?«

Damals fehlten mir die Worte dafür. Deshalb zuckte ich ratlos mit den Schultern, überlegte und wagte dann zu sagen:

»Ich hatte ihre Erklärungen gleich beim ersten Mal begriffen. Deshalb langweilten mich die Wiederholungen und ich fing an zu lesen ... Aber, mein Herr, ich habe doch immer aufgepasst, sobald etwas Neues kam, hörte ich mit Lesen auf.«

Er deutete etwas wie ein Lächeln an.

»Was habt ihr heute Morgen drangenommen?«

»Wir haben den *Caesar* von Sueton begonnen, mein Herr.«

»Und Sie haben etwas anderes gemacht.«

Ich hatte vergessen, dass ich vor meinem Schuldirektor saß und das Ganze unvermeidlich mit Stockschlägen enden würde.

»Keineswegs, mein Herr, ich habe zugehört, ich habe den Text gelesen, wir haben übersetzt, ich habe aufgepasst. Aber dann fing alles wieder von vorne an und ... Entschuldigen Sie, mein Herr.«

»Haben Sie sich von dem Stoff etwas eingeprägt?«

Ich nickte, schloss die Augen und legte los.

»Annum agens sextum decimum patrem amisit; sequentibusque consulibus flamen Dialis destinatus dimissa Cossutia, quae familia equestri sed admodum dives praetextato desponsata fuerat, Corneliam Cinnae quater consulis filiam duxit uxorem, ex qua illi mox Iulia nata est, neque ut repudiaret compelli a dictatore Sulla ullo modo potuit.«

Ich holte Atem und noch bevor er etwas sagen konnte, fuhr ich immer noch mit geschlossenen Augen fort: »*Cäsar war sechzehn, als er seinen Vater verlor. Im darauffolgenden Jahr wurde er zum Jupiter-Priester ernannt, und obwohl man ihn schon als Kind Cossutia zum Mann versprochen hatte, die einer einfachen Reiterfamilie entstammte, aber sehr reich war, schlug er diese Ehe aus, um dann Cornelia zu heiraten, die Tochter Cinnas, der viermal Konsul gewesen war. Bald wurde die Tochter Julia geboren. Der Diktator Sylla wollte ihn zwingen, sie zu verstoßen, doch blieben alle seine Versuche erfolglos.*«

»Bis zu welcher Stelle können Sie diesen Text auswendig?«

»Wir haben bis zum Tod Cornelias und der Grabrede, die er für sie hielt, gelesen und übersetzt.«

»Und das können Sie alles auswendig?«

»Ich kann doch nichts dafür, mein Herr, es bleibt mir einfach.«

Dieses Mal versuchte er nicht, sein Lächeln zu verbergen.

»Und wenn ich richtig verstanden habe, ist es in der Mathematik noch schlimmer mit Ihnen? Nicht doch, machen Sie nicht dieses schuldbewusste Gesicht, Martin, danken Sie lieber dem Herrgott für diese Gaben. Was lesen Sie auf Ihren Knien?«

»Ehm ... *Notre Dame de Paris,* mein Herr.«

Jetzt lachte er frei heraus.

»Ach so, Victor Hugo! Interessante Wahl. Ich nehme an, dass Sie auch hier alles auswendig können, was Sie gelesen haben.«

»Ich kann nichts dafür, mein Herr, glauben Sie mir. Es *bleibt* einfach.«

»Ich hatte zwei oder drei Schüler wie Sie. Für die Lehrer ist das sehr ärgerlich, nicht Ihretwegen, sondern weil wir möchten, dass alle Schüler so wären wie Sie und sich alles gleich beim ersten Mal merkten. Aber mir ist klar, dass es auch Sie stören muss. Ich mache Ihnen einen Vorschlag.«

»Ja, mein Herr?«

»Während Sie darauf warten, dass die Klasse weiterkommt, helfen Sie Ihren weniger begabten Mitschülern.«

»Das wollte ich ja, mein Herr, ich habe Freunde, die … aber es ist verboten, während des Unterrichts von seinem Platz aufzustehen.«

»Ich ändere diese Regel. Sagen Sie, verstehen Sie auch, was Sie sich merken?«

»Nicht immer, mein Herr. Manchmal auch erst im Nachhinein.«

»Gut. Lesen Sie *Notre Dame de Paris* zu Ende, bringen Sie das Buch in die Bibliothek zurück, dann kommen Sie wieder zu mir. Ich werde das nächste Buch für Sie auswählen.«

»Gut, mein Herr.«

»Auf Wiedersehen, Martin, Sie können jetzt gehen.«

Aber ich blieb wie angewurzelt stehen. Komm jetzt, Nick, mach dass du wegkommst, sei kein Dummkopf.

»Haben Sie nicht gehört, was ich gesagt habe, Martin?«

»Doch, m… mein Herr. Ehm … Sie bestrafen mich nicht?«

Er seufzte.

»Ich halte nichts von Körperstrafen, Martin. Man kann auch strafen, ohne dreinzuschlagen. Aber heute hatte ich nicht die geringste Absicht, Sie zu bestrafen, ich wollte Sie einfach kennenlernen. Sie können jetzt in Ihre Klasse zurück.« Ich ging Richtung Tür. »Ich finde Sie sehr klein für Ihr Alter.«

»Aber ich bin sehr gewachsen, alle sagen das.«

»Aber versprechen Sie mir, möglichst viel Sport zu treiben. Sind Sie in einer Kricket-Mannschaft?«

»Ja, mein Herr.«

»Und Rugby?«

»Nein, mein Herr.«

»Wir schauen, was sich machen lässt. Aber jetzt fort mit Ihnen!«

Unsere Beziehung war nicht die ganze Zeit so harmonisch, ich habe in all den Jahren auch einige saftige Rüffel von ihm kassiert. Doch heute kann ich sagen, dass mir Reverend Jacob seit diesem Gespräch eigentlich immer zur Seite stand.

Unmittelbar darauf ließ er mich zum Junior-Betreuer ernennen. Im Allgemeinen waren die Betreuer älter als ich und sie hatten den Hausdamen zur Hand zu gehen, die unsere Stuben unter sich hatten und den Jüngsten die Arbeiten im Haus zuwiesen. Es gab keine Dienerschaft für uns, sämtliche Aufgaben wurden unter allen verteilt. Ich wurde Betreuer für Nachhilfestunden. Allerdings wurde ich nicht in den Kreis der »echten« Betreuer aufgenommen, diese fanden mich zu klein und hielten meine Ernennung für eine Begünstigung. Ich selbst unterstand ihnen übrigens in allen Belangen, die nichts mit dem Unterricht zu tun hatten.

Diese Regel galt überall. Es hieß, sie diene dazu, uns selbstständig zu machen und unseren Unternehmergeist zu wecken. Wir deckten die Tische, verteilten Brot und Wasser, reichten die Teller weiter, achteten auf Sauberkeit der Gemeinschaftsräume und wo nötig halfen einige von uns in der Küche aus. Eigentlich machten alle alles, was Zio Carlo zur Bemerkung veranlasste:

»Diese Schule ist wirklich sehr gut. Sie bildet Männer heran, die man brauchen kann, weil sie wissen, was arbeiten bedeutet, außerdem bekommt ihr dort eine erstklassige Ausbildung, ohne dass ihr zu jener Art von Snobs werdet, die ich aus unseren Cafés kenne. Die glauben über allem zu stehen, was mit der Realität zu tun hat.«

Ich nenne Christ's Hospital »eine Schule«, wie es alle tun. In Wirklichkeit aber sind es mehrere Schulen – eine für die Allgemeinbildung, eine für Sprachen, eine für Mathematik. Letztere ist eigentlich für künftige Marinekadetten bestimmt, und zugelassen sind nur Offizierssöhne oder zumindest Kinder, die ihre Bestimmung in der Seefahrt sehen. Hier wird Mathematik gründlicher unterrichtet, ebenso Astronomie.

Nur einige wenige Lehrer wussten Bescheid über meinen Vater, aber es ging nicht lang, bis eine Art Rekrutenanwerber bei mir auftauchte, um mich zum Wechsel der Schule zu bewegen. Ich sei Seemannssohn und würde Seemann werden. Das Ansinnen wies ich entschieden zurück. Für die Marine interessierte ich mich nur in Büchern. Glücklicherweise wurden Sir John und Zio Carlo konsultiert, die sich ebenso entschieden wie ich gegen einen Schulwechsel stellten, und auch mein Vater nahm Partei für sie, als er wieder einmal nach London kam. Meine Weigerung allein hätte nichts genützt, zumal unser Mathematiklehrer zu jenen gehörte, die fanden, ich lernte zu schnell und stelle zu viele Fragen. Er meinte, ich wäre ideal als *King's boy*, wie die Schüler an der Schule für Mathematik genannt wurden, weil diese von Seiner Majestät Karl II. gegründet worden war. Mit anderen Worten – man wollte mich so rasch als möglich loswerden.

Im zweiten Jahr durfte ich endlich auch den Mathematikunterricht belegen, ohne aber mein Hauptinteresse, die Sprachen, aufzugeben. Und ich hatte Glück. Ich kam zu einem Lehrer, der ein echter Mathematiker war, Reverend Porter. Statt in mir eine Bedrohung seiner Autorität zu sehen, überhäufte er mich gleich mit Arbeit, hieß mich Bücher lesen, gab mir Aufgaben und hielt mich dazu an, über mich selbst hinauszuwachsen. Er verlangte viel, war streng und verstand in Sachen Disziplin keinen Spaß. Das führte dazu, dass ich Mathematik bald einmal genauso gern mochte wie Sprachen. Nicht nur, weil ich dafür weniger arbeiten musste, um durchzukommen, sondern auch, weil mein Lehrer von Herzen stolz war auf meine Erfolge und mir nicht ein Schuldgefühl eintrichterte, »weil ich für ihn zu schnell sei«. Dass gerade ein so autoritärer Mann wie er so etwas sagte, empfand ich als Ehre.

Meine Kameraden verstanden allmählich, dass sie mich nicht länger als »Liebling des Professors« zu drangsalieren brauchten, sondern mich um Hilfe bitten konnten. Ich habe sie nie jemandem verweigert, das war meine Art, mich beim Herrgott für meine »Gaben« zu bedanken.

## VII

Neun Jahre war ich am Christ's Hospital, zwei davon in Hertford und sieben in London.

In London hatte ich den großen Vorteil, dass es von der Schule bis zu den Gattis nur etwa zehn Minuten waren.

Manchmal hatten wir nachmittags oder gar ganztags frei und wenn man keine allzu großen Dummheiten gemacht hatte, war es kein Problem, ein »Ausgangs-Ticket« zu bekommen. Einige meiner Schulkameraden kamen von weit her und hielten sich über Jahre in London auf, ohne je aus dem Haus gekommen zu sein, außer vielleicht für einen Spaziergang.

Ich hingegen blieb ständig in Kontakt mit den Gattis und wusste deshalb immer Bescheid über das Geschehen im ständig wachsenden Kreis der Gattis, Bollas, Monicos und so weiter und so fort …

Einige Vorkommnisse sind mir sogar in besonders lebhafter Erinnerung.

Ich hatte mich in Rosa verliebt. Das wusste niemand, auch Rosa nicht. Bemerkt hat niemand etwas, außer Nonna Gina. Eines Tages flüsterte sie mir zu:

»Schlag dir das aus dem Kopf! Ein Kerl wie du heiratet niemals die Tochter seines Chefs.«

Ich errötete und schwieg. Aber es hat Jahre gedauert, bis ich mich damit abfand.

Auch an die Dreihundertjahrfeier am Christ's Hospital im Juni 1853 erinnere ich mich. Aufgrund der Gründungsgeschichte unserer Institution, die uns bis zum Überdruss immer wieder erzählt wurde, war mir klargeworden, dass derjenige, der die Idee zu dieser Schule gehabt hatte, ein Junge in meinem Alter gewesen sein musste. Bis dahin war König Eduard VI. für mich – wie soll ich sagen? – nicht mehr als einer der auswendig gelernten Namen der englischen Könige. Doch als mir klarwurde, dass dieser König ein Kind gewesen war, dem das Wohlergehen von Kindern wie mir am Herzen lag, war ich so beeindruckt und ergriffen, dass ich begann, sein Leben gründlich zu studieren. Ich bewunderte ihn, identifizierte mich mit ihm, ich weinte um ihn, als ich von seinem frühen Tod mit sechzehn Jahren las, die Geschichte zerriss mir fast das Herz.

Auch sehr deutlich in Erinnerung geblieben ist mir eines der dramatischsten Ereignisse von damals, der Brand des Hungerford-Marktes im Frühling 1854.

Wir waren gerade erst aufgestanden, ich noch in den Unterhosen, als einer der Pförtner hereinstürmte und schrie:

»Martin, sofort zur Pforte!«

Noch bevor ich ihn irgendetwas fragen konnte, war er wieder weg. Nur drei Betten weiter runzelte Kai fragend die Stirn, aber ich zuckte nur mit der Schulter. Bei den Gattis musste etwas Ernstes vorgefallen sein, eine andere Erklärung gab es nicht.

Rasch zog ich Hemd, Weste und Jacke über. Kai tat es mir gleich und folgte mir auf dem Fuß.

An der Pforte stand Nonna Gina.

»Der Markt hat gebrannt diese Nacht, Carlo braucht Hilfe«, sagte sie, nachdem sie mich in ihre Arme geschlossen hatte – was sie immer tat, wenn sie mich für länger als vierundzwanzig Stunden nicht mehr gesehen hatte.

Es war Samstag. Wir rannten in die Kantine, wo sich inzwischen alle versammelt hatten, und ich wandte mich an den Steward, wie wir unsere Aufseher nannten.

»Mein Herr, der Hungerford-Markt, die Erwerbsquelle unserer Familie, hat gebrannt und man fragt, ob ich kommen und helfen könne. Wir haben Französisch heute Morgen, die Lektion könnte ich später ...«

»Nein, nein, gehen Sie nur. Und Sie, Kai?«

»Ich möchte mit ihm gehen, mein Herr, für die Gattis bin ich wie ihr eigener Sohn.«

»Esst etwas, man weiß ja nie, und meldet euch an der Pforte.« Dann ging er weg, kam aber gleich wieder zurück. »Und wenn ihr mehr Hilfe braucht, lasst es uns wissen. Heute Nachmittag ist schulfrei, ein paar andere könnten auch kommen.«

»Danke.«

Rasch verschlangen wir unser Frühstück und eilten nach Holborn. Die Küche war sozusagen menschenleer, alle Männer waren weg.

»Geht auf den Markt«, riet uns Zia Maria, »ich vermute, dass sie dringend jede Hilfe brauchen.«

Rosa weinte.

»Ich will auch helfen«, schluchzte sie.

»Kleine Mädchen haben da nichts zu suchen.«

»Nicola ist auch noch klein, aber er darf gehen. Agostino und Serafino sind alle dort.«

Wir machten uns auf Zehenspitzen aus dem Haus, dann aber nahmen wir die Beine in die Hand; nach nur zehn Minuten waren wir in Hungerford.

Am Vorabend war in der Grand Hall des Marktes ein Diorama eröffnet worden: bewegte Silhouetten hinter einer Leinwand, Musik, Lichtwechsel – ich hatte mich so darauf gefreut. Eigens dafür hatte ich ein Ausgangs-Ticket bekommen, um anderntags hinzugehen. Ich schimpfte mich einen Dummkopf, weil ich dachte, wegen des Brandes könnte ich mir das Diorama nun nicht mehr anschauen. Tatsächlich aber war der Brand vom Diorama ausgegangen.

Als wir ankamen, brannte es nicht mehr, aber überall waren Feuerwehrleute und auf dem *Strand* musste eine beachtliche Menschenmenge von einigen *Bobbys* in Schranken gehalten werden. Für uns war es gar nicht so leicht, uns einen Weg zu bahnen, und als wir erklärten, wir seien gekommen, um Hilfe zu leisten, lachte man uns aus.

»Geht und drückt eure Schulbank, Bluecoats«, rief man uns zu.

Das brachte Kai zur Verzweiflung.

»Was soll das? Ihr habt ja keine Ahnung. Herr Gatti ist unser Onkel und er hat nach uns schicken lassen. Offenbar findet er, wir seien hier nützlicher als auf der Schulbank.«

Das wäre wohl vergebens gewesen, wenn nicht gerade Zio Carlo aufgekreuzt wäre. Er war immer noch in Abendkleidung, die hatte allerdings bereits einiges mitgemacht. Hemd und Hose waren rußverschmiert, Gesicht und Hände waren schwarz und sein Haar zerzaust. Er stand im Stockwerk über uns in einer Maueröffnung; wo einmal ein Fenster gewesen war, gähnte jetzt ein Loch.

»Zio Carlo«, schrien wir, hüpften auf und ab und warfen die Arme in die Luft.

Er suchte mit seinem Blick die Menge ab, dann sah er uns.

»Die gehören zu mir, lasst sie rein«, befahl er und seine dröhnende Stimme schaffte sich über das ganze Stimmengewirr hinweg Gehör.

Wir gingen hinein, gleich hinauf in den ersten Stock, die

Steintreppe war intakt geblieben. Hier lag uns das ganze Ausmaß der Katastrophe vor Augen. Die Verkaufsläden waren verbrannt, das Café Gatti befand sich sozusagen unter freiem Himmel, es war kein Dach mehr da. Die Confiserie war rußgeschwärzt, Schokoladegeruch vermischte sich mit Brandgestank. Was das Feuer verschont hatte, litt unter Wasserschaden. Café und Confiserie Gatti waren zerstört.

Kai und ich waren wie betäubt und brachten kein Wort heraus. Zio Carlo fasste uns beide an den Schultern.

»Vorwärts, Buben, wir haben jetzt keine Zeit, Tränen zu vergießen. Kai, geh, hilf das Geschirr einsammeln. Und du, Nicola, geh zu denen, die in der Confiserie schauen, was noch zu retten ist; ich habe eine Barke für den Abtransport organisiert.«

»Wie konnte das passieren?«, fragte Kai.

»Aufgrund der Unachtsamkeit einer Person, die vergessen hat, dass mit Feuer nicht zu spaßen ist. Die Gaslaternen hinter dem Diorama waren der Brandherd. Plötzlich griff das Feuer auf die Leinwand über, und als alle den Ausgängen zuströmten, entstand Panik. Zum Glück waren nicht sehr viele Leute da, sodass sich alle Zuschauer retten konnten. Aber die zwei Burschen, die für die Gaslaternen zuständig waren, hat man als verkohlte Leichen gefunden, die Ärmsten.« Er seufzte. »Vorwärts jetzt, an die Arbeit!«

Wir machten uns an die Arbeit.

Von den Tischen und den Spiegeln waren manche beschädigt, alle anderen konnten wir wegbringen. In der Markthalle wimmelte es von Fischern und Fischverkäufern, die hektisch versuchten, etwas Ordnung ins Chaos zu bringen. Als wir unsere Tische und Spiegel hinausschaffen wollten, bildeten sie eine Menschenkette bis zu der Barke, die zwischen ihren eigenen Booten festgemacht war. Als wir dann anfingen, Geschirr und Besteck in Kisten zu verpacken, ging es bereits gegen Mittag.

Während wir am Arbeiten waren, tauchte der Besitzer des Dioramas auf und jammerte:

»Ich bin ruiniert.«

Zio Carlo stand gleich neben ihm und explodierte.

»Beklagen Sie lieber Ihre beiden Aushilfen, die Ihres Leichtsinns wegen in den Flammen umgekommen sind. Und ruiniert sind Sie keineswegs, die Versicherung zahlt.«

»Die Versicherung? Welche Versicherung?«

»Wie bitte?« Es fehlte nicht viel und Zio Carlo wäre dem Mann an die Gurgel gegangen. »Sie wollen mir doch nicht etwa sagen, dass Sie nicht versichert sind.«

»Eben nicht. Wer schließt denn hier Versicherungen ab?«

Zio Carlo ließ die Arme sinken, seine Miene drückte Mitleid aus.

»Das ist ja nicht zu fassen. Sie veranstalten Vorführungen mit Gasflammen und versichern sich nicht? Sogar ich bin versichert.«

»Sie? Versichert?«

»Aber ja. Ich habe Gaslicht in meinen Cafés, da muss man immer mit einem Unfall rechnen. Ich habe bei anderen gesehen, wie sie den Wert ihrer Habe ersetzt bekamen, und beschlossen, dass die Versicherung eine Investition ist. Sie sehen, wie recht ich hatte. Sicher sind viele unserer Rezepte verlorengegangen, aber den Wert unserer Einrichtungen bekommen wir ersetzt.

Der Diorama-Mann, dessen Namen ich nie erfahren habe, schüttelte den Kopf.

»Ich brauche mich von Ihnen nicht belehren zu lassen, wie …«

Es sah sehr nach Streit aus, doch es kam nicht so weit, weil in diesem Augenblick eine kleine Truppe von Bluecoats erschien – Betreuer, Schulkameraden, mehrere »Lausbuben«.

»Nach Schulschluss haben wir uns gleich auf den Weg gemacht, was können wir tun?«

Es fehlte nicht viel und Zio Carlo hätte zu weinen angefangen. Er breitete seine starken Arme aus und rief mit seiner südländischen Stimme:

»Herzlich willkommen, meine Kinder.« Einen Moment lang sah er sie schweigend an, dann schnippte er mit den Fingern. »Ich weiß, was ihr tun könnt. Fahrt mit der Barke zu dem Lagerraum, den ich heute Morgen angemietet habe, dort könnt ihr beim Ausladen von Geschirr und Besteck helfen. Maria und die Nonna sollten dort sein, ich habe sie gebeten, heißes Wasser zu machen und alles zu spülen. Vorwärts und gute Fahrt! Kai und Nicola kommen auch.«

Zio Carlo wäre nicht Zio Carlo gewesen, wenn er nicht aus dem Stand für alles gesorgt hätte. Das war schon immer eine seiner größten Stärken: Ein Blick genügte, um eine Situation zu beurteilen und eine Lösung zu finden, und er wusste auch immer gleich, welche Mittel es brauchte.

Wir machten uns auf den Weg und brauchten den ganzen Nachmittag für die anstrengende und unangenehme Arbeit, waren dabei aber in Jahrmarktstimmung. Scherze gingen hin und her, es wurde gesungen und gelacht. Nonna Gina schaffte es, gleichzeitig das Geschirrspülen zu überwachen, Essen für uns zu organisieren und schließlich dafür zu sorgen, dass wir sauber waren, als wir wieder gingen.

Die Sperrstunde war schon vorbei, als wir den Heimweg antraten, und eigentlich hätten wir alle mit einer Rüge rechnen müssen, wenn nicht der Älteste der Betreuer unter uns das Wort ergriffen und feierlich erklärt hätte:

»Niemand soll sagen können, die Blues hätten sich zu helfen geweigert. Wir sind so lange geblieben wie wir gebraucht wurden.«

Der Aufseher und die Hausdame, die sozusagen mit bereits geballten Fäusten auf uns gewartet hatten, begnügten sich mit einem verständnisvollen Lächeln und sagten nur:

»Ab, ins Bett mit euch, Herrschaften.«

In den folgenden Monaten war Zio Carlo noch beschäftigter als sonst. Die Wiederherstellung des Hungerford-Marktes brauchte Zeit. Auch ich hatte keine freie Minute. Kaum hatte ich einen Tag schulfrei, war ich irgendwo am Helfen, und während der Sommerferien des Jahres 1854 arbeitete ich Tag und Nacht. Aber Ferien waren es dennoch, ich musste ja nichts lernen und nicht die Schulbank drücken.

In dieser Zeit fing ich auch an, kräftig zu wachsen. Im Frühling maß ich knapp vier Fuß, und schon im Herbst war ich der Größte unter meinen Schulkameraden. Das brachte es mit sich, dass ich zum Betreuer befördert wurde, nicht nur um Schülern mit Schwierigkeiten zu helfen, sondern für alles, was ein Betreuer zu tun hatte: Ordnung aufrechterhalten, der Hausdame zur Hand gehen, aufpassen, dass die Jungs unseres Schlafsaals nicht den Unterricht schwänzten, und weitere Beaufsichtigungen.

Ich selber hatte unter einem sehr unangenehmen Betreuer zu leiden gehabt, als ich frisch nach London gekommen war: Er gab willkürliche Anweisungen, war ungerecht, ziemlich gewalttätig, und ich schwor mir, es ganz anders zu machen, wenn ich einmal Betreuer werden sollte. Ich bemühte mich darum und war auch überhaupt nicht streitsüchtig veranlagt.

»Mit Martin Streit anfangen zu wollen ist vergebliche Liebesmüh'«, beklagten sich meine Kameraden oft genug. »Er hat immer ein Argument zur Hand, um die Hitzköpfe zu beruhigen.«

Dank der vielen Beschäftigungen außerhalb der Schule und der Möglichkeit, in meiner Freizeit praktisch jederzeit zu den Gattis zu gehen, wurde es mir während meiner Schuljahre in London nie langweilig, auch nicht eine Sekunde lang.

Einer der großen Momente war, als meine Kricketmannschaft (wir hatten deren zwei) diejenige einer anderen Schule, der Tuchhändler, schlug. Ich werde den Moment nie vergessen, als ein kleiner Kerl, der nach nichts aussah, kurz vor Spielende den entscheidenden Punkt machte. Es war zwar nur Kricket, aber für einen kurzen Augenblick hatten wir dennoch das Gefühl, die Herren der Welt zu sein.

Aber auch viele kleine Momente gab es.

Unvergesslich der Tag, als ich mich bei Herrn Nottley, einem der Pförtner, nach der Bedeutung des Wortes »Sarkophag« erkundigte.

»Ein Sarkophag?« Herr Nottley war außer sich. Wie konnte ich es wagen, ihn mit einer so belanglosen Frage zu belästigen? »Ein Sarkophag, Martin, nun … das ist … ein Sarkophag.«

»Ja, Herr Nottley, aber was für ein Gegenstand ist das?«

»Das ist kein Gegenstand, sondern ein Ort.«

»Was für ein Ort?«

»Es ist … also nicht wahr … es … Es ist der Ort, wo die Toten leben.«

Es war derselbe Herr Nottley, der zwei Streithähne getrennt und sie an den Ohren zu einem der Aufseher gezerrt hatte, um vor versammelter Stubenbelegung mit dröhnender Stimme zu erklären:

»Ich habe die beiden Burschen hier dabei angetroffen, sich gegenseitig zu vernichtigen, und wenn ich nicht gegen sie verstoßen hätte, wärrren die Korpssequenzen sterblig gewesen.«

Herr Nottley erlaubte sich sprachliche Freiheiten dieser Art und wir genossen es. Wendungen wie »sterblige Korpssequenzen« brauchten wir bis zum Überdruss.

Auch Frau Hunt, unsere Hausdame, war unvergesslich.

Sie war eine Dame alter Schule, was sich nicht gehörte, gehörte sich einfach nicht. Daran gab es nichts zu rütteln. Glücklicherweise setzte sie ihre Regeln nicht mit Gewalt durch und auch nicht, indem sie unsere Missetaten den Betreuern meldete, wie es laut den Kameraden in anderen Stuben manche Hausdamen oft genug taten. Nein, Frau Hunt zog uns die Ohren lang, ohrfeigte uns dann und wann, am allerliebsten aber hielt sie uns erst eine Standpauke, um uns zur Vernunft zu bringen, »von Mann zu Mann«, wie sie zu sagen pflegte, obwohl sie ihre Tiraden immer mit den Worten begann: »Ich könnte eure Mutter sein.« Sie hätte sogar unsere Großmutter sein können.

Ich mochte Frau Hunt, ich war praktisch während der gesamten Schulzeit in ihrer Obhut. Sie erwiderte meine Zuneigung, ohne dass man etwas davon merkte, von dem Tag an, als ich ihr nach einer Missetat bei einem Gespräch unter vier Augen die traurige Geschichte meiner Eltern erzählte und dabei deren Romanze etwas verklärte.

In all diesen Jahren wuchs ich weiter, sodass ich mit sechzehn beinahe so groß war wie mein Vater, und ich kletterte auch weiter die schulische Karriereleiter hoch. Da gab es keinerlei Schwierigkeiten. Gleichzeitig stieg ich in der Hierarchie der uns übertragenen Pflichten auf, vom Geschirr- zum Besteckjungen, vom Toiletten- oder Ausruferjungen zum Bierjungen, was ein begehrter Posten war, bis ich schließlich den angesehenen Rang eines Vollzeit-Betreuers erreichte. Problemlos brachte ich so die fünf Jahre hinter mich, die mir den Zugang zum sogenannten »Kleinen Erasmus« eröffneten, der ersten Klasse der Oberstufe. Um dann den Übertritt zum »Großen Erasmus«, der zweiten Klasse, zu schaffen, musste ich mich richtig ins Zeug legen. Zu diesem Zeitpunkt hatte man sich bereits von einer ganzen Reihe von Kameraden verabschieden müssen, ich persönlich von gut der Hälfte unserer »Lausbuben«. Sie arbeiteten jetzt in Anwaltskanzleien oder Geschäftskontoren, unterrichteten kleine Kinder, und manche hatten vor, das Studium später fortzusetzen, einige taten das auch. Kai ging bei seinem Stiefvater arbeiten, dann fing er als Deckjunge auf einem Schiff an, auf dem mein Vater Kapitän war.

Vier von uns blieben übrig: Stephen, Nigel, Victor und ich.

Stephen konnte nichts mit Mathematik anfangen, war aber unschlagbar in den Sprachen. Nigel schaffte es ohne Spitzenleistungen in allen Fächern, er tat es mit so viel Elan und war eine so starke Persönlichkeit, dass er sich vom Durchschnitt abhob. Victors große Liebe hingegen galt der Musik, bald einmal assistierte er den Musiklehrern und vertiefte sich in die Geheimnisse dieser Kunst. Kurz und gut – wir waren ein sehr gutes Gespann.

Gekrönt wurde das Ganze natürlich erst, als ich auf dem Gipfel anlangte – zuerst als Vize-»Hellene«, dann als »Hellene«, so nannte man seit Menschengedenken die Schüler der Abschlussklasse, womit natürlich auf unsere Studienrichtung angespielt wurde. Auf diesem Niveau waren wir nur noch ein paar wenige Auserwählte – oder vielleicht eher Verdienstvolle, denn »Hellene« wurde man ausschließlich aufgrund eigener Leistungen, keinerlei Begünstigung oder Schiebung. Das machte uns zu einer kleinen Gruppe Gleichgestellter, unabhängig von unserer Herkunft oder von den Umständen des Schuleintritts.

Doch abgesehen von einem etwas längeren Leibgürtel trugen wir immer noch die gleiche Uniform; es war verboten, sie auszuziehen, selbst in den Ferien. Ich glaube aber, dass keiner von uns das je gewollt hätte. Unsere Uniform brachte uns Respekt ein, und deshalb waren wir umso stolzer auf sie.

Wenn wir im Ausgang als Gruppe auftraten, trafen wir auf zwei Arten von Reaktionen. Die Buben riefen uns – zur Vorsicht meist von der anderen Straßenseite – zu, wir sollten aufpassen, nicht in den Senftopf zu treten, wir seien blauhäutig und hätten einen gelben Magen, was hieß, wir seien Angsthasen. Anders die Museen. Die meisten gewährten uns freien Eintritt, selbst der Tower of London. Vor allem aber die Händler und Gastwirte. Die einen überließen uns ihre beste Ware zu einem geringen Preis, die anderen empfingen uns mit offenen Armen. In den Gatti-Cafés zum Beispiel galt die Weisung, ein Bluecoat habe

Anrecht auf einen guten Platz und ihm sei Schokolade oder Tee mit Patisserie zu servieren. Wenn wir nach Hungerford kamen, schrie Serafino durchs ganze Lokal: »Sonderbedienung für die Bluecoats, Essen und Getränke!«

Übrigens war das Café in Hungerford wiederhergestellt und vergrößert worden, es war nun schöner als je zuvor. 1856 hatte Zio Carlo unsere Stube zur Wiedereröffnung eingeladen und fast alle waren gekommen, Betreuer und Pförtner inbegriffen, sogar Frau Hunt war da. Meine Kameraden ließen sich von den Spiegeln, den Sitzbänken mit Samtbezug, den Lüstern beindrucken, vom Streichquartett, das auf einem kleinen Podest aufspielte, und natürlich von den Getränken, der Patisserie und der Eiscreme.

Einer von uns meinte:

»Dieses Interieur ist unserer Uniform würdig.«

»Recht hast du, mein Junge« entgegnete Zio Carlo, und eure Uniform ist dieses Interieurs würdig.«

Im Sommer verkaufte ich wieder Eis auf der Straße. Ich war ein Meister darin geworden, Unannehmlichkeiten zu vermeiden und Höchstumsätze zu erzielen. Und meine blaue Weste, die ich selbstverständlich nie auszog, machte Eindruck und lockte Kundschaft herbei.

1857 bot mir Herr Stephenson, der sich immer wieder nach meinen Fortschritten erkundigte, die Möglichkeit, den Sommer in seinen Werkstätten zu verbringen. Ich hatte nie aufgehört, von den Lokomotiven zu schwärmen, es stand fest, ich wollte Ingenieur werden. Eines Tages sagte er zu mir:

»Komm für ein paar Wochen zu uns. Gegenwärtig bauen wir zwar in erster Linie Brücken, diejenige, die für den Osten Kanadas bestimmt ist, wird die längste der Welt sein.«

So entdeckte ich, dass der Bau von Brücken und Viadukten ebenso spannend war wie jener von Lokomotiven. Am Wesentlichen indessen hat sich nie etwas geändert: Ich wollte Ingenieur werden.

Das Traurigste in dieser Zeit waren dann die Todesfälle.

Als erster Sir John Key im Jahr 1858, im folgenden Jahr Herr Stephenson, dessen Gesundheit schon seit einiger Zeit nicht die beste gewesen war. Und schließlich nur wenige Monate vor meinem Studienabschluss Nonna Gina. Während ich meine Wohltäter schmerzlich vermisste, weinte ich der Nonna bittere Tränen nach.

»Sie war so alt, dass sie ihr Alter selber nicht mehr wusste«, sagte mir Zio Carlo, ebenso erschüttert wie ich.

»Sie … Sie liebte mich.«

»Ja, Gina war eine ganz kleine Person mit einem Herzen so groß wie ein Haus. Sie war bis zuletzt gut bei Kräften, niemals ist ihre Stimme brüchig geworden und sie hat uns mit ihrem Tod alle überrascht, das sieht ihr sehr ähnlich. Die eine Sekunde war sie noch da und in der nächsten schon anderswo – kommentarlos.«

Er putzte sich geräuschvoll die Nase.

Und dann kam der Juni 1860.

Ich sollte mein Diplom und eine weitere Medaille bekommen. Das Datum war festgelegt und mein Vater erklärte, Fischerei und Eistransport auf der Nordsee seien zwar in vollem Gang, aber an dem Tag, an welchem, wie er sich ausdrückte, mein Lebensschiff in See steche, werde er in London sein.

Am Vorabend der Feier saßen wir alle am Tisch im Café Gatti, Zio Carlo, Zio Giovanni, mein Vater und ich.

»Ich werde bestimmt ein Stipendium für das Studium in Cambridge bekommen«, erklärte ich.

»Studium in Cambridge«, murmelte Zio Carlo mit finsterem Gesicht. Und auch Zio Giovanni sah nicht sehr glücklich aus.

»Das scheint Ihnen keine Freude zu machen«, bemerkte mein Vater.

»Sie sagen es, es gefällt mir ganz und gar nicht«, explodierte Zio Carlo. Neun Jahre lang war der Junge an einer Schule, wo einzig Talent und Leistung den Schüler adelten. An den Bluecoats, und ich habe im Lauf der Jahre weiß Gott viele von ihnen kennengelernt, gefällt mir, dass ihnen jeglicher Snobismus fernliegt. Und Sie wollen jetzt diesen Burschen hier in die *Hölle* des Snobismus schicken, ihn der Verachtung seitens seiner Studienkollegen aus der Aristokratie oder jedenfalls aus gutem Haus aussetzen?«

»Auch die Martins von Dublin sind aus gutem Haus«, entgegnete mein Vater ziemlich hochfahrend.

»Ganz recht, Herr Kapitän, das bezweifle ich nicht. Aber das zählt bei diesen Leuten nicht. Nein, Nicola soll am Polytechnikum in Zürich studieren, das ist der ideale Ort für ihn. Eine junge und dynamische Hochschule in einem jungen und dynamischen Land. Ich habe mich informiert. Die allerbesten Kräfte aller Richtungen stehen Schlange, um dort zu unterrichten, heißt es. Hervorragende Mathematiker gibt es dort und Unterricht auf höchstem Niveau …«

»Aber ich kann doch dank eines Stipendiums nach Cambridge.«

»Auch für Zürich bekommst du ein Stipendium.«

Mein Vater und ich wollten etwas sagen, aber Zio Carlo ließ uns nicht zu Wort kommen. »Das Mathematik-Stipendium von Carlo Gatti. Erst mal für dich, und später, in fünf, sechs Jahren, wenn du fertig bist, vielleicht auch für einen anderen, falls zufällig wieder ein Mathematik-Talent wie du auftaucht.«

»Herr Gatti, haben Sie herzlichen Dank, aber das kann ich nicht annehmen. Ich finde die Idee, Nick zum Studium nach Zürich zu schicken, hervorragend. Aber bezahlen kann ich das selber.«

»Zio Carlo, Sie brauchen das Geld für etwas anderes.«

»Mein kleiner Bluecoat. Die Zeiten sind vorbei, als wir die Tageseinnahmen abwarten mussten, um die Waren für den nächsten Tag einkaufen zu können. Der Eiscremeverkauf und die übrigen Geschäfte, die ich auf die Beine gestellt habe, gedeihen alle vorzüglich. Und wenn ich meist schlecht bei Kasse bin, dann nur, weil ich das Geld investiere.«

Ich wechselte lieber das Thema.

»Wir müssen uns wohl mit Reverend Jacob absprechen.«

Reverend Jacob bedauerte es sehr, dass ich nicht an einer englischen Universität studieren würde, doch er fand die Idee mit dem Polytechnikum in Zürich, von dem er gehört hatte, ausgezeichnet.

»Mit Ihrer mathematischen Begabung wäre das ideal.«

So kam es, dass ich nach den Abschlussfeiern und nachdem ich meine blaue Weste ausgezogen hatte und damit ein »Old Blue« geworden war, wie die Ehemaligen von Christ's Hospital genannt wurden, noch einmal einen Sommer lang Gäste im Café Gatti in Hungerford bediente und dann in die Schweiz reiste.

# ZWEITES BUCH

## *Carlo*

***He who began***
***as a shepherd boy has died,***
***it is stated, a millionaire.***

*Als Hirtenbub hatte er begonnen,*
*gestorben ist er, heißt es, als Millionär.*

The Graphic
Nachruf auf Carlo Gatti
London, Sept. 1878

# VIII

»Ich möchte dich um einen Gefallen bitten, Zichinin.«

Schon in London war mir aufgefallen, dass Zio Carlo mir etwas sagen wollte – weil ich ständig um ihn herum war, kannte ich ihn ja. Aber ich vermute, er wollte mich zunächst meine erste Kanalüberfahrt genießen lassen.

Es war September, es herrschte ideales Wetter, und es stimmt, ich hätte nichts gehört, wenn Zio Carlo mit mir auf dem Schiff hätte reden wollen. Ich war zu sehr fasziniert von meiner ersten tatsächlichen Begegnung mit dem Meer.

Als wir dann in Dieppe von Bord gingen, wurde ich vom Verkehr auf den Quais in Anspruch genommen, der mir bunter und weniger diszipliniert vorkam als in London.

Und als unsere kleine Truppe nach wenigen Schritten den Zug erreichte, galt meine Aufmerksamkeit der Lokomotive, einer in Frankreich gebauten, aber in England konzipierten Buddicom.

Jetzt saßen wir allein in einem Abteil zweiter Klasse. Zia Maria und die Mädchen waren in einem anderen Abteil untergekommen, und Agostino und Stefano waren unterwegs, um Getränke zu besorgen.

»Mich um einen Gefallen bitten, Zio Carlo?«

»Du bist ja jetzt ein ... ›Hellene‹. Ein Gelehrter. Ein Mathematiker. Aber du schreibst auch Texte, hab' ich recht?«

»Wenn Sie damit sagen wollen, ich schreibe erklärende Texte, übersetze Klassiker und verfasse Abhandlungen, dann haben Sie natürlich recht.«

»Nun, schau mal ...« – er wirkte wirklich so verlegen, dass es schon fast lustig war. Er war zwar ganz und gar ernst, aber er muss gespürt haben, dass ich ihm amüsiert zuhörte. »Du machst dich nicht etwa lustig über mich?«

»Zio Carlo!«

»Ja, gut, wenn du es unbedingt wissen willst – ich finde mich selber manchmal ein bisschen lächerlich. Dann aber sage ich mir wieder, dass es sein muss.«

»Was denn?«

Er neigte sich vor und zurück, wie ein Taucher auf dem Sprungbrett, der Anlauf nimmt, dann spuckte er es endlich aus:

»Ich möchte, dass du meine Geschichte schreibst.«

Ich war so überrascht, dass es mir zunächst die Sprache verschlug. Dann stammelte ich:

»Wie soll ich denn Ihre Geschichte schreiben, ich kenne sie ja gar nicht.«

»Aber ich kenne sie. Ich erzähle oder diktiere sie dir, wie du möchtest. Es hat eine Zeit gegeben, da litt ich sehr darunter, als einer behandelt zu werden, der zu nichts Rechtem taugte. Ich möchte das Warum und Wieso erklären und auch, dass ich in Wirklichkeit nie ein Stümper gewesen bin.«

Jetzt setzte er ein breites Lächeln auf.

»Was ist? Bist du einverstanden?«

»Ich will es gerne versuchen, aber wir brauchen Zeit. Und versprechen kann ich Ihnen nichts.«

»Wir können uns so viel Zeit nehmen wie nötig, wenn ich nur sicher sein kann, dass es gemacht wird.«

»Einverstanden, Zio Carlo. Es wird vermutlich keine große Literatur werden, aber …«

»Lass uns gleich anfangen.«

Gesagt, getan – Zio Carlo, wie er leibte und lebte.

«Ehm …, ja.«

»Aber bevor wir ans Werk gehen, möchte ich dich um einen weiteren Gefallen bitten.«

»Ehm …«

»Du bist inzwischen fast so groß wie ich, du bist ein Mann geworden. Sag Gatton zu mir, oder meinetwegen auch Carlo, wie alle anderen.«

»Meinen Sie … soll ich wirklich?«

»Ich glaube es nicht, ich weiß es.«

Ich trug jederzeit Notizbuch und Bleistift mit mir und holte beides aus der Tasche. Zio Carlo – nein, Gatton – starrte das Schreibzeug an und seufzte schwer.

»Wenn ich bedenke, dass ich mit Müh' und Not schreiben kann … Aber schau, damit hat das Übel angefangen. Ich war der Jüngste von uns Kindern, weiß der Himmel, wie viele meine Mutter vor mir zur Welt gebracht hat, fünf sind ihr geblieben, und als ich da war, konnte sie nicht mehr. Niemand kümmerte sich wirklich um mich.« Nach einer Pause nahm er erneut Anlauf: »Der Einfachheit halber sagen wir immer, dass wir aus Dongio kommen, denn dort waren ja auch die Schule, das Gemeindeamt und die Kirche. Aber in Wirklichkeit stammen wir aus Marogno, einem Weiler von Dongio. Wenn man von der Talebene her schaut, würde man fast meinen, es sei eine Stadt. Ich stamme aus einer alten Patrizierfamilie – was nicht reich bedeutet, aber in unserer Gemeinde galt sie etwas. Wie dem auch sei, ob Marogno oder Dongio – wir sind auf dem Land. Etwas Weinreben, viele Kastanienbäume, wenig Menschen – sie sind ausgewandert, nach Frankreich, Italien, England, es gab einfach nicht genug

Arbeit, damit alle ihr Auskommen gehabt hätten. Du wirst schon sehen … Inzwischen geht es etwas besser, weil viele von uns zurückkommen und weil wir in einer fortschrittlichen Welt mit Maschinen leben, aber als ich klein war, war es anders. Um 1827 war die Unabhängigkeit des Tessins von 1803 noch ganz neu und keine sichere Sache, es gab eigentlich nur Komplotte überall. An unserer Südgrenze saßen die Österreicher, die 1815 die Lombardei besetzt hatten. Auf der Alpennordseite war die schweizerische Eidgenossenschaft, die wir kaum kannten und der wir misstrauten. Und es wurde geschmuggelt, Waren, aber vor allem Menschen, solche, die in Italien verfolgt wurden, und solche, die in der Schweiz verfolgt wurden. Man hätte meinen können, wir lebten in der tiefsten Provinz, aber so war es nicht.«

Als Carlo seinem ersten Schmuggler begegnete, war er zehn. Der Mann brachte Bücher nach Italien, die die österreichische Zensur verboten hatte.

»Die Zollabgaben sind zum Fürchten, deshalb wird geschmuggelt. Aber noch viel mehr gefürchtet werden Ideen, weshalb auch Bücher geschmuggelt werden«, hatte ihm der Mann erklärt, den alle *ul Sergent* nannten, ohne dass jemand gewusst hätte, ob er als Soldat einen Grad hatte. Für Carlo war es ein Alter.

Dieser Veteran aus den napoleonischen Kriegen machte Carlo sehr Eindruck, wenn er seine Geschichten aus der damaligen Zeit erzählte. Einmal rühmte er die Heldentaten der Franzosen, dann wieder die militärischen Erfolge »derer aus Wien«, wie er sich ausdrückte. Er war in Frankreich gewesen, hatte Paris gesehen und schilderte die Stadt ganz anders, als Stefano Gatti, Carlos Vater, es tat. Dieser arbeitete in Paris und kehrte jeweils für ein, zwei Monate im Jahr nach Marogno zurück, für seinen Jüngsten war er beinahe ein Fremder.

»Für mein Alter war ich immer zu groß und zu kräftig«, erklärte er, »vielleicht lag es daran, dass ich schon als Kind das

Gefühl hatte, zu wenig Platz zu haben. Ich hatte nur einen Traum – fort von hier. Wobei das im Tessin gar nichts Besonderes war, auszuwandern war ein üblicher Lebensweg.«

Sein Bruder Giacomo, fünfzehn Jahre älter als er, hatte Theologie studiert und noch vor seiner Priesterweihe eine große Reise nach Griechenland gemacht. Giuseppe, sein zweiter Bruder, war über den Gotthard gegangen, um in der Schweizer Armee zu dienen. Man nannte ihn *ul Tenent* (den Leutnant). Sein dritter Bruder, derjenige, den ich kenne und Zio Giovanni nenne, hatte in Mailand Geisteswissenschaften studiert, dann ging er nach Paris, um seinem Vater zu helfen, der ein Maronigeschäft betrieb.

Ich erinnere mich, von Gatton gehört zu haben, er habe nicht deshalb nicht studiert, weil er zu arm, sondern weil er zu dumm dafür gewesen sei. Diese »Dummheit« machte sich bemerkbar, als er dreizehn war. Er ging zur Schule. Aber er war der größte der Schüler und von seinem Körperbau her schon ein Mann, und was sich außerhalb seiner Klasse abspielte, in der er sich fehl am Platz fühlte, interessierte ihn mehr als das Geleier seines Lehrers Dom Giacomo Martinoli.

»Der langweiligste, eingebildetste und gewalttätigste Mensch, der mir je begegnet ist«, sagte Carlo.

Dom Martinoli unterrichtete mit eiserner Hand, bestrafte und teilte Schläge aus, was das Zeug hielt. Damit machte er aus seinen Schülern Ignoranten, denen alles Geschriebene und Schulbänke im Allgemeinen ein Gräuel waren.

»Eines Morgens kam ich eine Stunde zu spät in die Schule, weil ich die Nacht mit Schmugglern verbracht hatte. Ich wollte einen illegalen Grenzübertritt erleben. In jener Nacht war alles ruhig gewesen. Dom Martinoli fragte mich, wo ich herkomme und ich antwortete: ›Aus den Bergen‹. Vor lauter Empörung prügelte er mit einer solchen Gewalt auf meinen Rücken ein, dass ich ärztliche Behandlung brauchte. Seine schlimmsten Schläge haben Narben hinterlassen, die ich noch heute spüre, wenn das Wetter wechselt.«

Er hatte nicht geweint, nicht geschrien, nicht geschimpft. Er war einfach nach Hause gegangen, hatte dort erklärt, was vorgefallen war und dafür von seiner Mutter gleich auch noch Ohrfeigen kassiert. Damals lebte Nonna Gina bei den Gattis in Marogno. Sie verarztete ihn und half ihm, sein Bündel zu schnüren, und sagte:

»Ich habe von Buben gehört, die nach Paris gehen, du kannst dich ihnen anschließen, dann gehst du zu deinem Vater und arbeitest. Bist du sicher, dass du mit der Schule fertig bist?«

»Sicher. Ich habe das Gefühl, meine Zeit zu verschwenden. Was kann ich hier schon machen? In den Weinbergen arbeiten? Darauf habe ich keine Lust. Die Kastanien ... Einverstanden, die Kastanien. Aber in Paris, nicht hier. Ich gehe.«

»Du hast recht. Und wenn etwas geworden ist aus dir und du deine eigene Familie hast, komm und hol mich, damit auch ich die weite Welt kennenlerne, bevor ich sterbe.«

Er versprach es und reiste mit einer Gruppe von Männern ab, die um einiges älter waren als er.

»Das ist kein Scherz, sie nannten mich *ul Bagaï*, als ob ich noch ein Windelkind gewesen wäre, dabei war ich bereits sechs Fuß groß.«

Es war im Frühling 1830, und sie reisten sozusagen gegen den Strom, denn im April kehrten die *Marunatt*, die Maronihändler aus Frankreich, Italien und der »inneren Schweiz«, wie man im Tessin die Kantone nördlich des Gotthards nannte, nach Hause zurück. Wer jetzt abreiste, zog Missbilligung auf sich – diese Taugenichtse führen lieber weg, als dass sie sich auf den Feldern nützlich machten, hieß es.

Der Weg führte sie zunächst tiefer ins Val Blenio hinein bis nach Prugnasco. Von dort stiegen sie auf einem Saumweg – allerdings ohne Maultier, nur mit einem Bündel über den Schultern – zum Passübergang Bassa di Nara auf.

Kurz darauf hatte die kleine Gruppe das Tal verlassen. Sie schickte sich an, sechshundert Meilen, neunhundert Kilometer, unter die Füße zu nehmen.

Drei Monate dauerte es. Und es war eine strenge Zeit für Carlo und seine Gefährten. Gehen, essen, schlafen, oft genug unter freiem Himmel, essen, für ein paar Groschen arbeiten, schlafen, essen, gehen, arbeiten, essen. Es hatte viel geregnet und es stand eine schlechte Ernte in Aussicht, weshalb es schwierig war, Arbeit zu finden. Man traute der kleinen Schar nicht über den Weg und hielt sie im Allgemeinen zunächst für arme Schlucker, die auf der Suche nach Essbarem durchs Land zogen. Gelegentlich begegneten sie solchen Leuten, einmal wären sie deswegen beinahe ermordet worden. Genauere Erinnerungen an diese Reise hatte Carlo nicht, er war erst dreizehn und hatte nie zuvor so viel gearbeitet.

»Die Müdigkeit stumpfte mich ab und außerdem verstand ich leider die Sprache kaum, jedenfalls am Anfang. Ich weiß nur noch, dass in Frankreich damals eine sonderbare Aufruhrstimmung herrschte.«

Sie waren in die Zeit geraten, die in Frankreich schließlich zu den »Drei Glorreichen« führte. Im Juli 1830 erhob sich die Pariser Bevölkerung und stürzte König Karl X. In einzelnen Dörfern herrschte Hochspannung und man war gut beraten, kein Aufsehen zu erregen und niemanden zu irritieren.

»Es muss im Mai gewesen sein, als die Regierung aufgelöst wurde. An jedem Ort, an dem wir vorbeikamen, tagte ein örtlicher Rat und wir wurden schief angesehen. Wir sagten dann, wir seien Schweizer und würden in Paris zum Arbeiten erwartet. Einige ältere Leute erinnerten sich, dass sich vor vierzig Jahren Schweizer hatten massakrieren lassen, um den König zu beschützen, und man fragte uns misstrauisch, ob wir gekommen seien, um dem ›verachtenswerten Karl X.‹ zu Hilfe zu eilen.« Carlo lachte. »Anfänglich wussten wir gar nicht, wer dieser Karl X. war und wir stellten uns dumm. Mehr als das Nötigste sagten wir nicht, wenn wir Arbeit suchten, um eine Ecke in einer Scheune für die Nacht oder um etwas zu essen baten.«

Am 26. Juli traf die kleine Truppe in Paris ein.

»Es war wie vor einem Gewitter – spürbare Spannung lag in der Luft, es herrschte eine gedrückte Stimmung.«

Die Tessiner versuchten zu verstehen, doch in der Menge der fremden Wörter ist Carlo nur eines in Erinnerung geblieben: »Unterdrückung«.

Auf zahllosen Umwegen tasteten sie sich vor und kamen endlich wohlbehalten an ihrem Bestimmungsort an: Rue Montmartre 84. Im Erdgeschoss gab es zwei Läden. Der eine war mit »Buchbinderei A. Dauthuille«, der andere mit »Righezzi und Gatti, Maroni« angeschrieben.

Als sie eintraten, fanden sie Stefano Gatti, Carlos Vater, schreibend an einem großen Tisch sitzend. Vor einer Bank stehend sortierte sein Bruder Giovanni kleine Gegenstände. Beide trugen Anzug und Krawatte. Stefano sah auf und erkannte an der Art ihrer Kleidung, dass er es mit Tessinern zu tun haben musste. Seinen Sohn erkannte er nicht, er hatte ihn seit beinahe zwei Jahren nicht mehr gesehen, und Carlo hatte seither sein Volumen verdoppelt.

Auf Carlos scheues »Guten Tag, Vater« verzog er das Gesicht. Dann musterte er den Ankömmling ausgiebig und sagte:

»Und wieso kommst du erst jetzt?«

»Aber Vater …«

»Man hat mir geschrieben, du seist vor mehr als drei Monaten aufgebrochen.«

»Ja, das stimmt, Vater, aber …«

»Aber was?«

»Wir sind zu Fuß gekommen.«

»Und wieso hast du mich nicht um das Fahrgeld für die Kutsche bitten lassen? Wir hätten dich hier brauchen können.«

Jetzt schwieg Carlo lieber, um nicht die so bedrohlich klingenden bösen Worte seiner Mutter wiedergeben zu müssen.

»Wenn du gehst, bist du die längste Zeit mein Sohn gewesen. Und wenn du vorhast, in Paris in einen schlechten Ruf zu geraten, dann sieh zu, wer dir die Reise bezahlt, von mir bekommst du keinen Rappen.«

Während seine Reisegefährten zu verschiedenen anderen Tessinern geschickt wurden, nahm sein Vater Carlo ihn mit hinauf in seine Wohnung im ersten Stock.

»Wir werden morgen schauen, was ich mit dir anfangen kann. Fürs Erste aber gilt Vorsicht. Du bleibst im Haus. Ich weiß nicht, was sich da draußen zusammenbraut.«

Zögernd wandte Carlo ein: »Ich könnte mich erkundigen gehen, wenn Sie möchten.«

»Du kannst nicht Französisch.«

»Inzwischen verstehe ich etwas mehr als zwei, drei Worte.«

Der Vater musterte seinen Sohn ausgiebig, dann öffnete er einen Schrank und kramte einen blauen Arbeitskittel, einen Schal und eine Arbeitermütze hervor.

»Zieh das an und geh dann bis zum Boulevard hinauf. Aber trödle nicht. In zwei Stunden will ich dich hier wieder sehen.«

Carlo wusch sich und zog sich um, bat um etwas zu essen, erhielt es und, noch Käse und Brot kauend, machte sich auf den Weg. Er schlug die vom Vater vorgeschlagene Richtung ein und gelangte zu den großen Boulevards.

Es war atemberaubend.

Überall standen Leute mit Zetteln in der Hand in kleinen Gruppen herum und diskutierten. Aus den Cafés drangen

Schreie der Verzweiflung, man sprach nicht mehr miteinander, man beschimpfte sich nur noch. Wen sollte er fragen? Schließlich stieß Carlo auf zwei Jungen seines Alters, Studenten allem Anschein nach, die wie alle anderen einen Zettel studierten. Er wagte sich hinzu.

»Ehm ... Verzeihung. Ich bin gerade eben in Paris angekommen. Könnt ihr mir sagen, was hier los ist?«

Sie überlegten kurz, wohl ob sie einem ausländischen Arbeiter Antwort geben sollten, sahen sich an, dann wedelte der eine mit dem Zettel vor Carlos Nase herum.

»Karl X. hat ... Weißt du, wer Karl der X. ist?«

»Der König.«

»Gut. Der König hat die Pressefreiheit aufgehoben, die gegenwärtige Regierung aufgelöst und neue rückständige Personen eingesetzt, auch das Abgeordnetenhaus wurde aufgelöst und es wurde verkündet, unter künftigen Regierungen werde es weniger Abgeordnete geben. Außerdem hat er das Wahlrecht praktisch aufgehoben. Genügt dir das?«

Carlo hatte schon immer eine rasche Auffassungsgabe gehabt, mehr brauchte er nicht.

»Mit einem Wort ...?«, fragte er.

»Mit einem Wort? Diktatur. Weißt du, was das bedeutet? Keine freie Presse mehr. Die Zeitungen brauchen eine Erlaubnis, um erscheinen zu können, und müssen zur Genehmigung vorlegen, was sie veröffentlichen wollen ... Nein! Das geht zu weit.«

»Und jetzt?«

»Jetzt steigen wir meiner Meinung nach auf die Barrikaden.«

»Die Barrikaden?«

»Genau. Die Pariser Bevölkerung geht auf die Straße und kämpft. Wir haben die Revolution nicht gemacht, um jetzt zu den Verhältnissen von Ludwig XIV. zurückzukehren!«

Carlo durchstreifte den Boulevard Montmartre, den Boulevard Poissonnière und den Boulevard Bonne-Nouvelle, dann ging er die Rue Saint-Denis hinunter und landete wieder in der Rue Montmartre.

Man hatte ihm ein Extrablatt der Zeitung *Le National* in die Hand gedrückt, eigentlich war es nur ein Blatt mit der Titelseite darauf. Zurück im Geschäft des Vaters, buchstabierte er:

*»Die legale Ordnung ist am Ende, es beginnt die Ordnung der Macht«*, las er. Und weiter: *»Heute also haben verbrecherische Minister gegen die gesetzliche Ordnung verstoßen. Wir schulden keinen Gehorsam mehr. Wir versuchen, unsere Zeitung herauszugeben, ohne um die vorgeschriebene Genehmigung zu bitten.«*

Kein Zweifel, es würde Ärger geben.

»Vater«, rief Carlo und wedelte mit seinem Extrablatt herum, »an Ihrer Stelle würde ich den Laden verriegeln und erst wieder öffnen, wenn es ruhiger geworden ist. Auf den Straßen ist von Barrikaden die Rede.«

Stefano überflog das Blatt.

»Komm, hilf mir.«

Sie schlossen den Laden und sie hatten recht. In den folgenden Tagen wurde Carlo klar, dass man nicht ungestraft mit den Bürgern spielte. Ganz Paris und allen voran die Journalisten warfen sich in den Kampf. Und Carlo war dabei. Während sein Vater und dessen Bruder Giovanni es vorzogen, zu Hause zu bleiben, verbrachte Carlo die drei Tage draußen auf den Straßen.

»Ich habe nicht alles begriffen, was geschah, aber das waren die drei interessantesten Tage meines Lebens.«

Am vierten Tag dankte Karl X. ab.

»Und ich schlug einen Weg ein, der die nächsten zwei Jahre mein Leben bestimmte. Ich lernte Französisch, es war mir daran gelegen, die Sprache ordentlich zu beherrschen. Dabei kam mir mein feines Gehör zugute, aus Büchern hätte ich Französisch nicht lernen können.«

Sein Vater bestimmte ihn zum Straßenverkäufer von Maroni, und Carlo willigte von Herzen gern ein.

»Zuerst machte ich so etwas wie eine Lehre bei meinem Cousin Antonio Gatti. Als ich begriffen hatte, wie es ging, machte ich mich selbstständig. Und ich hatte wunderbare Winter mit vielen interessanten Begegnungen. Mit dem Englischen tat ich mich später sehr schwer, aber das Französische habe ich ganz mühelos gelernt, wahrscheinlich deshalb, weil es auch in unserem Dialekt Spuren davon gibt. Ich habe diskutiert und Maroni verkauft, mindestens fünfzig Kilo am Tag. Ich war draufgekommen, wo die besten Plätze waren. Zum Beispiel am Eingang eines Theaters. Die Behörden genehmigten die beantragten Platzierungen unter der Bedingung, dass ein Abstand von mindestens vierhundert Metern zum nächsten Maroni-Laden eingehalten wurde. Ab und zu mogelte ich ein bisschen und rückte etwas näher, aber ernsthafte Konsequenzen hat das nie gehabt. Vor den Theatern war es immer am besten. Oft kamen die Leute in letzter Sekunde herbeigeeilt und hatten keine Zeit, zu essen. Aber für eine – eine! – Portion Maroni reichte es. Die ersten Jahre wollte ich keinesfalls zurück ins Tal, die Stockschläge und die Hartherzigkeit meiner Mutter schreckten mich ab, weshalb ich beim zweiten Aufstand von 1832 immer noch in Paris war. Mein Vater und mein Bruder waren in die Schweiz zurückgekehrt, und wie durch ein Wunder war auch ich nicht geblieben, denn die Kämpfe fanden direkt vor unserer Haustür statt.«

Er hielt kurz inne.

»Ich war fünfzehn, sah aber zweifellos älter aus. Ich fing an, mich für Mädchen zu interessieren und die Mädchen sich für mich. Ganz in unserer Nähe, nein, direkt in unserem Häuserblock, gab es einen Ort, der mich anzog wie ein Magnet – die Passage du Saumon. Ich habe eigentlich alles der Passage du Saumon zu verdanken. Meinen ersten Anzug, meinen ersten Hut, meine erste Prügelei, meine erste abgefeuerte Kugel, mein erstes Mädchen, meinen ersten Tanzabend, die Idee der Konzert-Cafés – eine umfassende Bildung, nicht wahr?«

In den achtzehn Jahren, die Carlo in Paris verbrachte, war die Passage sehr belebt. Die eleganten Damen und die Dandys kamen hier zu ihren Schneidern. Einer von ihnen, der bei Carlo draußen vor dem Theater Maroni gekauft hatte, erkannte ihn wieder, als er wie so oft durch die Passage streifte und ermutigte ihn, »sich auszustatten«.

Als er erfuhr, dass Carlo Schweizer war, begann sich der Dandy für ihn zu interessieren, lud ihn zum Trinken ein und ließ sich von Carlo sein ganzes Leben in allen Einzelheiten erzählen.

»Er war wie du; er schrieb in ein Heft, was ich sagte. Er konnte es kaum fassen, dass ich mit fünfzehn zu Fuß halb Frankreich durchquert hatte und heimlich über die italienische Grenze gegangen war. Dann erzählte er mir seine Kindheit. Er war Sohn eines Generals und hatte im Gefolge Napoleons den ganzen Spanienkrieg mitgemacht. Jetzt war es an mir, es nicht fassen zu können: Im Gegensatz zu mir, der ich mit fünfzehn wie zwanzig aussah, ging er auf die dreißig zu und sah noch aus wie ein Halbwüchsiger. Er heißt Victor. Er war damals schon ein großer Mann, ein angesehener Dichter und bekannter Theaterautor, aber er versuchte nie, mir damit zu imponieren. Er sprach mit mir auf meinem Niveau. Ich vermute, das ermöglichte es ihm auch, das Leben des Volkes zu verstehen und zu beschreiben.«

Während des Aufstandes von 1832 bekräftigte sich die Freundschaft der beiden Männer.

Anfang Juni wurde ein berühmter Mann und General unter Beteiligung einer großen Menge zu Grabe getragen. Da genügte ein Funken und eine regelrechte Schlacht brach aus und dauerte zwei Tage, zum größten Teil in Montmartre. Paris hatte ein neues

Gesicht bekommen. Man sah über den Köpfen der Leute rote oder schwarze Fahnen flattern, man hörte Parolen wie »Es lebe die Republik!« oder »Es lebe Napoleon!«, niemals aber »Es lebe der König!«. Louis-Philippe hatte nichts von seinem Vorgänger, der französischen Seele kam es auf einen König mehr oder weniger nicht an, und bei allem Gerede über die »Restauration« hatte man sich doch niemals mit dem Tod der Republik abgefunden.

Angesichts der anwesenden Truppen kam es, wie es kommen musste – nach dem aussichtslosen Aufstand waren die Straßen von Paris mit Leichen übersät.

Mitten in diesem Durcheinander lebte Carlo auf der Straße und im Laden des Vaters, den dieser geschlossen hatte.

»In der Rue Montmartre wäre ich beinahe unter Beschuss geraten, gerade rechtzeitig konnte ich mich in die Passage du Saumon retten. Ein ängstlicher Hausmeister schloss das Gittertor hinter mir. Von der Rue Montorgueil kam Victor angerannt. Auch hinter ihm hatte jemand das Gitter zugemacht. Draußen beschossen sich Aufständische und das Militär über die Barrikaden hinweg. Alle Läden waren geschlossen, wir saßen fest wie in einer Falle und hatten nichts, wo wir uns hätten verstecken können, außer vielleicht die Ausbuchtungen der Halbsäulen zwischen den einzelnen Geschäften. Und hinaus konnten wir nicht.

»Warum bist du hier, Carlo?«, keuchte Victor.

»Aus dem gleichen Grund wie du. Ich ging hinaus auf die Straße, um zu sehen, was los war. Jetzt weiß ich es, könnte man sagen. Und du?«

»Ich wollte mir den Vulkanausbruch aus der Nähe ansehen, und dann ist er direkt vor meiner Nase explodiert.«

Während sie mehr als eine halbe Stunde in dieser schwierigen Lage ausharrten, erzählte Victor, der seit dem Vorabend in ganz Paris unterwegs gewesen war, was er gesehen hatte.

»Am linken und rechten Ufer, an den Quais, auf den Boulevards, im Quartier Latin und bei den Hallen verlesen Studenten und Arbeiter die Proklamationen und rufen zu den Waffen, demolieren die Kandelaber, spannen Kutschpferde aus, brechen das Straßenpflaster auf, rammen Haustüren, reißen Bäume aus, durchsuchen Keller, rollen Fässer herum, häufen Pflastersteine, Baumaterial, Möbel und Bretter an, errichten damit Barrikaden. Unglaublich!«

»Und nutzlos.«

»Ja, du hast recht, Carlo. Wir müssen realistisch bleiben. Aber zutiefst in ihrer Seele ist die Bevölkerung von Paris immer noch das Volk, das die Bastille gestürmt hat.«

*

Die baldige Ankunft des Zuges in Paris wurde ausgerufen. Carlo beendete seine Erzählung und ich räumte mein Notizheft weg. Er schüttelte den Kopf.

»Siehst du, was ich erzähle, taugt nichts, ich bin sicher, dass ich das Wesentliche nicht erwähnt habe ...«

»Was soll das denn, Gatton! Sie wären beinahe erschossen worden, finden Sie nicht, das sei wesentlich?«

»Doch, das ist es, aber ich bin auch um ein Haar an der Cholera gestorben, als in Paris eine der schlimmsten Seuchen seiner Geschichte wütete. Aber du siehst ja, ich habe nicht einmal daran gedacht, es zu erwähnen.«

»Ihr Freund Victor muss Victor Hugo sein, nicht wahr?«

»Ja.«

»Sie haben mir nie gesagt, dass Sie ihn kennengelernt haben.«

»Ich hatte keine Gelegenheit dazu.« Er seufzte. »Ich habe sie alle gekannt, als ich Kellner war – Hugo, Sue, Dumas, Musset – wie Fische im Ozean meiner Erinnerungen. Es ist besser, wir hören auf damit.«

»Nein! Jetzt, nach diesem Anfang, höre ich nicht auf. Und es ist ganz normal, dass Sie nichts über das Alltagsallerlei zu sagen haben, im Gedächtnis haften bleiben nur die außergewöhnlichen Momente.«

»Wie du willst, Zichinin, wie du willst. Jetzt aber kümmern wir uns um unsere Frauen. Agostino und Stefano finden sowieso, ich rede nur dummes Zeug daher, und sind sicher längst bei ihnen.«

## IX

Paris … Meine erste Begegnung mit dieser Stadt, von der ich schon so viel hatte reden hören, beeindruckte mich vor allem in ihren Unterschieden gegenüber London. Die Architektur, die Boulevards, die Farben, die Düfte …

Als Erstes erkundeten wir die Rue Montmartre, wo sich der Maroni-Verkauf verändert hatte. Er war der »Kastanienkrise« von Ende 1840 zum Opfer gefallen, als ein Parasit Europas Kastanienbäume dezimierte. Zugleich war, wenn ich den Geschichten, die ich hörte, Glauben schenkte, auch eine gewisse Ermüdung von Giuseppe und Giovanni Gatti schuld daran, sie hatten genug von Revolten, Ausschreitungen, Unordnung, die sie nicht verstanden, weil sie dafür nicht französisch genug waren. Einer nach dem anderen waren die Onkel nach London gekommen. Ihre Läden in Paris wurden von Schwestern und Schwagern übernommen. Kastanien verkauften sie immer noch, doch ihr wichtigster Geschäftszweig war inzwischen der Engros-Handel mit Gemüse. In der Nähe des Ladens gab es ein kleines, von Tessinern geführtes Hotel, dort stiegen wir ab und blieben ein paar Tage, bis Carlo seine Angelegenheiten geregelt hatte.

Er nahm sich aber auch Zeit, mir »sein« Paris zu zeigen. Wenn wir von unseren Spaziergängen zurückkamen, stürzte ich mich auf mein Notizbuch – Band drei inzwischen –, denn für Carlo waren diese Orte voller Geschichten, Ereignisse und Erinnerungen.

»Du kannst dir nicht vorstellen, wie sehr es meinen Vater verstörte, es war wirklich zum Verrücktwerden, weil ich nur tat, was ich wollte, das ertrug mein Vater nicht. Und Giuseppe und Giovanni unterstützten ihn in seiner ablehnenden Haltung mir gegenüber. Nach einer gewissen Zeit war es mir egal. Ich konnte tun, was ich wollte, ich war immer im Unrecht.«

»Womit denn zum Beispiel?«

»Ich begann, im Sommer auch Waffeln zu verkaufen. Auf den Champs-Élysées hatte ich einen Mann Waffeln verkaufen sehen. Ich kostete sie und fand sie gut. Und ich fand heraus, dass man für die Herstellung von Waffeln ähnliches Material brauchte wie im Winter für die Maroni – Hitze und ein Waffeleisen. Anstelle der Kastanien Mehl, Eier und Milch. Ich passte meinen Verkaufswagen an. Dass ich meinen Lebensunterhalt nun mit den Waffeln verdiente, interessierte weder meinen Vater noch meine Brüder. Ich muss gestehen, dass ich die blaue Bluse, den Schal um den Hals und die Mütze auf dem Kopf behalten hatte, während die »authentischen« Herren Gatti in Anzug und Krawatte herumspazierten und sich für den Ausgang auch noch einen Hut auf den Kopf setzten. Hier, siehst du ...«, er wies mit einer ausladenden Handbewegung auf ein Gebäude mit klassizistischer Fassade hin. »Das ist das italienische Theater. Nicht dasjenige, das ich damals kannte, denn das ist inzwischen abgebrannt. Meine schönste Erinnerung an diesen Ort ist die Premiere zu *Lucia di Lammermoor* auf Italienisch, kurz vor der Feuersbrunst. Auch Donizetti war da und ich mit meinen Maroni vor dem Eingang, denn es war Dezember. Jemand muss es ihm gesagt haben, denn nach der Vorstellung kam er heraus direkt zu mir: ›Maronee?‹, sagte er in seinem dem unseren sehr ähnlichen Dialekt. Seit einer halben Stunde hatte ich nur Sätze gehört wie ›Was für eine originelle, jugendlich-frische Musik!‹ oder ›Ach, dieser arme Edgar von Ravenswood, es bricht mir das Herz‹ oder ›Die Persini! Was für eine Lucia! Was für eine Stimme!‹ und so weiter. Als aber der Maestro eine Tüte Maroni verlangt, weil sie ihn an seine Heimat erinnern, schenke ich sie ihm und er antwortet: ›Nehme ich gerne an, aber morgen gehst du in die Oper, dann bin ich an der Reihe, dir etwas zu schenken, die Eintrittskarte.‹ Er hat tatsächlich alles organisiert.«

»Sie waren in der Aufführung von *Lucia di Lammermoor*?«

»Natürlich. Für einmal sah ich eine Vorführung mit eigenen Augen. Die anderen kannte ich nur aus den Kommentaren anderer, ohne je drinnen gewesen zu sein. Mit den Theatern am Boulevard du Temple war es genauso: L'Ambigu-Comique, La Gaîté – die feinen Herrschaften verachteten sie und Victor machte sich über mich lustig, wenn ich sie gut fand, denn hier sah ich schließlich doch die eine oder andere Vorstellung. Es waren Häuser des Volkstheaters und sehr gut besucht. Den Leuten gefiel es, dass ich zu Beginn oder am Ende der Vorstellung Waffeln verkaufte. Ich hatte zu tun und ich verdiente mein Geld damit. Und alle Stammgäste kannten mich.« Er machte eine Pause. Wir überquerten einen Platz. »Das hier ist ein Cabaret. Die Cabarets haben mich auf die Idee der Kaffeehäuser mit Musik gebracht – natürlich umgedeutet und dem englischen Geschmack angepasst.«

Am Tag nach dieser langen Wanderung über die Boulevards fragte ich ihn, ob es in Paris einen Ort gebe, der für ihn besonders wichtig sei. Er schloss die Augen, um nachzudenken, dann sah er mich an.

»Es gibt zwei solche Orte. Als Erstes zeige ich dir die Hallen. Morgen. Weil man morgens sehr früh hingehen muss, um das zu verstehen. Und außerdem habe ich heute anderes zu tun.«

Als er mich am anderen Morgen weckte, war es noch Nacht. Er hatte sich zwei blaue Blusen und zwei Mützen besorgt. Wir gingen die Rue Montmartre hinunter und schon bald war großer Lärm zu hören, dumpf und heftig, es klang wie das Magenknurren eines Riesen. Dann sah man einen Lichtschein, dessen Ursprung noch von den anderen Häusern verdeckt wurde. Nach und nach füllte sich die Luft mit Düften von frisch geerntetem Gemüse, Fleisch und Milchprodukten. Die Mischung war ebenso wirr wie die der Geräusche. Und endlich standen wir vor den Hallen.

Für mich war es Liebe auf den ersten Blick. In Bahnhöfen hatte ich bereits die von Säulen aus Guss oder Eisen gestützten Dächer gesehen, mehr als funktionell war das aber nicht, dem Obdach für Züge und Reisende fehlte der Charme. Hier aber brachte dieselbe Technik etwas hervor, was Carlo die Pavillons nannte. Diese Konstruktionen, sechs an der Zahl, waren leicht, luftig, elegant, Paläste aus Gusseisen und Kristall. Sie haben alle eine einheitliche Form, ohne deswegen monoton zu wirken. So viel Kühnheit machte mich sprachlos und ich brannte vor Ungeduld, so etwas auch zu tun – wenn ich bloß schon am Polytechnikum wäre.

»Dir hat es wohl die Sprache verschlagen, gell?«, meinte Gatton spöttisch.

»Sind die neu?«

»So neu, dass sie noch nicht fertig sind. Sechs weitere Pavillons sind jetzt im Bau, sobald es tagt, siehst du die Baustelle.«

Als ich meinen Blick endlich wieder den Dingen am Boden zuwenden konnte, stellte ich fest, dass wir uns an einem Ort befanden, wo auf der einen Seite Butter, Eier und Käse und auf der anderen Haushaltsartikel verkauft wurden. Etwas weiter entfernt befanden sich die Austernverkäufer. Nun begaben wir uns in einen weiteren Pavillon, wo Fisch versteigert wurde. Ich hatte den Eindruck, dass sich mindestens tausend Personen hier aufhielten. Am Schluss kamen wir zu den Früchten, Gemüsen und Blumen.

Carlo seufzte.

»Das hier war früher das Reich meines Vaters. Je nach Jahreszeit kaufte oder verkaufte er Kastanien und Gemüse. Wenn er mich bat, ihm zu helfen, gab es nie ein Murren von mir – ich liebe diesen Ort. Aber du musst wissen, vor weniger als zehn Jahren gab es das alles hier noch nicht. Die Hallen waren damals ein Wust bunt zusammengewürfelter Einrichtungen, kreuz und quer und alles aufeinander, die Häuser waren wackelig, es gab Säulengänge, Behelfsunterstände, und durch das Ganze zogen enge Gassen mit Kreuzungen und Sackgassen, das Warenangebot war ein einziges Durcheinander entweder in Läden oder unter freiem Himmel oder sogar auf dem Straßenpflaster. Du machst dir keine Vorstellung, was es brauchte, um hierherzugelangen … Die Straßen waren so eng, dass ich selbst mit meinem Waffelwägelchen kaum durchkam. Und die schwereren Gefährte, die kamen und gingen, stießen an jeder Ecke irgendwo an in diesem unglaublichen Sammelsurium von Gebäulichkeiten. Ganz zu schweigen vom unbeschreiblichen Lärm, der hier herrschte – Geschrei der Ladenbesitzer und Ausrufer, Hundegebell.«

Wieder einmal wurde mir bewusst, dass Carlo Gatti zwar ein schlechter Schreiber sein mochte, als Erzähler aber großartig war.

»Was war Ihnen lieber, so wie es jetzt ist oder so wie früher, Zio Carlo?«

Er ließ einen schweren Seufzer fahren.

»Ich bin Gatton, denk dran! Aber um auf deine Frage zu antworten: Ehrlich gesagt bin ich unentschieden. Früher war das Getümmel der alten Häuser und der in alle Richtungen verstreuten Händler herzlich und malerisch. Jetzt ist alles sauber geordnet – hier die Gemüsebauern und die Früchte, dort die

Käsehändler, wenn du Eier brauchst, gehst du in den Pavillon dort drüben, dort hast du das gesamte Angebot und kannst rasch vergleichen und dich entscheiden. Das ist sicher besser. Ebenso, dass es jetzt überall fließendes Wasser gibt, ganz zu schweigen von der wunderbaren Gasbeleuchtung. Damals mussten die Händler, die vor Tagesanbruch kamen, selber für Licht sorgen. Insgesamt herrschte so etwas wie Brüderlichkeit unter allen. Die ist verlorengegangen.«

Wir setzten unseren Gang durch die Hallen fort, tranken Glühwein, und als Carlo einen Bekannten traf, hielten wir für ein Schwätzchen an, aber eigentlich sprach nur Carlo, denn mir wurde jetzt klar, dass mein Französisch zwar perfekt sein mochte im Christ's Hospital, hier in Paris aber zu nichts taugte.

Carlos Bekannter ermutigte uns lebhaft, auch das Untergeschoss der Pavillons zu besuchen, und tatsächlich war ich einmal mehr sehr beeindruckt von diesen Bauten. Die Gewölbe wurden von Säulen aus Gusseisen getragen und bestanden aus Backsteinen.

Als es Tag wurde, sah ich die riesige Baustelle der sechs weiteren Pavillons. Einer war bereits fertiggestellt und ich nutzte die Gelegenheit, das noch leere Gebäude von innen zu betrachten – die Weite des Raumes war fantastisch. Ich musste dabei an den Kristallpalast meiner Kindheit denken.

Als es Mittag wurde, hatten wir noch längst nicht alles gesehen.

»Wir gehen jetzt in ein Schanklokal, das Tag und Nacht geöffnet hat, eigentlich ist es nur für die Händler bestimmt, doch ganz Paris kommt hierher, vor allem nachts.«

Nach der Mahlzeit ließ mich Carlo allein. Und erst abends, als ich meine Notizen durchlas, stellte ich ihm die Frage.

»Gatton, Sie haben von zwei Orten in Paris gesprochen, die für Sie wichtig sind. Was ist mit dem anderen?«

Meine Frage brachte ihn zum Lachen.

»Der andere, lieber Zichinin, ist das Café Corazza, wo ich gelegentlich verkehrte und wo ich Maria begegnete, kaum dass sie in Paris angekommen war. Die Corazzas sind Leute aus meinem Tal, verstehst du, ich habe Cousins, die Corazza heißen. Im letzten Jahrhundert haben sie im Palais-Royal ein Café eröffnet, das berühmt geworden ist. Mein Vater kam zum ersten Mal 1795 nach Paris und arbeitete im Café Corazza als Kellner, bevor er sich selbstständig machte. Er war ein eher schweigsamer Mensch, aber ich habe doch gehört, als er davon erzählte, dass sich die Leute während der Revolution in den Cafés versammelt hatten. Jede Partei hatte das ihre. Als er als Kellner arbeitete, gehörte Napoleon Bonaparte zu seiner Kundschaft. Vierzig Jahre später war das Café immer noch sehr beliebt bei Künstlern, Politikern und Beamten. Aber im blauen Arbeitskittel hatte man dort nichts verloren. Ich schmiss mich gerne in Schale, um im Corazza ein Bier trinken zu gehen. Da entdeckte ich eines Tages hinter der Bar eine junge, sehr schöne Frau, die ich zu kennen glaubte. Ich fragte den Kellner, auch einer von uns, wer sie sei, und er antwortete: ›Das ist die Marioni-Tochter, sie ist gekommen, um ihrem Vater zu helfen.‹«

»Wie alt waren Sie damals, Gatton?«

»Zweiundzwanzig war ich. Ich hätte zwei Dutzend Mal eine Pariserin heiraten können, ich gefiel den Mädchen. Doch jedes Mal kam mir unser Sprichwort in den Sinn: *›Donne e buoi dei paesi tuoi‹*, nimm dir Frau und Ochs' aus deinem eigenen Dorf. Was hätte eine Französin denn schon tun sollen in Marogno? Damals war ich noch überzeugt, dass ich wieder nach Hause zurückkehren würde. Jedenfalls hatte es mir diese Maria Marioni angetan. Es war die Zeit, als ich allmählich vernünftiger wurde, ich will dir gar nicht erzählen, was ich alles anstellte in meinen ersten Jahren in Paris. Einmal verdrückte ich mich mehr als ein

Jahr lang, ich lebte mit den Ärmsten der Armen, verdiente mal da, mal dort eine Kleinigkeit, aber vor allem trank ich, stahl mir Geld fürs Würfelspiel, war hinter den Mädchen her, brauchte meine Fäuste. Als ich an die Rue Montmartre zurückkam …«

Er brach in schallendes Lachen aus und klopfte sich auf die Schenkel.

»In Lumpen war ich und hatte bestimmt Läuse. Unterdessen war mein Bruder Giovanni frisch verheiratet mit dieser Tessinerin, du hast sie gesehen, sie war wie wir alle in Holzschuhen groß geworden, spielte aber bereits die feine Dame. Unter uns gesagt: Ich fand sie nie sehr sympathisch.« Wieder lachte er. »Als sie mich in der Tür stehen sah, fiel sie in Ohnmacht. Ich musste mich am Brunnen waschen, weil ich so dreckig, wie ich war, nicht ins Haus konnte, meine Kleider wurden verbrannt, man hat mir den Kopf kahlgeschoren für den Fall, dass er bewohnt gewesen wäre, und …«

»Im Grunde haben Sie das gleiche Prozedere über sich ergehen lassen müssen wie ich, als Sie mich aus der Gosse zogen.«

Wieder lachte er schallend.

»Ganz genau, Zichinin, ganz genau. Deshalb war mir auch schon auf den ersten Blick klar, was du brauchtest. Aber ich war damals in Paris schon ein großer Junge und hatte mir alles selber eingebrockt. Als ich wieder sauber und ordentlich angezogen war, fühlte ich mich wohler. Aber für mich war es wichtig gewesen, in diese andere Welt abzutauchen, ich hatte das Gefühl, dass meine Erziehung mir Scheuklappen aufgesetzt hatte und dass ich eine Horizonterweiterung brauchte, wenn etwas aus mir werden sollte. Ich erzähle dir das jetzt nur, weil ich versuche, dir meine Vergangenheit zu erzählen, ich sehe ja, wie dein Stift über die Seiten fliegt, ich glaube, alles sagen zu müssen. Aber mein Vater war damals der Meinung, ich hätte den Verstand verloren und entehre unsere Familie. Ich schaffte es nicht, ihm zu erklären, und noch weniger, ihm verständlich zu machen, dass ich auf der Suche nach meinem Weg war.«

»Und als Sie wieder sauber waren?«

»Ich hatte keine Lust auf das Engros-Geschäft mit Kastanien. Aber das Gastgewerbe, das interessierte mich, denn, das muss ich gestehen, in den Cafés fühlte ich mich wohl. Du kannst dir gar nicht vorstellen, was das war, die Pariser Cafés. Das eine und andere hast du ja gesehen, aber man muss Stammgast sein, um es wirklich zu genießen. Ich war auf Anhieb fasziniert. Man trifft Leute, man liest die Zeitung, diskutiert über die Weltlage. Es gibt Cafés für jeden Geschmack. Und in den feinsten verkehren Damen, feine Damen, deren guten Ruf niemand in Zweifel zu ziehen wagt. Natürlich immer in Begleitung, manchmal eines Herrn, manchmal anderer Frauen. Gemeinsam gehen sie aus, verkehren im Café Royal, bei Tortoni und vielen anderen. Ich stürzte mich in Schale, um nicht aufzufallen, denn viele der männlichen Gäste waren echte Dandys und ich wollte nicht, dass man mich hinauswarf. Etwas Vergleichbares gab es nicht im Tessin. Und ich fing an, von meinem eigenen Café zu träumen. Aber zu Hause konnte ich darüber nicht reden. Erst als ich Maria kennenlernte, kam ich auf die Idee – das heißt, sie kam darauf: ›Geh als Kellner in eines dieser Cafés, lerne alles, interessier dich für alles, dann machen wir unser eigenes auf.‹ Das ist der Grund, warum ich als Kellner ins Tortoni ging. Eigentlich muss ich von drei Orten in Paris sprechen, die für mich wichtig waren, das Café Tortoni ist der dritte.«

Carlo hatte gehört, Tortoni suche Personal, und ging sich beim Besitzer, François Tortoni, vorstellen. Aber selbst im Abendanzug, in Frack und Lackschuhen verbreitete Carlo Gatti den Eindruck eines wilden ungezähmten Burschen, das pure Gegenteil eines Dandys. Ich kann mir gut vorstellen, dass François Tortoni zunächst skeptisch war. Sein verstorbener Vater war zwar Römer gewesen, aber pariserischer und tadelloser herausgeputzt als François, den Sohn, gab es keinen. Carlo sprach übrigens fließend Französisch, aber mit einem hübschen Akzent des Tessiner Italienischen.

»Was glauben Sie, weshalb Sie für uns nützlich sein könnten?«, wurde er von Herrn Tortoni gefragt.

»Sie suchen einen Kellner, ich habe als Kellner in Restaurants gearbeitet«, log Carlo frech, »stellen Sie mich probeweise ein. Wenn Sie nach acht Tagen nicht zufrieden sind, gehe ich wieder.«

»Ich habe beste Beziehungen zu Ihrem Vater, von dem ich die besten Maroni zum Glacieren beziehe. Um ihm eine Freude zu machen, gebe ich Ihnen die acht Tage. Überzeugen Sie mich.«

»Ich beneide Sie, meine Beziehungen zu meinem Vater sind fürchterlich. Er nimmt mir sehr übel, dass ich nicht Maronihändler werden will.«

Das brachte François Tortoni sehr zum Lachen.

»Ich hatte keine Ahnung vom Beruf des Kellners. Teller jonglieren, im Kopf behalten, was ein Dutzend Gäste wünschten, dafür sorgen, dass das Aufnehmen von Bestellungen genauso gut klappte wie das Servieren, das ist in einem vollbesetzten Café, wo alle durcheinanderschwatzen, weiß Gott nicht so einfach, das kannst du mir glauben.«

Allen Ungeschicklichkeiten zum Trotz gewann Carlos warme Herzlichkeit Oberhand und er blieb mehrere Jahre als Kellner bei Tortoni.

»Das war meine Universität.«

Im Tortoni verkehrte ein gemischtes, aber immer gepflegtes Publikum, und hier lernte Carlo denn auch, was französische Etikette bedeutete und auf welche Beziehungen es ankam.

»Am Morgen gab es bei Tortoni kaltes Frühstück, was vor allem den Geldwechslern und den Banquiers von der Chaussée d'Antin zusagte; mittags bedienten wir die ganze Schar pomadisierter Dandys. Und bei Tortoni habe ich zum ersten Mal ein sogenanntes Gabelfrühstück gesehen, ein üppiges, sehr reichhaltiges Buffet, an dem man sich für einen fixen Preis selber bediente. Wenn um vier die Börse schloss, versammelten sich die Spekulanten auf der Außentreppe und entlang der gesamten Fassade und setzten frisch-fröhlich ihre Geschäfte fort. Abends kamen modische Leute aller Art zum Tee mit glacierten Früchten und Eiscreme.« Es folgte eine lange träumerische Pause. »Ach ja, Eiscreme. Wir verkauften an einem kurzen Abend bis zu tausend Portionen. Sogar im Winter. Es gab Kundinnen und Kunden, die nur kamen, um auf der Außentreppe Eiscreme serviert zu bekommen, die sie im Stehen verschlangen. Ich habe auch gehört, während des Karnevals habe Tortoni einhunderttausend Portionen Eiscreme verkauft! Da fiel bei mir der Groschen. Carlo, sagte ich mir, wenn du es schaffst, Eiscreme zu verkaufen, wie du Maroni verkauft hast, bist du ein gemachter Mann. Ich fing an, darüber nachzudenken, wie man Eiscreme allen zugänglich machen könnte, und bald einmal kam ich auf die Lösung: in großen Mengen produzieren und in kleinen Portionen verkaufen. Anfänglich kam mir das Ganze wegen des für die Produktion benötigten Eises sehr schwierig vor. Klar, es gibt jede Menge Eisdielen in Paris, aber im Herbst fehlt dann immer das Eis. Wie dem auch sei, hier entstand die Idee der Portion Eiscreme für einen Penny.«

Zu seinen Gästen gehörten Second, Sue, Hugo, Dumas, de Musset, Prinz Orloff, und ohne je ein Buch zur Hand genommen zu haben, wusste er Bescheid über die neuesten Streitereien dieser Herrschaften.

»Musset erschien immer in blauer Jacke mit goldenen Knöpfen und weißer Weste, für ihn war Hugo der Eiserne Baron und Dumas beeilte sich, rund um diese Bezeichnung eine Geschichte zu spinnen. Auch über die von Theaterstücken und Romanen hervorgerufenen Skandale war ich auf dem Laufenden. Ich war zwar ständig für Bestellungen unterwegs, aber es war leicht, den Faden nicht zu verlieren.«

Beim Zuhören lernte Carlo auch viel über Vermögensverwaltung, bald wusste er über alles Bescheid, was an der Börse lief, ohne je einen Fuß dorthinein gesetzt zu haben, und er zog lohnende Lehren daraus. Auch wenn er vor den Theatern Maroni verkaufte, erfuhr er alles über die gespielten Stücke, ohne je selber eines gesehen zu haben.

»Mit der Zeit wurde mir auch klar, dass man nicht nur wegen Kaffee, Tee und Schokolade zu Tortoni und in ähnliche Cafés strömte, sondern auch wegen des vorzüglichen Essens. Man kommt zu einer Erfrischung, man verfügt nicht über ein Heer von Dienern und genießt es, wenn das Essen schon auf dem Tisch steht und köstliche Nachspeisen locken. Außerdem stehen den Kunden sämtliche Zeitungen zur Verfügung und im ersten Stock die Billard-Tische. Das Café Tortoni ist ein Mythos, um das sich die Anekdoten zu Dutzenden ranken. Es gibt einfach für jeden etwas in einem solchen Café.«

Er machte eine Pause.

»Ich nehme dich mit zu Tortoni, dann wirst du schon sehen.«

Schon am nächsten Tag gingen wir hin. Es muss um drei oder vier Uhr herum gewesen sein, auf der Außentreppe und auf dem Gehsteig drängten sich die Leute, man hatte sogar längs der Hauswand Tische und Stühle aufgestellt. Zwei Kellner flitzten mit ihren Tableaus durch die Menge, man lachte, man schwatzte. Mitten in diesem Getümmel saßen einige Herren und lasen Zeitung, ohne sich vom Geschrei rund um sie herum stören zu lassen. Und die Damen orderten Eiscreme aus ihren Kutschen heraus.

Im Innern unterschied sich das Café Tortoni nur geringfügig

von Gattis Cafés auf dem *Strand*; mir war sofort klar, wo er sich hatte inspirieren lassen.

Gatton zog mich mit in den ersten Stock und zeigte mir das Billardspiel, auch hier hingen überall Spiegel, und eine Menge Leute spielten mit Leidenschaft ihre Partien.

Zurück ins Erdgeschoss.

Während Gatton Herrn Tortoni grüßen ging, mischte ich mich unter die Leute. Mein Französisch war zu ungenügend, um aus dem Stimmengewirr etwas heraushören zu können. Aber ich habe an jenem Tag begriffen, was Carlo Gatti inspiriert hatte.

Als er zurückkam und wir wieder gingen, alle hundert Meter aber an einem weiteren Café vorbeikamen, sagte Gatton nachdenklich:

»Hier wurde mir klar, was zu tun war – Tortonis! Aber nicht in Paris. Man musste dorthin gehen, wo es noch keine gab.«

»Da seit Ihr nach England gegangen, Gatton?«

»Ganz und gar nicht. 1838 oder 1839 schickte mich die Familie zu Cousin Gaspare, der in London bereits das Geschäft mit künstlichen Blumen betrieb, das du ja kennst und wo deine Mutter vielleicht sogar gearbeitet hat. Ich blieb ein paar Wochen, fand aber die Kneipen und Bars nicht besonders attraktiv. Für einmal im Vorübergehen, gut. Aber jeden Tag … Traf man in einem Pub Frauen, waren es solche von zweifelhaftem Ruf, ganz anders als in Paris, wo sich selbst die ehrenwertesten Damen in den Cafés trafen. Die Londoner Restaurants waren düster und schmutzig. Im Allgemeinen speisten alle, denen es möglich war, zu Hause und die anderen kauften sich bei fliegenden Händlern eine Pastete oder andere fertig zubereitete Gerichte. Mir war klar, dass man da etwas machen musste. Aber bevor ich mein Projekt verwirklichen konnte, hatte ich Maria kennengelernt. Auch sie kam aus dem Valle di Blenio, verstehst du, wir konnten nicht einfach so in Paris zwischen Tür und Angel heiraten.

Wir mussten die Form einhalten und nach Hause fahren für die Hochzeit.«

»Und Maria?«

»Sie hatte mich auch gern, was mehr für ihr gutes Herz als für ihren gesunden Menschenverstand sprach. Bei meiner Familie stand ich im Ruf eines Faulenzers, und meinen Lebensunterhalt verdiente ich als fliegender Händler und Kellner. Gute Arbeit, unauffälliges Einkommen, aber reich werden konnte man dabei natürlich nicht. Wir gingen also nach Dongio, hielten Hochzeit und machten auch gleich ein Kind – Stefano.«

Seine Miene verdüsterte sich und ich hütete mich, Fragen zu stellen. Auch Jahre nach seinem Tod war es immer noch schmerzlich, Stefano zur Sprache zu bringen. Schließlich lächelte er.

»Ich musste viel Kritik einstecken, weil ich dich behandelte wie den Sohn, den ich verloren habe. Wenn ich schon einen Jungen fördern wolle, warum dann ein Findelkind und nicht einen der Gattis? Warum nicht Agostino und Stefano? Es ist ja wahr, dass du so etwas wie ein Sohn gewesen bist für mich, aber alles, was ich getan habe, hast du auch verdient. Ich tat nichts für dich, was ich nicht auch für Agostino und Stefano tat. Nicht einmal Taschengeld hast du von mir bekommen.«

»Doch ...«

»Nein. Kaum hattest du einen Tag frei, hast du gearbeitet, und dafür habe ich dich bezahlt. Genau wie ich Agostino bezahlt habe von dem Tag an, als er zu arbeiten begann. Aber ich habe es nicht geschafft, meinen Brüdern klarzumachen, dass Christ's Hospital eine Sache war, die nur für dich infrage kam, und gekostet hat mich das keinen Heller.«

Es wurde still. Die Entdeckung einer Feindseligkeit, von der ich keine Ahnung gehabt hatte, musste ich erst verdauen.

»Und nach Ihrer Heirat?«, fragte ich schließlich.

»Wir hatten drei Kinder, Stefano, Rosa und Apollonia, die

in der gleichen Woche gestorben ist wie Stefano. Dann wurde mir klar, dass der Zeitpunkt gekommen war, meine Projekte zu verwirklichen, und wir zogen von Paris weg nach London.

Anfangs hausten wir in einem ungesunden Loch, die Kinder bekamen Fieber, ich glaube, es war die Cholera. Ich selber war in einer schrecklichen Seuche im Jahr zweiunddreißig davongekommen, und deshalb war ich, glaube ich heute, überzeugt, so etwas passiere nur den anderen. Nur Rosa ist uns geblieben.« Wieder machte er eine Pause. »Aber gut, wir sprachen von den Vierzigerjahren, das waren die schwierigsten für mich. Mein Vater starb, das Zerwürfnis unter uns Brüdern trat offen zutage. Während ich die Ausfälle meines Vater aus Respekt vor ihm hingenommen hatte, war ich meinen Brüdern gegenüber nicht mehr bereit dazu. Die Vierzigerjahre waren für alle von uns nicht leicht, würde ich sagen. Die Franzosen hatten zwar gut daran getan, sich für König Louis-Philippe statt für Karl X. zu entscheiden, doch mit der Zeit erregte dieser König immer mehr ihr Missfallen. Die Seele der Franzosen ist republikanisch, glaub mir. Ich kenne mich zwar nicht sonderlich gut aus in Politik, aber das war nicht zu übersehen. Von meinem ersten Tag in Paris bis zu meinem letzten gab es gewalttätige Auseinandersetzungen in beeindruckender Zahl.«

»Und inwiefern war es für Sie schwierig?«

»Ach, weißt du, ich war für eine Familie verantwortlich, die sechshundert Meilen weit weg von mir lebte. Die Tessiner lassen oft ihre Frauen im Tal zurück, wenn sie auswärts arbeiten gehen. Aber ich mochte das nicht. Ich blieb in Paris, weil es weniger weit weg war von Dongio als London. Aber in Paris hatte ich nun alles gesehen, das war nicht mehr der Ort für mich. Dann packte ich den Stier bei den Hörnern und ließ Maria kommen, auch sie wollte mit mir zusammen sein. Mein Fehler war, mit ihr und den Kindern nach London zu gehen. Ich hätte erst allein gehen und alles erkunden sollen. Als wir eintrafen, war Gaspare gerade auf Reisen. Schließlich fanden wir eine Unterkunft in Saffron Hill, man hatte uns dorthin geschickt, weil man uns für Italiener hielt. Saffron Hill oder Seven Dials, das ist gehupft wie gesprungen – dreckig, gefährlich, elend. Wir hatten auch Nonna Gina mitgenommen, weil ich es ihr versprochen hatte, aber ihre Putzwut wurde auf eine harte Probe gestellt. Mit einem Taschenspielertrick besorgte ich mir einen Kochkessel und einen Karren und begann gleich mit dem Verkauf von Maroni, es war bereits Winter und wir hatten kein Geld.« Pause. »Während ich mit den Maroni unterwegs war, inspizierte ich die Häuser und entdeckte dasjenige in Holborn, es stand völlig leer und war in schlechtem Zustand. Deshalb war es billig und ich kaufte es in der Hoffnung, jemand würde mir das Geld dafür leihen. Aber ich war nicht schnell genug, knapp vor unserem Umzug starben die Kinder. Ich hätte wirklich zuerst allein kommen und Abklärungen treffen sollen. Diesen Vorwurf mache ich mir immer noch, Tag für Tag.«

»Und dann? Nach dem Umzug?«

»Maria litt sehr darunter, zwei ihrer Kinder verloren zu haben. Wir hatten nur noch Rosa und ich nahm mir vor, ihretwegen zu arbeiten. Ich suchte Tessiner, die bereit waren, mir bei der Instandsetzung des Hauses zu helfen. Einige kamen an Samstagnachmittagen, wenn sie frei hatten, zum Vergnügen. Andere kamen und erledigten die notwendigen Arbeiten und waren einverstanden, es auf Kredit zu tun. Und ich verkaufte während dieser ganzen Zeit Maroni und Waffeln auf Teufel komm raus, um ein wenig Geld zu verdienen. Nonna Gina kümmerte sich um das Haus.« Er lachte. »Sie kommandierte die Leute herum wie ein General, und mehr als einmal dankte ich dem Himmel dafür, das ihr ein paar Jahre zuvor etwas willkürlich gegebene Versprechen gehalten zu haben. In diesen ersten Jahren war sie unersetzlich.« Wieder eine Pause. »Ich war noch immer als fliegender Maroniverkäufer unterwegs, aber ich träumte bereits davon, ein großes Lokal einzurichten, mit einer Patisserie im Erdgeschoss und einem Restaurant oben, ich war überzeugt, dass es laufen würde.«

Er hatte Schulden bis zum Hals und im Tessin hieß es, er verspiele sein Geld beim Roulette. Aber er ließ die Leute reden und machte verbissen weiter.

»Ich dachte nicht an meine Schulden, sondern lieber an meine Gewinne, wenn ich sie abbezahlt haben würde.«

Anfänglich war die Ausstattung noch bescheiden, aber im Vergleich zu einem Pub war es wie Tag und Nacht. Er hatte Ideen, die aus seinem »Salon« etwas Besonderes machten: Er verkaufte keinen Alkohol, aber Kaffee von allerbester Qualität, und er stellte die Engländerin Mary Sherwood ein. Von einer respektablen Frau an einem respektablen Ort bedient werden! Während einiger Wochen oder Monate arbeiteten Carlo und Maria gemeinsam im Geschäft. Und offenbar machten sie es nicht schlecht, denn obwohl Carlo anfänglich überhaupt nicht Englisch sprach, scharte sich sehr rasch eine treue Kundschaft um sie.

»Dann geschah das Wunder. Eines Morgens kommt ein Mann zur Tür herein und sagt: ›Grüß dich, Carlo, ich bin der Kerl, dem du eine Tracht Prügel verabreicht hast, als ich auf den Kirschbaum deiner Eltern geklettert bin. Battista Bolla, zu deinen Diensten.‹ Battista Bolla! Ich hatte gehört, er sei Chocolatier geworden, doch seit dieser Tracht Prügel hatte ich ihn nie mehr gesehen. ›Ich hoffe, du bist gekommen, um hier zu arbeiten‹, gab ich ihm zur Antwort. ›Wenn du mich haben willst?‹ ›Am liebsten gleich zweimal.‹ Es wäre Wahnsinn gewesen, ihn nicht zu nehmen. ›Dann werden wir Partner. Ich habe ein kleines Vermögen geerbt, wir zahlen die Schulden für dein Haus zurück …‹

›Woher willst du wissen, dass ich Schulden habe?‹ ›Das ganze Tal weiß es.‹ Er bezahlte die Hypothek und ich zahlte ihm nach und nach das Geld zurück. Ich hatte die Adresse geschaffen, hatte für ihren guten Ruf gesorgt, und er hatte die höchste Trumpfkarte in der Hand: die Schokolade. Die Schokolade der Bleniesi ist berühmt: als Pulver, als Paste oder als Getränk an Ort und Stelle. Und bald auch in allerlei Gebäck. Als Patissier-Chocolatier ist Bolla unschlagbar.«

»Hatten Sie da schon die Maschine von der Weltausstellung?«

»O nein. Wir hatten eine Maschine in schlechtem Zustand, die Battista in einer aufgegebenen Schokoladefabrik an der Oxford Street auftreiben konnte. Eines Tages sagt er zu mir: ›Ich hab' es satt, keine richtig gute Maschine zu haben. Ich habe von einer gebrauchten in hervorragendem Zustand in Le Havre gehört, möchtest du nicht hinfahren und sie holen?‹ ›Ich? Warum ich?‹ ›Weil ich seekrank werde, weil ich nicht Französisch kann und weil ich mich unterdessen weiterhin um die Schokolade kümmere und um deine Kundschaft, wenn es sein muss – obwohl ich die, wenn sie nicht Italienisch spricht, kaum verstehen dürfte.‹«

»Und, sind Sie nach Le Havre gefahren?«

»Warum auch nicht? Ich werde nicht seekrank und in Le Havre war ich noch nie gewesen, also bin ich hinübergefahren. Als ich die Maschine sah, befürchtete ich, Battista sei verrückt geworden. Es war keine Maschine, sondern eine Ruine. Verrostet, dreckig, in Einzelteile zerlegt. Der Typ, der sie verkaufen wollte, führte mir vor, dass alles vollständig da war, ich betete derweil zu Gott, der Kerl möge mich nicht anlügen, und packte das Zeug zusammen. Und um dir zu beweisen, dass ich nichts von der Schokoladenfabrikation verstehe, wohl aber sehr viel davon, sie zu verkaufen, sag' ich dir, dass Battista hell begeistert war. Während meiner Abwesenheit hatte er einen Tessiner Mechaniker aufgetrieben, und sie beide bauten gemeinsam die

Maschine wieder zusammen, reinigten sie, und als ich sie vollständig und sauber vor mir sah, wusste ich augenblicklich, was zu tun war: sie ins Schaufenster stellen und vor den Augen der Leute Schokolade produzieren.«

»Als Sie mich aufgelesen haben …«

»Als ich dich aufgelesen habe, stand diese Maschine seit ungefähr einem Jahr in unserem Schaufenster und verursachte nach wie vor Menschenansammlungen. Uns kommt sehr zugute, dass Battista und ich uns gut ergänzen. Er ist der Produzent. Ich bin der Verkäufer. Ich sagte mir: Wir müssen raus aus diesem Quartier. Ein großer Teil der Bevölkerung war Ausländern gegenüber feindselig eingestellt, aber die jungen Londoner mochten alles, was französisch war. Ich spürte, dass wir aus dieser Entwicklung würden Gewinn schlagen können. Ich wollte etwas schaffen, was es noch nicht gab, und ich war überzeugt: Elegante Cafés nach französischer Art würden kleinere Geschäftsleute und Handwerker anlocken. Es sollte ein Ort sein, wohin sie ihre Frauen mitnehmen konnten. Und sehr schnell fanden die Frauen heraus, dass sie auch allein kommen konnten. Es war, als hätte man sie von einem Halseisen befreit.« Er rieb sich die Hände. »Und noch hatte ich nichts unternommen, um Eiscreme zu verkaufen. Aber diese Geschichte erzähle ich dir ein andermal.«

# X

Unterdessen habe ich diese Reise so oft gemacht, dass ich das Gefühl habe, ihr schon bei jenem ersten Mal Beachtung geschenkt zu haben. Aber das kann nicht sein, denn Carlo hatte es damals so eilig, mit seiner Erzählung fortzufahren, dass ich die Fahrt von Paris nach Basel höchstwahrscheinlich über meine Notizen gebeugt verbracht habe. Was ich aufschrieb, sollte mir später erlauben, seine vertraulichen Mitteilungen mehr oder weniger wörtlich aus meinem Gedächtnis abzurufen, wenn ich sie ins Reine schriebe. Damals ging ich noch davon aus, dass ich nur aufzuschreiben hätte, was er mir erzählte.

Für diesen Teil der Reise hatte Gatton einen Wagen erster Klasse reserviert. Die Familie saß an einem Ende, am anderen hatten wir uns eingerichtet.

»Wo waren wir stehengeblieben?«, fragte er, noch bevor der Zug die Gare de l'Est verlassen hatte.

»Wir waren bei der Einrichtung Ihrer ersten Cafés.«

»Cafés, die mindestens ebenso sehr Battista gehörten wie mir. Holborn ist ein Stadtteil voller Unterschiede, größter Reichtum und größte Armut Seite an Seite. Die schicken Leute sind selten bei uns anzutreffen, aber diejenigen, die dennoch an unserem

Café & Chocolatier vorbeigekommen sind, haben ihm zu einem regelrechten Triumph verholfen, vor allem, als dann auch die feine Damenwelt begann, bei uns ein und aus zu gehen. Es hat ziemlich lange gedauert, bis ich Mary gefunden hatte, aber ich wollte unbedingt eine Engländerin von bestem Ruf, und das hat sich ausgezahlt. Jetzt machte ich mich auf die Suche nach einem Ort für ein zweites Lokal. Tortoni würde es nicht sein, mir fehlten die Mittel, um es mit ihm aufzunehmen, aber ein schickes Café wollte ich schon. Als geeignetsten Ort hatte ich Soho im Auge, die Tessiner waren dort mit verschiedensten Berufen sehr stark vertreten – ich würde dort also auch Hilfe finden. Noch einmal suchte ich eine Engländerin, fand aber keine: Diejenigen, die ich wollte, wollten nicht, und diejenigen, die wollten, entsprachen nicht der besonderen Note, die ich meinem Café geben wollte. Ich suchte ein Lokal in Covent Garden, nur ein paar Schritte von uns entfernt, der Markt dort ist sehr lebendig, Theater sind in der Nähe, die Oper, ein gemischtes Publikum, wie ich es mir nur wünschen konnte. Doch nachdem ich mir die Hallen und Stände angesehen hatte, war mir klar, dass man mir niemals ein ausreichend großes Lokal zur Verfügung stellen würde. Schon gar nicht mir als einem Ausländer. Statt mich aufzuregen, suchte ich weiter. Und dabei bin ich in Hungerford gelandet. Sehr gut gelegen, zwischen dem Fluss und der großen Poststation an Charing Cross. Und weniger als eine Meile zum Parlamentsgebäude.«

Ein Augenschein auf dem Markt von Hungerford hatte gereicht. Das Café würde im ersten Stock der Halle in der Mitte eingerichtet, so viel stand fest.

»Der Erfolg stellte sich hier ebenso rasch ein wie in Holborn. Angefangen haben wir klein, weil mir die Mittel fehlten, um das große Café, das mir vorschwebte, auszustatten. Bald einmal hatte ich zusätzlich zur ziemlich schicken Kundschaft und zum Tee für die Damen auch andere Leute vor Augen, ich dachte, ich könnte in der warmen Jahreszeit auch Eiscreme verkaufen und zwar nicht nur den Gästen auf den Sitzplätzen, sondern auch den Passanten – in kleinen Portionen, wie es Tortoni machte. Ich hatte Glück, als ein Abgeordneter, dein Herr Stephenson, auf dem Weg vom Parlament bei uns hereinschaute, unser Lokal sympathisch fand und anderen Abgeordneten davon erzählte. Bald einmal kam er regelmäßig, und das hat unserem Ruf sehr gutgetan. Eines schönen Tages hatte ich die Hypothek zurückbezahlt und ich fing gleich an, die Spiegel und die Sitzbänke mit rotem Samt einzubauen, die Marmortische zu kaufen. Und Gatti's Café wurde noch beliebter als zuvor.«

Während einer längeren Pause bewunderte ich die französische Landschaft, weite Wiesen mit Weilern und einzelnen Häusern, kleinen Schlössern. Wir näherten uns Mülhausen.

Auch Carlo hatte seinen Blick nach draußen gerichtet, aber die Landschaft sah er nicht.

»Das war der Augenblick, als ich dich gefunden habe, Zichinin. Du warst aber nicht das erste Kind, das ich aufgelesen hatte. Die Art und Weise, wie arme Kinder sich selber überlassen werden, ohne Versorgung, ohne Dach über dem Kopf, oft genug zum Diebstahl gezwungen, um essen zu können, das gehört zu den Dingen, die mir an London nicht gefallen. Wie dem auch sei, mein Erster war Johnny, erinnerst du dich an ihn? Er ist etwas älter als du, und stell dir vor, er ist gerade dabei, sein eigenes Café aufzumachen. Oft bist du ihm nicht begegnet, als du noch klein warst, weil ich ihn an die Poststation zur Arbeit schickte. Er war Engländer, das war wichtig. Er warb für uns bei den Reisenden, vor allem natürlich bei den weiblichen. Wir hatten ihn in eine bescheidene Livree gesteckt und er hatte immer eine Tüte mit Schokoladegebäck dabei. Später kam ein Zweiter dazu, der zusätzlich zum Anwerben auch als Sandwich-Mann unterwegs war. Er trug ein Plakat mit sich, das verkündete, bei den Gattis fühlten sich die Damen »wie zu Hause«, und Werbung machte für unseren Kaffee, unsere Schokolade, die Patisserie – und bald hatten wir Kunden, die auf eine verspätete Kutsche warteten.«

»Warum haben Sie mich nicht auch geschickt, um Werbung zu machen?«

Er schüttelte den Kopf.

»Zichinin, du warst am Sterben, deine Knochen konnte man durch die Haut hindurch zählen, du hattest die großen Augen hungerleidender Kinder, du konntest nicht einmal mehr sprechen. Als Erstes habe ich dir zu essen gegeben. Es hat gedauert, bis du wieder bei Kräften warst. Mit den anderen hatte ich diese Probleme nicht. Johnny fand ich, weil er seine Hand in meine Hosentasche steckte, um mich zu bestehlen. Er war dreckig, abgemagert und in Lumpen, aber sonst in bester Verfassung. Er war zwar erst acht Jahre alt, aber wenn ich ihn angezeigt hätte, wäre er dennoch im Zuchthaus gelandet. Er brauchte eine Woche, um zu verstehen, dass ich kein Kinderfresser war. Als ich feststellte, wie vif er war und wie gut sein Mundwerk funktionierte, kam ich auf die Idee, ihn nach Charing Cross zu schicken. Mit dir hätte ich etwas Ähnliches gemacht, doch es hat sich ergeben, dass du für Zahlen begabt warst. Serafino hatten meine Cousins im Tessin zu mir geschickt. Ihn setzte ich an die Kasse, weil ich noch immer nicht die Dame gefunden hatte, die ich gerne im Café beschäftigt hätte. Ich fand, ein hübscher Junge, der in kürzester Zeit Englisch gelernt hatte, würde die Sache ebenso gut machen. Als dann ihr beide gemeinsam die Kasse machtet … Also wirklich, ein kleiner Junge von sechs Jahren an der Kasse, der sich nie irrte, das war für mich eine ebenso gute Werbung, wie wenn ich dich als Ausrufer an die Poststation geschickt hätte.

Glaub mir, als ich die englische Dame, die ich brauchte, endlich gefunden hatte, hat Mrs Pierce nicht annähernd so viele Leute angelockt wie euer Duo.«

Er lachte herzlich und ich ließ mich anstecken.

Mrs Pierce hatte in Hungerford angefangen, als ich bereits in der Schule war. Sie war um die dreißig, Witwe, und kam in dunkler, eleganter Kleidung und mit einem kleinen, äußerst symbolträchtigen Witwenhütchen auf dem Kopf zur Arbeit. Sie war würdevoll und lächelte selten. Ich sehe jetzt noch, wie ihr Reifrock über beide Seiten der Kasse herausragte; es sah aus, als ob sie ihre Flügel gefaltet hätte und sie wieder ausbreiten würde, um wegzufliegen. Zu mir war sie immer sehr nett. Als ich in den Schulferien arbeiten kam, wollte sie mich Zichinin rufen, aber sie konnte kein Wort Italienisch und nach einigem Stottern entschied sie sich für die Abkürzung »Zick«, das fand sie »interessanter« als Nick.

Stefano machte die Kasse immer bis gegen Mittag, aber wenn am Nachmittag die Bürgerinnen kamen, war Mrs Pierce auf ihrem Posten. Einmal verriet sie mir, es sei für sie »sehr hart« gewesen, arbeiten gehen zu müssen.

»Eine Dame braucht nicht ihrer Hände Arbeit, um Geld zu verdienen. Aber als ich Witwe wurde und alles, was ich verkaufen konnte, verkauft hatte, außer ein paar Kleidungsstücken, hieß es: Entweder arbeiten oder mich entehren ... ehm ... du wirst das später verstehen. Doch dann bot mir Herr Gatti an, seine Gastwirtin zu sein, und war bereit, mir ein anständiges Gehalt zu zahlen. Und ich sagte zu – trotz der vielen Prinzipien, mit denen man mir den Kopf gefüllt hatte. Ich habe es nie bereut.«

Jahre später habe ich entdeckt, dass sie eigentlich Lady Pierce war, ihr Mann war ein Baronet, der sich das Gehirn aus dem Kopf knallte, nachdem er sein gesamtes Vermögen verspielt hatte. Ich fragte mich, ob Carlo Bescheid wusste. Wahrscheinlich schon. Aber er hat nie auch nur die geringste Andeutung gemacht in Bezug auf die Vergangenheit von Mrs Pierce. Als der Hungerford-Markt dann seine Tore schloss, richtete er ihr eine Rente aus, die ihr ein anständiges Leben erlaubte.

Mit heftigem Rütteln und Zischen fuhr unser Zug in den Bahnhof von Mülhausen ein und unsere Erzählungen beziehungsweise unsere Erinnerungen wurden für eine gewisse Zeit unterbrochen. Als wir weiterfuhren, war der Schwung weg. Nach einem längeren Schweigen wagte ich zu fragen:

»Könnten Sie die Weltausstellung zur Sprache bringen?«

Ich habe präzise Erinnerungen an die Ausstellung, aber ich war damals noch zu klein, um alle Projekte der Gattis zu erfassen, ich war aus einer allzu verschiedenen Welt gekommen, als dass ich alles verstanden hätte. Für mich war die Weltausstellung so etwas wie ein Märchen. Für Carlo Gatti aber war sie ein Sprungbrett.

»Ich bin 47 nach London gekommen, und zwar mit ganz bestimmten Ideen im Kopf: Cafés aufmachen wie Tortoni und *Iced Cream* verkaufen, wie damals das Speiseeis genannt wurde, und zwar so, dass es für alle erschwinglich war. Aber zu jener Zeit war ich so gut wie pleite. Und mit meinem Ruf als Taugenichts konnte ich nicht damit rechnen, dass mir jemand aus meiner Familie Geld leihen würde.«

Er begann deshalb mit den Maroni und den Waffeln, den *Waffles*, wie man in England sagt. Aber er erkundigte sich dennoch gleich nach Möglichkeiten, im Sommer Eis zu beschaffen. Man sagte ihm, das Eis werde mit hohem Kostenaufwand im Norden und in Gewässern in der Nähe von London gewonnen, anschließend in Löchern, sogenannten Eiskellern, aufbewahrt, es sei sehr gefragt und deshalb sehr teuer.

»Das hat den Ausschlag gegeben, dass ich mich damals für das Haus in Holborn entschied, denn ich erfuhr, dass es einen zweigeschossigen Keller hatte und es im unteren Keller das ganze Jahr über wirklich kühl war.«

Mit dem Starrsinn und der Kühnheit, die ihn immer auszeichneten, ging er mit seinem Projekt zu seinem Cousin Gaspare, dem Fabrikanten künstlicher Blumen. Wie es ihm gelang, behielt er immer für sich, aber er schaffte es, bei ihm ein wenig Geld lockerzumachen, um ein paar Wagenladungen natürliches Eis zu kaufen.

»Zur Eröffnung der Weltausstellung wollte ich unbedingt bereit sein. Aber niemand glaubte mir. ›Eiscreme auf der Straße! Das fehlte gerade noch. Und danach? Was? Willst du auf die Schnelle etwa Marmelade verkaufen?‹ Und ein anderer: ›Nächstes Jahr ist Weltausstellung, verkauf lieber Champagner für einen Penny das Glas!‹ Das hab' ich mir gemerkt, denn ein Verkaufspreis von einem Penny schien mir eine gute Idee zu sein. Aber die Spielverderber ließen es nicht dabei bewenden. Man erzählte mir von einem Mann, der versucht habe, Eiscreme auf der Straße zu verkaufen, alles sei geschmolzen und der Mann sei ruiniert gewesen. Einer glaubte zu wissen, dass mit Eiscreme kein Geld zu verdienen sei. Ich beschloss, alle diese Miesepeter zu vergessen, und sagte mir: Wenn Tortoni es geschafft hat, in wenigen Tagen der Pariser Bevölkerung hunderttausend Portionen Eiscreme zu verkaufen, dann muss mir das auch gelingen.«

Als das Café in Holborn eröffnet wurde, gehörte Eiscreme zum Festprogramm. Hergestellt wurde sie noch in kleinen Mengen im Hinterzimmer, aber es sprach sich herum. Und die Eiscreme zusammen mit der Schokolade und der Maschine im Schaufenster haben dem Café zum Erfolg verholfen.

»Als Erstes sah ich mich bei Gunter um. Er hatte praktisch das Monopol auf Eiscreme, er verkaufte sie zum Preis für Gold und erfreute sich einer großen Kundschaft – alles Leute, die den Goldpreis auch bezahlen konnten.« Er lachte. »Ich erschien bei ihm herausgeputzt wie für einen Empfang bei Hof, glattrasiert auch, denn ich weiß, dass ich mit Bart wie ein Wilder aussehe.« Wieder lachte er. »Ich sprach nur Französisch. Und ich erreichte, dass ich die Werkstatt anschauen konnte, wo sie die Eiscreme herstellten. Wenn ich denen gesagt hätte, ich hätte vor, ihnen Konkurrenz zu machen, hätten sie mich rausgeschmissen.«

Er freute sich wie ein Kind bei seinen Erinnerungen an damals.

»Als wir zusätzlich zur Schokolade auch Eiscreme produzierten, kam ein Mann, kostete und fragte, ob ich ihm Eiscreme in ausreichender Menge liefern könne, er wolle sie auf der Straße verkaufen. Ich sagte ja, weil ich selber dazu noch nicht bereit war. Rasch trieb er fliegende Wiederverkäufer auf, die nebst anderen Erfrischungen auch *Iced Cream* anboten. Es hat nicht funktioniert, der Preis war zu hoch, sie waren als Eisverkäufer nicht von anderen zu unterscheiden und richtig überzeugt von der Sache waren sie auch nicht. Nach drei oder vier Wochen gab der Mann auf. Ich überlegte, ob ich ihn an meinem Projekt beteiligen sollte, doch dann kam er und sagte, er wandere nach Amerika aus.«

Ich erinnere mich an die Zeit vor der Weltausstellung, vor allem als bekannt geworden war, dass Gatti und Bolla ausstellen konnten, da verschwand Gatton manchmal für mehrere Tage. Wohin?

»Ich ging nach Saffron Hill, zu den Italienern. Dort fand ich einen Neapolitaner, einen Fachmann für Dekoration und Verzierungen, der wegen Krankheit gescheitert war, wie er sagte. Und als er wieder auf den Beinen war, wollte man ihn am bisherigen Arbeitsplatz nicht mehr. Den habe ich gefragt, ob er bereit wäre, ein paar Karren so zu bemalen, dass sie den Leuten ins Auge stachen. Er war einverstanden. Du hast sie ja gesehen, ich brauche sie dir nicht zu beschreiben – bunte Farben, Landschaften und Menschen als Sujet. Der Mann war sehr tüchtig und ich habe ihn immer wieder gebraucht seither, wenn ich ein neues Café eröffnete oder ein bestehendes neu dekorierte.«

Nachdem die Karren an der Weltausstellung sehr bekannt geworden waren, war das *Penny Ice* lanciert. Im Gegensatz zu jenen, die es vor ihm versucht hatten, betrieb Gatton Fabrikation und Verkauf der Eiscreme sozusagen militärisch. Und im Hintergrund verbrachte er die meiste Zeit mit Verhandlungen, um natürliches Eis zu bekommen.

»Am Anfang verkauften wir unsere Eiscreme nur in Holborn. Später, während der Weltausstellung, dann auch auf dem Hungerford-Markt und auf den Straßen. Der Erfolg war unverhofft – ich hatte schon damit gerechnet, dass es laufen würde, aber nicht so gut, dass ich schon im Winter darauf das Geld zurückzahlen konnte, das ich mir für dieses Projekt geliehen hatte. Stell dir das mal vor. Ab 1852 gehörte alles, was wir verdienten, uns.«

»Aber mit dem Karrenverkauf habt Ihr doch rasch wieder aufgehört.«

Er schien meinen Einwand mit einer Handbewegung wegwischen zu wollen.

»Nach ein paar Jahren gab es so viele *Hokey-Pokey Men*, wie man die fliegenden Glaceverkäufer rasch nannte, dass wir uns auf den Verkauf von Hungerford aus konzentrierten. Du glaubst es nicht, aber während der Hundstage kam es vor, dass wir an einem einzigen Sonntag an die vierzehntausend Portionen Eis verkauften. Die Leute kamen von überall her. Wir platzierten halbfliegende Verkäufer an strategisch wichtigen Stellen. Drinnen und draußen standen die Leute Schlange.« Er breitete die Arme aus und lachte herzhaft. »Eigentlich hatte man nur auf mich gewartet, um nach Herzenslust Eiscreme zu konsumieren und die Damen aus ihren Häusern zu locken.«

»Wann sind Sie auf die Idee gekommen, die Frauen in Ihre Cafés zu holen?«

»Als ich begriff, dass die Ehemänner ihre Clubs hatten, wo ausschließlich Männer Zutritt hatten, dass sich die schicken Restaurants in ebendiesen Clubs befanden und dass die Frauen nichts Entsprechendes hatten. Also eröffneten wir für sie Teesalons. Die Damen der besseren Gesellschaft blieben bei ihrem Salon und ihrem Tag. Die anderen kamen in unsere Teesalons. Und weißt du, was ich gerade jetzt vorhabe?«

Ich zuckte mit den Schultern.

»Sie werden es mir gleich erzählen.«

»Ich bin gerade dabei, auch Salons für jene Herren auszuhecken, die keinem Club angehören und auch nicht in Pubs verkehren wollen. Und die nichts gegen die Anwesenheit von Damen haben natürlich. Wie bei Tortoni – mit Küche, Billard und Zeitungen … einfach alles, aber ohne hohe Mitgliederbeiträge. Und eine halbe Sache soll das nicht werden. Auf den Tischen wird es Tischtücher geben, und der Service wird untadelig sein. Für einmal sind meine Brüder mit mir einverstanden, weshalb wir das gemeinsam machen wollen.«

Dank all dieser Geschichten merkten wir gar nicht, wie die Zeit verging. Man servierte uns eine Mahlzeit und riet uns, schnell zu essen, wir waren schon in Belfort vorbei und würden in einer knappen Stunde in Basel sein.

Dort kamen wir an einem Nachmittag im September an. Seit ein paar Jahren hatte Gatton mehrere Assistenten, seine Sekretäre nannte er sie. Einer von ihnen hatte unsere Reise organisiert. Im Hotel gleich am Bahnhof waren für uns Zimmer reserviert, und die Damen ließen sich genüsslich in den Fauteuils der Hotelhalle nieder.

»Hier bleibe ich«, erklärte Rosa. Sie war größer geworden seit dem Sonntag, als sie erstmals mit mir zur Sonntagsschule gegangen war, noch ihren Daumen lutschte und glaubte, niemand würde es bemerken. Mit fünfzehn war sie auf dem Laufenden über die Geschäfte ihres Vaters und begleitete ihn oft auf seinen Runden und zu Geschäftsterminen. Sie besuchte eine *Finishing School*, eine der Schulen für Mädchen aus besseren Familien, wo man Haushaltsführung, die Rolle der Gastgeberin und das »Ausgehen« lernte. Für einmal zeigte er kein Musikgehör, wenn sie sich beklagte, »nicht mehr auf dem Laufenden zu sein über seine Geschäfte«. Aber in den Ferien und wenn sie schulfrei hatte, nahm sie sofort ihren Platz ein in der väterlichen Kalesche.

An jenem Tag saß sie zusammengesunken in einem Sessel der Hotelhalle und sah abgespannt aus, was gar nicht zu ihr passte.

Zia Maria runzelte die Stirn.

»Was ist, Rosa?«

Rosa winkte ab.

»Ich sehe euch doppelt«, sagte sie kaum hörbar.

Zwei Stunden später lag sie in einem isolierten Zimmer und glühte vor Fieber. Es wurde nach einem Arzt gerufen, der eine schwache Grippe diagnostizierte.

»Eine Woche Bettruhe und alles ist vorbei.«

Nach endlosem Palavern entschied man sich, dass Zio Giuseppe, Agostino, Stefano, Gatton und ich bleiben würden, bis sicher war, dass sich Rosas Zustand nicht verschlimmerte, und am übernächsten Tag wieder aufbrächen, um die für uns reservierten Plätze in der Gotthardpost einzunehmen. Die anderen würden uns zehn Tage später folgen. Zio Giovanni und Zia Caterina würden mit Zia Maria und den Mädchen warten.

Rosas Zustand blieb stabil, verbesserte sich sogar leicht trotz des Fiebers, und wir reisten ab. An Gepäck beschränkten wir uns auf das Allernötigste, Zio Giovanni würde sich um den Rest kümmern.

»Packt eure warmen Kleider ein«, empfahl er uns. »Zu dieser Jahreszeit kann man nie wissen.«

»So ist es, in dieser Jahreszeit kann man nie wissen«, fügte Zia Maria bei, »also trödelt nicht. Falls Schnee fällt, dürfte es schwierig werden über den Gotthard.«

Von Basel aus waren wir rasch in Olten, wir waren zu fünft und Gatton hatte nicht weitergemacht mit der Erzählung seines

Lebens. Nachdem wir in einen anderen Zug umgestiegen waren, sagte er:

»Zichinin, jetzt sind wir wirklich in der Schweiz – mit den Bergen, den Wiesen und den Seen …«

Selbst wenn Gatton Lust gehabt hätte, die Erzählung fortzusetzen, wäre es mir nicht mehr möglich gewesen, mich auf ein Blatt Papier zu konzentrieren. Die Landschaft wurde immer überwältigender. Am frühen Nachmittag erreichten wir Luzern.

Als Erstes begaben wir uns zur Poststation. Falls sich Rosas Zustand verschlimmert hätte, würden wir hier, so war es ausgemacht, ein Telegramm vorfinden. Kein Telegramm. Gatton drängte darauf, gleich weiterzureisen, um ja nicht unsere Kutsche zu verpassen. Zunächst aber mussten wir mit dem Schiff über den See.

Ich wiederhole mich, aber ich habe die Reise, bevor die Eisenbahn durch den Gotthard fuhr, so oft gemacht, dass mir ist, als hätte ich schon bei dieser ersten Fahrt alles entdeckt. Doch das trifft nicht zu. Nur eines ist sicher, etwas wie diese Berge hatte ich noch nie zuvor zu Gesicht bekommen. Für einen Londoner, der kaum je aus Holborn herausgekommen ist, war das unerhört.

Kurz vor meinem Austritt aus Christ's Hospital hatte uns einer unserer Lehrer den Besuch einer kleinen Ausstellung empfohlen. Schweizer, die in London lebten, hatten sie in einem der großen Anwesen organisiert, die es damals auf dem *Strand* noch gab. Der Lehrer hatte uns Eintrittskarten verschafft, und so ergab es sich, dass ich die Bilder von William Turner zu sehen bekam, Bilder der Seen aus der Mitte der Schweiz, des Thunersees, des Vierwaldstättersees. Es waren märchenhafte Bilder, die ich der Fantasie des Malers zugeschrieben hatte. Als ich jedoch an einem dunstigen Nachmittag mit dem Schiff über den Vierwaldstättersee fuhr und gegen Ende der Fahrt den zeitweise von dicken Wolken verhüllten Sonnenuntergang erlebte, verschlug es mir den Atem.

Gatton sah mich mit einem belustigten Lächeln an.

»Das verschlägt dir die Sprache, gell? Die Schweiz ist etwas anderes als England.«

Ich nickte, etwas sagen konnte ich nicht. William Turner hatte Bilder gemalt, die er nicht nur mit den Augen seiner Fantasie gesehen hatte, er vermittelte in seinen Bildern, was wirklich war.

Wir legten an. Der kleine Ort nannte sich Flüelen. Gatton führte uns zu einer Herberge, wo man ihn kannte. Wir mussten erklären, warum wir nur zu fünft waren, und kündigten an, die anderen würden in acht oder zehn Tagen folgen. Der Gastwirt sprach Italienisch, die Sprache der Bevölkerung jedoch verstanden wir nicht. Auch hier war für uns kein Telegramm gekommen.

Am anderen Morgen kletterten wir noch bei Dunkelheit in die Kutsche.

Beim Wecken hatte Gatton angeordnet:

»Zieht euch warme Kleider und schwere Schuhe an, es ist kalt, es nieselt, und weiter oben könnte es schneien.«

So war es denn auch. Theoretisch hätten wir gleichentags spätabends in Biasca ankommen müssen, nur noch ein paar Meilen von Dongio entfernt. Doch nach zwei, drei Stunden war der Regen in Schnee übergegangen, nur ganz fein zunächst, später immer dichter.

Die Kutsche bot zehn Reisenden Platz. Auf dem Dach fuhr niemand mit, dafür sei es zu kalt, hatte man mir erklärt. Die zwei Kutscher waren vermummt bis über die Ohren, über die Knie hatten sie eine Tierhaut gelegt, um sich gegen Nässe und Wind zu schützen. Drinnen saßen wir zu zwölft eng zusammengepfercht, aber niemand beklagte sich, wir wärmten uns gegenseitig. Eine Frau war nicht dabei. Die anderen Reisenden hatten eigentlich erst am folgenden Tag fahren wollen, doch als sie hörten, es könnte Schnee geben, nutzten sie die frei gebliebenen Plätze. Während sich die Schneeflocken um die kleinen

Kutschenfenster tummelten, erzählte man sich drinnen von abenteuerlichen Reisen in diesen Bergen.

Ich schalt mich zwar einen Romantiker, aber ich konnte nicht verhindern, jetzt an all die Gedichte zu denken, die die entfesselte Natur zum Thema hatten. Bei Tageslicht erhaschten wir durch das Schneegestöber Blicke auf die Bergspitzen und Abgründe dieser Gegend.

»Wenn sie den Pass schließen, müsst ihr eurem Vater telegrafieren, er solle über Nizza fahren oder nach England zurückkehren«, sagte Gatton zu Agostino und Stefano. Agostino, inzwischen ein gut aussehender junger Mann, rieb sich vor Vergnügen ob des Schlechtwetter-Schauspiels die Hände, während Stefano sich gesenkten Blickes in seiner Ecke zusammenkauerte, vermutlich zum Beten, er betete oft. Er war scheu und ruhig, ganz das Gegenteil seines Bruders, mit dem er sich dennoch bestens verstand.

»Ist so ein Wetter normal im September?«, fragte ich.

»Normal nicht, aber es kommt vor. Dein Semester am Polytechnikum beginnt am fünfzehnten Oktober, weshalb ich dachte, wir hätten genügend Zeit. Maria hatte ich geraten, erst im Frühling zu fahren, aber sie wollte mit uns zusammen sein, ich dachte ...« Ein kurzer Moment des Nachdenkens. »Zum Glück mussten die Frauen und Giovanni warten, ich kann sie mir schlecht vorstellen, wie sie durch den Schnee waten, der ihnen bis zu den Knien reicht.«

»Und Sie, haben Sie das schon einmal gemacht?«

»Zu Fuß über den verschneiten Pass? Natürlich. Als ich jung war, hatte ich kein Geld für die Kutsche. In Flüelen oder Altdorf trifft man immer Menschen, die zu Fuß über den Pass wollen oder müssen. Man tut sich zusammen und marschiert los. Es gibt Situationen, wo kein Geld dieser Welt einer Kutsche dazu verhilft, durchzukommen.«

Und diese Situation ließ nicht auf sich warten. Wir waren noch recht weit von der Passhöhe entfernt, als die Kutsche stehen blieb. Der Kutscher öffnete den Schlag und verkündete:

»Die Pferde brauchen Hilfe.«

»Was heißt das?«, fragte einer der Mitreisenden.

»Das heißt, Sie steigen aus und gehen zu Fuß, bei dem vielen Schnee schaffen es die Pferde nicht mehr, die beladene Kutsche zu ziehen. Es könnte sogar sein, dass Sie schieben müssen.«

Mehr oder weniger guten Mutes stiegen wir aus.

Es war heller Tag, sozusagen, denn wir waren eingehüllt in eine weiße Wolke, durch die das Tageslicht kaum durchschien, und beim Gehen hatten wir den Wind gegen uns. Meine Haare verwandelten sich in kurzer Zeit in Eiszapfen, und die Bärte unserer Reisegefährten ebenso. Wegen der Anstrengung spürten wir die Kälte nicht. Nur langsam kamen wir vorwärts. Auch ohne Passagiere hatte die Kutsche Mühe, uns zu folgen, denn inzwischen lag der Schnee schon sehr hoch auf der Straße. Mehr als zwei, drei Zoll waren es nicht, aber der Schnee war sehr schwer und das war zu viel für die Räder unserer Kutsche. Auch die Postillione gingen zu Fuß und führten die Pferde am Zaum. Und wir schoben.

Wie lange es dauerte, könnte ich nicht sagen – eine Ewigkeit, schien es mir, alles um uns herum wurde immer weißer, als Orientierung blieben uns nur noch die Stangen der Telegrafenleitung. Ab und zu zeigte sich durch ein Loch im Weiß bedrohlich eine Bergspitze, und einer unserer Mitreisenden meinte, wir wären gut beraten, nicht an die Abgründe zu denken, die uns umgäben – und natürlich haben daraufhin alle genau das getan. Als sich durch das Schneegestöber hindurch endlich das düstere und klotzige Hospiz zu erkennen gab, waren wir erschöpft, wortkarg, hungrig und vor allem litten wir großen Durst.

Jedem Ankömmling wurden Brot, Käse, Branntwein und frisches Wasser angeboten. Und Strohsäcke für die Nacht.

»Nach meiner Meinung wird es morgen schön sein und der Schnee rasch schmelzen«, meinte einer der Mönche im Hospiz.

Am anderen Morgen standen wir sehr früh auf, der Himmel war klar, die Kälte bissig, es versprach ein sonniger, gänzlich wolkenloser Tag zu werden.

»So ist es in den Bergen«, murmelte Gatton, »unberechenbar, der Reverend hatte recht.«

Die Postillione hatten es eilig, wir hatten eine ganze Nacht Verspätung, wir machten also, dass wir rasch in die Kutsche kamen, und fuhren ab. Bergab, ohne Schneefall und mit nur wenig Schnee auf der Straße zauderten die Pferde nicht, aber die Fahrbahn war doch noch etwas glitschig, sodass die Postillione sehr vorsichtig fuhren.

Die Stimmung änderte sich rasch. Die Gegend hier war grüner, bald einmal zeigte Gatton auf einen ersten Kastanienbaum, die Luft wurde milder.

Gegen drei Uhr nachmittags kamen wir in Biasca an. Wir stiegen aus, und die Kutsche fuhr weiter Richtung Como. Gatton trieb eine Mietkutsche für uns auf, und nach ein oder zwei Stunden waren wir in Marogno.

Es war sonderbar: Italienisch war die Sprache meiner Mutter gewesen und vermutlich auch meine Muttersprache, bevor ich das Straßenenglisch lernte, doch zur Hauptsache wurde bei den Gattis der Dialekt des Bleniotals gesprochen, den ich mir ziemlich rasch aneignete. Aber irgendwie kam es mir unwirklich vor, an einem Ort zu sein, wo alle diese Sprache sprachen.

Am Abend saß ich mit lauter Tanten, Onkeln, Cousins und Cousinen bei Tisch und versuchte es schon gar nicht, herauszufinden, wer wer war. Als ich sagen wollte, was ich empfand, lachten alle.

»Dieser Junge ist von allen Engländern am meisten Tessiner«, sagte Gatton.

»Wir könnten ja versuchen, den englischsten Tessiner aus ihm zu machen«, meinte einer der Cousins.

Ihm hat mich Gatton anvertraut, um das Tal zu erkunden. Er selbst war sehr in Anspruch genommen vom Haus, das er sich bauen ließ. Dieses war außer meinem Studium der eigentliche Grund, warum er überhaupt hier war und warum auch Zia Maria unbedingt hatte mitkommen wollen. Wir alle übernachteten dort, obwohl es noch eine Baustelle war. Doch die Fenster waren bereits eingesetzt, die Öfen funktionierten und es gab fließendes Wasser.

Zwei, drei Tage durchstöberte ich alle die Orte, von denen ich so viel hatte reden hören. Das Wetter war frisch, der Himmel oft wolkenlos und der Schnee war weg. Ich kam aus dem Wundern nicht mehr heraus. Trotz der vielen Geschichten, die ich gehört hatte, war dies eine ganz andere Welt als die, die ich kannte.

Gatton hingegen war hier genauso wie ich ihn in London kannte. Er ließ sich ein großes Haus bauen, aber ganz ohne Prahlerei. Stolz zeigte er mir das Häuschen, in dem er und seine Brüder aufgewachsen waren. Das neue war daran angebaut.

Als ich eines Morgens den Wunsch äußerte, das Tal besser kennenzulernen, verfügte Gatton, es sei jetzt nicht der richtige Zeitpunkt dafür, wir müssten so rasch wie möglich nach Zürich fahren, bevor uns das Wetter einen Strich durch die Rechnung mache.

»Es kann sein, dass es nicht mehr schneit bis im Dezember, aber geradeso gut können wir morgen schon eingeschneit sein. Zürich ist ja nicht gar weit, die Semesterferien kannst du bei uns verbringen. Aber jetzt möchte ich keine Zeit verlieren.«

Zio Giovanni kündigte per Telegramm an, nächste Woche würden sie hier sein, Rosa sei wieder gesund.

»Sehr gut, dann fahren wir jetzt«, entschied Gatton. »Ich möchte so bald wie möglich hier zurück sein, um Maria und die

Mädchen unterzubringen. Dann muss ich zurück nach London. Und das alles bei der unsicheren Wetterlage.«

Agostino fuhr uns mit dem Einspänner nach Biasca, die Kutsche traf ein und die Passagiere rückten zusammen, um uns Platz zu machen für die gleiche Reise in umgekehrter Richtung. Es war klares Wetter, Schnee lag nur noch auf den höchsten Gipfeln und ich nahm mit Schaudern die Tiefe der Abgründe und die schwindelerregenden Gipfel entlang unserer Route wahr. Das beeinträchtigte allerdings keine Sekunde lang mein Entzücken ob der Schönheit der Landschaft, ich genoss sie während der ganzen Reise. Dieses Mal kam sie mir natürlich viel kürzer vor. Wir stiegen nur aus, um uns zu verköstigen, einmal hielten wir an, um die Pferde zu tränken, ein zweites Mal, um sie zu wechseln. In Flüelen bestiegen wir das Dampfschiff und spätabends waren wir in Luzern. Die Nacht verbrachten wir natürlich im Tessiner Hotel. Wo auf der Welt gab es eigentlich einen Ort ohne Tessiner Hotel oder Restaurant? Dann ging die Reise weiter nach Zürich.

## XI

Über meine Jahre in Zürich will ich nicht zu sehr ins Detail gehen. Am Anfang war es schwierig, denn das Polytechnikum wollte mich gar nicht nehmen. Ich sei mit meinen sechzehn Jahren zu jung. Auf seine entschlossene Art spielte Gatton die Tessiner Karte: Als Erstes brachte er mich bei einem Tessiner Buchbinder namens Guidi im Kratzquartier unter. Ich hatte mein Zimmer unter dem Dach mit Aussicht auf die Türme des Fraumünsters und des Großmünsters auf der anderen Seite des Flusses. Dann besorgte sich Gatton eine Liste der Professoren und suchte dort nach einem Landsmann, doch den gab es nicht. Aber der Buchbinder kannte einen jungen Tessiner Ingenieur, der an dieser Hochschule studiert hatte.

Dieser empfahl uns zwei Gesprächspartner: Professor Deschwanden für darstellende Geometrie und Professor Arduini, der gerade eben den Lehrstuhl für Italienisch bekommen hatte. Er schilderte sie beide als liebenswürdig und vernünftig. Ob Arduini Tessiner war, wusste er nicht.

»Mit diesem Namen muss er Italiener sein«, stellte Gatton kurzerhand fest.

Ich weiß nicht, auf welchem Weg, aber er erhielt bei Professor Deschwanden tatsächlich einen Gesprächstermin, obwohl diesen zum damaligen Zeitpunkt niemand von uns kannte.

Wir hätten es nicht besser treffen können. Herr von Deschwanden war ein hervorragender Mathematiker. Und er lächelte, als Gatton ihn nach der Begrüßung auf Französisch ansprach.

»Ich will kein Loblied auf ihn anstimmen, Herr Professor. Ich will Ihnen nur diesen jungen Mann vorstellen, der neun Jahre an einer der besten Schulen Englands studiert hat. Sie sollten über Mathematik mit ihm reden.«

»Sehr gut, Herr Gatti. Gehen Sie unterdessen spazieren und kommen Sie in einer halben Stunde wieder.«

Gattons Gesicht strahlte.

»Sehr gut«, sagte er und ging.

Ich sprach noch kein Deutsch, mein Französisch war unbrauchbar, und er hatte Mühe mit dem Englischen, aber verstanden haben wir uns trotzdem. Er stellte mir Aufgaben, die er auf einen Notizblock kritzelte, und ich versuchte sie zu lösen. Dann zeigte er mir seine Arbeiten und ich stellte dazu radebrechend meine Fragen.

Als Gatton wieder da war, erklärte der Professor:

»Sie haben recht, Herr Gatti, es gibt keinen Grund, zu warten, bis er achtzehn ist.« Und zu mir sagte er: »Sie müssen unbedingt Deutsch lernen, allen Beteuerungen zum Trotz, unser Polytechnikum sei mehrsprachig. Aber Sie sollten nicht nur im alltäglichen Umgang, sondern auch aus Büchern lernen.«

Tags darauf erhielten wir die Nachricht, ich könne mich zum Unterricht melden, müsse aber, um dann diplomiert zu werden, zunächst noch die *Matura* nachholen, den Mittelschulabschluss, auf Deutsch selbstverständlich.

Gatton war zufrieden, der Auftrag war erfüllt.

»Aber bevor ich wieder abreise, möchte ich dir die Fortsetzung meiner Lebensgeschichte erzählen. Bist du einverstanden, Zichinin?«

»Selbstverständlich.«

»Dann setzen wir uns morgen in die Schankstube, die ich gleich neben dem Kratzturm entdeckt habe.«

Der Wirt war, wie könnte es anders sein, Tessiner, einer seiner Schulkameraden. Er platzierte uns in eine Ecke, und ohne dass wir darum gebeten hätten, wurden uns den ganzen Tag über Speisen und Getränke gereicht.

»Gut. Wo waren wir stehengeblieben?«

»Sie haben den Eiscreme-Verkauf organisiert, dann die Karren anderen überlassen und Gatti-Cafés für Damen und Herren geöffnet.«

»Die Geschäfte, die wir gemacht haben in jenen Jahren. Unglaublich! Aber ich war mit zwei großen Schwierigkeiten konfrontiert: dem Brand und dem Mangel an natürlichem Eis. Den Brand hast du erlebt. Ich muss gestehen, dass es mir nicht gefiel, als dieser Kerl im Hof sein Diorama installierte, wie er das Ding nannte. Aber Dioramen waren damals sehr in Mode, ein Publikumsmagnet. Ich überzeugte mich davon, dass es uns viel Kundschaft bringen würde, und ich Dummkopf behielt meine Bedenken für mich, obwohl dieser Kerl so verrückt war, das Feuer zwei Lehrlingen anzuvertrauen. Die armen Kerle verloren dabei ihr Leben. Der Wiederaufbau war eine gewaltige Anstrengung. Aber er hatte auch Vorteile. Ich war gegen Feuersbrünste versichert. Schon als ich das Haus in Holborn kaufte, sagte man mir, eine Feuerversicherung sei üblich. Es muss einmal einen Brand gegeben haben, dem acht Zehntel von ganz London zum Opfer gefallen sind, das war ihnen eine Lehre und mir auch. Doch dieser Diorama-Mann konnte die paar Pfund für eine Feuerversicherung und für die Anstellung von Spezialisten nicht aufbringen.«

»Und Sie haben alles schöner als zuvor wieder aufgebaut.«

»Ich nutzte die Gelegenheit. Viele der vorherigen Marktleute waren nicht zurückgekehrt, der eigentliche Markt war längst nicht so erfolgreich gewesen, wie einige es erwartet hatten. Aber ich verfügte dank der Versicherung über das nötige Geld, um bauen zu können. Oben, wo es auch Wohnungen gab, konnte man eine Atmosphäre schaffen … Ich versuchte es, aber von ganz allein ging das nicht, zumal der Wiederaufbau fast drei Jahre dauerte. Wenn der Markt mir gehört hätte, wäre es wesentlich schneller gegangen, aber gut … er gehörte nicht mir und ich musste die Langsamkeit der Hungerford Market Company ertragen. Als der Bau fertiggestellt war, kaufte ich einige Läden dazu, schlug Wände heraus und richtete die neue Music Hall von Hungerford Market ein. Der Eingang war auf der Seite zur Hängebrücke hin. Die Music Hall statteten wir mit den neuesten Möbeln aus Paris aus, Spiegel, Tische, Sitzbänke mit Samtbezug, Leuchter … wir schufen einen Ort für Vorführungen allererster Güte, einen Saal mit schöner Beleuchtung und ausgesuchten Erfrischungen für das Publikum. Wir öffneten jeden Abend um halb acht. Wir präsentierten Chöre, Solisten, Duette, Komiker und so weiter. Du hast das alles ja gesehen, aber wahrscheinlich warst du damals noch zu klein, um zu erfassen, mit welcher Begeisterung sich das Londoner Publikum auf unsere erste Music Hall stürzte. Das Gute daran war, dass ich meine fixe Idee, überall Tortonis einzurichten, an meine Brüder weitergegeben hatte. Und auch an einen Freund, der aus unserem Dorf gekommen war – Giacomo Monico. Damit waren wir nun zu mehreren, auch Agostino kam noch hinzu, er arbeitete zwar noch als Kellner, hatte aber eindeutig einen Sinn fürs Geschäftliche. So konnte auch ich mich noch um Cafés kümmern und ein paar neue einrichten. Um das Administrative zu vereinfachen, habe ich die britische Staatsbürgerschaft beantragt, und nach ein paar Hinhaltemanövern bekam ich sie auch.« Nach einer Pause fuhr er fort: »Mit den Jahren äußerte der eine oder andere Tessiner Kellner den Wunsch, selber ein Café aufzumachen. Einer von ihnen bat mich, ihm Geld zu leihen, um sich selbstständig zu machen, er würde es mir in monatlichen Raten zurückzahlen. Ich fand das eine sehr gute Idee. Wir wurden handelseinig. Seither kam es immer wieder vor, dass Kellner nach ein paar Jahren bei uns ihr eigenes Café aufmachen wollten und mich für den Anfang um ein Darlehen baten, das sie nach und nach zurückzahlten. Reich geworden bin ich davon nicht, ich bin ja kein Wucherer und habe vernünftige Zinsen verlangt.

Die Cafés und die neue Music Hall waren alle ein voller Erfolg, aber die *Ice Cream,* wie das Speiseeis inzwischen genannt wird, hat einen regelrechten Triumph gefeiert. Gebremst wird dieser nur dadurch, dass das Natureis rar ist. In strengen Wintern, also praktisch in jedem, war ›Eisernte‹, wie man das nennt, eine Möglichkeit für arme Leute, ein bisschen Geld zu verdienen. Ich erinnere mich gut daran, wie sich die armen Teufel ohne ausreichenden Schutz gegen die Kälte über jede Pfütze, über die Weiher in den Parks, über jedes gefrorene Bächlein hermachten und sie mit Eisen und Haken von dürftiger Qualität plünderten, blaue Finger und Nasen bekamen und das erbeutete Eis auf Schubkarren oder mit bloßen Armen in die Eiskeller schafften. Davon aber gab es nur wenige, was zur Folge hatte, dass die Eissammler auch noch lange Wege zurückzulegen hatten, bis an die Caledonian Road zum Beispiel oder nach Islington. Es wurde auch Eis aus dem Norden eingeführt, aus den Vereinigten Staaten etwa und aus Norwegen, aber grob gesagt wurde hier nicht mit der großen Kelle angerichtet.«

Ich weiß, ich wiederhole mich, aber ich habe mich immer darüber gewundert, dass man Carlo Gatti einst als Taugenichts hatte bezeichnen können, jedenfalls behauptet er das. Denn seit ich ihn kenne, wusste dieser Mann immer ganz instinktiv, was zu tun war, und fand für jedes seiner größeren und kleineren Probleme originelle Lösungen.

Die Lösung des Eisproblems steuerten indirekt die »Lausbuben« bei.

Es war im Jahr 1856. Mehrere Mitglieder unserer Gruppe waren wie gesagt nicht mehr im Christ's Hospital, aber wir legten Wert darauf, uns mindestens einmal jährlich zu treffen, meistens im Frühling, denn Kai, der als Einziger nicht ständig hier lebte, kam jeweils um diese Jahreszeit nach London. Wir saßen in einem der Gatti-Cafés und hörten fasziniert zu, wie Kai von den vereisten Küsten Norwegens erzählte, von Seen, die man den ganzen Winter über zu Fuß überqueren konnte, von der Eisernte mit großen Sägen und dem Zersägen der Blöcke für den Transport. Er hatte eine Zeitschrift dabei mit ein paar Zeichnungen, die den Arbeitsvorgang illustrierten.

»Eis? Hat da jemand Eis gesagt?«, donnerte über uns plötzlich Gattons Stimme. Niemand hatte ihn kommen sehen.

Alle Blicke richteten sich auf ihn.

»Ja, ich habe gerade erklärt, wie auf norwegischen Seen Eis geerntet wird«, sagte Kai.

Gatton nahm einen Stuhl und setzte sich.

»Lass mich mal sehen.«

Er griff nach der Zeitschrift.

»Das Eis wird überallhin transportiert. Es gibt extra dafür eingerichtete Schiffe.«

Gatton schien für einen Augenblick ganz in Gedanken versunken.

»Auch nach England?«

»Ja, wenn es verlangt wird.«

»Ist es schönes Eis?«

»Sehr rein, sagt man, die Seen liegen in unbewohnten Gegenden.«

»Kannst du mir einen Kontakt verschaffen?«

Kai dachte nach.

»Ich bin nur ein Lehrling. Sie sollten meinen Stiefvater fragen, der hat bestimmt viele Beziehungen, und bei Seefracht aus dem Norden kennt er sich aus.«

Ich war von Schularbeiten in Anspruch genommen, weshalb ich nicht mitbekam, was weiter geschah.

Für die Gattis war das Eis eine der härtesten Knacknüsse. Zum einen war es oft nicht rein genug, zum anderen reichte die verfügbare Menge je länger je weniger für ihren Bedarf.

»Solche Sachen muss man im Großen angehen. Nur für mich allein Eis zu importieren, käme mir fast lächerlich vor. Es sollten alle mitmachen und alle beliefert werden.«

Er erkundigte sich bei allen, die Eis verwendeten und es meist aus den Vereinigten Staaten oder aus Norwegen bezogen.

Die Idee, das Eis aus den Vereinigten Staaten zu beziehen, missfiel dem praktisch denkenden Gatton – zu lange Wege und vermutlich zu kostspielig. Aber Norwegen …

»Ich bin hingefahren«, erzählte Gatton. »Mr Crispin hatte keine Erfahrung mit Eis. Aber er brachte mich in Kontakt mit einem norwegischen Reeder, der darauf spezialisiert war. Ich fuhr hin. Bevor ich etwas riskierte, wollte ich die Einzelheiten kennen. Ich bat deinen Vater, mich zu begleiten, ich brauchte einen Fachmann der Handelsmarine.«

Eines Morgens im November 1856 gingen sie an Bord eines Schiffes, das im Regent Canal angedockt lag. Die Besatzung war norwegisch, nur der Kapitän sprach Englisch, doch Gatton hatte herausgefunden, dass der Koch aus Genua stammte, und bombardierte ihn mit Fragen. Dabei erfuhr er auch, dass diese Fahrt die letzte der Saison sei und dass viele Seeleute anschließend in die Eisernte gingen.

In Norwegen hatte sie gerade eben begonnen und man musste nach Norden fahren, um dabei zu sein.

»Es war grimmig kalt. Aber ich fühlte mich nicht sonderlich fremd, denn auch bei uns in den Bergen sind die Winter meist sehr streng. Ich machte Bekanntschaft mit Johann Dahll, dem Bruder des Dahll in London, über den der Kontakt zustande gekommen war. Du musst dir das vorstellen: Ich bestellte bei ihm vierhundert Tonnen Eis, und er nickte, ohne mit der Wimper zu zucken. Für mich war es ganz wichtig zu wissen, ob er ein Angeber war oder ob ich mich auf ihn verlassen konnte. Zunächst fuhren wir in einem Einspänner Richtung Norden, dann stiegen wir auf einen Schlitten um. ›Sie haben Glück mit dem frühen Wintereinbruch dieses Jahr‹, sagte Johann Dahll. Ich muss gestehen, es hat mir die Sprache verschlagen: Wälder in einem beinahe schwarzen Grün, weite verschneite Flächen mit ein paar wie zufällig ausgestreuten Häusern. Und die Seen! Die meisten waren unter dem Schnee gar nicht zu sehen. Die Eisernte hatte gerade eben begonnen. Ich habe die riesigen Sägen gesehen, mit denen die Männer die Eisblöcke unter ihren Füßen zerteilten. Wir besuchten mehrere Orte, zuletzt weit oben auch auf einem Gletscher. Ich konnte ebenfalls mit einer Säge hantieren, es braucht enorm viel Kraft. Man zeigte mir auch den Abtransport des Eises, bei der großen Kälte schmilzt nichts. Das Eis wird auf Spezialwagen vom See weggebracht und man lagert es in Eiskellern in der Nähe der Schiffe. Diese Eiskeller haben doppelte Wände, deren Zwischenräume mit Sägemehl gefüllt werden. Damit wird das Eis haltbar gemacht bis in die warme Jahreszeit. Wenn eine Schiffsladung vorbereitet wird, werden die Blöcke in Kanälen zu den Schiffen transportiert, dann mit großen Zangen gepackt und in den Frachtraum versenkt.«

Gatton war als Kunde gewonnen.

»Ich kehrte voll überzeugt aus Norwegen zurück. Dein Vater versicherte mir, der Transport sei in Ordnung und die Überfahrt dauere abgesehen von heftigen Stürmen nur ein paar Tage. Ich versuchte, die anderen mit meiner Begeisterung anzustecken, aber es ist mir nicht wirklich gelungen.«

Das i-Tüpfelchen lieferte schließlich ein Fischhändler von Hungerford.

»›Das norwegische Eis ist nicht nur das reinste, sondern auch das härteste und hält demzufolge länger‹, sagte er zu mir. Deshalb entschloss ich mich, den Eisimport selber zu organisieren, das konnte ein gutes Geschäft werden. 1857 wurde der Hungerford-Markt wiedereröffnet, und ich bot nun auch Mahlzeiten an, engagierte Musiker, Trios und Quartette, die die Gäste diskret unterhielten. Es war immer voll. Dann hatte ich die Erleuchtung. Das aus Norwegen importierte Eis konnte man nicht nur zur Herstellung von Speiseeis verwenden, sondern auch, um Lebensmittel frisch zu halten. Wir entschlossen uns, Versuche anzustellen. Deren Ergebnisse fielen sehr überzeugend aus: Zahlreiche Lebensmittel können auf Eis konserviert werden. Die Fische, die ich frühmorgens ersteigere, sind einen Tag, ja sogar zwei Tage später noch ganz frisch. Als ich meiner Sache sicher war, ging ich in die Restaurants, zu den Fisch- und Gemüsehändlern und Metzgern und bot ihnen mein Eis an. Ich erklärte ihnen, wie wir es machten, und ich überließ ihnen Eis, um es selber auszuprobieren. Das Interesse ließ nicht lange auf sich warten. Bald war ich der Eislieferant für die meisten Restaurants. Ich schickte ein Telegramm an Kragero in Norwegen. Nach acht Tagen legte ein Schiff im Limehouse-Dock an, von dort wurden die Waren auf dem Regent Canal bis ins Zentrum Londons transportiert. Meine Boote lagen bereit, um das Eis zu übernehmen, man lud es um und fuhr auf dem Kanal weiter. Auf der ganzen Strecke hatte ich Eiskeller bauen lassen, mit tiefen Schächten, in denen das Eis während Monaten aufbewahrt werden konnte. Zu Dutzenden ließ ich junge kräftige Tessiner kommen, die sich dieser Arbeit annahmen. Und ich organisierte eine Fuhrhalterei, die das Eis in ganz London verteilte. Ich kann dir jetzt noch nicht sagen, ob wir das halten können, man weiß nie, was die Konkurrenz tut. Aber ich habe, glaube ich, alles dafür getan, dass es klappt.

Es war eine Zeit großer Veränderungen. Battista Bolla hätte gerne das gesamte Haus in Holborn genutzt, denn sein Schokoladehandel gedieh großartig, er brauchte Platz. Wir profitierten vom Wiederaufbau des Hungerford-Marktes und verlegten unseren Wohnsitz dorthin, anfänglich standen viele Wohnungen noch leer. Mit Kind und Kegel zogen wir um, es gab genug Platz, und ich entschloss mich, regelrechte Büros einzurichten. Aber ich hatte ein Problem. Arm waren wir zwar nicht mehr, im Gegenteil. Aber alle meine Mittel waren ins Eiscreme-Geschäft investiert, das noch nicht wirklich etwas abwarf. Und meine Brüder hatten natürlich auch kein Geld, das sie mir hätten leihen können. Obwohl sie reich waren.« Er seufzte. »Es hat lange gedauert, bis sie kapierten, dass man Risiken eingehen muss, um erfolgreich zu sein. Vielleicht war es ihr Geld, das sie so vorsichtig machte. Wie dem auch sei, ich bin mit nichts umgezogen. Es gab Augenblicke, da ernährten wir uns nur von den Resten der Restaurants, oder ich musste die Kellner, die bei uns wohnten, bitten, sich zu gedulden mit ihrem Gehalt.«

»Ich hatte nie den Eindruck, Sie hätten am Hungertuch genagt, obwohl …«

Er lachte herzhaft.

»Regel Nummer eins: Das bisschen Geld, das man hat, verjubeln, sodass niemand auf den Gedanken kommt, es könnte unser letztes sein. Außerdem wollte ich dich nicht mit meinen Sorgen belasten. Deshalb gab ich mir weiterhin den Anschein eines Grandseigneurs, was dazu führte, dass mich die Leute Milord zu nennen begannen, und ich bin glücklich, dass du nichts bemerkt hast. Ein Jahr Eiscreme-Geschäft hat übrigens gereicht, um die dringendsten Schulden zurückzahlen zu können. Und nach zwei Jahren war ich sozusagen schuldenfrei. Die

Restaurants liefen gut, die Music Hall lief gut – jedenfalls rechne ich damit, bald aus dem Schneider zu sein. Dies umso mehr ...« Er machte eine schalkhafte Grimasse. »Dies umso mehr, als mir ein interessantes Gerücht zu Ohren gekommen ist. Es scheint, dass die Eisenbahnstation, von der theoretisch seit Jahren die Rede ist, nun vor der Verwirklichung steht. Gebaut werden soll sie direkt über dem Markt, der soll abgerissen und die Hängebrücke durch die Eisenbahnbrücke ersetzt werden.«

Ich sah ihn entsetzt an.

»Und was wird dann aus Ihrer ganzen Arbeit und dem Geld, das Sie investiert haben, allen Risiken, die sie eingegangen sind ...?«

»Aber Zichinin, denk doch nach! Diese Leute werden mir ein Angebot machen. Meine Brüder und ich besitzen einen beträchtlichen Teil der Geschäftsräume. Unsere Einnahmenverluste werden gigantisch hoch sein, und ich will wirklich, dass sie gigantisch hoch werden. Deshalb werde ich dafür sorgen, dass wir mehr Eiscreme verkaufen denn je, mehr Mahlzeiten, mehr Tee, mehr Patisserie denn je, und die Music Hall muss immer zum Bersten voll sein. Dann kann ich beträchtliche Kompensationszahlungen geltend machen.« Er rieb sich die Hände. »Zum ersten Mal in meinem Leben, Zichinin, werde ich vermögend sein, ich werde *Geld in der Tasche* haben, das ich investieren kann.«

»Sind Sie sicher, dass man Sie großzügig entschädigen wird?«

»Weißt du, als man anfing, vom Bau der Victoria Station zu reden, bot mir jemand auf dem fraglichen Areal ein kleines Stück Land zum Kauf an. Es war nicht sehr teuer, denn der Mann brauchte dringend Geld. ›Wenn Sie es geschickt einrichten, können Sie es zu einem guten Preis an die Firma verkaufen, die den Bahnhof bauen will‹, sagte er. Ich hatte überhaupt nichts flüssig und musste verzichten. Aber ich gab den Tipp an einen Tessiner Uhrmacher weiter, der sein Geschäft in Soho hatte, und er kaufte. Vor Kurzem hat er das Grundstück wieder verkauft, zum fünfzehnfachen Preis, den er bezahlt hatte. Das Fünfzehnfache meiner Umsatzeinbußen, glaub mir, das würde mir voll und ganz reichen. Vor allem, wenn du bedenkst, dass sie beachtlich sein werden. Vierzehntausend Eiscreme-Verkäufe an einem einzigen Sonntag …«

»Sie meinen, dass man auf Sie zukommen wird?«

»Es heißt, der Baubeginn für den Bahnhof sei für nächstes Jahr geplant. Ich erwarte sie eher heute als morgen.«

Nach einer langen Pause:

»Für den Moment gibt es nichts mehr zu erzählen«, bemerkte ich.

»Für den Moment tatsächlich nicht. Aber weil noch viele andere Dinge in der Luft liegen, müssen wir ohne Schlusspunkt aufhören. Meine Memoiren dürfen nicht hier enden – ich bin schließlich erst dreiundvierzig. Aber behalte deine Hefte, eines Tages wirst du sie verwenden können – nach meinem Tod vielleicht.«

»Gatton!«

»Was ist? Ich bin etwa dreißig Jahre älter als du, das ist das Natürlichste der Welt.«

Er stand auf.

»Ich gehe jetzt ein Telegramm aufgeben, damit man mir in der Kutsche von Flüelen einen Platz reserviert. Ich muss mich um die Fertigstellung meines Hauses in Marogno kümmern, meine arme Maria versteht nichts davon.«

Auch ich stand auf, wir umarmten uns heftig, dann ging er.

Der Gastwirt sah auf die Tür, durch die Gatton gerade verschwunden war und rief:

»Dieser Typ hat es zu etwas gebracht, aber er führt sich nicht so auf. Das gefällt mir. Wir waren zehn Jahre alt und gingen zusammen zur Schule. Er ist ganz der Gleiche geblieben.«

»Kannten Sie ihn gut?«

»Nein, nicht besonders. Er war ein Original und als Kind hält man Distanz zu solchen, die nicht der Norm entsprechen. Er war bereits einen Kopf größer als wir alle und nicht für die Schule geschaffen. Was der alles hat einstecken müssen! Aber jetzt wissen wir's, Dom Martinoli, unser Lehrer, hat sich geirrt. Er hatte ihm prophezeit, er werde auf dem Schafott enden, aber ich sage Ihnen, der wird Millionär.«

Noch am selben Abend schrieb ich meinem Vater einen Brief. Ich schilderte ihm unter dem Siegel der Verschwiegenheit die finanzielle Situation der Gattis und ich bat ihn, künftig für meine Bedürfnisse aufzukommen, wie er es gewünscht hatte.

»Sie müssen schauen, wie Sie es anstellen, damit Zio Carlo die Kröte schluckt, falls er es wieder versuchen sollte mit seinem Stipendium für mich. Wenn Ihnen die Mittel fehlen, um mir zu helfen, nehme ich eine Stelle als Kellner an und versuche, auf diesem Weg mein Auskommen zu finden.«

Nach zwei Wochen kam die Antwort. Bei einer englischen Bank mit Niederlassung in Zürich hatte mein Vater Geld hinterlegt, an jedem Monatsende würde ich dort beziehen können, was ich brauchte. Und ich wurde gebeten, Extravaganzen zu vermeiden.

In seinem Brief ließ er durchblicken, dass ihn meine Anfrage sehr glücklich mache. Er hatte ja seit seiner Ankunft aus Australien für mich aufkommen wollen, aber das wäre unmöglich gewesen, vor allem deshalb, weil ich kein Schulgeld bezahlen musste, und außerdem stand mir Gatton in Bezug auf meine kleineren Bedürfnisse näher als mein Vater, der den Großteil seines Lebens auf See verbrachte.

Nun, da ich aller meiner praktischen Sorgen enthoben war, stürzte ich mich in mein Studentenleben. Ich kam allerdings ein bisschen zu früh ans Polytechnikum. Es sollte bald sein eigenes

Gebäude bekommen, aber als ich mein Studium begann, war es über die ganze Stadt verstreut. Seinen Sitz hatte es in einer Liegenschaft der Universität in der Nähe der Augustinerkirche, einzelne Kurse fanden in der Kantonsschule statt oder in dem Gebäude an der Kirchgasse, wo die Direktion untergebracht war. Wir rannten ständig von einem Ort zum anderen.

Auf der Anhöhe über der Stadt war das Gebäude zu erkennen, das uns einst alle aufnehmen würde. Aber bis es so weit war, blieben wir in der Stadt und wurden von der Bevölkerung nicht übermäßig gern gesehen. Die Schenken, an denen wir Tag für Tag vorbeikamen, waren eine zu große Versuchung für jene Studenten, die sich als Lebemänner verstanden. Ihr Gelärm störte die anständigen Bürger, vor allem nachts. Es wäre allerdings völlig falsch anzunehmen, ich hätte mich ihnen nicht auch angeschlossen. Ich ging aus, trank meinen Becher mit den anderen und habe zweifellos meinen Teil zum Radau beigetragen. Und hinter den Mädchen war ich genauso her wie alle anderen. Aber eines habe ich in meinem ganzen Leben festgestellt: Wer als Kellner gearbeitet hat, taugt nicht zum Lebemann. Einem Instinkt folgend machte ich immer Schluss, bevor ich betrunken war.

Ich hatte übrigens auch nicht wirklich Zeit zum Feiern. Ich konsultierte einige Professoren, bevor ich mein Studienprogramm zusammenstellte, und einer von ihnen riet mir, Mathematik-Vorlesungen zu belegen.

»Das wird Ihren Geist erweitern, und Sie werden sehen, ob Sie eine Karriere als Mathematiker einschlagen wollen.«

Mein erstes Jahr bestand somit aus Mathematik, Deutsch und Italienisch.

Ja, auch Italienisch. Aus purer Neugier hatte ich eine Vorlesung von Professor Arduini über italienische Literatur besucht. Ich hatte nichts begriffen. Es kam mir vor, als spräche er eine

Fremdsprache, aus welcher ab und zu ein paar vertraute Brocken herausklangen.

Ich nahm meinen ganzen Mut zusammen und suchte den Professor auf. Bei den Gattis sprechen die meisten außer ihrem Dialekt aus dem Bleniotal auch Italienisch. Alle, die aus der Schweiz kamen, hatten eine Schulbildung. Ans Italienisch meiner Mutter erinnerte ich mich nicht, aber sie muss einen einfachen und armseligen Wortschatz gehabt haben, sie selber war ja auch ein verwahrlostes Kind ohne Schulbildung gewesen. Der Professor bestätigte meine Bedenken sofort.

»Sie sprechen ein sonderbares Italienisch, junger Mann.«

»Ehm, ich hab's in London gelernt, von einer italienischen Mutter und einem Tessiner Adoptivvater.«

»Das hört man. Haben Sie Italienisch-Unterricht gehabt?« Ich deutete eine Verneinung an. »Haben Sie Grammatik gelernt?« Noch eine stumme Verneinung. »Wie also wollen Sie damit italienische Literatur machen?«

»Neun Jahre Latein, sieben Jahre Griechisch, deshalb dachte ich …«

»Haben Sie englische Literatur studiert?«

»Etwas. Es ist nicht das Fach, das mich am meisten interessiert.«

»Möchten Sie einen Rat von mir?«

»Ja, Herr Professor.«

»Sehr gut, dann bekommen Sie ihn.« Er stand auf, griff nach einem Buch in seinem Regal und legte es vor mich hin. »Arbeiten Sie diese Grammatik durch, sie ist hervorragend, und machen Sie die vorgegebenen Übungen. Und kommen Sie in meine Literaturvorlesung, auch wenn Sie nichts verstehen. Eines Tages werden Sie verstehen. Was ist Ihr Hauptfach?«

»Mathematik. Später will ich Maschinenbau machen, vielleicht auch Ingenieurwesen.«

»Ich mache mir keinerlei Sorgen Ihretwegen, die Mathematiker sind allesamt sehr gut in Sprachen. Kommen Sie in einem halben Jahr wieder zu mir, dann sehen wir, wo Sie stehen.«

Ich erhob mich, er schüttelte mir die Hand und ich ging Richtung Tür.

»Ach, Martin?« Ich drehte mich um. »Versuchen Sie, nicht Ihre gesamte Freizeit mit Ihren Tessiner Freunden zu verbringen, suchen Sie sich auch ein paar italienische Freunde, es gibt sie. Das wird Ihnen helfen, sich die Sprache Dantes anzueignen.«

Ich konnte ein Lächeln nicht vermeiden.

»Wie Sie wünschen, Herr Professor«, sagte ich und ging.

Mit den Deutsch-, Italienisch- und Mathematikvorlesungen und denjenigen für Bau- und Maschineningenieure, die ich auch belegte, sobald meine Deutschkenntnisse es erlaubten, waren meine Tage reichlich ausgefüllt.

Sehr schnell wurde mir klar, dass Gatton recht gehabt hatte, als er darauf bestand, hierherzukommen. Nicht etwa, um dem allgemeinen Snobismus zu entgehen, den gab es auch hier, oder um selber kein Snob zu werden, sondern ganz einfach deshalb, weil ich an dieser Schule, wo der größte Teil des Unterrichts auf Zahlen beruhte, das Gefühl hatte, in meinem Element zu sein.

Ich war so sehr beschäftigt, dass ich nicht einmal auf den Gedanken kam, meine Semesterferien im Tessin zu verbringen. Eines Tages, als ich die Werkstatt des Buchbinders hütete, bei dem ich logierte, hatte ich einen Kunden kennengelernt, einen älteren Herrn, der nach ein paar allgemeinen Worten bemerkte:

»Ihr Deutsch müsste ein bisschen gestriegelt werden, mein Junge.«

»Ich weiß, ich bin am Lernen, es ist mir sogar vorgeschrieben, um den Abschluss machen zu können.«

»Interessant. Möchten Sie, dass ich Ihnen behilflich bin?«

»Aber ...«

»Ich langweile mich gerade und fragte mich, für wen ich mich nützlich machen könnte. Jetzt weiß ich's – für Sie. Die deutsche Sprache ist mein Spezialgebiet.« Er gab mir seine Adresse. »Kommen Sie, wann immer Sie möchten, am ehesten treffen Sie mich gegen zehn Uhr vormittags oder vier Uhr am Nachmittag zu Hause an.«

Das war im Frühsommer gewesen. So ergab es sich, dass ich meine ganzen Sommerferien mit Deutschunterricht bei Professor Osterhaus verbrachte, so hieß er nämlich. Und die Zeit, die ich nicht der deutschen Sprache widmete, verbrachte ich mit dem Lesen italienischer Texte, denn bei meinem zweiten Besuch bei ihm hatte mir Professor Arduini gesagt:

»Noch brauchen wir die Hoffnung nicht aufzugeben, Sie machen Fortschritte, mein Junge. Lesen Sie gute italienische Bücher, kommen Sie weiter in meine Vorlesungen, dann werden Sie eines Tages sagen können: ›Meine Muttersprache ist Italienisch.‹ Sie sind auf dem rechten Weg.«

## XII

Während der ersten zwei Jahre verließ ich Zürich nie. Ich studierte. Sprachen und Mathematik haben mein erstes Jahr ausgefüllt. Gegen Ende des akademischen Jahres war mir klar, dass es mir nicht möglich sein würde, mich auf die theoretische Mathematik zu konzentrieren, die nach meinem Dafürhalten ohnehin keine Erwerbstätigkeit außerhalb der akademischen Welt ermöglichte. Deshalb belegte ich als Hörer auch Vorlesungen über Bau- und Maschineningenieurswesen. Meine Leidenschaft für Lokomotiven war mir erhalten geblieben, doch Brücken, Tunnel und Viadukte, wie ich sie Herrn Stephenson hatte entwerfen sehen, übten eine genauso große Anziehungskraft auf mich aus.

Ich vermutete, dass es jetzt im klar strukturierten Polytechnikum nicht mehr so einfach wäre, sich nicht festzulegen, wie damals, als die Hochschule noch im Werden begriffen war.

Herr Stephenson war zwei Jahre zuvor gestorben. Ganz England hatte dem Erfinder so vieler schöner Lokomotiven die Ehre erwiesen. George Stephenson, der Vater, hatte auf diesem Gebiet Pionierarbeit geleistet, und Robert, der Sohn, hatte damit den Gipfel des Ruhms erreicht. Beide zusammen haben das Ingenieurwesen gesellschaftsfähig gemacht.

Bei meinen kurzen Besuchen im Atelier Stephenson, wo Brücken und Maschinen entworfen wurden, hatte ich einen anderen Ingenieur kennengelernt. Er wurde später als Sir William Fairbairn bekannt, nachdem ihn seine Majestät geadelt hatte. Damals aber war er einfach Herr Fairbairn. Er war älter als Stephenson, und man hatte mir zugeflüstert, er sei ein großer Entwerfer von Brücken, Schiffen, Lokomotiven und Maschinen aller Art. Aber er war auch ein Gelehrter; er hatte die Festigkeit des Eisens als Bauelement studiert und eine Reihe von Schlussfolgerungen daraus gezogen, die von seinen Berufskollegen akzeptiert und für ihre Arbeiten genutzt wurden.

Ich wunderte mich nicht schlecht, als ich diesen großen Mann auf mich zukommen sah. Er maß mich mit seinen Blicken und fragte mich mit rauer Stimme:

»Bluecoat?«

Ich trug meine Uniform und brauchte deshalb nur zu nicken.

»Und was tust du hier?«

»Ich möchte Ingenieur werden und Herr Stephenson hat mir die Möglichkeit geboten, während ein paar Wochen hier zu sein, um herauszufinden, ob es mir gefallen würde.«

»Und, gefällt es dir?«

»Als ich zum ersten Mal eine Lokomotive angestaunt habe, war ich sieben. Und ich habe meine Meinung nicht geändert.«

Ohne weiteren Kommentar ging er wieder, aber er musste sich bei Stephenson nach mir erkundigt haben, denn ein paar Tage später blieb er an dem Tisch stehen, wo ich einem seiner Zeichner zur Hand ging.

»Du bist offenbar ein ganz besonderes Exemplar, über das ich mich noch wundern werde.«

Ich lachte, er lachte auch und dabei blieb es.

Aber wir waren dazu bestimmt, uns zu begegnen.

Es kam regelmäßig vor, dass ich an Wochenenden oder während der häufigen kurzen Schulferien auf dem Hungerford-Markt als Kellner arbeitete, weil gerade jemand fehlte oder großer Andrang herrschte. Mit der Zeit wurde ich ein ebenso guter *Cameriere* wie jeder andere. Ich legte dafür zwar meine blaue Jacke ab und zog unter der gelben Weste ein weißes Hemd an, behielt aber aus Prinzip meine gelben Strümpfe und braunen Hosen an. Die Leute sollten wissen, dass sie von einem Bluecoat bedient wurden, fand ich.

An einem jener Tage stand ich plötzlich Fairbairn gegenüber.

»Was tust du denn hier?«

»Bevor ich Ingenieur studieren kann, helfe ich meiner Adoptiv-Familie, wenn sie mich braucht.« Er war sprachlos. Und ich konnte mir ein schelmisches Lächeln nicht verkneifen. »Als ich mit sieben Jahren Ingenieur werden wollte, war ich bereits Kellner, und damals schien mein Traum unerfüllbar.«

Daraufhin lud mich Fairbairn in seinen Club ein, sodass ich zum ersten Mal einen jener Männertempel betrat, wo häufiger Entscheide getroffen werden als im Parlament. Er bombardierte mich mit Fragen, ich musste ihm mein ganzes Leben haarklein erzählen.

Von da an kam es vor, dass er mich an seinen Tisch einlud, dann war ich an der Reihe, eine Salve von Fragen abzufeuern zu allem, was er konstruierte.

Kurz bevor ich zum Studium nach Zürich reiste, was er guthieß, sagte er:

»Jetzt, wo Robert nicht mehr unter uns ist, hoffe ich, dass du dich an mich wendest, wenn du Rat oder Hilfe brauchst fürs Studium.«

Als es dann so weit war, dass ich meine Wahl treffen musste, schrieb ich ihm in meiner Unentschlossenheit, erläuterte ihm meine Bedenken und bat ihn um seinen Rat.

Er antwortete mir mit einem langen Brief und sprach sich für das allgemeine Ingenieurwesen aus. »Du solltest dich erst ganz am Schluss spezialisieren. Wir hatten das Glück, ans Werk gehen zu können, als noch alles neu war, sogar die Art und Weise zu lernen, wir mussten alle sehr erfinderisch sein. Unsere große Liebe galt den Zügen. Aber ohne Brücken und Viadukte gibt es keine Züge, und wer wäre besser geeignet gewesen als wir, die Schienenwege für unsere Züge zu schaffen? Es muss auf allen Gebieten noch vieles erfunden werden. Du hast Kraft und Zeit auf deiner Seite. Mach Bau- und Maschineningenieur zugleich. Wenn du dann nach England zurückkehrst, wirst du dort ein sehr gefragter Mann sein.«

Ich hörte auf ihn. Zum Preis harter Arbeit studierte ich gleichzeitig Bau- und Maschineningenieur.

Vor allem die ersten zwei Jahre waren sehr arbeitsreich, ich musste Deutsch neu und Italienisch wieder lernen, mein Englisch mit Literaturvorlesungen pflegen und meine *Matura* ablegen, an der auch Französisch geprüft wurde. Aber bei der Menge von Fächern, von den Sprachen über die Mathematik bis zum Ingenieurswesen war mein fotografisches Gedächtnis meine Rettung. Ich brauchte immer noch einen Text nur einmal zu lesen, um ihn im Gedächtnis zu behalten.

Manchmal spürte ich Heimweh nach London, doch ich hatte weder Zeit noch Geld für eine solche Reise. Aber dank meines eifrigen Korrespondenten, Serafino, wusste ich dennoch Bescheid über das, was in London geschah.

Für alles, was mit Zahlen zu tun hatte, war Serafino nicht zu gebrauchen, umso besser verstand er es, sich sprachlich auszudrücken. Ich hätte gedacht, er würde mir auf Italienisch schreiben, aber so war es nicht ... Er schrieb lange Briefe in einem hervorragenden Englisch. Serafino selber hatte getan, was er mir riet, als ich noch klein gewesen war: die Sonntagsschule besucht, um Schreiben in englischer Sprache zu lernen. Er hatte es geschafft. Er arbeitete zwar immer noch in Hungerford, aber nicht mehr lange, schrieb er.

»Ich weiß nicht, was Gatton und die South Eastern Railways aushecken, aber eines kann ich dir sagen: Seine vormittäglichen Runden zieht er in diesen Tagen pfeifend, die Daumen in den Westentaschen, den Bart zurückgestutzt, wachen Auges und mit Zufriedenheit im Gesicht. Das kann nur eines bedeuten – es geht finanziell aufwärts. Wir hatten böse Zeiten, als wir die Tageseinnahmen brauchten, um die Waren für den kommenden Tag zu bezahlen. Der Eishandel wirft langsamer als erhofft den Gewinn ab, den Gatton braucht, um die Schulden zurückzuzahlen, die er gemacht hat, um den Eishandel auf die Beine zu stellen, aber jetzt ist er perfekt organisiert und ist voll im Schuss. Während mehrerer Monate habe ich kein Salär bekommen, Gatton vertröstete mich mit den Trinkgeldern. Ich bin sehr glücklich, dass ich die Sprache so gut gelernt habe, dass ich jetzt sogar Scherze auf Englisch erzählen kann, was mir großzügiges Trinkgeld einbringt. Unsere Gäste sind im Allgemeinen bescheiden, aber nicht mittellos. Über die Hintergrundmusik, die am Nachmittag die Stille ausfüllt, ärgern sich zwar manche. Aber sie sind in der Minderheit, viele andere fühlen sich von der Musik angezogen. Immer wieder erhalten wir auch Besuch von Mitgliedern des Parlaments, die mit ihrem Schwalbenschwanz und den Nadelstreifen schlecht in unsere Umgebung passen. Aber einer von ihnen versicherte mir, nach einem anstrengenden Tag entspanne er sich gerne bei etwas Musik in einem französischen Café. Die große Attraktion ist indessen immer noch das *Penny Ice*. Wir haben einen Laden mit offener Theke zur Straße hin eingerichtet, und die Leute kommen tagtäglich zu Tausenden, an Sonntagen dürften es sogar zehntausend sein.

Es ist aber auch so, dass sich der Markt allmählich verändert. Während die Gattis und Giacomo Monico, der sich mit ihnen zusammengetan hat, vergrößern, hören andere auf. Und Läden, wo wirklich nützliche Dinge verkauft wurden, werden nach und nach ersetzt durch vorübergehende befristete Geschäfte, weil man weiß, dass der Markt bald abgerissen wird und man die verbleibende Zeit noch nutzen will – billige Drucksachen, Bilderrahmen, Gehstöcke, Muschelschalen, Bilder in knalligen Farben, man fragt sich, wie man vom Handel mit diesem Trödel überhaupt leben kann. Unsere Kundschaft stört das allerdings keineswegs, aber das baldige Ende liegt schon in der Luft.

Gestern sagte ich Gatton, ich hätte eigentlich gern mein eigenes Café eröffnet. Er fand das eine gute Idee, riet mir, eine Frau zu nehmen, die das Geschäftliche besser besorgen würde als ich, und stellte mir in Aussicht, die ausstehenden Gehälter bald zu bezahlen und mir damit Starthilfe zu geben. Das alles weist für mich darauf hin, dass er mit den South Eastern Railways inzwischen einen saftigen Handel abgeschlossen hat.«

Anlässlich eines überraschenden Besuches von Stefano Gatti wurde mir das bestätigt. Gatton hatte Agostino und Stefano immer wie seine Söhne behandelt, aber Freunde sind wir nie geworden. Als Kinder blieben wir auf Distanz, zu Agostino, weil er vier oder fünf Jahre älter war als ich, was für ein Kind einen großen Unterschied ausmacht, und zu Stefano, weil er erst spät nach London gekommen war, vermutlich, weil er es wie sein Bruder machen wollte. Die beiden Brüder waren sehr verschieden. Agostino war von mittlerer Größe, kräftig, schwarzhaarig, mitteilsam und fast impulsiv. Der geborene Chef. In den Monaten vor meiner Abreise aus London war er Kellner in Hungerford und ich stellte fest, dass er trotz seiner erst achtzehn Jahre ganz selbstverständlich den Laden schmiss, wenn Gatton nicht da war. Niemand hatte etwas dagegen, weil er es ohne jegliche Arroganz tat.

Stefano war ein wenig jünger als ich, und auch er arbeitete als Kellner bei uns, wenn er nicht – extern – zur Schule ging. Im Gegensatz zu seinem Bruder war er großgewachsen, mager, fast wie ein Skelett, dunkelblond, mit hellen Barthaaren. Er war so zurückhaltend, dass man glaubte, es mit einem schüchternen Menschen zu tun zu haben, aber das war er nicht. Er war der mutigere der beiden Brüder und stellte dies unzählige Male unter Beweis.

Als er bei Frau Guidi, der Gattin des Buchbinders, bei dem ich in Zürich wohnte, ins Wohnzimmer trat, war er für mich beinahe ein Fremder.

»Ich hatte in Dongio einiges zu erledigen«, sagte er, »da bekam ich Lust, vor der Rückreise zu schauen, wo du wohnst, und Zürich kennenzulernen, wo ich noch nie gewesen bin. Viel Zeit habe ich nicht, weil in London viel Arbeit auf mich wartet.«

Es war April 1862, ich lernte für eine Prüfung und saß häufiger in den Vorlesungen für Bau- und Maschineningenieure als für Literatur. Ich schlug ihm vor, mich zu begleiten, und rechnete damit, dass er ablehnen würde, aber er sagte begeistert zu. Die Hörsäle waren vollbesetzt und niemand kümmerte sich darum, wer da war und wer nicht, dennoch stellte ich ihn den Professoren höflichkeitshalber als meinen Cousin vor.

Nach zwei Tagen, während denen er aufmerksam zuhörte, aber kein Wort verstand, weil er kein Deutsch sprach, fragte er mich, was das, was ich da tat, für mich bedeute.

»Ich liebe es«, antwortete ich aus tiefstem Herzen, denn es entsprach der Wahrheit. »Man hat mir geraten, beide Studienrichtungen gleichzeitig zu belegen, und die Mathematik mache ich für mich, auch ich bin inzwischen überzeugt davon, es sei von Vorteil, mehrere Pfeile im Köcher zu haben.«

»Weißt du, was ich am liebsten machen würde?«

»Was denn?«

»Ich möchte ein Theater bauen, in dem nicht nur Stücke gespielt werden, sondern auch Konzerte stattfinden. Am besten nicht allzu weit weg vom Restaurant, von dem Agostino und

Giacomo Monico träumen. Nach der Vorstellung würden die Leute zu Erfrischungen kommen oder zum Essen oder beides zusammen. Das würde ein Erfolg, davon bin ich überzeugt.«

Er war siebzehn und wusste genau, was er wollte.

»Meinst du, dass das möglich ist?«, wagte ich zu fragen.

»Es wird bereits verwirklicht. Erinnerst du dich ans Marionettentheater?«

Ob ich mich ans Marionettentheater erinnerte …

Ich ging häufig an der Royal Adelaide Gallery vorbei, einem Gebäude, das aussah wie ein Schiff, oder jedenfalls wie ein halbes. Es hatte eine Art Bug mit einem runden Türmchen auf den *Strand* hinaus, auf der anderen Seite eine lange flache Fassade zur King William Street. Es lag mehr oder weniger dem Hungerford-Markt gegenüber. Jemand hatte es einmal im Vorübergehen ›Museum für angewandte Wissenschaften‹ genannt, und eines Tages konnte ich einfach nicht mehr anders. Ich muss etwa acht gewesen sein damals. Ich wollte unbedingt diese ›angewandten Wissenschaften‹ sehen und ging eines Abends hin. Aber ich war zu spät. Die ›angewandten Wissenschaften‹ hatten vor längerer Zeit bereits einem Kurslokal für Tanzkurse minderbemittelter Leute Platz gemacht. Man kam abends nach Feierabend und tanzte Walzer und Polka. Es war ein riesiger Raum, in dem sich sicher an die hundert Paare tummelten. In der Erinnerung an diesen flüchtigen Besuch sehe ich ein riesiges von Musik überlagertes Gewimmel.

Mit einer Ohrfeige und ein paar träfen Worten darüber, was mit so neugierigen Kindern anzufangen sei, wurde ich von meinem Beobachtungsposten vertrieben. Von Serafino erfuhr ich später, für die angewandten Wissenschaften müsse ich jetzt an die Upper Regent Street, wohin sie umgezogen seien. Die Royal Adelaide Gallery werde inzwischen Casino genannt.

Kurz darauf schloss auch das Casino seine Pforten und das Royal Marionette Theater zog ein und wirkte auf mich wie ein

Magnet. Als ich das erste Mal scheu an der Kasse stand und meine drei Pence hinstreckte, wies man mein Geld wie an vielen anderen Orten in London streng zurück.

»Für Bluecoats ist der Eintritt frei.«

Das ließ ich mir nicht zweimal sagen und kam somit in den Genuss wunderschöner Aufführungen.

Dann schloss auch das Marionettentheater. Danach war die einstige Royal Adelaide Gallery nur noch ein gestrandetes halbes Schiff.

»Agostino und Giacomo Monico wollen ein Restaurant einrichten. Seit Monaten haben sie deswegen Knatsch mit unserem Vater und Zio Carlo, weil sie Geld brauchen, um die Gallery instand zu stellen und einen lebendigen Ort daraus zu machen. Ein etwas vornehmeres Restaurant als das Café in Hungerford schwebt ihnen vor. Bis ich mein Theater aufmachen kann, arbeite ich mit ihnen zusammen. Der Markt wird nächstens abgerissen, das ist traurig, denn es ist ein wunderschönes Gebäude, aus dem man etwas hätte machen können. Aber wir sollen halt einen Bahnhof bekommen und Züge, und das ist genauso gut.«

»Zio Carlo hat eine Entschädigung erwähnt …«

»Gatton war schon immer der beste Geschäftsmann der Familie. Niemand rechnete damit, dass er der South Eastern Railways so viel Geld abknöpfen würde, aber von dem Moment an, als er erfuhr, dass der Bahnhof gebaut werden würde, hat er seinen Coup aufs Sorgfältigste vorbereitet.«

»Ich weiß, er sagte mir, es sei wichtig, dass die Geschäfte jetzt auf Hochtouren liefen, um bei der Bahngesellschaft den höchstmöglichen Umsatzverlust geltend machen zu können. Weißt du, wie viel er erhalten hat?«

»Nein, er hat es niemandem gesagt. Aber wenn ich den Gerüchten glauben will, müssen es rund achttausend Pfund Sterling sein.«

»Achttausend Pfund! Und was macht er damit?«

»Er ist dabei, an der Westminster Bridge Road ein neues Lokal zu eröffnen, als Café, als Restaurant, als Theater, das ist noch nicht klar. Mein Vater arbeitet für ihn, einmal ist keinmal – sie werden sich in die Wolle kriegen, so endet es immer. Aber gut, derzeit hört Carlo auf Giovanni und ist bereit, das neue Lokal ein bisschen schicker werden zu lassen als das Café von Hungerford. Gatton ist überzeugt, dass die Leute ebenso eifrig wie früher über den Fluss kommen, und wenn auch nur für eine Eiscreme. Für die oberen Zehntausend gibt es Gunter, für alle anderen Gatti's. Ganz zu schweigen von den Geschäften, die bereits Eis und Schokolade zum Mitnehmen verkaufen. Gatton hat sie strategisch gut platziert. Und seit jetzt der Eishandel mit Norwegen funktioniert, glaube ich, ist er endlich aus dem Schneider.«

Während mir Stefano diese Londoner Neuigkeiten erzählte, spazierten wir durch die Stadt. Zwischendurch zeigte ich ihm Straßen, Kirchen, öffentliche Bibliotheken (in einer stillgelegten Kirche am Fluss) und interessante Kneipen.

Gut zwei Stunden verbrachten wir im Bahnhof. Ich ging oft hin, und es ergaben sich zunächst zögerlich, dann immer herzlicher Kontakte zu einigen Lokomotiv- und Zugführern, auch Mechanikern, die gerne bereit waren, einem angehenden Konstrukteur von Lokomotiven zu zeigen, was er würde besser machen können. Sie empfingen uns auch jetzt in ihrer gewohnten Gutmütigkeit. Und als sie erfuhren, dass Stefano aus London kam, wurde er von einem Mechaniker mit weißem Schnurrbart mit den Worten willkommen geheißen:

»Wissen Sie, dass es Engländer waren, die der Schweiz die beste Linienführung für ihre Bahnstrecken empfohlen haben?«

»Und, haben die Schweizer auf sie gehört?«

»Zu einem schönen Teil, ja, wenn ich richtig informiert bin.«

Anschließend gingen wir über die Brücke und den Mühlen entlang, für mich ebenfalls faszinierende Objekte, dann stiegen wir zur Baustelle des künftigen Polytechnikums hinauf. Von dort oben sah man auf die Dächer der Stadt hinab, auf den See und zum Uetliberg hinüber. Es war beeindruckend.

Während wir noch die Landschaft bewunderten, fragte Stefano:

»Kommst du nach London zurück, wenn du fertig bist mit dem Studium?«

»Ich glaube schon, warum?«

»Weil, weißt du, wenn du da wärst mit deinem Diplom, würden wir mit dir arbeiten wollen, um den leeren Raum der ›Royal Adelaide Gallery‹ in ein schönes Restaurant zu verwandeln.«

»Ich bin noch nicht so weit. Im Moment macht mir der Gedanke daran, dass der Hungerford-Markt abgerissen, der Bahnhof gebaut wird und ich hier bin, den größten Kummer. Aber ich komme nicht nach London, weil ich meine Studien nicht unterbrechen will. Im Gegenteil, ich will so schnell als möglich abschließen, um endlich nicht mehr von der Wohltätigkeit anderer abhängig zu sein.«

»Erstens bin ich überzeugt, dass in ganz England Bahnhöfe gebaut werden. Du wirst dann halt den nächsten bauen.«

»Ja, gut, aber verstehst du, Charing Cross wird an dem Ort gebaut, wo ich groß geworden bin.«

Er wischte mein Argument mit einer Handbewegung weg.

»Und zweitens«, fuhr er fort, »du bist nicht einen Moment lang von der Wohltätigkeit anderer abhängig gewesen. Mein Vater und meine anderen Onkel hatten uns lange Zeit glauben machen, Gatton bevorzuge dich auf unsere Kosten, aber ich habe schließlich begriffen, dass nichts falscher ist als diese Behauptung. Auch aus diesem Grund wollte ich dich kennenlernen. Merk dir, meine Tür wird dir immer offen stehen.« Er fuhr fort, noch bevor ich Zeit gehabt hätte, mich zu bedanken. »Ach, ich habe übrigens eine Nachricht von Gatton für dich: Er ist endlich in der Lage, das versprochene Stipendium auszurichten.«

»Sag ihm, ich hätte erwogen, zur Hälfte zu arbeiten und zur Hälfte zu studieren, bis er das Stipendium bezahlen kann, oder mich an meinen Vater zu wenden. Schließlich habe ich mich entschieden, meinen Vater darum zu bitten. Er schickt mir monatlich eine gewisse Summe, durchaus ausreichend für mich, und er wird dabei bleiben wollen. Sag Gatton, er solle einen anderen talentierten Jungen unter den Tessiner Einwanderern oder im Tal suchen und diesem das Stipendium zukommen lassen.«

Nach einem letzten Abend in einem Cabaret voller Studenten reiste Stefano wieder ab, zunächst nach Dongio, dann weiter nach London.

Ein paar Wochen später schrieb Serafino mir:

»Jetzt ist es so weit! Wir haben den Markt verlassen, und man hat bereits mit dem Abbruch begonnen. Sie sagen, der Bahnhof sei in weniger als zwei Jahren da. Ein sonderbares Gefühl für uns alle, die all die Jahre in diesem Markt gelebt haben. Aber meine Wehmut ging vorüber. Ich wollte gerade Gatton um Hilfe bitten für die Eröffnung meines eigenen Cafés, als Agostino mich besuchte. Stefano, Giacomo Monico und er werden in der Royal Adelaide Gallery ein Restaurant aufmachen mit weißen Tischtüchern und gepflegter Küche. Die Streitereien zwischen dem ›Trio der Burschen‹, wie Gatton sie nennt, und den Onkeln gehen weiter. Agostino ist der Ansicht, ein Teil des Geldes, das Gatton als Entschädigung für entgangene Umsätze erhält, stehe seiner Familie zu. Gatton hingegen erinnert daran, dass er jedes Mal, wenn er ein neues Geschäftsvorhaben verwirklichen wollte, gezwungen war, Darlehen aufzunehmen, weil seine Brüder ihm nicht vertrauten. Selbstverständlich hat er schließlich nachgegeben, wenn ich dem Schwarm von Bauarbeitern Glauben schenken will, die sich über die Adelaide Gallery hergemacht haben. In der Hauptsache warf Gatton dem ›Trio‹ vor, zu groß anfangen zu wollen. Sie aber sagen, an einem Ort wie der Adelaide könne man gar nicht klein anfangen. ›Dann fangt halt in einem kleineren Gebäude an!‹ ›Was? Und uns eine Gelegenheit wie das Adelaide entgehen lassen? Es ist ja nur eine Frage der Zeit. Jemand anderes wird rasch herausfinden, wie erstklassig dieser Ort ist und erst recht sein wird, wenn der Bahnhof in Betrieb ist.‹ Aber schließlich fügten sie sich und geben sich mit einem Teil der Gallery zufrieden – vorläufig, wie sie betonen; natürlich träumen sie davon, das gesamte Gebäude nutzen zu können.

Ich hab dir ja gesagt, Agostino habe mich gefragt, ob ich bereit wäre, Maître d'Hotel des neuen Restaurants zu werden. Ich will es versuchen. Mein eigenes Restaurant kann ich später immer noch aufmachen, falls es mir da nicht passt. Und ich hätte endlich einen Posten, der nichts mit Rechnungen schreiben zu tun hat. Ich sagte unter der Bedingung eines anständigen Salärs zu, denn momentan lebe ich beinahe ausschließlich von meinen Trinkgeldern. Ich habe ein Mädchen kennengelernt und mich sehr in sie verliebt. Jenny heißt sie, ich möchte sie heiraten. Deshalb brauche ich eine gute Entlohnung. Agostino hatte keine Einwände. Gerade jetzt besorge ich mit ihm zusammen die Einkäufe. Und Gatton hat sich schließlich auch in die Sache gestürzt, er kümmert sich vor allem um das Personal. Er lässt Dutzende Tessiner kommen, die er als Küchenjungen, Köche, Patissiers, Kellner und sogar als Reinigungsleute beschäftigen will. Nur die Mechaniker rekrutiert er in England, weil sie besser seien, wie er sagt.«

Ein paar Wochen später erhielt ich die Speisekarte für den Eröffnungstag und eine ausführliche Beschreibung von Serafino dazu.

»Wir waren davon ausgegangen, dass nur Geschäftsleute und vielleicht noch Bankiers da wären, aber es kam anders. Lord

Salisbury erschien mit seinem Gefolge, unter dem sich weitere Lords befanden, da war ich mir ganz sicher. Der Höhepunkt war, als Gatton im perfekten Abendanzug von der Savile Row aus dem hinteren Teil des Restaurants hervortrat, gefolgt von einer Pyramide aus *Licks* zu zwei Pence, die alle einen Löffel Eiscreme enthielten; sie war auf einem Rollbrett aufgebaut, das von den drei jüngsten Kellnern geschoben wurde. Auf beiden Seiten dieses Fahrzeugs gingen die uniformierten Kellner, jeder von ihnen hielt eine Flasche Champagner in der einen Hand und in der anderen ein Plateau mit Gläsern. Auf der einen Seite wurden sie von Agostino, auf der anderen von Stefano angeführt. Ein kleines Orchester trat ihn Aktion. Wie man mir sagte, spielten sie Stücke eines Komponisten namens Verdi, eines Italieners; die Gattis hatten auf Musik aus Italien bestanden. Kurz und gut, der Abend war ein Triumph, seither müssen wir jeden Abend Leute abweisen oder sie müssen warten. Beim Eingang haben wir leicht erhöht einen Tisch aufgestellt, wo den ganzen Tag über Dienstpersonal oder unsere künftigen Gäste persönlich vorbeikommen, um einen Tisch zu reservieren. Die Kundschaft ist sehr durchmischt, von der einfachen Familie, die etwas Besonderes zu feiern hat, bis zu Leuten aus dem niederen Adel, die sich nicht die Hände schmutzig zu machen brauchen, sich aber gerne unter die Bürger mischen, die den größten Anteil unserer Gäste stellen.

Auch die Monicos machen in der Nähe ein Restaurant auf. Sie sind keine Konkurrenz, weil es genügend Kundschaft gibt für beide. Wie lange Giacomo bei uns bleibt, weiß ich nicht. Kurz und gut, mein Freund, der Tessin feiert Triumphe in der Londoner Gastronomie. Jetzt brauche ich nur noch meine Jenny zu heiraten, eine Engländerin. Alle schüttelten zwar den Kopf und erinnerten mich an die Redensart bei uns zu Hause, ›Frau und Ochs' aus dem eigenen Dorf‹, aber mein Herz wollte nichts davon wissen. Außerdem ist England ja auch meine Heimat geworden, im September halten wir Hochzeit, und ich bedauere, dass du nicht da sein wirst.«

# XIII

Auch mein drittes Jahr in Zürich war wie die vergangenen sehr von Arbeit ausgefüllt, doch es wurde ruhiger. Als unsere Professoren merkten, dass mehrere Studenten zwei Studiengänge gleichzeitig absolvierten, passten sie ihre Stundenpläne an, damit wir nicht die ganze Zeit durch die Stadt zu rennen brauchten. Wir wussten es zu schätzen, nicht jeden Tag um acht die Kirchgasse hinauf- und um neun Uhr wieder hinunterrennen zu müssen und um elf den gleichen Weg wieder aufwärts unter die Füße zu nehmen.

Das akademische Jahr begann mit einer Überraschung. Als ich eines Morgens aus dem Haus der Guidis trat (ich habe während des ganzen Studiums bei ihnen gewohnt), hörte ich eine Stimme auf Englisch rufen:

»Hallo, blauer Lausbub!«

Ich drehte mich um und fiel Nigel in die Arme.

Wir schlugen uns erst kräftig auf die Schultern, sprachlos. Schließlich fragte ich:

»Was tust du denn hier?«

»Ich studiere wie du.«

»Aber … wie …?«

»Mein Vater, der als Jugendlicher Deutsch gelernt hatte, wurde von seiner Bank nach Zürich versetzt, um hier eine Niederlassung zu eröffnen. Ich hatte vier Brüder und Schwestern, sie sind alle an der Cholera gestorben. Letztes Jahr ist auch meine Mutter gestorben. Und mein Vater wollte nur noch eines – fort von London. Für mich kam es überhaupt nicht infrage, ihn zu verlassen, er hat ja nur noch mich.«

Seine Worte bewegten mich sehr.

»Als er mir sagte, seine Bank schicke ihn für ein paar Jahre nach Zürich, entschloss ich mich, es dir gleichzutun und am Polytechnikum zu studieren. Ich hatte von einer naturwissenschaftlichen Fakultät dort gehört. Nur wenige Studenten, aber das war genau das, was ich brauchte. Cambridge mochte ich nicht. Ich war ein rechter Taugenichts und wurde aufgefordert, zu gehen, bevor man mich von der Schule weise. Ich ließ mich nicht zweimal bitten. Hier kann ich jetzt wieder bei null anfangen.«

»Du musst Deutsch lernen und die *Matura* nachholen.«

»Hilfst du mir?«

»Selbstverständlich.«

Ich war auf dem Weg ans Polytechnikum ganz in der Nähe. Gemeinsam gingen wir hin, und ich schwänzte eine Mathe-Vorlesung, um ihm auf dem Generalsekretariat als Dolmetscher beizustehen.

Ich hatte ein paar gute Studienfreunde und verkehrte auch in der Union der Tessiner Studenten, wo man zunächst erstaunt die Stirn runzelte ob des Ankömmlings. Als ich die Leute dann im Tessiner Dialekt ansprach, war alles in Ordnung. Doch ich war nur selten im Ausgang und mein Bekanntenkreis war begrenzt. Mit Nigels Ankunft änderte sich alles; ich hatte das Gefühl, einen Bruder wiedergefunden zu haben. Mit zwanzig war er annähernd so groß wie ich, also etwas über sechs Fuß, aber stämmiger. Wir wurden unzertrennlich. Schnell war er Stammgast bei Frau Guidi, und ich wurde von Herrn Ingram, Nigels Vater, und Frau Schwarz, der Gouvernante, wohlwollend aufgenommen. Frank Ingram war ein Mann um die fünfundvierzig, sah jugendlich aus, wirkte dynamisch und war immer bereit, uns bei der Arbeit zu helfen. Rasch stellte ich fest, dass er ein großer Mathematiker war, doch er befasste sich praktisch nur mit Finanzmathematik, von der ich so gut wie nichts verstand. Nigel und ich saßen nächtelang zusammen, um – in unterschiedlichen Fächern zwar – gemeinsam zu lernen und uns gegenseitig anzuspornen, was uns aber nicht an gelegentlichen Kneipentouren der denkwürdigen Art hinderte.

Das Jahr verlief ohne weitere Auffälligkeiten, abgesehen vielleicht davon, dass ich mich in eine russische Studentin verliebte, sie war Hörerin an der medizinischen Fakultät und hieß Dora. Sie war älter als ich, auch erfahrener, und ich empfand für sie eine starke Zuneigung und große Dankbarkeit. Ich hatte längst begriffen, dass ein junger Bursche ohne Vermögen in Liebesdingen nur die Wahl hatte zwischen Heiraten und Frauen mit einem »schlechten Lebenswandel«. Am Christ's Hospital hatte man uns vor den Gefahren für unsere Ehre, unseren Ruf und unsere Gesundheit gewarnt, wenn wir der »Versuchung außerhalb der Ehe« nachgäben. Für Dora spielte das keine Rolle. Sie stammte aus einer anderen Welt und war schon mit achtzehn Witwe geworden. Mit dem geerbten Geld kam sie nach Zürich, um zu studieren. Sie war verzweifelt, weil sie sich nicht immatrikulieren konnte, Frauen waren nur als Hörerinnen zugelassen. Würde sie in ihrem Land ohne Diplom je arbeiten können? Diese Ungewissheit hinderte sie nicht daran, mit Hingabe zu studieren. Sie hatte nicht vor, ein zweites Mal zu heiraten. Sie wollte nach Russland zurück und sah sich berufen, in ihrem Land, wo Ärzte Mangelware waren, Kranke zu pflegen. Sie gab sich mir hin wie ich mich ihr – ohne Zukunftspläne, nur um der Freude willen. Wir waren beide sehr von unseren Studien in Anspruch genommen, doch wir blieben bis zu meiner Abreise ein Paar.

Dank Serafinos Briefen erhielt ich weiterhin Nachrichten aus London: »Gatton hat ein Restaurant an der Westminster Bridge Road eröffnet und hofft, daraus Gatti's Palace of Varieties mit einem Programm für Familien zu machen. Giovanni war anfänglich entschieden gegen diese Idee, aber Gatton ließ nicht locker. Was hätte es für einen Sinn, aus diesem Ort eine Kopie des Restaurants in der Adelaide Gallery zu machen? Sie sind auf der Suche nach Künstlern und haben eine Lizenz beantragt. Ich fürchte, es wird schwierig werden damit wegen ähnlicher Lokale in ihrer Nähe wie Vauxhall Gardens, Astley, Canterbury. Die Behörden befürchten sicher, es könnten zu viele werden. Aber es wird schon klappen. Wenn sich Carlo etwas in den Kopf gesetzt hat ...«

Ich bemühte mich, nicht zu sehr daran zu denken, was ich alles verpasste. Je mehr Zeit verging, desto stärker spürte ich mein Heimweh nach London.

Als ich alle meine Prüfungen hinter mir hatte, überlegte ich mir einen Augenblick lang, ob ich nicht die Tollheit begehen und für einen Monat nach England fahren sollte. Es war bereits Mitte Juli, ich konnte nicht damit rechnen, länger zu bleiben. Noch bevor ich mich entschied, traf ein Telegramm von Gatton ein: »ERWARTEN DICH NACH DEN PRÜFUNGEN IN MAROGNO STOP TELEGRAPHIEREN FALLS GELD FÜR REISE NÖTIG STOP GATTON.«

Ich würde also nach Marogno fahren.

Nigel entschloss sich augenblicklich, mitzukommen.

»Die Reise ist lang und anstrengend, teilweise müssen wir die Kutsche nehmen.«

»Die Kutsche? Wunderbar!«

Ich telegrafierte Gatton, um ihm mitzuteilen, dass wir zu zweit sein würden. Die Reise bezahlte ich mit dem Geld, das ich just gespart hatte, um reisen zu können. Und Herr Ingram bezahlte die Kosten für seinen Sohn und meinte dazu:

»So lernst du das Land kennen.«

Wir fuhren nach Luzern und nahmen das Schiff. Weil ich telegrafisch keine Plätze reserviert hatte, mussten wir in Flüelen einen Tag warten.

Im Laufe des Nachmittags erreichten wir Biasca und gingen die wenigen Meilen nach Marogno mit unserem Bündel auf den Schultern zu Fuß.

Zio Carlo, der in meinem Kopf immer noch der Onkel war, auch wenn er wünschte, dass ich ihn Gatton nannte, stand am Gartentor und verabschiedete sich gerade von jemandem. Er sah uns schon von Weitem kommen und winkte uns zu.

»Willkommen in Marogno, meine Herren!« Er musterte uns. »Noch ein Jahr oder zwei und ihr seid größer als ich, mein Ehrenwort.«

Dann umarmte er uns anstelle weiterer Begrüßungsworte und erdrückte uns fast dabei. Noch um ein paar wenige Zoll war er größer als wir.

»Wunderbar! Zwei kräftige Burschen. Wir haben Arbeit für euch.«

»Haben Sie uns deshalb kommen lassen? Weil Sie Arbeitskräfte brauchen?«

»Nicht unbedingt. Ich wollte dich sehen. Aber ich nehme nicht an, dass ihr euch dagegen sträubt, wenn man euch auf energische Weise darum bittet, auf den Feldern zu helfen. Meine Cousins verstehen es sehr gut, ihre Leute einzuspannen.«

Wir gingen ins Haus. Es war sehr stattlich geworden, Fresken zierten Decken und Wände, und der Komfort ließ nichts zu wünschen übrig: fließendes Wasser, Abort mit Wasserspülung und vieles mehr. Sogar das alte Familienhäuschen, aus dem heraus das neue Haus gewachsen war, war mit weiß gekalkten Wänden sauber herausgeputzt.

Auch eine Dienerschaft war da, wobei ich erst noch hatte draufkommen müssen, dass sie aus lauter mittellosen Frauen und jungen Leuten bestand, die aus irgendeinem Grund nicht auswandern konnten. Gatton hatte einen ausgeprägten Verantwortungssinn für sein Tal, was mich immer wieder erstaunte. Er muss Hunderten von ihnen Arbeit und Verdienst verschafft haben.

Zia Maria sah krank aus, war aber immer noch die Gleiche: bissig und wohlwollend in einem. Ich mochte Zia Maria gern. Ich hatte immer darauf geachtet, ihr meine Zuneigung und meine Achtung zu zeigen, denn ich fand, dass Carlos Brüder Giovanni und Giuseppe in London sie zu Unrecht verachteten. Sie war im ganzen bewegten Londoner Leben immer sich selber treu geblieben, während die Frauen der beiden Brüder auf feine Dame machten, sich in Seide hüllten und hochnäsig auf Marias schwarze Lumpen herabsahen, die eine Generation früher auch sie getragen hätten – ihr ganzes Leben lang. Man machte sich über sie lustig und erzählte sich eine Geschichte, die beweisen sollte, dass sie nicht lesen könne: Eines Tages habe man sie schlafend mit einer Zeitung verkehrt herum in ihren Händen vorgefunden. Reine Verleumdung!

Aus Rosa war eine junge hübsche und entschlossene Dame geworden. Meine Liebelei von damals, als wir zehn oder elf Jahre alt waren, war längst vergessen. Ich hatte sie nur selten gesehen, sie war voll von ihrer großen Liebe zu Giuseppe Gatti junior, einem ihrer Cousins, in Anspruch genommen. Die drei anderen Schwestern, Clara, Nina und Agostina, waren noch kleine Mädchen – lästig, wie acht- oder zehnjährige Mädchen halt sein konnten.

Gatton hatte mich sicher kommen lassen, weil er mir das Land zeigen wollte, das seine Heimat war, und um mir Material zu liefern für die Geschichte seines Lebens, beim ersten Mal war ich ja nur auf einen Sprung zu Besuch gewesen.

Für ein paar Tage durchstreiften Nigel und ich das Tal in

einem kleinen zweiplätzigen Landauer, Gatton hatte keine Zeit für uns. Wir machten in den Dörfern Halt, stiegen in der Dorfherberge ab, und wenn ich meine erste Frage im Tessiner Dialekt vorbrachte, waren wir jeweils augenblicklich der Mittelpunkt des Interesses: Was, ihr kommt aus London? Ihr arbeitet für die Corazzas, die Gattis, die Monicos? Wenn wir erklärten, was wir machten, ging es mit den Ahs! und Ohs! weiter und ungläubig klopfte man sich auf die Schenkel: »Na so was!« Aber das ging vorbei und machte einer anderen Verwunderung Platz: »Habt ihr das gehört? Die *Inglesin* sprechen unseren Dialekt.«

Nach diesem Einstieg drückte man uns jeweils einen Spaten, eine Gabel oder eine Sichel in die Hand und zog mit uns auf die Felder. Während wir an ihrer Seite arbeiteten, erzählten sie uns die Geschichte ihres Dorfes, erwähnten seine Merkwürdigkeiten oder Denkmäler, soweit es solche gab. Wir hatten uns vorgenommen, eine Nacht unter freiem Himmel zu schlafen, aber das war nicht möglich. Wenn wir von den Feldern zurückkamen, war immer jemand da, der uns sozusagen mit Gewalt zu sich nach Hause schleppte, damit wir seine Polenta kosteten und noch ein bisschen von London erzählten, wohin sie wohl alle zumindest in ihren Träumen hatten auswandern wollen.

»Als Gatton anfing, Blenesi nach London kommen zu lassen, war es für mich schon zu spät, ich hatte hier meine Stellung, ich konnte nicht weg, und außerdem wäre ich kein guter Kellner geworden«, erzählte mir einer von ihnen einmal abends. Das war wohl mehreren so ergangen, denn wenn man ein paar Tage mit ihnen verbrachte, war es nicht zu übersehen, wie hart ihr Leben hier war.

Die Alten erzählten oft von der Tintenkrankheit, die hier vor zwanzig Jahren oder so die Kastanienwälder heimgesucht hatte.

»Sie erholten sich nur schwer davon, einige gar nicht. Zu Hunderten sind die Bäume abgestorben. Und wir hatten Hunger.«

Bevor wir nach Marogno zurückkehrten, besuchten wir in Castro Gattons älteren Bruder Giacomo, der uns durch einen Boten hatte wissen lassen, er möchte uns sehen.

Wir waren überrascht, wie schlecht er aussah. Mit schwacher Stimme fragte er uns über unsere Schulzeit aus, stellte triftige Fragen. Er war ein Gelehrter. Er sprach kein Englisch, aber als er gemerkt hatte, dass wir Lateinisch konnten, diskutierte er mit uns in dieser Sprache, nicht ganz ohne Schwierigkeiten, denn bestimmte Wörter wurden hier in Castro nicht so ausgesprochen wie in London. Nach einer guten Stunde gab uns die Magd mit Handzeichen zu verstehen, es sei Zeit zu gehen, Dom Giacomo sei müde. Er protestierte nicht und lächelte.

»Ich gebe euch meinen Segen«, sagte er beinahe unhörbar. Wir standen mit gesenkten Köpfen vor ihm, während er ein paar lateinische Worte sprach, die wir kaum verstanden. Keiner von uns beiden war katholisch, aber wir küssten ihm die Hand, bevor wir gingen, wie wir es in katholischen Kirchen gesehen hatten.

Die Magd begleitete uns zur Tür.

»Euer Besuch hat ihn gefreut«, murmelte sie und wies mit einer Bewegung ihres Kinns in die Richtung von Dom Giacomos Zimmer.

Als sie die Tür hinter uns geschlossen hatte, sahen wir uns an.

»Ist das wirklich Gattons Bruder? Er könnte ja sein Vater sein«, meinte Nigel.

»Ja, er ist in den letzten drei Jahren sehr gealtert, ich habe ihn als energischen Mann in Erinnerung. Er ist der Älteste und muss mindestens fünfzehn Jahre älter sein als Gatton, der Jüngste. Ich glaube, er ist sehr krank.«

Wir behielten unsere Eindrücke für uns.

»Könnt ihr mähen?«, fragte uns Gatton eines Morgens.

»Nein, Gatton, wo hätte ich denn mähen lernen sollen?«

Und Nigel fügte hinzu:

»Im Christ's Hospital gab es keinen Rasen, den man hätte pflegen müssen, wir hüpften auf nackten Steinen herum.«

»Dann lernt ihr es heute«, erklärte Gatton.

In einem Karren fuhren wir etwa drei Meilen zu einer etwas höher gelegenen Wiese mitten im Wald. Eine Lichtung. Das Gras stand hoch, etwas weniger unter den Ästen.

»Kennt ihr diese Bäume?«

»Nein«, sagte ich.

Nigel trat näher, riss ein Blatt ab und schnupperte daran.

»Kastanien?«

»Kastanien. Bravo! Wo hast du das gelernt?«

»In der Schule, allerdings nur theoretisch. Man erklärte uns, wie ein zwischen den Fingern zerriebenes Blatt des Kastanienbaumes rieche, aber von der Theorie zur Praxis ...«

»Offenbar war die Beschreibung realistisch genug.«

Dann erklärte er uns die Technik des Mähens. Zwei Stunden haben wir durchgehalten, und natürlich mähte Gatton allein doppelt so viel Unterwuchs wie wir zwei zusammen. Wir flüchteten in den Schatten. Körperliche Betätigung tat gut, aber jetzt brauchten wir eine Pause.

»Erinnern Sie sich an die Mähmaschinen an der Weltausstellung?«, fragte ich mit schwacher Stimme.

»Ich erinnere mich. Aber die sind nichts für uns. Noch nicht. Für solche Maschinen braucht es größere Felder als die unsrigen. Damit können wir nichts anfangen. Aber ich bin sicher, dass ein erfinderischer Bursche wie du eine Maschine entwickeln wird, um damit kleine Felder zu mähen. Aber wer soll sich die leisten können? Und wovon sollten dann die Mäher leben, die ihre Arbeit verlören?« Er seufzte. »Es ist kompliziert, sehr kompliziert, verstehst du?«

»Warum mähen wir jetzt und hier?«, frage Nigel.

»Als Erstes müsst ihr wissen, dass das hier Gemeindeland ist, aber diese Bäume gehören zu meinem Patriziat. Die Tessiner Patrizier nennt man anderswo Bürger. Reich sind sie nicht, jedenfalls die wenigsten. Das Land gehört den Familien, die schon lange hier leben. Sie sind solidarisch und gemeinschaftlich verantwortlich für die Güter des Patriziats. Sie müssen sie unterhalten und dafür sorgen, dass sie von allen Bürgern der Gemeinde genutzt werden können. Mit den Kastanienbäumen hingegen ist es nach einem alten Brauch, dem *jus plantandi* so, dass die einzelnen Bürger auf dem Gemeinland Bäume besitzen und nutzen dürfen. Diese Bäume gehören ihnen, solange es sie gibt. Aber wenn einer abstirbt, hat sein Besitzer nicht das Recht, einen neuen zu pflanzen. Seht Ihr dieses Zeichen hier? Das der Gattis. Meine Brüder kümmern sich kaum um die Angelegenheiten von Grund und Boden, aber ich habe mich immer schon für die Landwirtschaft interessiert, deshalb habe ich mich auch oft um die Kastanienbäume gekümmert. Das hier sind Bäume, die es eilig haben, sie tragen schon im August Früchte. Sie werden übrigens *Agostàna* genannt. Jetzt ist Ende Juli, bald ist es so weit. Vor der Ernte aber muss man das Gras mähen und die untersten Zweige entfernen. Die Gemeindereglemente verbieten es kategorisch, Tiere welcher Gattung auch immer unter den Kastanien weiden zu lassen. Die Kastanien müssen auf einen absolut sauberen Boden fallen.« Er lächelte ironisch. »Seit man hier im Tal weiß, dass ich die englische Staatsbürgerschaft angenommen habe, nennt man mich Milord, ich hab's euch gesagt. Ich bin zufrieden mit dem Gang meiner Geschäfte und mir liegt daran, mein eigener Herr zu sein. Aber mit einem englischen Milord, der sich nie die Hände schmutzig macht, habe ich nichts gemeinsam. Von Zeit zu Zeit muss ich wieder zur Erde zurückfinden. Diese Kastanienbäume hier waren für lange Zeit unser tägliches Brot. Wir aßen die Früchte und wir verkauften sie auch. Die glacierten Maroni, auf die die Engländer so scharf sind, stammen von hier oder von einem ähnlichen Ort. Für viele Blenesi hieß es für eine sehr lange Zeit: entweder Kastanien oder nichts.«

Mir war klar, dass Gatton jetzt in gewisser Weise die Fortsetzung seiner Lebensgeschichte erzählte. Deshalb hörte ich aufmerksam zu, um ja nichts zu verpassen.

»War es hart, hier zu leben?«

»Es *ist* hart. Geh in die Weiler hinauf, dann siehst du's. Was glaubst du, warum ich so viele junge Leute wie möglich nach London kommen lasse? Das ist der einzige Weg, ihre Familien zu unterstützen. Oft genug muss ich für geeignete Kleidung sorgen, bevor sie abreisen können, sie haben ihrer Lebtage nie ein Paar Schuhe getragen, nur Zoccoli und erst noch nur an Sonntagen. Und das Valle di Blenio ist weiß Gott nicht das schlimmste.«

»Sie sprachen von den Kastanienbäumen ...«

»Ja, ich wollte euch sagen, dass ihr in zwei Wochen bei der Ernte dabei sein könnt. Vielleicht werdet ihr mithelfen, aber die Früherntе ist ein Klacks. Die allermeisten Sorten sind im Oktober reif und dann wird die ganze Bevölkerung eingespannt, während zwei, drei Wochen braucht es sehr viele Leute. Männer, Frauen, Jugendliche, alle packen an. Als Kind war ich oft bei den Ernten dabei.«

»Und haben die Schule geschwänzt?«

»Keineswegs. Die Schule wurde geschlossen und alle Kinder wurden zum Helfen in die Kastanienwälder geschickt. Wenn zu meiner Zeit ein Lehrer sich weigerte, die Schule zu schließen, wurden wir von unseren Eltern um vier oder fünf Uhr früh geweckt und für zwei Stunden zum Kastanienauflesen geschickt. Erst danach gingen wir zur Schule. Und wenn nachts Wind aufgekommen war, gingen wir alle – Kinder inbegriffen – ebenfalls schon vor Sonnenaufgang, um die heruntergefallenen Kastanien aufzusammeln, daran hat sich nichts geändert.«

Er zeigte auf eine etwa zwanzig Fuß hohe Konstruktion aus Stein.

»Wisst ihr, was das ist?«

Wir schüttelten den Kopf.

»Das ist der *Grà*, so heißt im Dialekt die Darre. Hier werden die Kastanien getrocknet. Auf zwei Ebenen. Oben gibt man mehrere Zentner Kastanien hinein und unten wird die Glut unterhalten. Man muss aufpassen, dass die Flammen nicht auflodern.«

»Und wann holt man sie wieder heraus?«, erkundigte sich Nigel völlig fasziniert.

»Wenn sie zu singen anfangen, wie wir sagen. Wenn sie bereit sind, beginnen sich die Früchte von der Schale zu trennen, weil sie Volumen verloren haben, und das verursacht das typische Knistern; dann weiß man, dass es so weit ist. Es dauert unterschiedlich lange. Und ihr müsst wissen, dass nicht die gesamte Ernte getrocknet wird, auch frische Kastanien kann man verwenden, etwa in der Patisserie. Die getrockneten werden meist zu Mehl verarbeitet.«

Als es dämmerte, kehrten wir mit schmerzenden Muskeln nach Hause zurück, unsere Lehre als Mäher überzeugte mich nicht wirklich. Am anderen Morgen ging es weiter, doch dieses Mal waren wir zu fünft oder zu sechst, und diejenigen, die wirklich mähen konnten, brachten die Sache zu Ende, während Nigel und ich zusammenrechten, damit alles schön sauber war unter den Bäumen. Zwei Bauern verteilten das gemähte Gras auf zwei Wiesen zum Trocknen.

Wir blieben in Marogno bis zur Ernte der frühen *Agostàne*; vor allem Nigel war ganz fasziniert von diesem Thema, denn es berührte sein Studiengebiet.

Alle brachen gemeinsam auf, wir Richtung Zürich, Gatton, Rosa und ihr Verlobter Giuseppe Richtung London.

Auf der Gotthard-Passhöhe tranken wir einen Krug, während unser Postillion die Pferde wechselte. Gatton schaute in die Ferne und sagte zu mir:

»Ich frage mich, ob ich je die Lizenz bekomme für das Palace of Varieties?«

»Ich bin mir sicher, dass Sie nicht lockerlassen.«

»Natürlich nicht. Aber du kennst die Richter der Grafschaft Middlesex nicht, zu der die Westminster Bridge Road gehört. Sie haben Angst, ich mache ihnen Konkurrenz. Die meisten von ihnen sind selbst Wirte oder sind mit Wirten befreundet. Für sie wäre ich nicht die *geringste* Konkurrenz. Keine anständige Familie wird je ihren Fuß in eines ihrer Pubs setzen. Es sind Höhlen, manchmal kriegt man gutes Essen, aber in den meisten Fällen ist es abscheulich. Alkoholiker verkehren dort und sonstige wenig vertrauenswürdige Leute. Das ist auf keinen Fall das gleiche Publikum. Aber bringe die mal zur Vernunft. Sie haben ein ganz anderes Bild von sich selbst.« Er schwieg einen Moment, dann wechselte er übergangslos das Thema. »Hattest du den Eindruck, mein Bruder Giacomo werde bald sterben?«

Bei Gatton war man gut beraten, nicht um den heißen Brei herumzureden.

»Ja.«

Ein tiefer Seufzer.

»Als Kind war ich enttäuscht, dass er mich nicht zu sich genommen hat. Er war der junge Pfarrer von Castro und alle liebten ihn, auch die Schulkinder, jedermann war des Lobes voll für ihn. In Dongio hingegen hatten wir diesen Dom Martinoli, der alles dafür tat, uns die Schule zu verleiden. So kannten wir uns kaum. Und als ich ihn neulich traf, begriff ich, dass wir uns nie mehr besser kennenlernen würden. Ich glaube wie du, dass er dem Tod nahe ist.«

In Luzern trennten sich unsere Wege ohne größere Gefühlsausbrüche, aber ich vermute, dass wir beide insgeheim sehr bewegt waren.

Gattons letzte Worte waren:

»Beeil dich, Zichinin, es müssen vielerlei Maschinen erfunden und jede Menge Straßen und Brücken gebaut werden. Ich erwarte dich in … was sagen wir? in einem Jahr? ... in London.«

»In zwei. Um alles zu machen, was ich begonnen habe, brauche ich noch zwei Jahre. Aber glauben Sie mir, ich habe es genauso eilig, zurückzukommen.«

Nur ein paar Wochen waren vergangen, als uns Gatton in einem Telegramm mitteilte, Dom Giacomo Gatti sei gestorben. Ebenfalls telegrafisch kondolierten wir Gatton und auch Zia Maria, die in Marogno geblieben war.

Anfang des Jahres legte Nigel seine *Matura*-Prüfung ab. Im Vergleich zu mir hatte er es leichter, weil er in Französisch besser war als ich; was für mich ein hohes Hindernis gewesen war, meisterte er mühelos.

Wir stürzten uns in die Hektik unserer verschiedenen Vorlesungen.

Eines Tages kam ein Brief von Reverend Jacob, dem Schulleiter von Christ's Hospital.

»Als ich neulich Herrn Gatti traf, sprach er von Ihnen und dabei erfuhr ich, dass auch Ingram in Zürich ist. Ich hätte gerne Nachricht von euch.«

Als ich Nigel den Brief zeigte, zog er den Kopf ein.

»Er wird mich an den Pranger stellen. Da bekomme ich ein Stipendium für Cambridge, die angesehenste unter den Universitäten, mein Lieber. Und ich schaffe es, beinahe davongejagt zu werden. Und das haben sie im Grunde ja auch *tatsächlich getan.*«

»Zwei Studienplätze in Cambridge, die anderen hätten zugutekommen können.«

»Nein, der deinige war nicht verloren, man hatte Jacob verständigt. Victor hat den Platz bekommen, und glaub mir, er hat sich ein beneidenswertes Leben eingerichtet. Er spielt den ganzen Tag Musik. Aber ich konnte tun, was ich wollte, nichts interessierte mich, ich fühlte mich fehl am Platz. Aber das hilft alles nichts, Pater Jacob muss es mir übelnehmen, dass ich für die Schule keine Ehre eingelegt habe, wozu ja jeder Blue verpflichtet wäre.«

»Ich schreibe ihm. Dann sehen wir, was er antwortet, denn antworten wird er ganz bestimmt.«

Reverend Jacob war überhaupt nicht verärgert. Er antwortete, er sei entzückt, dass zwei Old Blues in Zürich der Schule zur Ehre gereichten, und er bat sehr um unseren Besuch, sobald wir wieder in London wären. Kein Wort über Nigels Eskapaden.

Ich stürzte mich in die Arbeit in den mechanischen Werkstätten, wo wir mit richtigen Maschinen experimentierten; unsere Professoren erklärten sie uns und spornten uns zu Verbesserungen an. Auch das Erfinden machten sie uns schmackhaft. Im Fach Bauingenieurswesen riet mir mein Professor, Baustellen zu besichtigen. An manchen Orten in der Schweiz wurden Viadukte gebaut, das Eisenbahnfieber hatte zunächst noch auf sich warten lassen, aber jetzt war es wirklich da.

Meine zwei letzten Studienjahre vergingen wie im Flug; ich arbeitete verbissen. An mehreren Orten machte ich ein Praktikum, das unvergesslichste in einem Lokomotivdepot. Und ich bestand meine Prüfungen. Zusätzlich hatte ich auch ein paar Architekturseminare besucht, ich fand, das könne auch für einen Bauingenieur von Nutzen sein.

Nigel arbeitete ebenfalls unermüdlich, um das Studium gleichzeitig mit mir abschließen zu können.

Die bedeutendste Veränderung und für uns auch eine große Erleichterung war der Bezug der Hörsäle im neuen Polytechnikum, nachdem dieses endlich fertiggestellt war.

In einem Brief von Serafino erfuhr ich, dass Gatton seinerseits neue Räume in Besitz genommen hatte.

»Das Gatti's Palace of Varieties an der Westminster Bridge Road ist eröffnet, an einem strategisch bedeutsamen Ort, nicht weit von Vauxhall Gardens und Astley, zwei Orten, wo die Reichen unterschiedlichsten Freizeitbeschäftigungen frönen: Akrobatik auf dem Pferd, Pantomime, Musik. Allem Widerstand von Giovanni zum Trotz, der schnell bereit ist, das Handtuch zu werfen, aber sehr mühsam werden kann, wenn es mit der Arbeit vorangehen soll, ist Gatton etwas Neues gelungen, etwas sehr Französisches gewissermaßen, klarer definiert als das Café in Hungerford. Kein Vergleich mehr mit den Pubs. Augenblicklich fühlten sich Kreise angezogen, die man als Mittelklasse bezeichnen könnte, keine reichen Leute, aber solche, die sich einen gelegentlichen Zeitvertreib etwas kosten lassen können. Nachdem die beiden Brüder sich versöhnt hatten, kümmerte sich Giovanni darum, die Künstler zu rekrutieren. Ich bin bis jetzt erst einmal zusammen mit Jenny dort gewesen, es ist sehr sympathisch, keine Spur von Hochnäsigkeit, ganze Familien kommen, jedenfalls an den Nachmittagen, wenn nur Tee serviert wird. Und die Vorstellung war sehr geschmackvoll. Jenny war genauso verzaubert wie ich. Carlo hat einen Prospekt drucken lassen, den einer seiner Kellner auf der Straße verteilt und der als Titelblatt für das Programmheft dient. Die Vorstellung wird angekündigt und unten auf der Seite steht geschrieben: *Gatti's Palace of Varieties ist ein Lokal in der großen Tradition des Kontinents. Wir haben alles getan, um sicherzustellen, dass die Vorführungen den Regeln des Anstands genügen. Die Direktion weiß es sehr zu schätzen, wenn sich jede Person meldet, die sich auch nur im Geringsten in ihrer Empfindsamkeit verletzt fühlt.* Aber nach dem, was ich gesehen habe, ist diese Gefahr nicht sehr groß. Die Künstler sind feinsinnig und alles andere als vulgär. Giovanni hat eine sehr gute Wahl getroffen. Und das Gatti's Palace of Varieties ist immer ausverkauft. Es hat auch bereits einen Übernamen: Gatti's Over the Water.«

Im Juni 1865 hatten wir es geschafft, ich als Bau- und Maschineningenieur und Nigel als Forstingenieur und Biologe oder Ingenieur der Erdwissenschaften, wie er es immer nannte.

Trotz all der Annehmlichkeiten unseres Aufenthalts in Zürich stiegen wir in den erstbesten Zug nach London. Herr Ingram war schon vor einem halben Jahr abgereist, er sollte für seine Bank irgendwo eine neue Niederlassung eröffnen. Die Zeit in Zürich hatte Nigel wieder auf die Beine gebracht.

Dora zögerte, ob sie mit uns nach London fahren wollte. Sie hatte von einer medizinischen Schule für Frauen in Pennsylvanien in den USA gehört. Sie hätte in London nach Amerika einschiffen können. Und gerade als wir abreisen wollten, erfuhr sie, die medizinische Fakultät der Universität Zürich überlege sich, auch Frauen zum Studium zuzulassen. Sie blieb. Ich war sicher, dass sie mir sehr fehlen würde, aber ich verstand sie. Wir haben uns nie wiedergesehen, aber geschrieben haben wir uns oft, und ich habe ihr Fortkommen verfolgt: Zwei Jahre später durften in Zürich auch Frauen Medizin studieren. Nach Abschluss ihres Studiums und nach Praktika in Italien und Frankreich kehrte sie nach Russland zurück, wo sie dank ihrer Diplome und des von ihrem Mann geerbten Vermögens die Arztpraxis eröffnen konnte, die ihr vorgeschwebt hatte.

Eine Nacht mussten wir in Paris verbringen, wir hätten zweifellos in Montmartre übernachten können, aber wir zogen es vor, unser Gepäck an der Gare de l'Est einzustellen und eine Nacht lang durch die Boulevards und die Hallen zu streunen, wo die zweite Serie von Pavillons inzwischen beinahe fertiggestellt war, wie mir schien. Wir flanierten zwischen den Verkaufsständen, kosteten Früchte, diskutierten mit Verkäufern, falls sie geduldig genug waren, unser Französisch zu verstehen, wir aßen und tranken in Kneipen, und ich erzählte pausenlos die vielen Geschichten und Anekdoten, die ich Gatton zu verdanken hatte.

Am anderen Morgen verkrochen wir uns in unser Zugabteil und schliefen bis London – mit den unvermeidlichen Unterbrechungen natürlich, irgendwo haben wir umsteigen müssen und eine Zeitlang waren wir auf einem Schiff. Die reinsten Nachtwandler!

Ich war einundzwanzig, ich war Ingenieur und ich war bereit, das Leben mit offenen Armen willkommen zu heißen.

## XIV

Aus der offenen Tür klang Musik bis auf die Straße. Im Innern rote Farben, eine Garderobe, bedient von einem Mann im Frack, eine junge Dame machte sich an einem Tisch zu schaffen, der mit goldenen Zigarrenschachteln bedeckt war. Zur Linken entdeckte man einen Saal, der nach Restaurant aussah. In einer weiten Nische befand sich die Kasse, ein Jugendlicher hütete linierte Blätter.

Ein Angestellter beugte sich vor.

»Einen Tisch für den Herrn?«

»Bitte sehr. Ich möchte mit Herrn Gatti sprechen.«

»Ich weiß nicht, ob Herr Gatti ...«

»Wollen Sie damit sagen, er sei nicht da?«

»Ich erkundige mich, Herr ... Wen darf ich ankündigen?«

»Sagen Sie ihm, ein alter Freund aus der Schweiz möchte ihm guten Tag sagen.«

Zu den Tischen gelangte man über eine Doppeltreppe in Hufeisenform. Um den Saal höher wirken zu lassen, hatte man den Boden ein halbes Stockwerk unter Straßenniveau gelegt. Es war ein riesiger Raum, der mehreren Hundert Personen Platz bot. Die Logen auf mittlerer Höhe waren mit kleinen Marmortischen

»à la française« ausgestattet – während langer Zeit eine Exklusivität der Gatti-Cafés. Den großen Unterschied zum Café von Hungerford bildeten die eleganten goldenen Holzverkleidungen und die Bühne – eine richtige, mit Vorhang und Beleuchtung. Sie befand sich im rückwärtigen Teil des Saals, gegenüber der Treppe, der Vorhang war geöffnet. Ein stattlicher Mann mit tragender Stimme sang:

*»The Stilton, Sir, the cheese, the O.K. thing to do,*
*On Sunday afternoon, is to toddle in the Zoo.*
*Weekdays may do for Cads, but not for me and you,*
*So, dress'd right down the road, we show them who is who.*
*The walking in the Zoo, walking in the Zoo,*
*The O.K. thing on Sunday is the walking in the Zoo.«*

»Sie wollten mich sprechen, mein Herr?«

»Ehm ...«

Jetzt riss er die Augen auf, streckte eine Hand aus, berührte mich, als ob er sich selber überzeugen wollte, dass er nicht träumte, dann schrie er ohne Rücksicht auf den Mann auf der Bühne, der immer noch für seinen Zoo-Spaziergang warb:

»Zichinin!«

»Zio Carlo!«

Orchester und Sänger legten eine Pause ein, dann fuhren sie fort, als ob nichts gewesen wäre, während ich in Gattons Umarmung um Atem rang.

*»The walking in the Zoo, walking in the Zoo,*
*The O.K. thing on Sunday is the walking in the Zoo.«*

»Schön, Sie wiederzusehen, Gatton.«

Meine Stimme versagte beinahe.

»Ja, für mich auch. Seit Wochen hat niemand mehr einen Brief von dir erhalten und ich hatte seit deinem Telegramm, als du schriebst, du hättest die Prüfungen bestanden, auch nichts mehr gehört von dir.«

»Koffer packen, Abschied nehmen von einer Menge Leute, Formalitäten erledigen, außerdem haben Nigel und ich gearbeitet wie die Pferde. Als unser Gepäck dann unterwegs war, stiegen wir sofort in den Zug, wir hatten uns vorgenommen, Ihnen eine kleine Überraschung zu bereiten.« Ich kniff ein Auge zusammen. »Die Überraschung scheint gelungen.«

»Und wie! Wir müssen uns bei Vance entschuldigen, es ist sonst nicht meine Art, ihn beim Singen zu stören. Hast du Rosa gesehen?«

»Rosa? Nein, wo denn?«

»Oben, sie macht die Kasse.«

»Als ich vorbeiging, war jemand anderes dort. Aber sagen Sie, Gatton, Sie haben mir verschwiegen, dass dieses Lokal ein Restaurant sein würde.«

»Aber ja, es ist *auch* ein Restaurant. Weißt du, als ich hier anfing, sagten alle immer wieder, das sei reinste Tollheit. Gleich gegenüber auf der anderen Straßenseite steht seit zehn Jahren das ›Canterbury‹, auch eine Music Hall und sehr gut besucht – sie haben Platz für mehr als tausend Personen. Ein bisschen weiter weg ist das ›Astley‹ mit einem tollen Programm, bezaubernden Nummern. Und auch im ›Vauxhall‹ ist immer etwas los. Aber alle diese Häuser sind sehr englisch, man kriegt nichts zu essen außer ein paar Snacks. Bei uns aber gibt es Snacks und ganze Mahlzeiten, wir haben oben einen Saal für jene, die ohne Bühnenprogramm speisen wollen, und hier unten den zweiten mit der Bühne, für die wir renommierte Künstler engagieren. Aber auch hier kann man hervorragend essen. Alle reißen sich um den Grand Vance, aber wie du siehst, ist er bei uns. Und wir haben dieses kleine französische Etwas, das die Leute so lieben. Es läuft sehr gut. Dabei sind wir eigentlich kaum eine Konkurrenz für die anderen, und sie nicht für uns.«

»Aber Sie sind schon ein Risiko eingegangen.«

Er hob die Arme zum Himmel und lachte.

»Ich wusste im Voraus, es würde gut gehen. Ich bin nicht der große Theoretiker wie meine Brüder, die als Erstes den Kopf schüttelten und wieder einmal meinten, ich sei verrückt geworden, nein, ich bin Unternehmer und bis jetzt habe ich mich nur selten geirrt. Aber sag, Zichinin, wann bist du angekommen?«

»Vor zwei Tagen.«

»Zwei Tage! Und wo wohnst du?«

»Im Moment noch bei Nigel. Im Haus seines Vaters wohnt zurzeit niemand, nur das Personal ist da. Herr Ingram ist gerade dabei, für seine Bank eine Niederlassung irgendwo in Norddeutschland zu gründen. Es gibt Platz genug, warum also nicht, dachte ich mir. Aber ich suche mir natürlich eine Anstellung und auch meine eigene Wohnung.«

»Willst du nicht zu uns ziehen?«

»Nehmen Sie es mir nicht übel, Gatton, aber ich möchte unabhängig sein.«

»Das verstehe ich sehr gut und ich respektiere es. Aber bevor du auf Stellensuche gehst, möchte ich, dass du bei mir vorbeikommst. Ich hätte vielleicht etwas für dich.« Es folgte eine sehr theatralische Pause. »Auf deinem Fachgebiet, nicht als Kellner.«

In diesem Augenblick stieß der Sänger zu uns.

»Gatti, das nächste Mal, wenn Sie uns mitten in einem Lied unterbrechen, haue ich Ihnen ein Cello über den Schädel.«

Gatton lachte schallend.

»Ich hätt's verdient. Nicola, darf ich dir den großen Vance vorstellen, einen unserer begehrtesten Künstler. Vance, das ist Nicola Martin, mein Patenkind, der mich heute Abend mit seinem Besuch überrascht hat, während ich glaubte, er sei immer noch in der Schweiz.«

Der große Vance machte einen Schritt auf mich zu, nahm meine Rechte in seine Hände, sah mir geradeaus in die Augen und sang mit seiner Baritonstimme und einem Ausdruck, der jedem Opernsänger Ehre machen würde:

*»Wherever he appeared the Hall loudly rang*
*With ovation from all people there.*

Herzlich willkommen, Patenkind Nicola.«

»Danke« war alles, was ich herausbrachte.

»Du wirst dich bald an die Art dieser Künstler gewöhnen«, versicherte mir Gatton, als er meine Sprachlosigkeit bemerkte, »aber morgen erwarte ich dich bei mir, *Strand* Nummer zweiundfünfzig, ich brauche unbedingt deinen Rat.«

Ich versprach ihm, zu kommen, und ging, nicht ohne an der Kasse Rosa zu umarmen. Sie war inzwischen Mutter geworden. Sie war sehr schön, aber vielleicht ein bisschen distanziert.

Am anderen Morgen war ich zum ersten Mal seit fünf Jahren wieder auf dem *Strand.* Am Abend noch hatte ich von Weitem einen Blick auf den neuen Bahnhof Charing Cross geworfen. Jetzt, beim Näherkommen, wurde mir klar, warum ich ihn mir nicht gleich gestern angesehen hatte: Ich hatte Angst davor, den Ort nicht mehr vorzufinden, an dem ich einen großen Teil meiner Kindheit verbracht und das Leben seinen Lauf genommen hatte.

Aber die Begeisterung für den Bahnhof wischte alle nostalgischen Gefühle fort. Es war wunderbar. Die Hängebrücke war durch eine feste Brücke aus längsseitigen Eisenkonstruktionen ersetzt worden, zwischen denen die Züge hin- und herschaukelten und der Rauch ihrer Lokomotiven in den grauen Himmel entschwand. Am Brückenkopf auf der *Strand*-Seite hatte man ein Hotel gebaut, von dessen Erdgeschoss aus man direkt zu den Bahnsteigen gelangen konnte. Ich war spät dran und beschloss, die nähere Inspektion des Bahnhofs auf ein anderes Mal zu verschieben.

*Strand* Nummer 52 war ein stattliches Haus. Es gab keinerlei Zweifel, die Gattis waren aufgestiegen. Im Erdgeschoss befand sich ein luxuriöses Confiserie-Geschäft. Ein tadellos gekleideter

Jugendlicher öffnete mir die Tür, und als ich ihn versuchshalber im Dialekt des Tales ansprach, antwortete er mir in der gleichen Sprache.

Gatton hielt sich im ersten Stock in einem großen braun getäfelten Zimmer auf, das Regal hinter ihm war voll von verschnürten Aktenbündeln und schwarzen Schachteln, wahrscheinlich seine Aktenablage. Und Bände, die nach Buchhaltung aussahen, standen auf einem anderen Regal, in Reih und Glied wie Soldaten. Es gab vier Bürotische im Raum, an einem von ihnen saß Carlo.

Er hieß mich mit einem kräftigen »Aha!« willkommen, was die drei förmlich gekleideten jungen Leute hinter ihren Schreibtischen aufschrecken ließ.

»Das hier ist Giuseppe Simona, genannt Jo Simmonds, und das Luca Bianchi, meine beiden rechten Hände. Und hier ist Samuel Davies, unser englisches Faktotum. Ich brauche Leute wie sie, weil ich viel mit Behörden zu tun habe, mit Künstlern, dem Publikum, und wenn ich auf Englisch mit denen reden will, fehlen mir im entscheidenden Augenblick immer die richtigen Worte.«

Samuel Davies ebenso wie die zwei Tessiner sprachen perfekt Englisch und Italienisch.

Gatton nahm mich am Arm.

»Komm, ich will dir etwas zeigen.«

Er zog mich in ein Esszimmer, wo der Tisch mit Plänen übersät war.

»Geh, schau sie dir aus der Nähe an«, forderte mich Gatton auf.

Ich beugte mich darüber. Ich musste erst ziemlich genau hinschauen, aber dann war mir klar, was ich vor Augen hatte.

»Das sind die Arkaden unter dem Bahnhof von Charing Cross.«

»Aha, du hast tatsächlich etwas gelernt in deinem Studium.«

»Zio Carlo …«

Er klopfte mir auf die Schulter.

»Komm schon, das war ein Scherz, mein Zichinin.«

Jetzt legte er eine Hand auf einen der Pläne.

»Diese Arkaden, das wird dir gleich klarwerden, weil du darin unsere Eiskeller erkennst, bildeten die Unterkellerung des Hungerford-Marktes. Sie haben sie beibehalten, auch die Pfeiler der Hängebrücke, die jetzt die Eisenbahnbrücke tragen.«

»Ja, und?«

»Man kann sie kaufen.«

»Und was möchten Sie damit anfangen?«

Er sah mich selig lächelnd an.

»Wir haben Gatti's Over the Water, Gatti's über dem Wasser, und wir werden auch Gatti's Under the Arches, unter den Arkaden, haben. Ich habe auf dich gewartet, denn bevor ich weitermache, will ich sicher sein, dass es auch möglich ist.«

»Und Sie denken, dass ich? ... Ein Anfänger? ...

Er machte eine große italienische Handbewegung.

»Ach, Zichinin, es sind die Jungen, die neuen Wind in die Gastronomie bringen. Stefano schafft es, die Adelaide Gallery zum Laufen zu bringen, da wirst du es wohl auch schaffen, mir zu helfen, mit diesen Arkaden eine Music Hall zu bauen.«

Drei Sekunden zögerte ich, dann war ich so weit.

»Dann wollen wir uns diese Arkaden anschauen.«

Das taten wir.

Die Arkaden waren massiv und die Zwischenräume sehr groß. Aber man musste ein wirklich begabter Visionär sein, um sich darin eine Music Hall vorstellen zu können. Sie waren verlassen. Überall lag Müll herum, und Spuren menschlicher Anwesenheit waren zu erkennen. Zweifellos kamen Obdachlose nachts hierher zum Schlafen. Würde man die Arkaden ausmauern, entstünden riesige Räume, keine Frage.

»Ich würde gern diese hier, näher beim Fluss, für die Music Hall verwenden und die anderen, weiter hinten und näher am Bahnhof, für das Restaurant, was sagst du dazu?«

»Ich muss mich beraten, geben Sie mir zwei, drei Tage?«

»Selbstverständlich. Aber ich möchte dir noch etwas zeigen. Erinnerst du dich an Hungerford Hall, unser Konzert-Café?«

»Nicht so, wie es zuletzt ausgesehen hat, Sie haben es umgebaut, als ich bereits weg war.«

»Wie auch immer, der Eingang lag zum Fluss hin. Deswegen möchte ich den Eingang erst recht unten … Komm!«

Er nahm mich beim Arm und ging mit mir ans Themse-Ufer. Ein (für mich) unerwartetes Schauspiel bot sich dar. Das Ufer war eine riesige Baustelle. Ich stand an dem Ort, wo ich früher einmal unter den Fischern Kaffee verteilt hatte. Aber es lagen keine Kähne mehr vor Anker. Man hatte die Uferzone aufgeschüttet und der Ort hatte den typischen Anschein eines nur scheinbaren Durcheinanders auf Baustellen.

»Was ist hier los?«

»Die Böschung wird zum Quai umgebaut.«

»Zum Quai?«

»Ja, schau, auf der einen Seite deichen sie die Themse ab und auf der anderen nehmen sie einen Teil der Gärten; einige Herrenhäuser werden abgerissen und in drei, vier Jahren haben wir hier eine breite Avenue. Das ist der Grund, warum ich hier einen Eingang haben will. Jetzt mag das noch lächerlich scheinen, aber wer zuletzt lacht …«

Er zog ein Stück Papier aus der Tasche.

»Geh zu diesem Herrn. Er ist einer von denen, die für den Umbau hier verantwortlich sind, es heißt, mit ihm könne man reden. Schau, ob es machbar ist.«

»Sie wissen aber schon, Gatton, dass ich nicht Architekt bin.«

»Klar weiß ich das. Aber wenn die technischen Probleme

gelöst sind und du den Bau der Mauern geleitet hast, habe ich Freunde, glaub es mir, die sich hier um die Architektur kümmern werden, wie sie es bereits anderswo getan haben.«

»Unter diesen Bedingungen sag' ich Ja. Lassen Sie mir ein paar Tage Zeit, um nachzudenken, ich sehe mich mal nach jemandem um, mit dem ich reden kann.«

»Aber heute Abend kommst du zu uns. Wenn nicht, wird Maria sauer sein. Mindestens einmal muss sie dich füttern, um sicher zu sein, dass du wirklich zurückgekommen bist. Weiß übrigens dein Vater, dass du da bist?«

»Natürlich. Wir haben uns geschrieben, jetzt gerade ist er auf See. Wenn er zurück ist, wird er nach London kommen, oder ich werde nach Hull fahren, wo er wohnt.«

Wir verabschiedeten uns, und ich ging den Fluss entlang, stellte aber rasch fest, dass ich nicht das geeignete Schuhwerk trug, um in diesem Schlamm herumzuwaten. Deshalb stieg ich zum *Strand* hinauf, in der Absicht, einen Schuster aufzusuchen. Aber als ich die Villiers Street heraufkam und in den *Strand* einbog, stand ich vor der Royal Adelaide Gallery in ihrer ganzen Schönheit.

Ich verlor keine Zeit und ging hinein.

Es war Essenszeit, und als Erstes fielen mir die vielen gut gekleideten Damen an den Tischen auf. Ein junger Mann saß beim Eingang an einem leicht erhöht platzierten Tisch mit einem offenen Reservationsbuch vor sich. Er sprach mich in tadellosem Englisch an.

»Haben Sie reserviert, mein Herr?«

»Nein, aber ich würde gerne essen. Und sagen Sie, sind vielleicht die Herren Agostino und Stefano Gatti hier?«

»Ich weiß nicht, mein Herr, aber ich kann nachfragen. Wen darf ich melden?«

Einen kurzen Augenblick war ich unschlüssig.

»Sagen Sie ihnen, Zichinin sei da.«

Trotz seines steifen Gebarens musste er lächeln.

»Zichinin, sagten Sie?,« fragte er jetzt im Dialekt und musterte mich von Kopf bis Fuß.

Jetzt musste auch ich lächeln.

»Ich war sehr lange ziemlich klein. Wir sind Freunde aus der Kinderzeit.«

Er schnippte mit den Fingern, ein uniformierter Bursche trat herzu. Der Mann am Pult neigte sich vor und flüsterte ihm etwas ins Ohr, der Bub, der ganz bestimmt auch Tessiner war, sah mich strahlend an und verschwand.

Drei Minuten später eilte Stefano mit ausgestreckten Armen herbei.

»Nick, alter Freund, was für eine Freude! Wenn das keine Überraschung ist! Mario, gib uns Tisch zwölf, wenn er frei ist.

»Er ist frei.«

»Sehr gut. Und wenn immer Herr Martin kommt, egal um welche Zeit, findest du immer einen Platz für ihn.«

Der andere machte eine Verbeugung.

Wir setzten uns, der Tisch befand sich im hinteren Teil des Raumes, ein wenig quer zu den anderen.

Schon nach wenigen Sekunden stand der Oberkellner vor uns. Und beide, er und ich, machten wir große Augen. Und noch bevor wir auch nur einen Ton hatten hervorbringen können, packte uns Stefano mit eiserner Hand an unseren Vorderarmen.

»Keine Überschwänglichkeiten jetzt, spart das auf für später.«

Serafino, denn um den handelte es sich tatsächlich, ließ es bei einem seligen Lächeln bewenden, ich desgleichen, und wir versprachen uns die Überschwänglichkeiten für eine nahe Zukunft.

Wir wurden bedient wie die Fürsten, und ich war so perplex, dass es mir schwerfiel, Stefanos Fragen zu beantworten. Auch ich hätte tausenderlei zu fragen gehabt, aber auch das schaffte ich nicht. Der Sprung, den die Familie Gatti während meiner

Abwesenheit gemacht hatte, war so unerhört, dass es mir die Sprache verschlug. Das Café Gatti auf dem Hungerford-Markt war ein angenehmer Ort gewesen, geschmackvoll eingerichtet, mit einem gemischten Publikum, von ganzen Familien bis zum gelegentlichen Abgeordneten. Aber wenn ich an dieses Café zurückdachte und es verglich mit Carlos Palace of Varieties und diesem Lokal hier – das waren schon ganz andere Welten. Die Bombe war vermutlich schon vor fünf Jahren hochgegangen, aber ich war noch zu jung oder zu zerstreut gewesen, um es zu merken. Jetzt war ich hingerissen.

Stefano seufzte. »Da wir unter uns sind, kann ich dir sagen, dass Zio Carlo und Agostino sich zerstritten haben. Agostino kommt morgen von Brighton zurück und wird ganz bestimmt seine Meinung dazu äußern. In ihrer Sturheit sind sie sich gleich, Gatton und er, aber was die Geschäftsführung angeht, haben sie unterschiedliche, wenn nicht gar gegenteilige Ansichten. Weil ich sie beide gerne mag, mache ich einen krummen Rücken. Es ist vorgekommen, dass Carlo Lösung A wünschte, und zwar ohne Diskussion, und Agostino nur deshalb die Lösung B, weil es ja klar ist, dass die Alten von nichts eine Ahnung haben. Während sie streiten, wende ich Lösung C an, und in jedem zweiten Fall merken sie es gar nicht. Ach, sie sind sich einfach zu ähnlich.«

Das Restaurant leerte sich nach und nach und Stefano lud mich zu sich nach oben ein. Die beiden Brüder bewohnten das Stockwerk über dem Restaurant, das in Wohnungen aufgeteilt worden war.

»Wir dachten, auf diese Weise könnten wir Geld sparen«, erklärte mir Stefano. Und fügte mit einem Lächeln auf den Stockzähnen hinzu: »Ich verstehe mich ausgezeichnet mit Zio Carlo, aber je weniger er sich in unsere Geschäfte einmischt, desto besser geht es mir. Wir haben schon fast alles zurückbezahlt und ich bin sehr glücklich darüber.«

Den Nachmittag verbrachten wir mit dem Austausch von Neuigkeiten, ich erzählte von Zürich, er von der Familie, von denen im Tal und von denen in London, von Freunden, von Gattons Projekt einer Music Hall mit Restaurant unter den Arkaden des Bahnhofs, das sein Bruder, sein Vater und sein Onkel für eine Verrücktheit hielten, während Stefano selber es interessant fand.

»Wir werden ja sehen«, sagte er lächelnd.

»Ich habe oft gehört, wie dein Vater Gatton als ›verrückt‹ bezeichnet hat.«

»Ja, aber trotzdem hat er immer Erfolg gehabt bei seinen Unternehmungen. Er hat einfach eine Nase für solche Dinge. Du weißt ja, dass er die jungen Tessiner ermutigt, in den Quartieren oder anderswo, zum Beispiel in Brighton am Meer, eigene Cafés aufzumachen. Er leiht ihnen Geld, er geht das Lokal anschauen, er feuert sie an, er gibt Rat. Er bekommt immer sein Geld zurück, Misserfolge sind die Ausnahme, und wenn ich von Misserfolg spreche ... einer ist an Cholera gestorben, ein anderer ist in die Schweiz zurückgekehrt, weil er schwindsüchtig geworden war und man ihm eine Höhenlage empfohlen hatte. Aber die fraglichen zwei Cafés laufen so gut wie die anderen.«

Auf die Minute ging ich an den *Strand* 52, um mich von Zia Maria füttern zu lassen. Gatton war nicht da.

»Um diese Zeit arbeitet er unermüdlich«, erklärte sie mir.

Ich ging weg, versprach aber, bald wiederzukommen. Es war nicht zu übersehen, dass sich die arme Zia Maria in diesem stattlichen Haus nicht wohlfühlte.

Der Name, den mir Gatton genannt hatte, gehörte William Haywood. Am Tag darauf erfuhr ich, dass er Ingenieur des Board of Works, des städtischen Baudepartements, war und sich hauptsächlich um das Abwasser kümmerte, weshalb ich dachte, Gatton habe sich geirrt.

Doch dieser energische Mann in den Vierzigern belehrte

mich bald eines Besseren. Der neue Quai am Fluss sollte nicht nur Abwasserleitungen, sondern auch einem U-Bahn-Tunnel Platz bieten. Er zeigte mir die Grundriss- und Schnittpläne. Und ich muss gestehen, dass ich im Handumdrehen für die Sache gewonnen war. Herr Haywood erwähnte den »Chef« der gesamten Unternehmung, Ingenieur Bazalgette, er beschrieb mir die bereits bestehenden und die im Bau begriffenen Pumpstationen.

»Erinnern Sie sich an den Großen Gestank?«

»Aber ja.«

Zwei oder drei Jahre bevor ich Christ's Hospital verließ, verbrachten wir den Sommer in einem Gestank wie die Pest, und eine Cholera-Epidemie raffte Tausende Personen dahin. Mrs Hunt, unsere Hausdame, deren Familie in Soho lebte, hatte gehört, die Krankheit verbreite sich über das vergiftete Wasser, und erreichte, dass wir nur noch gekochtes Wasser tranken oder Schwachbier. Wenn ich mich recht erinnere, ist keiner der Bluecoats an Cholera gestorben. Ich hatte Zia Maria davon erzählt und sie fackelte nicht lange. Sie ignorierte die skeptischen Gesichter in ihrer Umgebung und zwang die Gattis und alle anderen an ihrem Tisch, nur noch Wasser zu trinken, das sie in einem großen Topf gekocht hatte.

»Nun«, erklärte mir Herr Haywood, »man sprach seit Jahren über eine Kanalisation, sogar seit Jahrzehnten vielleicht, aber der Gedanke, einem neuen Großen Gestank ausgesetzt zu sein … Von einem Tag auf den anderen war das Geld da, die Projektierung und die Ausführung konnten beginnen.«

»Aber was ist mit den Arkaden?«

»Ich kümmere mich ganz besonders um den Abschnitt rund um den Bahnhof, und anfänglich dachte ich daran, wir könnten die Arkaden verwenden. Aber wir verwarfen diese Idee wieder. Warum fragen Sie?«

Ich erklärte ihm Gattons Projekt, was ihn zum Schmunzeln brachte.

»Ich mag Herrn Gatti sehr. Ich verkehrte schon im Café im Hungerford-Markt, und ab und zu verbringe ich nun einen Abend in seinen Palace of Varieties. Wie möchten Sie es anpacken?«

Ich war noch nicht so weit, eine Lösung präsentieren zu können, ich hatte nur geschaut, ob es realistisch sei, einen Eingang vom neuen Quai her ins Auge zu fassen. Ich stammelte ein paar Erklärungen. Er hörte mit einer Konzentration zu, die mich einschüchterte, und meinte dann:

»Sie sind nicht Architekt?«

»Ich bin Bau- und Maschineningenieur, aber mein Pate …«

»Bau- *und* Maschineningenieur? Wo um Himmels willen haben Sie das her?«

»Vom Polytechnikum in Zürich.«

Ich fasste für ihn meinen Werdegang zusammen, eigentlich mein ganzes Leben.

Als ich endete, sah er mich lange mit seinen blauen, tiefliegenden Augen unter dichten Brauen an. Ich war mir sicher, dass er mir nicht glaubte. Aber ich irrte mich.

»Sie müssen zu Bazalgette, dem Chef. Er sucht junge Leute wie Sie. Mit Ihrer Ausbildung und seiner Lehre wird aus Ihnen viel mehr als ein einfacher Ingenieur. Abgesehen davon brauchen Sie für die Verwirklichung des Projektes in den Arkaden ein Büro und Material. Ich rede mit dem Chef – wenn er Sie einstellt, wäre das die Chance Ihres Lebens.«

»Aber ich …«

»Ich bitte Sie, junger Mann, glauben Sie mir. Haben Sie Referenzen?«

»Ich habe meine Diplome. Und am Christ's Hospital wird man bestimmt Auskunft geben über mich. Auch meine Professoren in Zürich. Der einzige englische Ingenieur, der mir jetzt in den Sinn kommt, ist Herr Fairbairn, ich habe ihn während meines Praktikums bei Herrn Stephenson kennengelernt.«

Er sah mich skeptisch an – ich hatte gerade eben die Namen zweier Spitzenleute genannt, er musste denken, ich sei ein Angeber. Nach einer kurzen Pause erklärte er:

»Hier, meine Karte, nehmen Sie, kommen Sie in … sagen wir drei Tagen wieder zu mir, und wenn Sie noch Arbeiten aus Ihrer Studienzeit haben, bringen Sie sie mit.«

Drei Tage später scherzte Herr Bazalgette:

»Fairbairn meint, Sie würden mich eines Tages in Erstaunen versetzen. Wie alt sind Sie?«

»Einundzwanzig.«

»Und Sie besitzen zwei Ingenieur-Diplome. Sie erstaunen mich bereits jetzt. Nun geht es darum, alles, was Sie gelernt haben, in die Praxis umzusetzen, damit Sie in zehn Jahren oder so in der Lage sind, alle in Erstaunen zu versetzen.«

Als ich an diesem Abend nach Hause zurückkehrte, hatte ich meine Stelle beim städtischen Baudepartement – ich war überzeugt, dass das nicht lange gut gehen würde. Doch eigentlich bin ich heute noch dort. Im Gegensatz zu dem, was ich befürchtet hatte, schaffte ich es, alles Gelernte zu konsolidieren, denn wenn man sich ums Abwasser kümmert, kommt man gar nicht umhin, sich auch der unterirdischen Transportwege anzunehmen, die zu jener Zeit sehr im Aufschwung waren. Ich konnte sowohl für die Abwasserwirtschaft als auch für die U-Bahn Maschinen und Kunstbauten schaffen und obendrein den Komfort Londons verbessern. Zu den bedeutendsten Arbeiten, an denen ich mitwirkte, zählt zweifellos der Viadukt von Holborn, in dessen Endphase ich die rechte Hand von Herrn Haywood war. Das war mir umso wichtiger, als dieses gewaltige Bauwerk zwischen zwei Orten meiner Kindheit, Newgate Street und Holborn, die Durchfahrt erleichterte und eine Abkürzung schuf.

## XV

Während meiner Jahre beim städtischen Baudepartement habe ich viel gearbeitet. Für meinen Arbeitgeber, aber auch für die Gattis, vor allem für Carlo.

Als die Planung endlich abgeschlossen war, erreichte Herr Haywood meine Beurlaubung, damit ich mich mit dem Bau unter den Arkaden befassen konnte – er war der Meinung, bei der Realisierung dieses Projektes würde ich viel lernen können.

Ich fühlte mich damals wie ein Fisch ohne Wasser. Ich war kein Ausländerkind mehr mit ein bisschen Tessin und ein bisschen Italien. Ich war kein Bluecoat mehr, ich war kein gewöhnlicher Engländer. In den Ateliers der Ingenieure und Architekten hatte das keine große Bedeutung, sehr wohl aber für mein gesellschaftliches Leben.

Herr Bazalgette lud mich gelegentlich zu sich nach Hause ein und ich lernte Mädchen kennen, aber ich hatte den Eindruck, nichts bringe mich ihnen näher. Sie erwarteten von mir »gute Manieren«, von denen ich keine Ahnung hatte. Die Bewegung eines Fächers deuten? Man musste mir erst mal klarmachen, dass es in der Bewegung eines Fächers tatsächlich etwas zu deuten gab.

Da war guter Rat teuer. Mrs Pierce fragen vielleicht? Aber inzwischen hatte ich erfahren, dass sie Lady Pierce war, und das schüchterte mich ein.

Zuweilen bedauerte ich, mich nicht für ein Studium in London entschieden zu haben, wo es mindestens zwei Universitäten gab. Aber mit sechzehn hatte ich das leider nicht gewusst.

Stefano sagte mir eines Tages, ich bräuchte einen Diener. Ich, einen Diener? Ich stammte ja selber aus der Welt der Diener, der Hilfsdiener gar, ich hatte jahrelang als Kellner gearbeitet. Ich bemerkte natürlich schon, dass Gatton von Leuten des Großbürgertums mit Respekt behandelt wurde. Aber ich würde niemals ihre Haltung annehmen, ich wollte nicht werden wie sie.

»Ein englischer Butler würde dir beibringen, wie man sich in Gesellschaft verhält. Das verstehen diese Leute sehr gut. Ich habe einen, der mich zum Gentleman ausbildet.«

Aber weder Stefano noch ich waren Gentlemen, dachte ich, wie auch immer es nach außen aussehen mochte. Zum Glück hatte ich so viel Arbeit, dass ich mit dieser Art von Problemen nicht weiter Zeit verlor.

Wir bauten Gatti's Under the Arches. Eine Music Hall, einen riesigen Billardsaal, und ganz unten das Café der Schweizerischen Eidgenossenschaft.

Unterstützt von Herrn Haywood überwachte ich die Arbeiten, aber eigentlich hätte es mich kaum gebraucht, außer vielleicht, weil er diesem Projekt nur wenig Zeit widmen konnte und mich Ideen ausführen ließ, von denen er mich glauben machen wollte, es seien meine eigenen.

Dieser Baustelle verdanke ich es allerdings, dass ich einen Butler fand. Eines Tages erreichte ich auf meinem täglichen Inspektionsgang das untere Ende der Villiers Street, die Flussufer waren noch in Nebel gehüllt, die Luft von Kohle verpestet, und das Tuch, das ich um Mund und Nase gelegt hatte, verhinderte nicht, dass ich husten musste.

Ich trat auf etwas Weiches. Schwer zu sehen, was. Ich trat etwas zur Seite und im spärlichen Licht sah ich, es war ein Mensch.

Die Arme, die aus einer engen Jacke lugten, waren nur Haut und Knochen. Ein struppiger Kopf steckte zwischen den Ärmeln. Ich musste ihm wehgetan haben, aber aufgemuckt hatte er nicht.

Ich beugte mich zu ihm herab.

»He, Mann, aufwachen!«

»Was? Ich …«

Es dauerte eine ganze Weile, bis er den Kopf hob. Der Mann war beinmager. Und sein Aussehen konnte nur eines bedeuten:

»Wann hast du das letzte Mal etwas gegessen?«

»Geht dich das was an?«

»Gut, steh auf.«

Wenn er die Kraft dazu gehabt hätte, mich zu erschlagen, hätte er es wohl getan, aber er war völlig erschöpft. Ich überlegte kurz. Ich würde an den *Strand* gehen, Gatton, Rosa und Giuseppe waren im Tessin und Zia Maria, die geblieben war, weil ihre Töchter hier eine Schule für junge Damen besuchten, würde kaum Nein sagen. In meiner kleinen Wohnung gab es keine Badewanne und eine bloße Waschschüssel würde hier nicht genügen.

Zia Maria schreckte zunächst zurück.

»Nein! Du nicht auch noch! Carlo hat die ganze Zeit arme Hunde herbeigeschleppt, jetzt fang nicht du auch noch damit an.«

Der Mann war tatsächlich beinmager, und das wirkte umso beeindruckender, als er zugleich deutlich größer war als ich. Er konnte sich kaum auf den Beinen halten und klammerte sich an den Türpfosten.

Zia Maria mochte zwar brummig sein, aber sie hatte ein großes Herz.

»Machen Sie ihm etwas Leichtes zu essen und wir stecken ihn in die Badewanne. Haben Sie vielleicht einen von Gattons alten Anzügen?«

»Ich schaue mal nach«, murmelte sie.

Wir sprachen Dialekt, der Mann verstand kein Wort. Ich schleppte ihn ins Badezimmer. Im letzten Moment wich er zurück.

»Nein, ich …«

»Was ist? Haben Sie noch nie eine Badewanne gesehen?«

»Doch, doch, aber …«

Ich ließ Wasser ein.

»Gut, dann ziehen Sie sich jetzt aus, waschen Sie sich und ziehen Sie die Kleider an, die ich Ihnen bringe, dann essen Sie, was meine Tante Ihnen zubereitet, und anschließend sind Sie frei zu gehen, wohin Sie wollen.«

Als ich ihn in der Badewanne liegen sah, wurde mir klar, dass er dies nicht zum ersten Mal tat, und ich ging die Kleider holen.

Eine Stunde später war er einigermaßen ordentlich angezogen, nur die Schuhe fehlten, weil er noch größere Füße hatte als Gatton. Haare und Bart waren sauber, und er verschlang gierig, was ihm Zia Maria vorsetzte.

»Haben Sie einen Namen?«

»James.«

»Und einen Beruf?«

»Ich war Diener, aber …«

»… Sie haben etwas Sträfliches getan, und man hat Sie vor die Tür gestellt?«

»Es ist weniger das, was ich getan, als das, was ich nicht zu tun bereit war … Man sucht nach mir, ich habe nicht einen Penny und weiß nicht, wie ich aus London herauskomme.«

»Heißen Sie wirklich James?«

»Nein, ich heiße Malcolm, aber die feinen Leute nennen ihre Butler James.«

»Sind Sie Engländer?«

»Natürlich.«

Ein englischer Butler der noblen Gesellschaft. Er beherrschte wahrscheinlich alles, was mit Etikette zu tun hat, aus dem Effeff.

»Hören Sie, Malcolm. Sie scheinen mir ein ehrenwerter Mann zu sein, aber wir kennen uns nicht. Und Sie müssen mich für einen harmlosen jungen Mann halten, aber eigentlich wissen Sie überhaupt nichts von mir. Leider muss ich wieder zur Arbeit und kann erst heute Abend wieder mit Ihnen reden. Ich bringe Sie in meine Wohnung, sie ist nur provisorisch und deshalb nur spärlich eingerichtet. Man wird Ihnen am Mittag etwas zu essen bringen und am Abend speisen wir zusammen.«

Er nickte. Um mir zu widersprechen, war er zu schwach.

Wir überquerten die Straße und gingen zur Adelaide Gallery an der William Street. Meine Wohnung lag neben derjenigen von Stefano und Agostino, eine Art Verlängerung ihrer Wohnung. Sobald die Arbeiten unter den Arkaden beendet sein würden, wollte ich umziehen.

»Wenn Sie etwas brauchen, läuten Sie nebenan. Man wird Ihnen etwas zu essen bringen.

Ohne weiteren Kommentar legte ich ein paar Shillings auf den Tisch, informierte Agostino und ging weg.

Ich stürzte mich in die Arbeit, fragte mich aber den ganzen Tag immer wieder, ob Malcolm am Abend noch da sein würde.

Überraschung! Er war nicht nur noch da, er hatte sich auch Haare und Bart geschnitten, im Restaurant hatte er sich eine Kellnerweste ausgeliehen und sie über das Hemd angezogen, er hatte meine bescheidene Dreizimmer-Wohnung aufgeräumt und teilte mir mit, auch um meine Garderobe habe er sich gekümmert. Wie richtige Butler das halt so machen.

Auf dem Tisch in dem Raum, das man für ein Esszimmer halten konnte, war das Abendessen für mich unter einer Haube warm gehalten.

»Aber …«

»Ich wusste nicht, wie ich mich bei Ihnen bedanken sollte. Von Herrn Gatti habe ich erfahren, dass Sie beim Baudepartement arbeiten, deshalb habe ich mich um die Dinge gekümmert, für die Sie keine Zeit haben. Es tut mir leid, dass meine Kräfte nicht für mehr gereicht haben.«

»Haben Sie gegessen?«

»Ich gehe gleich im Office essen …«

»Malcolm, ich weiß, was sich gehört und was nicht. Aber heute Abend müssen wir reden. Holen Sie Ihren Teller, dann reden wir.«

Er brauchte etwas Zeit, bis er die Worte fand: Eine Herzogin, deren Namen er nicht nennen wollte, habe ihm Avancen gemacht. Er habe sich aber verweigert, weil sie verheiratet gewesen sei und er Angestellter ihres Mannes war, außerdem habe sie ihm nicht gefallen. Aus Rache habe sie ihn dann des Diebstahls kostbarer Schmuckstücke beschuldigt.

Der Herzog hatte ihn angezeigt. Ihm drohte der Galgen.

»Und die Schmuckstücke?«

»Ich bin sicher, sie hat sie verkauft und das Geld im Kasino verspielt. Ihr war jedes Mittel recht, um dem Herzog Geld abzuknöpfen.«

Wir brauchten einen Anwalt. Wer kam infrage?

Die »Lausbuben« natürlich.

Stephen, der wie ich mit sechzehn am Christ's Hospital abgeschlossen hatte, studierte anschließend an der Londoner Universität Rechtswissenschaft. Inzwischen arbeitete er in einer Kanzlei, wo alle Anwälte und Praktikanten Old Blues waren. Am anderen Morgen schickte ich ihm ein paar Zeilen. Und noch am gleichen Abend war er bei mir, und wir erläuterten ihm den Fall.

Stephen war immer der Witzigste unter uns gewesen. Nach ein paar Sticheleien gegen die Herzogin, die sogar Malcolm zum Lachen brachten, meinte Stephen:

»Mein Boss sagt immer, es gebe Fälle, wo man gleich zupacken müsse. Das hier ist ein solcher, keine Frage. Beschreiben Sie mir die Schmuckstücke – ich weiß, dass Sie sie nicht von nah gesehen haben, nur ungefähr.« Malcolm machte einige Angaben. »Es reicht, ein einziges Stück aufzuspüren und zu beweisen, dass nicht Sie der Verkäufer waren. Ich schaue mal, was sich machen lässt. Falls ich weitere Auskünfte brauche, komme ich wieder. Vorläufig gehen Sie unter keinen Umständen aus dem Haus, Malcolm. Wer hat Sie gesehen?«

»Der Barbier hier um die Ecke. Die Herren Gatti und einer ihrer Kellner.«

»Ich kümmere mich um die Herren Gatti«, sagte ich. »Und der Barbier ist auch Tessiner. Ich werde ihn auf die Sache ansprechen.«

Während ein paar Tagen geschah nichts. Ich stand regelmäßig um fünf Uhr früh auf, um eine Stunde Zeit zu haben für Gespräche mit den verschiedenen Handwerkern in den Arkaden. Der Theatersaal nahm allmählich Gestalt an, und die Billardsäle würden riesig werden. Ich wusste nicht, ob Gatton sich klar darüber war, dass sie für mindestens zwanzig Tische Platz boten.

Malcolms Tätigkeiten machten mir klar, worin die Vorteile eines Dieners bestehen. Ich brauchte mich nur zu Tisch zu setzen und hatte sonst nichts zu tun. Tag für Tag kam er etwas mehr zu Kräften, und allmählich zeigte sich, weshalb ihn eine Herzogin in ihr Bett hatte locken wollen. Er hatte leuchtend blaue Augen, kräftiges, pechschwarzes Haar, und seine Körpergröße verschaffte ihm die Eleganz eines Grandseigneurs. Wenn es hoch kam, war er fünfundzwanzig Jahre alt. Er war ein ruhiger, nicht sehr gesprächiger Mann. Ich merkte, dass er sich, wenn er allein war, nicht nur um meine Garderobe kümmerte, sondern auch meine Bücher las. Ich ließ ihn kommentarlos gewähren.

Etwa acht Tage nachdem er zu mir gekommen war, wurde ziemlich spät abends an unsere Tür geklopft. Weil sich Malcolm besser nicht zeigte, ging ich öffnen. Ein struppiges, schmutziges Individuum in Lumpen und einer Mütze bis fast über die Augen stand draußen und sagte mit rauer Stimme:

»Martin?«

»Ja.«

»Hätt' da was von wegen dem Schmuck.«

Ich zögerte, den Unbekannten hereinzubitten, doch dann lachte dieser schallend und ich erkannte unter dem Dreck Stephen.

»Steve! Blödmann! Komm herein.«

Er kam herein. Malcolm trat vor und nahm Stephen Mantel und Hut ab, als ob die Sachen von der Bond Street und nicht aus dem Mülleimer stammten.

Wir lachten von Herzen, zuerst wir beide, dann alle drei.

»Kommen Sie, setzen Sie sich zu uns, Malcolm. Dieser Taugenichts hier wird Ihnen vermutlich etwas über Ihre Herzogin erzählen.«

Stephen nahm Platz und rieb sich die Hände.

»Ich habe mich köstlich amüsiert! Wir besprachen Ihren Fall unter uns Partnern, den Senioren und den Junioren. Wir waren uns alle einig, dass es niemand wagen würde, eine Herzogin in Verlegenheit zu bringen, denn kein Richter würde je einen Herzog gegen sich aufbringen wollen. Wir haben vereinbart, dass ich so verkleidet, wie Sie mich jetzt sehen, sämtliche Pfandleiher und Antiquitätenhändler abklappern und unter einem Vorwand, den ich mir von Fall zu Fall zurechtlegte, nach dem Schmuck suchen würde. Vor Kurzem habe ich Malcolm hier besucht, der mir den Namen des Herzogs verriet – Berufsgeheimnis, mein Freund, da ist nichts zu machen – und auch die Namen des herzoglichen Personals. Ausgestattet mit diesen Informationen habe ich die Klinken geputzt, hundert finstere Läden, praktisch einer nach dem anderen, und schließlich stieß ich auf einen

Hehler, der sich von meinen Argumenten beeindrucken ließ. Er selber besaß den Schmuck nicht, hatte aber eine Idee, bei wem er sein könnte. Dass der Diebstahl nicht erst vorgestern stattgefunden hatte, erleichterte die Sache natürlich gar nicht. Aber ich erspare euch die Details. Heute Morgen traf ich eine gewisse … nennen wir sie Molly, die zugab, den Schmuck für ihre Herrin verkauft zu haben. Ich suchte die zwei Adressen auf, die sie mir gegeben hatte, nannte die ebenfalls von ihr stammenden Daten und fand den Schmuck. Es gibt ihn längst nicht mehr, er ist eingeschmolzen oder bearbeitet worden. Aber ich weiß, welchen Weg die Schmuckstücke genommen haben, und auf dem ist man Malcolm nicht begegnet.«

»Und jetzt?«

»Morgen Vormittag sucht Herr Butterworth, unser aller Chef, der ständig im ›Kuchen‹ verkehrt, den Herzog auf. Ich begleite ihn, um seinen Argumenten Gewicht zu verleihen. Und morgen Abend erzähle ich euch, wie es gelaufen ist.«

Anderntags kamen wir in den Genuss einer Darstellung der Ereignisse in allen Einzelheiten. Zuerst die blinde Wut des Herzogs, dem man unterstellen wollte, dass seine Frau … Seine Verwunderung, als er erfuhr, dass sie den Schmuck einer Zofe übergeben hatte … Und seine empörten Blicke auf Stephen, als Maître Butterworth mit amtlich klingender Stimme erklärte:

»Der hier anwesende Maître Stephen Noble ist zugelassener Anwalt. Seine Erklärungen unterstehen unserem Berufsgeheimnis. Er hat Ihnen ausschließlich Tatsachen bekanntgegeben. Wir handeln hier im Namen Ihres Dieners und bitten Sie, Ihre Klage gegen ihn zurückzuziehen. Alles andere mögen Sie im Kreise Ihrer Familie regeln.«

»Und wer ist diese Zofe …?«

»Entschuldigen Sie, Euer Ehren, das ist Berufsgeheimnis. Wir werden niemals Ihren Namen nennen, und denjenigen der

Zofe auch nicht. Sie hat nur einen ihr unter Drohungen erteilten Befehl ihrer Herrin ausgeführt.«

»Als wir mit allerlei unterschriebenen Dokumenten ausgestattet gegangen waren«, fuhr Stephen fort, »pfiff Butterworth bedeutungsvoll und meinte: ›Heute Abend wäre ich gerne die Fliege am Kronleuchter des Herzogs. Ein Brillant-Collier, seit drei Jahrhunderten im Besitz der Familie! Das gibt ein Donnerwetter.‹ Für Sie, mein lieber Malcolm, heißt das, dass morgen früh sämtliche Anschuldigungen gegen Sie aufgehoben werden.«

Als Malcolm stammelte, er wisse nicht, wie er die Dienste der Anwälte bezahlen solle, hob Stephen die Hand.

»Nicht doch, mein Freund. Unter Old Blues hilft man sich. Und für die ›Lausbuben‹ gilt: Wenn es Geld gibt, wird es genommen, wenn nicht, ist es egal.«

Das ist die Geschichte, wie ich zu meinem Butler und endlich zu einer Erziehung zum Gentleman gekommen bin.

»Wenn der Herr erlaubt ...«, meldete er sich zu Wort, wenn er mich auf einen Fauxpas oder eine unangebrachte Geste hinwies. Nach zwei Monaten war ich in der Lage, so zu tun, als ob ...

Kaum war er aus dem Tessin zurück, wollte Gatton ihn für sich beanspruchen. Er stürmte eines Abends bei mir herein und blieb wie angewurzelt stehen, als er einem Mann gegenüberstand, der zwar nur um eine Haaresbreite größer war als er, aber immerhin größer.

»Wer bist du?«, fragte er im Dialekt.

Ich griff ein.

»Willkommen, Gatton. Da er kein Italienisch spricht, erlauben Sie mir, Ihnen meinen Butler Malcolm vorzustellen. Er ist Engländer.«

Gatton ließ sich aus Mantel und Hut helfen, setzte sich, wurde bedient und rief, als sich Malcolm in sein Zimmerchen zurückgezogen hatte, das er hatte haben wollen:

»So wie der aussieht, gehört er ins Palace of Varieties.«

»Versuchen Sie es, Agostino hat ihn auch schon gefragt, ob er Oberkellner werden möchte. Aber er hat abgelehnt.«

»Ja, gut, wir werden sehen. Ich bin gerade erst angekommen, und bei Nacht ist es mir nicht möglich, zu sehen, wie weit wir sind auf unserer Baustelle.«

»Wir sind sehr gut vorwärts gekommen, Sie können bald eröffnen. Wissen Sie, dass Sie für zwanzig Billardtische Platz haben? Sie sind nicht verpflichtet, sie ...«

»Nicht verpflichtet? Zwanzig Tische? Großartig. Das wird der größte Billardsaal von ganz London. Von ganz England sogar. Also, wie geht's weiter?«

Ich erklärte ihm unseren Zeitplan und wie wir arbeiteten. Dann schloss ich:

»Morgen früh um sechs treffe ich mich mit dem Bauleiter, wir reden über das Betonieren, aber es wird noch stockdunkel sein und Sie würden nichts sehen. Ich schlage vor, dass Sie erst um neun kommen. Dann haben wir Tageslicht und zugleich wird hoffentlich auch Herr Haywood, mein Chef, da sein.

Gatton stöhnte. Warten war noch nie seine Stärke gewesen.

»Gut, einverstanden. Ich mache inzwischen eine Runde durch die Eiskeller. Auch hier werde ich dich brauchen, Zichinin, die Nachfrage steigt von Tag zu Tag. Als wir von Restaurant zu Restaurant und von Club zu Club gingen, um die Vorteile der Verwendung von Eis zu erläutern, hätte ich nie gedacht, dass sie mit so viel Begeisterung mitmachen würden. Und weil wir es ihnen beigebracht haben, kommen sie jetzt auch zu uns. Ich muss meine Kapazitäten noch einmal erhöhen, beim Transport und bei der Lagerung. Du musst mir einen Eiskeller bauen und dafür einen idealen Ort suchen, um die Transportwege so kurz wie möglich zu halten.«

»Ich suche einen Fachmann für Sie. Man hat mir nur erlaubt, unter den Arkaden zu arbeiten, weil es dort noch einen gewissen

Bezug gibt zu den im Quartier laufenden Arbeiten. Aber ein Eiskeller … dafür brauchen Sie einen Fachmann. Ich suche ihn und werde in Ihrem Namen ein Auge auf ihn haben, keine Sorge.«

»Ist dir eigentlich klar, dass ich dich mit einem vollen Pensum beschäftigen könnte, Zichinin. Die Arkaden, die Schokoladefabrik, die Cafés, die von meinen Ex-Kellnern eröffnet werden. Ganz zu schweigen von einem Problem im Tessin, das exakt in deine Zuständigkeit fällt. Und ich würde besser bezahlen als die Regierung.«

»Glauben Sie mir, Zio Carlo, dafür bin ich zu jung. Ich muss noch hinzulernen. Ich wäre keine Hilfe für Sie. Noch nicht, auf jeden Fall.«

Es war Gatton anzusehen, dass ihm das nicht gefiel, ihm war es lieber, die Dinge in der Familie zu haben, aber er war doch vernünftig genug, um meinen Standpunkt zu verstehen.

Als Bewohner eines Hauses mit Restaurant hatte ich mehr als einmal die verzweifelten Hilferufe aus der Küche gehört, wenn nicht mehr genug Eis da war, und täglich kam ich an den schwarz-gelben Gatti-Wagen vorbei, die, von starken Pferden gezogen, Eis an die Restaurants auf dem *Strand* lieferten.

Einmal hatte ich auch die Gelegenheit, mit Jo Simmonds, einem von Gattons Tessiner Sekretären, darüber zu sprechen.

»Du musst dir mal über eines klarwerden«, sagte er zu mir. »Man nimmt immer an, Gatton kümmere sich sein ganzes Leben ausschließlich um seine Restaurants und Music Halls. Aber eigentlich zählt nur das Eis wirklich für ihn. Er ist inzwischen der größte Eishändler Londons und …«

»Was? Der größte?«

»Der größte. Er fand, es sei zu viel der Mühe, Eis nur für seinen Eigenbedarf zu importieren, jetzt macht er es für alle. In solchen Dingen denkt er in großen Maßstäben. Weißt du, warum er die Risiken mit seinen riesigen Music Halls, Billardsälen und allem anderen eingehen kann? Weil er mit dem Eishandel reich geworden ist. Er ist abgesichert.«

»Es hieß aber doch immer, er sei mit den *licks* reich geworden.«

»Anfangs ja. Aber jetzt überlässt er das den Italienern und verkauft ihnen das Eis, das sie brauchen, und so bringen ihm die *licks* indirekt weiterhin viel Geld ein. Dieses Geschäft hat immer noch Erfolg.« Er machte eine Pause. »Ganz zu schweigen davon, dass er ganz nebenbei hier noch eine Schokoladefabrik besitzt und dort noch eine weitere mit seinem Bruder zusammen. Über diese Dinge spricht er kaum, aber er arbeitet dafür ebenso konsequent wie für seine Cafés und Music Halls, über die er die ganze Zeit redet. Weißt du was?«

Die Frage klang sehr bedrohlich.

»Was?«

»Als er neulich in Marogno war, schlug man ihm vor, für den Großen Rat des Kantons Tessin zu kandidieren.«

»Abgeordneter im Großen Rat des Kantons Tessin? Wie soll er sich denn auch noch um die Tessiner Angelegenheiten kümmern bei allem, was er hier in London tut?«

»Er denkt tatsächlich darüber nach. Sein Bruder, weißt du, war Nationalrat, er ging zu den Sessionen nach Bern, wohnte aber in Paris. Auch seine Neffen Agostino und Stefano sollen ins Parlament. Die Gattis sind im Bleniotal wichtig geworden; das Pfund Sterling hat Wunder vollbracht, mein Lieber. Und wenn ich meinen Großeltern glauben will, geht es dem Tal jetzt besser als zur Zeit, bevor Carlo nach London gekommen ist und Dutzende, vielleicht sogar Hunderte junge Leute hat kommen lassen.«

»Ja, aber denk doch an die vielen Reisen …«

»Ich denke sehr wohl daran, eine von zwei Reisen mache ich zusammen mit Gatton – pardon, mit Herrn Gatti. Und Reisen sind übrigens genau eines der Themen, auf die er Einfluss nehmen will.«

»Was für ein Thema?«

»Irgendwann wird man darüber entscheiden, wann genau, weiß ich nicht, denn das dauert manchmal Ewigkeiten. Jedenfalls heißt es, schon bald werde entschieden, ob die Eisenbahn, die die Schweiz mit dem Süden verbindet, via Gotthard und Leventina oder via Lukmanier und das Bleniotal geführt wird. Alle wollen bei diesem Entscheid mitreden. Aber erspar mir die Liste der Vor- und Nachteile der beiden Linienführungen, ich hab' das Thema satt.«

»Das kann ich mir sehr gut vorstellen. Auch ich habe die Reise mehr als einmal gemacht.«

Ich war so erstaunt, dass ich keine Worte mehr fand. Um die Stille auszufüllen, fragte Jo:

»Bist du Tessiner?«

»Ich glaube nicht. Meine Mutter war möglicherweise Italienerin, wer weiß. Niemand hat je wirklich Bescheid gewusst, selbst mein Vater nicht, er ist Ire. Ich heiße Martin. Herr Gatti hat mich aufgenommen, als ich fünf oder sechs Jahre alt war, meine Mutter war gestorben und mein Vater war entführt und zur Arbeit auf einem Schiff gezwungen worden.«

»Dein Vater ist Kapitän Martin?«

»Ja, er hat es geschafft, zurückzukommen. Und auf die eine und andere Weise kümmert er sich immer um den Eistransport.«

»Ich sollte es dir vielleicht nicht sagen, aber er wird demnächst ausschließlich für Carlo arbeiten. Das ist ganz neu.«

»Was? Haben sie die Flotte der Norweger gekauft?«

»Keineswegs. Es wäre dumm, das zu tun. Wenn das Eis ausgeladen ist, braucht man neue Fracht für den Rückweg, damit es rentiert. Diese Art von Geschäft aber interessiert keinen der Gattis. Sie werden weiterhin Frachtraum mieten. Aber mit ihrem Mann im Geschäft. Dein Vater überwacht den Transport und das Entladen.«

Ich verließ Jo und sagte mir, ich müsse Zeit finden, meinen Vater zu besuchen. Bis jetzt war er ständig auf hoher See gewesen und seinen Wohnsitz hatte er in Hull im Norden. Gearbeitet hatte er für verschiedene Reeder, auch die Eisschiffe gehörten dazu. Ich fragte mich, wie es wäre, wenn er den Eistransport unter sich hätte, ohne ihn selber zu machen. Er wäre bestimmt weniger unterwegs. Und bliebe in Hull wohnen?

Mein Vater und ich hatten seit unserer ersten Begegnung immer eine intensive Beziehung auf Distanz gepflegt. Ich sprach gerne von ihm, schrieb ihm aber selten. Er hatte klaglos mein Studium in Zürich bezahlt, aber abgesehen von den monatlichen Zahlungen, die so pünktlich kamen wie ein Metronom, habe ich in den fünf Jahren vielleicht drei Briefe bekommen. Er hatte die Vaterrolle im Alltag Gatton überlassen müssen und war klug genug gewesen, daran nichts zu ändern; nach allem, was ich erlebt hatte, war es besser so.

Ich hatte immer das Gefühl gehabt, zwei Väter zu haben, die mich beide liebten, jeder auf seine Art.

# XVI

Gatti's Under the Arches war fertiggestellt. Für die Inneneinrichtung musste ich Gatton machen lassen, für diese Dinge brauchte er keine Hilfe. Weder zu viel Luxus noch zu viel Bescheidenheit lautete seine Devise, er wusste, wer sein Publikum sein würde. Bald einmal und lange bevor der Quai, in Wirklichkeit eine breite Avenue mit Namen Victoria Embankment, vollendet war, tummelten sich Droschken, Kutschen und Pferde vor dem Eingang. Das Publikum war sehr gemischt – für die Music Hall trugen die Leute eher alltägliche Kleidung, für das Restaurant putzte man sich fein heraus, und in der Billard-Halle galt eine Mischung aus fein herausgeputzt und sehr elegant. Gatton hatte getan, was er gesagt hatte: Er bot das an, was in den Clubs zu haben war, aber ohne die hohen Mitgliederbeiträge, die man dort zu entrichten hatte. Er verlangte vier Pence Eintrittsgeld und in dem Preis war auch ein erstes Getränk inbegriffen.

Ich selbst steckte inzwischen bis zum Hals in der faszinierendsten Unternehmung meines Lebens – dem Bau des Holborn-Viadukts. Unser Büro der Stadtentwässerung hatte direkt damit zu tun, denn die im Embankment verlegten Abwasser- und Gasleitungen mussten über den Viadukt weitergeführt werden. Wer die Pläne der Brücke sah, konnte sich von der Einfachheit der gesamten Anlage leicht in die Irre führen lassen – es handelte sich gegen jeden Augenschein um ein sehr komplexes Bau- oder sogar Kunstwerk.

Am Morgen schlief ich jeweils eine Stunde länger, was mir sehr guttat. Die Doppelbelastung zuvor hatte mich ermüdet bis zur Erschöpfung.

Malcolm erwies sich als Geschenk des Himmels. Er kümmerte sich um alles. Und nachdem ich ihm mein noch kurzes Leben geschildert hatte, half er mir, Ungeschicklichkeiten zu vermeiden. Er verstand mich.

Er stammte aus sehr bescheidenen Familienverhältnissen. Sein Vater hatte in einer Kleinstadt in Kent einen Laden für Dochte und Kerzen geführt. Lesen und schreiben gelernt hatte Malcolm in der Sonntagsschule. Als er acht oder neun Jahre alt war, wurde er vom Vater des Herzogs, der ihn hatte hängen lassen wollen, in seinen Hausstand aufgenommen. Den Beruf des Dieners zu erlernen hatte Malcolm mehr interessiert als das Kerzengeschäft, und sein Vater, der einen seiner anderen Söhne als Nachfolger einsetzte, ließ Malcolm dankbar ziehen. Als der alte Herzog starb, war er fünfzehn Jahre alt, und der neue Inhaber des Titels stellte Malcolm als einen seiner persönlichen Diener ein.

»Statt meinem Herzog wäre ich besser Ihrem Herrn Gatti über den Weg gelaufen«, sagte er eines Tages zu mir. Nur dieses eine Mal deutete er an, zu bedauern, dass ihm kein günstigeres Schicksal beschieden war. Dabei hätte er ohne Weiteres Maître d'Hotel werden, vielleicht wie viele andere sein eigenes Café aufmachen können, aber er hatte es vorgezogen, bei mir zu bleiben. Den Grund dafür behielt er immer für sich.

Meistens nahmen wir Mahlzeiten zu uns, die aus der Küche des Gatti's stammten, gelegentlich kam Gatton zwischen seinen

Besuchen in den Restaurants und den Music Halls bei uns vorbei. Dann setzte er sich, trank, was Malcolm ihm vorsetzte, und träumte von Pässen und Tunneln. Es war die Zeit, als die Entscheidung anstand, ob die Alpenbahn durch die Leventina oder durch das Bleniotal geführt werden sollte.

»Ich bin mir absolut sicher, dass sich der Bundesrat für den Gotthard entscheidet, das ist seit Menschengedenken der traditionelle Weg über die Alpen. Es wird teurer werden, aber das Geld wird nicht entscheidend sein. Es sind Staatsmänner mit einem weiteren Horizont. Und dort brauche ich dann dich, Zichinin.«

»Mich?«

»Ja, es braucht dann eine Straße über den Lukmanier, damit unser Tal am Fortschritt teilhaben kann, und ich weiß, dass man etwas dafür wird tun müssen, von allein geht es nicht. Ich möchte ein Projekt vorlegen und du hast das studiert, du kannst die Route für mich entwerfen.«

»Eine Eisenbahn parallel zum Gotthard?«

»Nein, nein, die Eisenbahn überlassen wir der Leventina, wir sind auf Graubünden ausgerichtet, mehr als eine Straße braucht es dafür nicht … aber auch das wird keine Kleinigkeit sein.«

»Dafür bin ich aber nicht der richtige Mann, Gatton, Sie müssen einen der Tessiner nehmen, die am Polytechnikum Bauingenieur studiert haben. Sie haben die gleiche Ausbildung wie ich, kennen aber die Gegend besser. Wenn Sie möchten, kann ich ja dann einen Blick auf das Projekt werfen, um Ihnen einen Gefallen zu tun. Aber ich bin nicht kompetent genug und außerdem kann ich derzeit an nichts anderes denken als an den Holborn-Viadukt. Haben Sie die Baustelle gesehen?«

»Ob ich die Baustelle gesehen habe? Wie könnte mir dieses Erdbeben entgangen sein? Man hört es sogar bis zu Gatti & Bolla, wo du eine Dauerreservation für einen Tisch hast, wie ich gesehen habe.«

»Ja, wir treffen uns dort zu Kaffee, Schokolade und Gebäck. Und glauben Sie mir, mit Luxus hat das nichts zu tun.«

»Ich glaube dir, Zichinin. Momentan sieht das ganze Quartier aus wie die Mondoberfläche; von Kratern übersät, Baugerüste ohne erkennbaren Sinn, ohrenbetäubender Lärm. Ein Gewühl von Männern und Werkzeugen. Ein Staub, an dem man bei trockenem Wetter fast erstickt und ein Meer von Schlamm, wenn es regnet …«

»Dann verstehen Sie ja, weshalb die Aussicht auf einen kleinen runden Tisch und aufmunternde Getränke von Zeit zu Zeit notwendig sind.«

»Absolut, Nicola, absolut.«

Und schon war er wieder weg.

Ein paar Tage oder Wochen nach diesem Gespräch wurde ich zusammen mit den anderen »Jungen« aus Bazalgettes Truppe eingeladen, unseren Patron zu einer Soiree zu begleiten, die von Lady Jersey, einer in der Finanzwelt einflussreichen Gräfin, gegeben wurde. Der Patron schärfte uns ein, um jeden Preis vollzählig zu erscheinen, und in Angst und Schrecken versetzt kehrte ich nach Hause zurück.

»Malcolm, ich bin bei einer Gräfin eingeladen!«

Er sah mich lächelnd an. Ich hatte Malcolm einmal auf die Baustelle in Holborn mitgeschleppt, wo er sich ungeschickter nicht hätte bewegen können. Aber bei einer Gräfin, da war er in seinem Element.

»Das freut mich für Sie.«

»Was ziehe ich an?«

»Darf ich fragen, wann und unter welchen Umständen der Anlass stattfindet?«

Ich gab ihm Bazalgettes Anweisungen wieder.

»Alles klar. Wenn ich mir eine Bemerkung erlauben darf …«

»Erlauben Sie sich so viele Bemerkungen, wie Sie wollen,

Malcolm, Hauptsache, Sie helfen mir, damit ich mich vor der Gräfin nicht lächerlich mache.«

»Ihre Garderobe ist korrekt und von guter Qualität, aber für diesen Anlass nicht gut genug.«

»Ich weiß. Aber wo soll ich die Mittel auftreiben für einen Abendanzug?«

»Wenn Sie erlauben, versuche ich ...«

»Aber nur auf anständigem Weg, Malcolm.«

»Aber bitte, mein Herr!«

Als ich am folgenden Tag nach Hause kam, befand sich Malcolm in Gesellschaft eines vierschrötigen Mannes in den Dreißigern mit Schnauzbart und rotblonden Haaren.

»Das ist Jacob Dege, Schneider an der Conduit Street, ein Freund von mir. Er lässt mit sich reden.«

»Mein Freund Malcolm hat mich wissen lassen, sie bräuchten meine Hilfe, um bei Ihrem ersten Auftritt in der besseren Gesellschaft zu glänzen«, sagte er mit ausländischem, wahrscheinlich deutschem Akzent. »Malcolm versicherte mir, aus Ihnen werde dereinst eine bedeutende Persönlichkeit und Sie würden mir bis ans Ende Ihrer Tage als Kunde treu bleiben.«

Das überraschte mich, aber ich konnte nicht anders und lachte laut heraus.

»Das ist eine originelle Art, Sie dazu zu bringen, mir einen Vorzugspreis zu machen. Aber wenn wir miteinander zurechtkommen und Sie mir jetzt behilflich sind, bin ich selbstverständlich Ihr Kunde, insofern jedenfalls, als ich es mir leisten kann.«

»Keine Sorge, er wird es sich leisten können«, warf Malcolm gelassen ein.

Eine Woche später stand ich bis ins Kleinste instruiert und herausgeputzt wie ein Prinz in den Salons der Gräfin von Jersey.

»Was für ein schöner Mann«, sagte eine sehr schöne Dame ein kleines bisschen zu laut, als sie mich mit ihren Blicken taxierte. Ich hatte selber bereits bemerkt, dass ich mich in dem Anzug, den mein schnauzbärtiger Bär gutgelaunt angefertigt hatte, durchaus sehen lassen konnte. Sein erst vor Kurzem eröffneter Laden mochte zwar klein sein, aber dieser Mann verstand es, mit Händen und Schere umzugehen wie ein Zauberer.

Trotzdem fühlte ich mich den ganzen Abend einigermaßen unwohl. Die Ingenieure seien der neue Adel, hieß es, was überall auf der Welt zutreffen mochte, bloß nicht in Gegenwart des traditionellen Adels, und das war mir durchaus bewusst.

Mit solchen Gedanken beschäftigt, schritt ich durch einen langen Gang, der auf eine Empore über dem Ballsaal führte, von wo aus ich die Tänzer beobachten wollte. Ich fand die jungen Damen charmant, aber ich wunderte mich sehr über die unendliche Leere ihres Geschwätzes. Es galt dem Wetter, den Kronleuchtern, den Blumen und dann und wann der gezielten Frage nach meinem Vermögen. Die Chance für ein Gespräch mit einer von ihnen über die Verdienste Voltaires – die meine russische Zürcher Freundin Dora hochhielt – oder über jene von Locke – die ich verteidigte – war gleich null. Ich fühlte mich zwar wohl in meinem hübschen Anzug, aber unbehaglich in Gegenwart dieser Damen. Nicht etwa, weil ich mich nicht für junge Damen interessierte, im Gegenteil, sie interessierten mich bereits seit geraumer Zeit. Aber an diesem Abend ließen mich alle kalt.

Gedankenversunken wie ich war, entdeckte ich doch eine der jungen Damen, die glaubte, hinter einer grünen Zimmerpflanze versteckt unsichtbar zu sein. Im Halbdunkel vornübergebeugt war sie am Lesen. Sie hörte nicht, dass ich mich ihr näherte, die Geräusche aus dem Saal waren zu laut. Das gab mir die Möglichkeit, mich meinerseits vorzubeugen und zu schauen, was sie las. Ich war so überrascht, dass ich mich brüsk wieder aufrichtete. Sie war in eine Abhandlung über Geometrie vertieft.

Ich hätte mich auf Zehenspitzen davonmachen können,

wenn ich nicht in hellste Neugier versetzt worden wäre. Ich räusperte mich. Sie zuckte zusammen, sah auf und versteckte ihr Buch mit einer instinktiven Handbewegung unter einem Ärmel. Sie hatte hellbraune Augen, dunkles Haar, ein ovales Gesicht, einen herzförmigen roten Mund. Sie war ausnehmend schön, aber vor Schreck oder Angst wie gelähmt.

»Entschuldigen Sie, ich wollte Sie nicht erschrecken.«

»Sie haben mich nicht erschreckt, aber überrascht haben Sie mich.«

Sie sprach wie eine gebildete Dame, aber ich fragte mich, was sie da fern von der Tanzfläche tat. Sie musste um die zweiundzwanzig Jahre alt sein.

»Tanzen Sie nicht?«, fragte ich.

»Ich? Aber nein. Ich bin bloß Gesellschafterin. Meine Herrin hat mich angewiesen, bis elf Uhr zu verschwinden, so suchte ich mir ein ruhiges Plätzchen, um zu lesen.

»Über Geometrie?«

»Sie finden das schockierend für ein Mädchen, nicht wahr. Hat man sich erst den Ruf eines Blaustrumpfs erworben, braucht man sich über das Heiraten keine Gedanken mehr zu machen. Kaum ein Mann interessiert sich mehr für so eine. Aber meine Brüder haben studiert, und ich habe mit ihnen zusammen gelernt. Inzwischen sind alle, Geschwister und Eltern, tot, an einem Fieber gestorben, verstehen Sie. Und wie die Dinge liegen, werde ich nie heiraten, weshalb ich mehr oder weniger offen den Blaustrumpf zur Schau trage.«

Das alles stieß sie hervor, praktisch ohne einmal Atem zu holen, wie eine Lokomotive, die ihren Dampf ausspie.

»Und Sie interessieren sich für Geometrie?«

»Sehr sogar, ich habe aber niemanden, mit dem ich darüber reden könnte.«

»Mit mir könnten Sie darüber reden.«

Ein verständnisvolles Lächeln zeigte sich auf ihrem Gesicht.

»Täuschen Sie sich bloß nicht, ich bin ein anständiges Mädchen.«

Mir war klar, dass sie mich nicht beim Wort nahm. »Blaustrumpf« hieß bei meinen ledigen Kollegen so viel wie »aussätzig«; die ideale Gefährtin für die meisten von ihnen war eine hübsche und dümmliche Frau, die sich unterordnete und widerspruchslos alle ihre Wünsche erfüllte. Dora hatte mich zweifellos verwöhnt, eine Perspektive für mich war so etwas nicht. Meine Antwort war eindeutig:

»Auch ich bin sehr anständig. Gewährt Ihnen Ihre Herrin etwas freie Zeit?«

»Meistens sonntags nach der Kirche, wenn sie nicht irgendwo eingeladen ist.«

»Dann Sonntagmittag, ich lade Sie ein zu Gatti in der Royal Adelaide Gallery. Wir essen zusammen, Sie stellen mir so viele Fragen, wie Sie wollen, und ich werde sie beantworten, soweit ich kann. Ich bin Ingenieur.«

Sie strahlte.

»In dem Fall mit Vergnügen.«

»Ich bin Nicolas Martin.«

»Und ich Julia Fairweather.«

Sie stand auf, wir reichten uns die Hand und ich konnte trotz ihres grauen Sackkleides, in dem sie sich unsichtbar machen wollte, in aller Ruhe feststellen, dass sie schlank und wohlgebaut war.

Wir verabredeten uns für den kommenden Sonntag.

So habe ich meine Frau kennengelernt.

Noch bevor sie mir etwas aus ihrem Leben erzählt hatte, sagte mir Malcolm:

»Sie ist eine Dame, eine Lady.«

»Eine Adelige, meinen Sie?«

»Aus ganz niederem Adel, denke ich. Ihr Vater muss ein verarmter Baronet gewesen sein, ohne Mitgift für die Tochter. Aber sie ist eine richtige Dame.«

In solchen Dingen irrt sich ein englischer Dienstbote nie.

Mir war sofort klar, dass Julia sehr gebildet war. Sie hatte Hunderte Bücher gelesen, deren Inhalt sie mir auf so interessante Art darlegte, dass ich den Eindruck gewann, sie selber gelesen zu haben. Sie hatte eine Begabung für Mathematik, die aber brachlag und die ich zum Leben zu erwecken versuchte. Ich sah, dass sie über eine rasche Auffassungsgabe verfügte. Der langen Rede kurzer Sinn: Wir waren verwandte Seelen.

Nach ein paar Monaten war mir klar, dass Julia in einer gesitteten Hölle lebte, gedämpft zwar, aber doch eine Hölle, in der sie andauernd den Launen und Beleidigungen einer unsensiblen und wenig liebenswürdigen Dame ausgesetzt war. Man musste sie da rausholen, und ich ging davon aus, dass es meine Aufgabe war, das zu tun; ich war in sie verliebt, und die Gefühle waren gegenseitig.

Als Jungingenieur wurde ich ganz ordentlich bezahlt, aber um zu heiraten, würde es hinten und vorne nicht reichen. Und ich musste umziehen. Mir war bekannt, dass einer der Gatti-Brüder demnächst heiraten und meine Wohnung beanspruchen würde.

Ich wälzte eines Abends gerade wieder diese Gedanken, als Malcolm mich mit einer Ankündigung begrüßte:

»Ihr Herr Vater war gerade da. Er bittet Sie um einen Besuch, falls es Ihnen möglich ist. Andernfalls mögen Sie ihn wissen lassen, wann Sie es einrichten könnten.«

»Ich gehe hin, wo ist er?«

Malcolm gab mir eine Adresse in Bloomsbury an. Gordon Square. Ich schlang den Imbiss hinunter, rannte hinaus zum Bahnhof und nahm eine Droschke.

Das Haus meines Vaters war Teil einer, wie mir schien, relativ neuen Häuserreihe. Das seine war das erste.

Er kam persönlich an die Tür.

»Ich war mir sicher, dass du es bist.«

Wir küssten und umarmten uns, lächelten, dann ließ er mich Platz nehmen.

Das Haus war nur zur Hälfte möbliert, überall lagen Schachteln und zusammengerollte Teppiche herum, Möbelstücke stapelten sich.

»Haben Sie vor, hier zu leben, Vater?«

»Ja. Erinnerst du dich, dass ich geheiratet habe?«

Ich erinnerte mich an nichts Derartiges, ich war mir sicher, dass er mir nie etwas gesagt hatte, aber ich antwortete unbeirrt:

»Ja.«

»Meine Frau hat zwei Söhne aus erster Ehe, sie ist noch damit beschäftigt, ihre Angelegenheiten in Hull zu regeln, aber Herr Gatti wollte mich so rasch als möglich hier haben, und jetzt bin ich da. Ich hatte unwahrscheinliches Glück. Man machte mich auf Häuser aufmerksam, die hier zum Verkauf standen, ich kam her. Der Verkäufer gehörte dem niederen Adel an und war in eine Klemme geraten. Ich habe keine Ahnung, worum es ging, aber er musste so schnell als möglich das Haus loswerden. Ich habe um den Preis gefeilscht und konnte schließlich dieses und das Nachbarhaus erwerben, und das möchte ich dir schenken.«

»Mir, aber …«

»Ich fragte deinen Bediensteten, ob du verlobt seist, worauf er meinte, das sei eine Frage, die allein sein Herr beantworten könne. Aber er sagte es in einem Ton, der für mich nach einem Ja klang. Möchtest du nicht heiraten?«

»Und ob, nichts wünsche ich mehr. Verlobt bin ich nicht, weil ich nicht weiß, womit ich Julia ein anständiges Leben bieten könnte. Aber Geld für einen Hauskauf habe ich nicht und …«

»Wer redet denn hier von Kaufen? Es kommt nicht infrage, dass du mir ein Haus abkaufst, das ich für dich, wie ich hoffte, erworben habe.« Ich öffnete den Mund, aber er streckte mir beide Hände entgegen. »Ich hatte das Glück, zwei Häuser annähernd zum Preis von einem zu kaufen. Also nutze die Gelegenheit.«

Ich war sprachlos.

»Also?«, fragte mein Vater nach längerem Schweigen.

»Also, wenn ich zehn wäre, würde ich Ihnen um den Hals fallen. Aber Sie haben schon so viel für mich getan.«

»Das ist hoffentlich nicht dein Ernst. Für dein Studium aufzukommen war für mich Pflicht, verzichten musste ich deswegen auf nichts. Ich bin glücklich, dass ich dir helfen konnte. Aber das Haus hier ist ein Geschenk, das ich dir gerne machen möchte, vom Vater an den Sohn, oder sollte ich vielleicht sagen, vom älteren Bruder an den jüngeren, wir sind ja inzwischen beide erwachsen. Ich bin sicher, niemand kommt auf die Idee, ich könnte dein Erzeuger sein.«

Zwei Tage später fragte ich Julia, ob sie mich heiraten wolle. Ihr Patenonkel war ein Cousin ihres Vaters, Sir Ishia Walbourg, ein bejahrtes Original. Er wusste über alles Bescheid, was über die Sumerer bekannt war, aber das Alltagsleben hier und jetzt überließ er, seit er Witwer war, seiner Gouvernante. Zu seinem Patenkind unterhielt er keine nähere Beziehung, und er hatte nie bemerkt, dass sie in Not sein könnte. Aber er war ihr einziger naher Verwandter, und mir lag sehr daran, bei ihm in aller Form um die Hand seines Patenkindes anzuhalten. Ich klärte ihn über meine Herkunft auf, denn ich befürchtete, er könnte Julia von mir abbringen, wenn er von anderer Seite erfahren würde, ich stamme aus den *Rookeries.* Aber mit einer Handbewegung beendete er meine Erklärungen.

»Sie haben eine große Zukunft vor sich, nicht wahr? Das ist alles, was zählt. Lieben Sie Julia?«

»Von ganzem Herzen, Sir Ishia.«

»Sehr gut.« Er blickte zur Decke auf. »Hatten wir nicht etwas beiseitegelegt für sie, wenn sie eines Tages heiraten würde?«, murmelte er. Dabei blieb es. Die eigentliche Antwort kam erst Jahre später, als er ohne Kinder und ohne Familie starb: Er hinterließ Julia sein gesamtes Vermögen, wenig Geld zwar, dafür aber sein Haus, seine beeindruckende Bibliothek und vor allem eine Sammlung sumerischer Gegenstände, deren Wert sich als sehr beträchtlich erwies.

An jenem Tag beschränkte er sich darauf, uns seinen Segen zu geben, und drei Wochen später heirateten wir. Gatti's Under the Arches wurde für die Allgemeinheit geschlossen und für die geladenen Gäste reserviert, diejenigen von meiner und eine knappe Handvoll von Julias Seite, die »Lausbuben« und ein paar weitere Old Blues, vor allem die Partner von Stephen, meine Lehrer von Christ's Hospital und ein ganzer Schwarm von Gattis und weiteren Tessinern, die ich seit meiner Jugendzeit kannte. Und natürlich gehörte auch mein Vater mit seiner Frau und ihren zwei halbwüchsigen Söhnen, die vor Kurzem erst angekommen waren, zu den Gästen. Malcolm kümmerte sich um den Service, und wir verbrachten einen wunderbaren Tag. Auch manche Künstler traten zu meiner Überraschung mit ihren Nummern auf.

»Gatton hat mich wissen lassen, sein Patenkind heirate, und das hätte gerne ein Lied. Als Geschenk von mir«, erklärte ein großer Braunhaariger, dessen Namen man mir mit respektvoller Stimme kundtat, nachdem er gegangen war: »Das war George Leybourne«, Champagner-Charly genannt, wegen seines berühmten Refrains, ein Star.

Auch komische und tragische Szenen wurden aufgeführt, Akrobaten traten auf, dressierte Hunde, Duos und Trios, Tänzerinnen und ein Seiltänzer. Das gesamte Programm, das Gatti's

Under the Arches normalerweise seinem Publikum bot, wurde an diesem Tag für uns zum Besten gegeben, begleitet natürlich von exquisitem Essen und Nachspeisen, wie sie nur die Gattis, die Bollas, die Monicos, die Tessiner halt, zu kreieren verstanden. Selbstverständlich war ich von Jacob Dege elegant eingekleidet worden, Julias Hochzeitskleid kam von der Bond Street, ein Geschenk von Sir Ishia Walbourg, der an einem Tisch auf der Galerie platziert worden war, wo er vor einigen Old Blues in höchsten Tönen die Schönheit der sumerischen Zivilisation rühmte.

Ein unvergesslicher Tag.

Wann genau in dieser sehr anstrengenden Zeit der Entscheid des Schweizer Bundesrates gefallen war, weiß ich nicht mehr: Die Eisenbahn sollte durch den Gotthard fahren, dafür wollte man einen Tunnel bauen.

Ein paar Tage nach unserer Hochzeit verreiste Gatton nach Marogno. Er wollte sich mit den Politikern treffen, wie er sie nannte, um der Idee einer Passstraße über den Lukmanier Nachdruck zu verschaffen. Zia Maria begleitete ihn und nahm gleich auch die beiden Töchter mit, weil Gatton nicht wollte, dass sie ohne ihre Mutter in London blieben.

Zia Maria sah schon seit Jahren nicht mehr sehr gut aus, aber ich muss gestehen, am Tag, als ich kam, um ihr eine gute Reise zu wünschen, machte sie mir Angst: Tiefe Furchen im Gesicht, schwarze Ringe unter den Augen, ihre bisher schwarzen Haare waren plötzlich weiß geworden. Wir umarmten uns und ich sprach ein Gebet, Gott möge sie beschützen, weil sie so zerbrechlich wirkte.

»*Ta seet un bon fiöö,* Zichinin. Es hat mir gefallen, ein bisschen deine Mutter zu sein«, murmelte sie. Dann zog sie meinen Kopf zu sich hin und küsste mich auf die Stirn und ich sie auf beide Wangen, wobei ich mich sehr anstrengte, nicht in Tränen auszubrechen.

Ein paar Monate später starb sie im Tessin.

Gattons Kummer ansehen zu müssen, tat weh.

Es gab eine Menge Gerüchte ihn betreffend. Maria sei ihm ein Klotz am Bein gewesen, sie habe sich nicht an das Leben der Gattis in London anzupassen vermocht, ihr Mann sei fremdgegangen und habe ein uneheliches Kind oder gar mehrere, je nachdem, woher der Klatsch stammte. Da ich mehrmals auch hatte flüstern hören, ich selber sei – ganz bestimmt – eines von Gattons unehelichen Kindern, nahm ich solche Gerüchte mit der gebotenen Zurückhaltung zur Kenntnis.

Bei einem nur flüchtigen Blick hätte niemand etwas Besonderes an Carlo Gatti gesehen. Er trug wie gewohnt seine dunkle Kleidung, und das schwarze Trauerband am Ärmel konnte man leicht übersehen. Man musste ihn schon gut kennen, um die Trauer in seinen Augen wahrzunehmen und zu hören, dass er seltener lachte als früher und häufiger seufzte.

»Monatelang sahen wir uns nicht, stundenlang waren wir beisammen, ohne miteinander zu reden. Aber sie fehlt mir trotzdem. Was habe ich nicht alles hören müssen über meine arme Maria. Bloß nicht, was für ein herzensguter Mensch sie war, dass sie sich um viele arme Seelen kümmerte, dass sie zwar protestierte, wenn ich wieder einmal mit einem armen Teufel im Schlepptau nach Hause kam, aber niemandem je ihre Hilfe verweigerte«, vertraute mir Gatton eines Abends an, als ich ihm zufällig auf der Straße begegnete und er so niedergeschlagen wirkte, dass ich ihn zwang, mit mir nach Hause zu kommen.

*»Ah! La bella Giulia!«*, rief er immer beim Eintreten. Später, beim Kamin, vertraute er sich mir an und sprach über Dinge, die er nach meinem Empfinden nur mir erzählte, vielleicht deshalb, weil ich für ihn sein Biograf war.

Er hatte vor, mehr Zeit im Tessin zu verbringen. Er war fünfundfünfzig geworden, also war es Zeit dafür.

»Alles ist bestens organisiert, man braucht mich hier nicht mehr.«

Was ihn allerdings nicht daran hinderte, täglich seine Runden in der Kalesche zu fahren: Eis- und Schokoladefabrik, Cafés, Restaurants, Music Halls.

Früher begleitete ihn Rosa, nach meinem Dafürhalten verstand sie von den Geschäften ihres Vaters genauso viel wie er selbst. Inzwischen fuhr Carlo allein oder in Begleitung eines seiner Sekretäre, am liebsten mit Jo, den er besonders gern mochte und dem er vertraute.

Manchmal kam Carlo frühmorgens, um meinen Vater abzuholen, dann vernahm ich in der Stille des frühen Tages seine kräftige Stimme durchs Fenster. Er wollte sich um den Eishandel kümmern und schaute bei den Depots nach dem Rechten. Mein Vater war ein sehr vertrauenswürdiger Mann und er hätte Carlos Begleitung nicht gebraucht, aber Carlo Gatti zu stoppen, war unmöglich. Der Kapitän, wie Gatton ihn gerne nannte, wusste aus Erfahrung, dass es besser war, ihn einfach machen zu lassen. Die Kameradschaft zwischen den beiden Männern war stark genug, um keine Probleme aufkommen zu lassen.

Julia und ich bekamen ein Kind, einen Jungen. Die Geburt fand in der Nacht statt. Gatton war gerade bei meinem Vater, um über Geschäfte zu reden, als ich kam, um anzukündigen, die Geburt habe begonnen. Daraufhin wollte er »noch einen Augenblick« bleiben, verbrachte schließlich aber die ganze Nacht mit uns. Nervös gingen wir auf und ab, aber Gatton, der die Geburt einiger seiner Kinder miterlebt hatte, während die anderen in Dongio zur Welt kamen, wenn er gerade in Paris oder London war, redete uns gut zu, um uns zu beruhigen. Er bot uns Zigarren an, die wir dann doch nicht anzündeten. Malcolm war die Ruhe selbst und servierte Getränke, die wir kaum anrührten. Aber alle spürten die allgemeine Spannung. Im ersten Stock kümmerten sich die Hebamme und unsere drei weiblichen Hausangestellten um Julia, die man gelegentlich schreien hörte.

Ab und zu erschien eine der Frauen, um uns zu beruhigen. Alles verlaufe normal, nur etwas langsam, es sei halt das erste Kind, nicht wahr …

Gegen fünf Uhr früh erschien wieder eine der Frauen.

»Es geht vorwärts, rasch, holt den Doktor.«

Um sieben Uhr kam unser kleiner Victor Charles Nicolas zur Welt.

# XVII

Der Beginn der politischen Laufbahn des Abgeordneten Carlo Gatti im Großen Rat des Kantons Tessin muss sehr bewegt gewesen sein. Ich selber war nicht dabei, weil sich zu der Zeit der Bau des Holborn-Viadukts gerade in einer sehr intensiven Phase befand, aber ich hab's mir erzählen lassen, auch von Gatton selbst; für ihn war es ganz selbstverständlich, dass ich über alle Details informiert wurde.

Wegen der Ratssitzungen fuhr er nun häufiger ins Tessin, und wenn er zurückkam, schilderte er mir die verzwicktesten Intrigen und Streitereien ohne Ende. Die starken Spannungen zwischen Konservativen und Liberalen zogen heftige Rivalitäten nach sich. Gatton gehörte nominell zu den Konservativen, aber sein Glaube an den Fortschritt machte ihn zu einem untypischen Vertreter seiner Partei. Jedenfalls wären die Konservativen ihn ganz gerne losgeworden. Gatton erzählte empört von einem Brief, der kurz vor den Wahlen öffentlich verlesen worden war und ihn der Korruption beschuldigte.

»Sie sind schändlich. Mir verschlug es den Atem.« Er reichte mir ein Blatt Papier. »So habe ich geantwortet. Lies.«

Ich las.

*Der Anwalt Vittore Scossa Baggi aus Malvaglia hat gestern öffentlich auf dem Platz vor der Kirche seines Dorfes einen Brief verlesen, der eine lange Liste schwerer Vorwürfe enthält, wonach ich mich schuldig gemacht hätte, ein korruptes System aufzubauen, um dadurch einen Sitz im Großen Rat zu ergattern. Ich erkläre hiermit, dass mein ganzes Sein Korruption als Pest der Republik verabscheut. Die Äußerungen des obengenannten Anwalts gegen meine Ehre sind nichts als Erfindungen und Verleumdungen. Ich nehme die Herausforderung an und werde das Gegenteil beweisen. Ich werde bei den zuständigen Behörden Klage einreichen und Herrn Vittore zwingen, seine Aussagen zu begründen.*

»Korruption ist die Pest der Republik …«, murmelte ich vor mich hin, als ich ihm den Brief zurückgab. »Schöner Gedanke. In Zürich hatten wir einen Professor für Baurecht, der etwas Ähnliches sagte. Was ist dann geschehen?«

»Nichts, was soll schon geschehen sein? Acht Tage später waren wir gewählt und das ganze Lügengebäude, das uns hätte schaden sollen, war für die Katze gewesen. Aber diese Wahlen, das schwöre ich dir … Sie haben alles versucht, haben jene einzuschüchtern versucht, die uns wählen wollten, und ein unglaubliches Durcheinander im Saal verursacht, wodurch sie sich schließlich selber in Verruf brachten. Dann musste man warten, bis die Wahlen Ende Mai bestätigt wurden. Aber Sitzungen haben wir trotzdem abgehalten.«

In Tat und Wahrheit fühlte er sich missverstanden.

»Sie haben Angst vor dem Fortschritt«, wetterte er. »Sie sehen nicht weit genug.«

»Werden Sie intervenieren und Ihre Meinung kundtun, Gatton?«

Er zuckte mit den Schultern.

»Für solche Sachen bin ich nicht der Richtige. Mir liegt es näher, konkret Hand anzulegen. Nachdem jetzt feststeht, dass der Eisenbahntunnel durch den Gotthard gebaut wird, mache ich mich stark für eine richtige Straße zum Lukmanier. Aber ich mache es mit Taten, nicht mit Worten.«

»Was für Taten?«

»Ich habe einen Kredit zu sehr tiefem Zins angeboten. Ich hatte das Glück, reich zu werden, allerdings nicht so reich, wie es immer heißt, aber immerhin, meine Geschäfte laufen gut. Also kann ich etwas für mein Land tun, da mögen andere denken, was sie wollen.«

Mit »anderen« meinte Gatton Agostino. Als mit den Jahren ihre Restaurants und anderen Betriebe prächtig gediehen waren, entstand eine wachsende Spannung zwischen den zwei Männern.

»Er stimmt mit den Konservativen, aber meckert mit den Liberalen«, pflegte Agostino über ihn zu sagen. Stefanos Art hingegen war es nicht, mit lauter Stimme zu protestieren, er hielt zwar zu seinem Bruder, hatte aber doch nie Streit mit Gatton.

Ich verkehrte regelmäßig in den Restaurants von beiden, und wenn Gatton oder Agostino anwesend waren, kam ich immer in den Genuss der neuesten Nachrichten über die »Schandtaten« der anderen. Wenn ein Kellner vom einen Restaurant zum anderen wechselte, hatte man ihn »gestohlen«. Wenn ein Menu des einen demjenigen des anderen zu ähnlich sah, wurde daraus garantiert ein Vorfall. Die Situation verschärfte sich noch, als Agostino und Stefano endlich die ganze Royal Adelaide Gallery kaufen und sie in ein einziges großes Restaurant umwandeln konnten. Agostino holte sich nicht nur ein paar erfahrene Kellner bei den Gattis, das neue Restaurant mit den weißen Tischtüchern, einem Heer von Kellnern und einem sehr gemischten Publikum war augenblicklich sehr gut besucht – von Angestellten und Chefs der Banken, von Intellektuellen und hohen Funktionären bis zu Gentlemen und gelegentlich auch einem Adeligen. Das wirkte sich laut Gatton schlecht auf seine Restaurants aus. Meiner Meinung nach irrte er sich, weil das Publikum nicht wirklich das gleiche war, aber es war unmöglich, bei Carlo mit Vernunftargumenten anzukommen.

Heute, dreißig Jahre später, könnte man sagen, die Zukunft habe ihm recht gegeben. Zurzeit serbelt das Café der Schweizerischen Eidgenossenschaft dahin, während die Royal Adelaide Gallery nach wie vor prosperiert. Meiner Meinung nach hat das aber mehr damit zu tun, wie die Lokale geführt werden, und nicht damit, dass sie so nahe beieinanderliegen.

Weil ich damals alle gern mochte, hörte ich jeweils schweigend zu und hütete mich, in ihre Streitereien einzugreifen. Agostino und Stefano behandelten mich wie ihren Bruder und nahmen es mir nicht übel, dass ich gut mit Gatton auskam. Und Gatton behandelte mich wie seinen Sohn und sah über meine Beziehungen zu seinen Neffen hinweg.

Er sprach lieber mit mir über den Lukmanier.

Er hatte sich Pläne der Straße und der notwendigen Kunstbauten verschafft. Und er wollte meine Meinung dazu hören. Ich äußerte mich dazu immer ziemlich vage. Zum einen, weil ich das Gelände nicht kannte. Zum anderen, weil sie von Ingenieuren stammten, die ich kannte, die einen guten Ruf hatten oder die meine Studienkollegen gewesen waren. Ich ging davon aus, dass man mich hier nicht brauchte. Aber weil es Gatton beruhigte, wenn ich mich dazu äußerte, tat ich ihm immer den Gefallen; nur fällte ich kein Urteil, sondern half ihm einfach, die Pläne zu lesen.

»Ich wusste es doch, dass ich mit einem Mathematiker wie dir zur Seite alles verstehen würde«, sagte er eines Tages zu mir.

Ich beließ es bei einem Lächeln.

Mathematik bereitete mir immer größte intellektuelle Befriedigung. Ich trat in die London Mathematical Society ein und besuchte ihre Veranstaltungen, beteiligte mich an Diskussionen. Aber weil man von Mathematik nicht leben kann, blieb ich

Ingenieur mit einem Hang zu komplexen Berechnungen. Meine einzigen »Studenten« dieses Fachs waren zunächst Julia und später auch meine Kinder.

Gatton hatte sich vorgenommen, mehr Zeit im Tessin zu verbringen, und die Leitung der Unternehmung »Under the Arches« an Rosa abgetreten.

Wenn er an den Sitzungen des Tessiner Großen Rates teilnahm, tat er dies schweigend, und oft genug war er abwesend, weil er sich nicht von seinen Londoner Geschäften trennen mochte. Ja doch, Rosa war über alles auf dem Laufenden, aber er wollte gleichwohl einfach da sein.

Regelmäßig frühmorgens hörte man seine Kalesche, wenn er kam, um meinen Vater abzuholen – dieser sagte, das sei eigentlich gar nicht nötig, aber nun …

Ab und zu verweilten sie einen Moment bei uns oder kamen spontan bei uns vorbei. Gatton wollte Victor sehen, »dieses Kind ist ja sozusagen unter meinen Augen zur Welt gekommen«. »Großvater Gatton« und der Kleine verstanden sich bald einmal so gut, dass es mir zu Herzen ging, aber eingemischt habe ich mich nie.

»Er erinnert mich an meine eigene Jugend«, sagte Gatton, »er sieht dir sehr ähnlich.«

In jenen Jahren verlor Rosa ihren Mann Giuseppe, er starb nach einem unglücklichen Sturz. Ein paar Jahre später heiratete sie Giacomo Corazza, gebürtiger Tessiner und auf dem Papier Italiener.

Wir gingen selten aus, die Arbeit nahm mich vollständig in Anspruch. Ich rannte den ganzen Tag von einer Baustelle zur nächsten oder von meinem Schreibtisch zu einer Baustelle, und abends suchte ich die Stille. Wenn Gatton in London war, gingen wir gelegentlich zum Essen in die Villiers Street. Er war einfach da und packte an, befragte die Ankommenden.

»Nun, Zichinin, hast du heute eine Brücke gebaut?«, das war einer seiner Lieblingsscherze. »Ich habe vorzügliche Steaks, ich grilliere selber eines für dich.«

Und er tat es, ohne sich darum zu kümmern, dass er der Chef war.

»Ach, Nicola, von Zeit zu Zeit muss man sich daran erinnern, wo man herkommt. Ich bin ein einfacher Mann, siehst du. Und außerdem: Hier ein paar Steaks zu wenden, entspannt mich.« Dann ließ er sich in den großen Sessel fallen, der für ihn reserviert war. Mit den Jahren hatte er stark zugenommen, sein Volumen war sehr beeindruckend. Die Leute sprachen ihn an, baten ihn um Rat, erzählten ihm ihre Geschichten. Und er war zu allen freundlich.

Julia machte mit meiner Hilfe oder indem sie zu Vorträgen ging, gewissenhaft mit Mathematik weiter.

»Und, kommst du voran mit deinen Additionen?«, erkundigte sich Gatton gutmütig, nahm eine ihrer kleinen Hände in seine Bärenpranke und erzählte ihr, auf welche Weise er meine Begabung für Zahlen entdeckt hatte.

»Er war nicht größer als so«, lachte er, »aber er rechnete schneller als der Wind! Und an der Weltausstellung, da hättest du ihn sehen sollen. Zum Schluss kannte er unsere Schokolademaschine besser als wir.«

Julia hatte diese Geschichten schon ein Dutzend Mal gehört, lachte aber dennoch immer von Herzen.

»Er mag dich gern und ist stolz auf dich«, lautete dann ihr Kommentar. »Sogar auf mich ist er stolz, weil ich deine Ehefrau bin.«

An einem solchen Abend trafen wir ihn mitten in einer Diskussion mit Nigel.

Nigel war Stammgast der Gatti-Restaurants und ein Liebhaber der Billard-Säle. Ab und zu begegneten wir uns, aber unsere Beziehung war nicht mehr so eng. Als ich viel für das unterirdische London arbeitete, kümmerte er sich um das London an der Luft – Landwirtschaft, Pflanzen, Gärten, Parks.

»Setzt euch, meine Freunde, wir führen dieses Gespräch zu Ende, dann bin ich für euch da.«

Glücklicherweise hatten wir es nicht eilig, denn das Gespräch zog sich in die Länge. Und so erfuhr ich, dass Gatton einen Bauernhof gekauft hatte, in Londons Westen. Dort wollte er ein Verfahren in Gang setzen, um den Boden anzureichern und die Milchleistung der Kühe zu erhöhen. Er hatte sich für London entschieden, weil er sich dort am häufigsten aufhalte, aber in Wirklichkeit interessierte er sich nicht für die englischen Böden.

»Unsere Heimaterde ist schön, aber von der traditionellen Bewirtschaftungsweise ausgelaugt und ausgetrocknet. Ich suche nach Möglichkeiten, mein Tal wieder fruchtbar zu machen.«

Bis zu Gattons Tod sah ich die zwei Männer immer wieder über Papiere gebeugt und hörte, wie sie sich versprachen, dieses und jenes auszuprobieren. Nigel hatte einen Ingenieur-Agronomen aufgetrieben, danach wurde auch die Rentabilität der Milchkühe unter die Lupe genommen.

Und dann verschwand Gatton wieder, um seinen Platz im Großen Rat des Kantons Tessin einzunehmen, und es folgten endlose Geschichten von politischen Streitigkeiten zwischen Männern, die ich nicht kannte. Bis er eines Tages mit einer Dame am Arm wieder auftauchte – er hatte wieder geheiratet. Sie hieß Marietta, war wohl kaum älter als Rosa, und deren Feindseligkeit ließ nicht auf sich warten. Sie war hübsch und im Gegensatz zu Zia Maria war sie bemüht, ihren Platz in der Welt der Gattis zu finden. Sehr schnell lernte sie, sich klar und deutlich auf Englisch auszudrücken – und wenn sie Gatton glücklich machte, umso besser.

Besonders irritierte ihn zu jener Zeit, wie sich die Politiker seinem Angebot gegenüber verhielten, den Lukmanier mitzufinanzieren.

»Ich biete ihnen dieses Geld an, damit es rasch vorangeht. Das Tal ist zu sehr auf sich selber bezogen, man muss es öffnen, das ist im Interesse aller. Mein Zins ist tiefer als derjenige der Banken, aber sie nörgeln nur herum. Was glauben die denn? Dass ich nicht weiß, wo ich mein Geld anlegen soll? Schon morgen kriege ich dafür sechs oder sieben Prozent.«

Er litt an einer Venenentzündung, und der Arzt verbot ihm just zum Zeitpunkt das Reisen, als er ins Tessin fahren wollte, um mit den Verantwortlichen über das Straßenprojekt zu reden. Es war schwer, ihn davon abzubringen, und wochenlang prophezeite er das Schlimmste. Das nicht eintraf. Sein Geld wurde angenommen und die Straße wurde gebaut.

Aber ich greife vor.

Das Schlimmste für uns alle, die wir ihn liebten, war die Rivalität zwischen Carlo und Agostino. Sie erreichte ihren Höhepunkt, als sich Agostino entschied, als Konservativer für den Schweizer Nationalrat zu kandidieren.

Der arme Agostino sah sich den schlimmsten Verleumdungen ausgesetzt.

Er war weniger bekannt als Gatton, und als er als Kandidat auftrat, zog er den Zorn der Liberalen, aber auch vieler Konservativer auf sich.

Agostino und Stefano hatten ihren Tisch in der Royal Adelaide Gallery, dort sah man sie Abend für Abend. Sie dirigierten und kontrollierten, schwatzten mit den Kunden. In dieser Vorwahlzeit häuften sich auf ihrem Tisch die Zeitungen, die sie mir zu lesen gaben.

*Gatti Augusto. Dieser Emporkömmling! Die Ultramontanisten wissen nicht mehr, wo ihnen der Kopf steht und suchen ihre Kandidaten jetzt mit der Laterne in der Hand. Und nun präsentieren sie dem Volk diesen Gatti Augusto. Das ist ein Klassiker der neuen Art. Angesichts dieses vom Himmel gefallenen Kandidaten können wir nur wiederholen:*

*Wer ist das? Ein Augusto Gatti im Nationalrat? Was fällt denen ein! Sind die wahnsinnig? Wenn diese Reaktionäre nichts anderes anzubieten haben, muss es schlimm stehen um sie. Gatti versteht sich ausgezeichnet auf die Arbeit der Maroni-Pflücker, er versteht es, in seinem Café in London zu thronen, dort ist er in seinem Element. Aber er sollte nicht so naiv sein, sich der Illusion hinzugeben, Nationalrat zu werden; das ist aus verschiedenen Gründen lächerlich.*

Das Bild des ungebildeten *Maronaio* war in der gesamten liberalen Presse zu finden, und auch einige konservative Blätter äußerten Bedenken.

Für Agostino brachte ein Artikel in der Zeitung *Il Gottardo* das Fass zum Überlaufen:

*Es ist zwecklos, über Herrn Agostino Gatti zu reden. Es genügt zu wissen, dass er ein sehr talentierter Geschäftsmann ist. Sein Herr Onkel, Großrat Carlo Gatti, bezeugt indessen, dass, wenn er nicht gewesen wäre, Agostinetto, der jetzt in London ein Café betreibt, noch immer auf öffentlichen Plätzen Maroni verkaufen würde.*

Das war für Agostino der Dolchstoß.

Ich glaube nicht, dass er jemals in seinem Leben ein einziges Mal Maroni verkauft hat. Jemanden als *Maronaio* zu titulieren, der fließend drei Sprachen sprach und schrieb, der Europa kannte, vornehme Kundschaft beherbergte und eines der beliebtesten Restaurants in London besaß, war absurd. Und dass Carlo ihn nicht verteidigte, sondern noch eins obendrauf gab, das war zu viel.

Agostino kandidierte, erreichte zwar nicht das absolute Mehr, wurde aber im zweiten Wahlgang gewählt. Und während zwanzig Jahren war er Nationalrat. Ich habe ihn mehrmals gefragt, warum er sich dafür entschieden hatte.

»Aus Patriotismus. Ich interessiere mich für mein Land«, antwortete er und breitete seine Arme aus, »und ich engagiere mich lieber mittendrin als von außen.«

Die Feindseligkeit wurde noch deutlicher spürbar, als sich Stefano zwei Jahre später entschied, seinerseits für den Großen Rat des Kantons Tessin zu kandidieren. Die zwei Brüder haben es nie geschafft, die Etikette des ungebildeten Maronihändlers loszuwerden, die nach Belieben immer wieder neu aufgewärmt wurde. Man warf ihnen vor, korrupt und unfähig zu sein. Öffentlich reagierten sie nie darauf. Offiziell blieben sie ihr ganzes Leben lang Konservative.

Zum gleichen Zeitpunkt wurde allgemein sichtbar, was Gattons nähere Umgebung seit Langem wusste: Er hatte sich allmählich gewandelt und war kein Konservativer mehr. Als sein Mandat als Großrat zu Ende ging, wollte er sich mit dem Etikett eines Liberalen wiederwählen lassen. Aber er scheiterte und ließ es dabei bewenden. Das war einer der seltenen Fehlschläge in seinem Leben, eine Persönlichkeit wie er passte nicht in die damalige Stimmungslage. Aber ein Liberaler blieb er dennoch.

Wir begegneten uns zu jener Zeit häufig, und jedes Mal sagte er mir:

»Ich kehre ins Tessin zurück und setze mich zur Ruhe, London ist für mich vorbei.«

An einem der Tage vor seiner Abreise kam er zu mir und wirkte feierlich.

»Zichinin, du hast sicher Verständnis dafür, dass ich dich in meinem Testament nicht berücksichtigen kann.«

»Aber, Zio Carlo! Sie schulden mir doch gar nichts.«

»Doch, das tue ich. Ich habe auf der Bank ein Konto auf deinen Namen eingerichtet, niemand weiß davon, und ich möchte, dass du dieses Geld brauchst, um besser zu leben.«

»Aber …«

»Nimm es an, du machst mir damit eine Freude. Und wenn du es nicht für dich selber tun willst, tu es für Victor. Komm, mach jetzt keine Geschichten. Nimm es einfach und wir reden nicht mehr darüber. Auf jeden Fall werde ich das Konto niemals wieder aufheben, deshalb …«

Ich gab nach. Aber als ich auf die Bank ging und die Höhe des Betrages sah, den er hinterlegt hatte, wurde mir schwindlig.

Ich beschloss sofort, das Geld für ein Projekt einzusetzen, das ich seit Langem in meinem Kopf wälzte. Endlich begann man, über Schulbildung für alle zu reden, für Kinder zwischen fünf und zehn Jahren war sie sogar obligatorisch geworden. Aber dieses Obligatorium war sehr relativ: Die armen Familien konnten sich weder das Geld für die Schule leisten noch konnten sie auf den Arbeitsverdienst ihrer Kinder verzichten, weshalb niemand diese zwang, zur Schule zu gehen. Julia und ich befragten gewiss ein Dutzend Personen, auch Reverend Jones war uns eine große Hilfe, und schließlich schafften wir es, eine doppelte Aktion in Gang zu setzen. In den ärmeren Quartieren (die *Rookeries* waren am Verschwinden) eröffneten wir Schulen, damit die Kinder keine langen Wege auf sich nehmen mussten. Und wir führten ein Stipendien-System ein, um die Eltern dafür zu entschädigen, dass sie ihre Kinder zur Schule schickten. Makellos war das nicht, und ausreichend ebenso wenig, aber ein erster Schritt war getan. Ich zog sogar in Erwägung, in die Politik zu gehen, um die allgemeine Schulbildung voranzubringen. Aber schließlich sah ich davon ab, ich wäre dafür nicht redegewandt genug gewesen. Viele Jahre später, als die obligatorische und kostenlose Schulbildung anstand, hatten unsere Schulen und Stipendien immer noch ihren Nutzen. Ich gehe davon aus, dass sie ihn auf die eine oder andere Art immer haben werden.

Es ist uns gelungen, viele kleine Kinder vor Unwissenheit und tiefstem Elend zu bewahren, aber es gibt weiterhin viele, denen wir (noch) nicht helfen konnten, und deshalb mache ich weiter.

Gatton wusste nichts von alledem. Er war »für immer« abgereist. Doch nach ein paar Wochen oder Monaten stand er wieder da.

Eines Morgen war unter unseren Fenstern seine Stimme zu vernehmen, er rief nach meinem Vater für eine Runde zu den Eisfabriken. Julia und ich hatten ständig gewettet, wie lange er wohl wegbleiben würde. Als wir ihn hörten, kehrten wir ins Bett zurück und fielen uns lachend in die Arme.

»Ich habe auf fünfzig Tage gewettet, ich habe gewonnen«, rief Julia. Im Allgemeinen trafen ihre Voraussagen zu, denn ich tat mich schwer damit, zu glauben, Gatton würde seinen pathetischen Abschied von London so leicht vergessen. Aber ihm machte das nichts aus.

Als er einmal wieder da war, hörte ich ihn zu Nigel sagen, er wolle in der Umgebung von Bellinzona Land kaufen, um seine landwirtschaftlichen Experimente fortzusetzen, aber auch, weil er der Meinung war, Dongio habe ihn schlecht behandelt.

»Dongio hat mein Geld bekommen, aber meine Gebeine kriegen sie nicht«, liebte er zu verkünden. Er hatte in Bellinzona auch ein Haus gekauft und hatte vor, sich dort niederzulassen. Aber die Zeit reichte ihm nicht dafür. Er war einundsechzig und hatte Probleme mit den Beinen, aber er hatte immer noch viel vor und war voller Energie. Doch am 6. September 1878 fiel er von einem Gerüst und starb sofort.

An jenem Abend suchte mein Vater Rosa an der Villiers Street auf, wo sie wohnte. Sie waren mit einem Register beschäftigt, als ein Junge mit einem Umschlag in der Hand zu ihnen trat.

»Frau Rosa Corazza?«

»Ja.«

»Ein Telegramm.«

Für einen kurzen Moment wirkte Rosa sehr erschrocken. Ihr Mann? Eines ihrer Kinder? Sonst ein Familienangehöriger?

Ein paar Tage zuvor war es auf der Themse zu einem schrecklichen Unglück gekommen, als zwei Schiffe zusammenstießen, es gab Hunderte Tote und viele Vermisste. Was stand in diesem Telegramm?

Mein Vater öffnete es und zögerte einen Augenblick, ob er es lesen sollte. Rosa war sichtlich in Erwartung, und er befürchtete, ein Schock könnte ihr schaden. Aber Rosa war eine starke Frau, das wusste er. Er reichte ihr das Telegramm, ohne es überflogen zu haben.

Sie schüttelte den Kopf.

»Nein, Kapitän, lesen Sie es mir vor.«

Mein Vater las:

»UNGLÜCKLICHER STURZ STOP GATTON GESTORBEN STOP BEERDIGUNG 11.9. STOP MARIETTA.« Nach einem Augenblick der Verblüffung reagierte er. Er streckte eine Hand aus, aber Rosa stieß sie zurück.

»Sagen Sie Nick, Agostino und Stefano Bescheid. Wenn wir gleich fahren, schaffen wir es vielleicht rechtzeitig zur Beerdigung«, stammelte sie. Ihr Gesicht war tränenüberströmt. »Ich sage Giacomo und den Kindern Bescheid.«

Auch uns überbrachte mein Vater die Nachricht. Er weinte nicht, aber seine Stimme zitterte.

Ich konnte es nicht glauben. Ein Mann, der Mauern zum Zittern brachte mit seinem Lachen … Noch vor wenigen Tagen war er hier gewesen … Es schüttelte mich.

»Ich fahre zur Beerdigung. Ich …«

»Du brauchst nichts zu erklären, es versteht sich von selbst, dass du fahren musst.«

Ich verließ das Haus, nahm eine Droschke und fuhr nach Adelaide. Agostino und Stefano wussten es bereits.

»Fahrt ihr hin?«, fragte ich.

Agostino schüttelte den Kopf.

»Beim geringsten Problem am Gotthard kämen wir zu spät zur Beerdigung. Aber Rosa fährt, wenn du sie begleiten willst …«

Und Stefano fuhr fort:

»Zick, eine Woche beschwerliche Reise für eine zwei- oder dreistündige Feier, du wirst zu spät ankommen, um ihn ein letztes Mal zu sehen. Bleib bei uns. Wir schließen unsere Restaurants und halten eine Totenmesse ab.«

Schließlich gelang es ihnen, mich zu überzeugen.

Zu Fuß kehrte ich trotz der vorgerückten Stunde nach Hause zurück, ich brauchte das.

Die Erinnerungen überstürzten sich in meinem Kopf. *O Signur! Ma à l'è un bagaï!* Zio Carlo im Café von Hungerford mitten in einer Diskussion mit Herrn Stephenson, um mir die Türen zum Christ's Hospital zu öffnen. Zio Carlo mit zurückgekrempelten Ärmeln und schiefer Krawatte, der vormacht, wie man mit einem Glacéwagen umgeht. Zio Carlo in seiner Kalesche mit der kleinen Rosa neben sich, unterwegs zu seinen Cafés. Zio Carlo, seine Arme zu Kai und mir hin aus dem Fenster des abgebrannten Cafés ausgestreckt, und der Schrei: »Sie gehören zu mir.« Zio Carlo … Er war ein rauer Mann, der keine Ausreden akzeptierte, wenn man sich irrte, aber im Grund ganz und gar warmherzig. Und ein Chef. Obwohl ich längst mein eigener Herr und Meister war, hatte ich das Gefühl, meinen Schutzengel verloren zu haben.

Die Totenmesse wurde in der katholischen Kirche Notre-Dame-de-France zwei Schritte vom Leicester Square abgehalten. Die zwei Orchester von Gatti's Over the Water und Gatti's Under the Arches hatten sich vereinigt, und zeitweise mutete diese Totenmesse wie ein Fest an. Gatton hätte das gefallen. Die Kirche war voll von Künstlern und Tessinern. Eine von Gattons Töchtern, Nina, war anwesend. Und Victor hatte Julia und mich unbedingt begleiten wollen. Er war untröstlich. Nach der Messe waren alle zum Ehrenwein in der Adelaide Gallery geladen. Während Erinnerungen und Anekdoten ausgetauscht wurden, wurde mir einmal mehr klar, dass Gatton die Kunst beherrscht hatte, sich überall Freunde zu machen.

Als sich ein Tessiner, der in Chelsea ein Café betrieb, beklagte: »Und wer kümmert sich jetzt um uns?«, ging mir das sehr zu Herzen.

Während ich meinen Ehrenwein trank, trat ein Unbekannter zu mir und sagte auf Italienisch:

»Milord hat viel für die Australier getan.«

»Australier?«

»Ja, also für die Tessiner, die nach Australien ausgewandert sind. Sie waren zwielichtigen Reedern ausgeliefert, die ihnen eine Luxusreise in Aussicht stellten und sie dann wie Tiere behandelten. Zu horrenden Preisen, versteht sich.« Er machte eine Pause und trank einen Schluck. »Nun, Carlo hatte von diesem Skandal Wind bekommen und einen der Reeder aufgesucht. Als er sah, in was für einem Schiff eine Gruppe von Tessinern reisen sollte, hat er dafür gesorgt, dass ihnen das Geld zurückgezahlt wurde, dann verhandelte er mit den Hafenbehörden, der Schweizer Botschaft und den Reedern. ›Wenn ich auch nur eine einzige Nachricht aus Australien bekomme, eine teuer bezahlte Reise habe im Laderaum stattgefunden, werden Sie bei Ihrer Rückkehr garantiert nichts zu lachen haben.‹ Er kontrollierte die Lebensmittel, die an Bord genommen wurden. Er selber hatte nichts davon, er tat es aus Freundschaft zu seinen Landsleuten.«

Ich war ergriffen. In meiner Gegenwart hatte Gatton diese Arbeit nie erwähnt. Ich fragte mich, wie viele andere Aktivitäten dieser Art ich noch entdecken würde, von denen ich zu seinen Lebzeiten nichts erfahren hatte.

Nein, weder seine Körperfülle noch seine manchmal raue, manchmal joviale Art, weder sein gewaltiges Geschrei noch sein ebenso gewaltiges Lachen ließen es vermuten, aber ich war nicht der Einzige, für den er als Schutzengel gewirkt hatte.

In den darauf folgenden Tagen häuften sich auf dem Tisch der Gattis in der Adelaide Gallery die Tessiner Zeitungen und wir erlebten die Beerdigung beinahe so, als wären wir selber dabei gewesen.

*Il Gottardo* vor allem überbot sich.

*Schon in den frühen Morgenstunden war in den Straßen Bellinzonas ein ungewöhnliches Treiben zu beobachten. Zünfte verschiedenster Couleur – insbesondere diejenigen aus den Gemeinden, wo er Güter besessen hatte, strömten in großer Zahl auf die Plätze. Die Philharmonische Gesellschaft von Lugano, von den Erben aus gegebenem Anlass gerufen, traf um acht Uhr ein. Mit den Standarten an der Spitze begab sie sich zum Hotel Hirschen und wartete auf die Trauerfeier. Punkt neun Uhr begab sich die Geistlichkeit in die Kirche San Rocco, wo der Verstorbene in einem Meer von Blumen aufgebahrt worden war. Von hier aus bildete sich ein langer, schier endloser Zug. Voraus die Stadtmusik, gefolgt von den Zünften der Dörfer aus der Region und denjenigen der Stadt, der Geistlichkeit, der Philharmonischen Gesellschaft Lugano und dem majestätischen Leichenwagen, gezogen von vier Pferden im Trauerflor. Verwandte, geladene Gäste und Freunde des Toten begleiteten ihn. Als Nächstes folgte die sympathische, auf Halbmast gesenkte Standarte der demokratischen Gesellschaft von Blenio, begleitet von einer großen Zahl von Mitgliedern und weiteren Talbewohnern.*

Andere Blätter äußerten sich etwas weniger blumig, doch im großen Ganzen übertönten lobende Worte die politischen Streitereien. Die wie es uns schien sehr fantasievolle Grabrede (Gatton war bereits zur Legende geworden) musste sehr lange gedauert haben, wenn man den Zeitungsberichten Glauben schenken wollte.

Nach der Zeitungslektüre begab ich mich ans Themseufer hinunter und befand mich nicht weit von dem Ort, wo ich als

Sechsjähriger im Morgengrauen die Treppen von Hungerford hinuntergelaufen war, mit einer Tasse an jedem Finger, um beim Kaffeeverkauf an die Fischer mitzuhelfen. Es war Abend und ein leichter Nebel lag über dem Fluss, das andere Ufer war kaum mehr zu sehen. Ich hatte in meinem bisherigen Leben nicht sehr oft Tränen vergossen. In den Monaten und Jahren meiner frühen Kindheit, als es mir an allem fehlte, hatte mir der Überlebensinstinkt das Weinen abgewöhnt.

Aber an diesem Abend strömten die Tränen.

Hinter mir trafen die Gäste von Gatti's Under the Arches in Kaleschen oder zu Fuß ein und unterhielten sich fröhlich. Ich putzte mir die Nase, sah zum bereits dunklen Himmel auf und erwies ihm meine letzte Ehre.

»Danke, Zio Carlo. Ich weiß nicht, ob ich je deine Biografie schreiben werde. Ich will es versuchen, aber sei mir bitte nicht böse, wenn ich es nicht schaffe.«

## XVIII

Kaum eine Woche später erhielt ich Besuch von Serafino. Er war nicht mehr Kellner in der Adelaide Gallery, er hatte in Bloomsbury, ganz in der Nähe von uns, sein eigenes Café eröffnet.

Serafino erinnerte nur noch entfernt an den wenig gebildeten Jungen, der es nicht schaffte, Zahlen für eine Rechnung zusammenzuzählen. Er war zum tessinerischsten Engländer und englischsten Tessiner geworden. Noch immer tat er sich mit dem Rechnen schwer, aber er sprach beide Sprachen absolut perfekt. Er hatte auch Kurse besucht, um seine unbestreitbare Begabung für alles, was mit Wort und Schrift zu tun hatte, zu fördern. Der Grund seines Besuches erstaunte mich denn auch kaum.

»Alle wissen, dass Gatton dich beauftragt hat, seine Biografie zu schreiben.

»Das stimmt, aber ...«

»Ich habe davon gehört, dass du einen Preis in Mathematik gewonnen hast, dass du Studien betreibst für dampflose Lokomotiven, die man unterirdisch einsetzen kann, weshalb ich fand, es könnte dir vielleicht die Zeit fehlen. Wärst du damit einverstanden, wenn ich die Biografie schreibe?«

»Aber ja, von ganzem Herzen! Ich überlasse dir meine Notizhefte, es müssen um die fünfzig sein; alles, was Gatton mir erzählt hat, habe ich aufgeschrieben, außerdem auch meine eigenen Beobachtungen.«

»Auch ich mache mir schon lange Notizen. Ich könnte schreiben, du schaust dir an, was ich geschrieben habe und machst deine Anmerkungen dazu.«

Mit einem Handschlag war die Sache beschlossen. In den folgenden zwei oder drei Jahren trafen wir uns gelegentlich, wir sprachen über den Text, wir korrigierten und änderten ihn, bis eines Tages die fertige Biografie vorlag. Serafino und ich ergänzten uns in unseren Erinnerungen und ich war der Meinung, unser Bericht trage diesem Leben durchaus Rechnung. Serafino fand leicht einen Verleger, der Name Carlo Gatti öffnete immer noch alle Türen.

Aber dann lief etwas schief. Ein Unbekannter, der über einen Anwalt an uns herangetreten war, forderte unter Androhung ernsthafter rechtlicher Schritte im Widerhandlungsfall einen Verzicht auf die Veröffentlichung des Textes. Dieser verletze die Privatsphäre.

Serafino tobte, er kämpfte, aber nichts half. Ein Richter gab den Klägern recht. Die Veröffentlichung des Buches wurde verboten. Die Kläger forderten sogar die Konfiszierung des Manuskripts. Es blieb uns keine andere Möglichkeit, als uns zu fügen, aber wir hatten vorgesorgt: Julia, die Kinder, Malcolm und ich, Serafino und seine Familie, mein Vater und die Seinen teilten uns die Arbeit, und in den vierundzwanzig Stunden bis zur Beschlagnahmung hatten wir eine Abschrift erstellt, die Serafino in seinem Banktresor in Sicherheit brachte.

Wir vermuteten, dass diese Aktion von Rosa und Agostina, deren jüngerer Schwester, ausgegangen war. Sie waren nach wie vor im Besitz des Vermögens ihres Vaters, doch sie hatten sich entschieden, einen Teil ihrer Zeit in Italien zu verbringen, in einem Schloss, wenn man den Gerüchten Glauben schenken wollte. Aber Rosa hielt sich dennoch oft in London auf und leitete mit eiserner Hand die von ihrem verstorbenen Vater gegründeten Unternehmungen. Vielleicht waren die beiden Gatti-Schwestern zu Snobs geworden, und eine zu detaillierte Erinnerung an ihren Vater, diesen Rohdiamanten als Quelle ihres Wohlstandes, hat sie wohl gestört.

Es war nur eine Vermutung, aber auf eine bessere Erklärung sind wir nie gekommen.

Damit war das Thema Biografie erledigt. Ich versorgte meine Notizhefte in der Hoffnung, dass vielleicht eines Tages ...

Zugleich erlebte ich aber in der Folge auch bewegte Jahre, als die Elektrizität Einzug in unser Leben hielt.

Man begann gerade erst darüber zu reden, als eines Abends Agostino bei mir hereinplatzte.

»Zick, hast du das gesehen, Oberst Crompton beleuchtet sein Haus mit Elektrizität, die von einem Generator stammt?«

»Ja, ich hab's gesehen und mir vorgenommen, ihm einen Besuch abzustatten.«

»Lass uns gemeinsam hingehen, und dann richtest du in der Adelaide Gallery das elektrische Licht ein.«

Bereits etwas früher hatte man das Embankment mit elektrischen Lampen ausgestattet. Seither stürzte ich mich auf alles, was zu dem Thema veröffentlicht wurde.

Herrn Cromptons Generator fand ich zu lärmig, aber abgesehen davon eröffnete die Elektrizität unbestreitbar ganz neue Beleuchtungsmöglichkeiten.

Seit einiger Zeit arbeitete ich nur noch teilweise für das Bauministerium. Ganz in der Nähe unseres Wohnortes hatte ich mein eigenes Ingenieurbüro eröffnet. In dem Haus befanden sich Büros von Anwälten, Ingenieuren, kleinen Unternehmen und eine Arztpraxis. Ich hatte ein oder zwei Mandate und hatte mir vorgenommen, weitere zu finden.

Deshalb stürzte ich mich ins Studium all dessen, was man mit Elektrizität anfangen konnte. Eine elektrische Lokomotive, wäre das möglich? Elektro-Antrieb für die Schokolademaschinen? Druckerpressen? Konnte man den Dampf durch Elektrizität ersetzen? Rastlos stellte ich eine Menge Berechnungen an.

Bevor sich solche Träume verwirklichten, begann ich mit der Installation des elektrischen Lichts in der Adelaide Gallery. Heute ist so etwas nicht mehr zu verstehen, aber in den ersten Jahren mussten wir alles erfinden. Es gab keine Fachkräfte. Die Männer, die ich eingestellt hatte, um die Leitungen zu ziehen, waren allesamt hervorragende Handwerker, aber auch sie mussten von Fall zu Fall dazulernen. Und ich krempelte ebenfalls die Ärmel hoch.

Wir bauten den Keller der Adelaide Gallery in eine Fabrik um – sozusagen. Ich flehte zum Himmel, ich möge mich nicht irren, und entschied mich für eine Installation aus zwei Field-Kesseln mit vertikalen Mehrfachleitungen, die den Dampf zu zwei Armington- und Sims-Motoren leiteten, welche ihrerseits über Riemen und Nockenscheiben zwei Edison-Dynamos antrieben. Dann ... Nein, ich könnte seitenlang so weitermachen, aber ich mache jetzt lieber Schluss mit technischen Erklärungen. Während einer Ewigkeit montierten wir Drähte, Leuchter und Lampen, wir irrten uns, wir fingen von vorne an, und wenn die Arbeiter murrten, beruhigte ich sie, indem ich mich selber zu beruhigen versuchte.

»Wenn es uns gelingt – und es wird uns gelingen –, werdet ihr die gefragtesten Handwerker in ganz England sein, weil niemand das können wird, was wir gerade vollbringen. Wir tasten zwar herum, aber wir lernen dabei.«

Als alles bereit war und ich mich für Glühlampen entschieden hatte, bat ich die Gattis, das Restaurant für drei Tage zu schließen. In dieser Zeit brachten wir an den Wänden dreihundert Leuchter an und einen großen Lüster in der Mitte. Alle packten an, Kellner, Köche und Besitzer.

Um vier Uhr morgens am Tag, als das Restaurant wieder aufgemacht werden sollte, rief ich alle im Saal zusammen. Es herrschte atemlose Stille.

»Wir werden Herrn Gatti bitten, den Schalter zu betätigen.«

Zusammen stiegen Agostino und ich in den Keller hinunter. Beide starrten wir auf den Schalter, unfähig, irgendetwas zu tun. »Agostino, wenn es nicht funktioniert ...«

»Wenn es nicht funktioniert, fangen wir von vorne an, Zick, und ich wäre dir deswegen nicht böse, damit das auch gesagt ist. Aber es wird klappen.«

Er betätigte den Schalter.

Während ein paar Sekunden herrschte wiederum absolute Stille, dann hörten wir lautes Geschrei und Applaus.

Wir sahen uns an, dann fielen wir uns in die Arme.

»Du hast mir die Zahlen beigebracht«, war alles, was ich zu stammeln fähig war.

»Danke, Bruder, für alles, was du getan hast«, murmelte Agostino und seine Stimme klang nach Tränen.

Als wir wieder nach oben gingen, gab es erneut kräftigsten Applaus. Das Ergebnis unserer Bemühungen war märchenhaft.

Wir hatten die Adelaide Gallery in einen lichtvollen, fröhlichen und warmen Ort verwandelt, dabei standen Tische und Stühle immer noch übereinandergestapelt. Wenn das Lokal erst für die Gäste hergerichtet war, würde es alles in den Schatten stellen.

»Ich danke all jenen, die nicht auf die Zeit geachtet und ihren Schlaf geopfert haben, damit wir heute sagen können: ›Die Royal Adelaide Gallery ist das erste Restaurant mit elektrischem Licht in London‹, sagte Stefano und strahlte dazu übers ganze Gesicht. »Bravo, Zick, du warst großartig.«

»Du hast Glück gehabt, musst du sagen.«

»Das stimmt, aber das Glück lacht bekanntlich nur dem, der es zu wecken versteht.«

Das elektrische Licht in der Adelaide Gallery war eine Sensation und in aller Leute Mund, die Kunden drängten sich am Eingang des Restaurants und auch vor meiner Bürotür.

Schon am nächsten Tag wusste ich nicht mehr, wo wehren, vor lauter Aufträgen.

Ich rief die paar englischen Handwerker zusammen, die mit uns zusammengearbeitet hatten.

»Ich möchte euch einladen, am Samstagabend oder am Sonntag zu mir zu einer Art Sonntagsschule der Elektrizität zu kommen. Ich habe viel gelesen, kann an euch weitergeben, was ich gelernt habe und ihr werdet … Elektriker. Eine ganze Mannschaft. Wenn ich alle eingegangenen Angebote annehme, habe ich Arbeit bis ans Ende meiner Tage, und ihr natürlich auch. Ich bin fest davon überzeugt, dass der Elektriker ein Beruf mit Zukunft ist.«

Beinahe alle nahmen meinen Vorschlag an und kamen am Sonntagnachmittag.

Anschließend suchte ich Agostino auf, er war derjenige des Gatti-Duos, der Verhandlungen führte.

»Agostino, siehst du den kleinen Braunen dort?«

»Cesco meinst du? Ja, und?«

»Er ist sehr begabt für handwerkliche Arbeit. Und noch einen anderen, den sie Carletto nennen, vielleicht sogar …«

»Zick, wenn du mir sagen würdest, was du willst …«

Ich erklärte ihm die Idee der Sonntagsschule und er fand sie »großartig«.

»Damit sorgen wir für Fachleute hier an Ort und Stelle, und um Leute wie Cesco und Carletto zu ersetzen, lassen wir Tessiner aus dem Bleniotal kommen, ich bekomme tagtäglich entsprechende Bittschreiben. Ich hoffe, dass es dich nicht stört, wenn auch mein Sohn Giovanni an den Kursen teilnimmt?«

»Keineswegs, das ist eine gute Idee, ich werde auch Victor vorschlagen zu kommen.«

Die drei oder vier Tessiner, die ich aufgestöbert hatte, sagten zu, sogar mit Begeisterung.

Vor dem ersten Sonntagskurs bereitete ich den ganzen Vormittag über Illustrationen und Diagramme vor, wir hatten vereinbart, dass Victor, der bald dreizehn würde, selbstständig käme. Dann war ich allerdings überrascht, als auch Malcolm erschien.

»Wenn Sie einverstanden sind – es interessiert mich.«

»Aber sicher, Malcolm, kommen Sie, setzen Sie sich.«

Im Verlauf der Jahre war mir immer wieder der Gedanke gekommen, dass mich Malcolm eines Tages verlassen würde. Wir hatten nur wenig gesellschaftliches Ansehen zu bieten, und ich fand, die Arbeit bei uns müsse langweilig sein für einen Mann wie ihn. Ich glaube auch, er wäre wirklich gegangen, wenn er sich nicht leidenschaftlich (es gibt kein besseres Wort dafür) für mittellose Kinder eingesetzt und Lucy, die Frau seines Lebens, kennengelernt hätte. Als er anfing, höflich die Worte zu murmeln, Madame werde zweifellos nicht bereit sein, ein Paar zu beschäftigen, da sie ja nur einen einzelnen Diener eingestellt habe, hatten Julia und ich die gleiche Reaktion.

»Wenn Sie befürchten, uns Ungelegenheit zu bereiten und deshalb gehen wollen, können Sie gerne beide bleiben.«

»Ihre Frau ist uns willkommen. Wir beschäftigen sie als unsere Gouvernante, und falls wir uns dann doch nicht verstehen sollten, wäre es immer noch früh genug, uns etwas einfallen zu lassen.«

Etwa zehn Jahre später war Lucy immer noch unsere Gouvernante und hatte zwei Kinder zur Welt gebracht, Michael und Thomas, die wir immer wie unsere eigenen Söhne behandelten.

Sie kümmerte sich gleichzeitig um ihre wie um unsere Kinder (nach Victor bekamen wir eine Mary Nora Elisabeth, dann einen Nigel Kai Stephen).

Während dieser ganzen Zeit muss Malcolm parallel zu seiner tadellosen Arbeit auch unsere Bibliothek von A bis Z gelesen haben. So entwickelte er sich zu einem regelrechten Mitarbeiter, weit über die Pflichten eines Butlers hinaus. Aber wenn man ihn danach fragte, gab er immer zur Antwort:

»Seit meiner frühen Kindheit bin ich Bediensteter, ich kann nichts anderes. Ich bilde mich, aber ich müsste studieren, wenn ich den Beruf für etwas wechseln wollte, was mich interessiert. Ich bleibe lieber hier.«

Deshalb wunderte es mich überhaupt nicht, dass er zu den Elektrik-Kursen erschien.

Die paar Sonntagslektionen, die jeweils zweisprachig stattfanden, waren segensreich für alle, auch, als wir als Mannschaft in einem der Wohnhäuser von Mayfair das Elektrische einrichteten und alles reibungslos verlief.

An einem Abend im Jahr 1885 kam ich an Charing Cross vorbei und ging auf einen Sprung in die Adelaide Gallery. Seit es dort elektrisches Licht gab, spürte man so etwas wie Fröhlichkeit und Wohlbehagen, wenn man das riesige Lokal mit den Marmortischen in vier Reihen betrat. Noch herrschte nicht Stoßzeit. Einige Gäste tranken Tee und lasen Zeitung, andere aßen.

Agostino und Stefano saßen nicht an ihrem Tisch. Waren sie vielleicht in die Schweiz gefahren? Ich setzte mich in die Nähe der Zeitungen und las bei einem Bier.

Ganz hinten im Restaurant wurde auf einer Estrade, die mit einer Balustrade abgeschirmt war, Schach gespielt. Die Schachecke, wo auch Stefano gelegentlich eine Partie spielte, war so etwas wie ein Club, wo man immer die gleichen Gesichter sah. Allmählich füllte sich das Lokal mit immer jüngeren Leuten, achtsamen Jünglingen und fein gekleideten jungen Mädchen, die nicht so oft und nur in Begleitung ausgehen. Für sie war die Adelaide Gallery eine kleine Abwechslung mit einem Anflug von großer Freiheit. Doch dieses durch und durch englische Lokal hatte auch etwas Unerfindliches, vielleicht duftete es nach Paris oder – wer weiß – nach Blenio.

Plötzlich stand Stefano vor mir.

»Hallo, Nicolas, dich wollte ich sehen.«

»Mich, warum?«

Er setzte sich, arrangierte die Bügelfalten seiner Hose und gab mir damit zu verstehen, dass das hier wohl länger als nur ein paar Minuten dauern würde.

»Weißt du, dass ich Adelphi gekauft habe? Das Theater ganz in unserer Nähe hier?«

Stefano hatte seine Ader als Kunstförderer entdeckt. Schon ein paar Jahre zuvor hatte er in Sälen in der Gegend von Covent Garden Promenadenkonzerte organisiert. Auf der Galerie, sofern es sie gab, saß das Publikum wie in gewöhnlichen Konzerten. Doch in der Mitte des Saals wurde Platz frei gelassen, sodass das Publikum dort zuhören und sich gleichzeitig frei bewegen konnte. Diese Promenadenkonzerte waren so konzipiert, dass auch Damen sich einen Besuch erlauben konnten, und sie taten es zahlreich. Erfunden hatte nicht Stefano diese Art von Konzerten, aber er hatte es verstanden, dafür den richtigen Augenblick zu nutzen, als es nichts anderes gab. Und vor allem war es ihm gelungen, die Unterstützung von Arthur Sullivan zu gewinnen, dem gerade berühmtesten Musiker und Dirigenten. So wurden Stefanos Promenadenkonzerte sehr populär und waren wahrscheinlich sehr rentabel.

So rentabel, dass sich die Brüder eines Tages fragten, warum sie eigentlich nicht ihr eigenes Theater hatten. Dann stand das Adelphi zum Verkauf und sie griffen zu.

»Ja, ich habe gehört, dass ihr das ›Adelphi‹ gekauft habt«, antwortete ich Stefano.

Ich sah es bereits kommen. Er wollte das Elektrische.

Und so war es denn auch.

»Könnten wir nicht die Lampen im ›Adelphi‹ von unserem Generator hier speisen? Jedenfalls so lange, als wir dort nicht einen eigenen Generator installiert haben?«

»Ich muss das prüfen, aber auf den ersten Blick scheint es mir machbar. Der Haken dabei sind die Leitungen zwischen hier und dem ›Adelphi‹, und so, wie das Quartier ist, gibt es nur eine Lösung – Verlegung unter die Erde.«

Ich konsultierte die zuständigen Behörden, wo man unverhohlen der Meinung war, ich hätte den Verstand verloren. Gräben aufreißen, um Kabel zu verlegen? Ob ich denn an den Verkehr und die Staus auf dem *Strand* gedacht habe? So ein Spaßvogel! Wir haben Besseres von Ihnen erwartet, Schüler Martin, kehren Sie an Ihr Reißbrett zurück.

Das tat ich dann auch, aber nicht für sehr lange, denn mir kam eine Idee.

Ich war eines Tages den ganzen Spätnachmittag und Abend auf dem *Strand* hin und her gegangen und klopfte schließlich gegen ein Uhr morgens in der Adelaide Gallery ans Fenster. Weil man mich dort kannte, ließ man mich ein. Agostino machte an der Bar die Abrechnung.

»Agostino, ruf Stefano und kommt mit mir.«

»Um diese Zeit?«

»Nur eine Viertelstunde, keine Diskussion jetzt.«

Die Brüder warfen sich etwas über und sahen mich mitleidig an. Auch sie dachten wohl, ich sei verrückt geworden. Aber sie kamen mit.

»Nach Mitternacht ist der *Strand* praktisch menschenleer«, erklärte ich. »Nein, hört jetzt erst mal zu. Wir sind jetzt an der

William Street, dann kommen wir auf den Chandos Place und gelangen schließlich in die Maiden Lane.« Ich blieb stehen. »Und genau hier, hinter diesem Gebäude, steht euer Theater. Habt ihr es jetzt begriffen?«

»Zick, machst du dich über uns lustig?«

»Na gut, ihr habt es nicht begriffen. Wir legen die Kabel, die wir brauchen für den Transport des Stromes, nachts unter die Erde. Zwischen Mitternacht und vier Uhr früh ist hier keine Menschenseele unterwegs.«

Die zwei Brüder sahen sich an, dann mich und dann lachten sie.

»Ist so etwas legal?«, erkundigte sich Agostino mit der Stimme eines kleinen Jungen, der gerade eine große Dummheit im Schilde führte.

»Wahrscheinlich nicht. Aber ich habe die Vorschriften studiert. Verboten ist es auch nicht. Es braucht nicht viel Zeit. Wir planen die Aktion bis ins letzte Detail und meine gesamte Mannschaft ist im Einsatz. Für jeden von meinen ›Experten‹ kommen vier oder fünf von euren Kellnern, Köchen, Reinigungsleuten, was weiß ich. Und in zwei oder drei Nächten ist die Sache erledigt. Falls es Probleme geben sollte, dauert es vielleicht auch vier oder fünf Nächte, aber es wird schnell gehen.«

Agostino und Stefano ließen gerne keinen guten Faden an ihrem Onkel Carlo, dem sie auch nur sehr entfernt glichen, dennoch trugen sie den gleichen Unternehmer- und Abenteuergeist in sich wie er.

Freundschaftlich klopften sie mir auf die Schultern, die dabei fast lädiert worden wären: Die beiden waren begeistert.

Während einer Woche sah mein Büro aus wie die Zentrale eines Generalstabs. Wir legten den Weg des Kanals fest, den wir zu graben hatten, schritten ihn mehrmals mit dem Maßband in der Hand ab, dann kehrten wir ins Büro zurück und arbeiteten jeden einzelnen Schritt aus. Gleichzeitig kommandierte Malcolm, der bei der Sache unbedingt mitwirken wollte, eine Schar Buben, die als unsere Nachrichtenläufer herumschwirrten.

Das nötige Material – Kabel, Schaufeln, Schubkarren für den anfallenden Bauschutt, Kleinmaterial – hatte ich beim Lieferanten bestellt. Fürs Theater selber bestellte ich noch nichts, denn als Erstes musste uns diese Operation gelingen.

Der Abend kam und wir legten los – ohne den geringsten Zwischenfall. Wir arbeiteten alle schweigend, zu hören war nur das Kratzen der Schaufeln. Auf dem *Strand* trieben mal Stefano, mal Agostino, mal beide zusammen ihren Unfug, um damit die Aufmerksamkeit eines möglicherweise patrouillierenden *Bobbys* auf sich zu ziehen. Aber während der ganzen Zeit trat niemand dazwischen, sodass sich am letzten Aktionstag bei Sonnenaufgang alle in der Adelaide Gallery versammeln konnten, um Kaffee zu trinken, Süßigkeiten aus der Patisserie Gatti nebenan zu verspeisen und sich zum Erfolg zu beglückwünschen.

Niemand hatte sich beschwert.

Ein paar Wochen später öffnete das Adelphi mit elektrischer Beleuchtung. Darauf klagte der Besitzer des benachbarten Vaudeville-Theaters, der Lärm unserer Generatoren störte seine Aufführungen. Das war ein echtes Problem, wofür wir noch keine Lösung hatten, sodass die Beschwerden mehrere Jahre andauerten. Regelmäßig kündigte er deswegen seinen Konkurs an.

Eines schönen Tages platzte Stefano der Kragen.

»Sehr gut, dann kaufe ich Ihnen das Theater ab.«

Der andere war zufrieden, einen Saal loszuwerden, »wohin niemand mehr kommt«, und wir elektrifizierten auch das Vaudeville.

Das Publikum kam in Scharen zu den leichten, oft musikalischen Komödien, wie sie auch im Adelphi gespielt wurden, aus dem die Gattis ein Theater für das melodramatische Fach gemacht hatten. Für das Vaudeville schrieb eine Reihe akkreditierter Autoren die maßgeschneiderten Stücke, nach denen das Publikum ganz verrückt war.

Und als gar Königin Victoria begann, dem »Adelphi« ihre Ehre zu erweisen, platzten die beiden Brüder fast vor Stolz.

Die Aktivitäten der Gebrüder Gatti hier im Einzelnen darzulegen, ist unmöglich. Festzuhalten ist bloß, dass sie die größten Veranstalter kultureller Anlässe in ganz London wurden und Dutzende von Häusern dazukauften, für die sie natürlich auch das Programm bestimmten – vom Klassiker bis zum frivolsten Varieté, abgestimmt auf das Haus, in dem gespielt wurde. Gleichzeitig besaßen sie mindestens ebenso viele Cafés, die sie von Landsleuten betreiben ließen. Regelmäßig fuhren sie in die Schweiz, Agostino zu seiner Frau, die sich öfter als er in Marogno aufhielt, und für die Sitzungen des Nationalrates. Stefano, der nie heiratete, blieb jeweils in London oder er fuhr ins Tessin zu den Sitzungen des dortigen Großen Rates.

Ihre bemerkenswerteste Leistung aber war die Verbreitung des elektrischen Stromes. Die beiden Brüder erlebten hier etwas Ähnliches wie zuvor Carlo mit dem Eisgeschäft. Angefangen hatten sie, um sich selber komfortablere Verhältnisse zu schaffen, doch daraus ergab sich eine so große Nachfrage, dass sie schließlich halb London elektrifizierten – zunächst die Pfarrgemeinde St. Martin in the Fields und Holborn, schließlich auch die City mit Soho und dem *Strand*. Die Firma, die sie gegründet haben, heißt Charing Cross And Strand Electricity Supply Co. Und sie gedeiht prächtig.

Das wirklich Außergewöhnliche an den beiden entdeckte man allerdings erst, wenn man näher mit ihnen verkehrte: Die beiden Brüder gehörten nicht zu den Leuten, die nur Geld anhäuften und sich selbst die Nächsten waren. Die Gebrüder Gatti waren reich, aber ihr Herz hatten sie am rechten Fleck.

Großzügig unterstützten sie unsere Stiftung zugunsten mittelloser Kinder. Als es darum ging, das Krankenhaus von Charing Cross zu bauen und sie dafür ein Stück Land schenkten, meinten sie, das sei nicht der Rede wert. Mit einer beträchtlichen Summe Geldes unterstützten sie auch den Bau der Corpus-Christi-Kirche in der Maiden Lane, gleich hinter ihren Theatern. Ihr Kommentar dazu: »Man muss sein Quartier unterstützen.«

Natürlich wohnten die beiden Brüder schon lange nicht mehr über der Adelaide Gallery, sondern gemeinsam in ihrem eigenen Haus am Bedford Square.

Stefano hatte einen Fonds für Tessiner in Schwierigkeiten eröffnet, aus dem im Laufe der Jahre die Hilfskasse des Tessins wurde. Gegenüber einem Landsmann in Not war er immer hilfsbereit, diskret und wirkungsvoll.

Wenn man sie im Abendanzug an ihrem Tisch in der Adelaide Gallery thronen sah, von wo aus sie ihr riesiges Restaurant dirigierten, immer achtsam auf alle noch so geringen Wünsche ihrer Gäste, fiel es schwer, sich vorzustellen, dass unter diesem ruhigen Äußeren ein Abenteurergeist brodelte, der jedem Seeräuber Ehre gemacht hätte. Gleichzeitig aber steckte auch die Natur des Geschäftsmannes in ihnen, der jedem Bankier wohlangestanden wäre.

Giovanni, Agostinos Sohn, inzwischen John geworden, ging nach Oxford, wie mein Victor übrigens auch. Als ich einmal abends zu Ferienbeginn auf dem Weg zum Bahnhof war, um Victor abzuholen, ging mir durch den Kopf, dass es ohne Carlo Gatti keinen der beiden Jungen gäbe.

Ich selber habe es zu keinem Vermögen gebracht, das sich hätte mit demjenigen der Gattis messen können, aber das Elektrische ist zu meiner Chance geworden. Generatoren erst, dann Kraftwerke – die Erfindungen folgten sich in hohem Tempo. Ich schaffte es sogar, gemeinsam mit anderen eine Lokomotive ohne Dampf für die Londoner U-Bahn zu entwickeln.

Eines schönen Tages hörte ich mit den Elektroinstallationen

auf und beschränkte mich auf meine Beratertätigkeit. Und dafür reiste ich viel.

Victor ist Ingenieur. Nach Oxford setzte er sein Studium in London fort. Michael, Malcolms Ältester, wurde ebenfalls Ingenieur. Beide haben gemeinsam mein Büro übernommen und es mit der Telefonie ergänzt, die sich in Blitzesschnelle ausbreitete. Nigel, mein zweiter Sohn, ist Mathematiker. Er hat die Begabung der Martins für Zahlen geerbt und leistet sich den Luxus, der mir nicht vergönnt war – die reine Forschung.

Und für meine Tochter Mary ist die Musik ihr Leben. Sie hatte schon als Kind sehr leichten Zugang dazu und spielt inzwischen virtuos mehrere Instrumente. Schon früh begegnete sie ihrem Seelengefährten in der Person eines jungen Komponisten. Sie heirateten. Wir sehen uns nur selten, oft sind die beiden auf Tournee.

Mein Vater leitete viele Jahre lang auf Rechnung von Carlos Erben den Eistransport. Er verstand sich immer bestens mit Rosa, die ihm vertraute. Doch zu der Herzlichkeit, die zwischen Carlo und dem »Kapitän« bestanden hatte, ist es nie gekommen. Im vertrauten Gespräch scheute er sich allerdings nicht, seine Meinung zu äußern.

»Von ihrem Vater hat sie das Talent fürs Geschäftliche geerbt, sie ist ebenso tüchtig wie er. Schade, dass sie nicht auch seinen Charme geerbt hat und sein Talent, mit Menschen umzugehen.«

Eine Zeitlang war Kai einer seiner Kapitäne, was mit sich brachte, dass wir uns nicht mehr sehr oft sahen. Und dann heiratete Kai eine Norwegerin und ließ sich in Oslo nieder. Wir sehen uns nur selten, stehen aber in regelmäßigem Briefkontakt.

Mein Vater trat in den Ruhestand und weil er infolgedessen nicht mehr so oft unterwegs war, hatte ich Gelegenheit, ihn besser kennenzulernen. Er wurde einer der Pfeiler der Schach-Ecke in der Adelaide Gallery.

Auch den Tod Agostinos nach einer kurzen Krankheit muss ich noch erwähnen. Doch allein geblieben ist Stefano deswegen nicht. John und sein jüngerer Bruder Rocco übernahmen die Geschäfte ihres verstorbenen Vaters.

Es mag paradox erscheinen, aber oberflächlich gesehen nahm das Leben nach den vielen Abenteuern seinen so alltäglichen Lauf, dass es jetzt nur noch Wiederholungen zu berichten gäbe.

*

Ich hatte mir zum Ziel gesetzt, Carlo Gattis Biografie zu schreiben. Nach dem, was beim ersten Versuch geschehen ist, habe ich mich nun abgesichert: Ich verstecke seine Lebensgeschichte in meiner eigenen. Es ist zwar einige Zeit vergangen seither, aber Rosa und ihre Emissäre sind immer noch da, und ich will nicht das gleiche Schicksal erleiden wie Serafino.

Meine Biografie von Zio Carlo ist deshalb nur eine Annäherung und die Geschichte meines eigenen Lebens nimmt manchmal zu viel Platz ein. Ich bin nicht Schriftsteller, ich habe aber versucht, nur dann über mich zu reden, wenn das, was geschah, einen Bezug zum Leben des großen Gatton hatte.

Dieses Mal aber haben wir die Rollen getauscht: Ich schreibe und Serafino liest. Dann kommt Thomas, Malcolms jüngerer Sohn, zum Zug. Er hat Literatur studiert und ist Lehrer, er nimmt den Text sprachlich unter die Lupe.

Es gibt nur wenige, die ahnen, was ich tue. John Gatti, Rechtsanwalt und auf sehr schlechtem Fuß mit den direkten Nachkommen Carlos, besuchte mich neulich abends. Er selber ist in Dongio geboren, wie die meisten seiner Onkel, Tanten und Cousins, aber er scheint aus einer anderen Welt zu stammen. Ich setzte ihn in einen Sessel und legte ihm mein Manuskript auf die Knie.

»Lies das und sag mir dann, ob ich mit einer Beschlagnahmung rechnen muss.«

Zu meiner großen Überraschung blieb er die ganze Nacht über in seinem Sessel sitzen.

Als ich am frühen Morgen wieder zu ihm trat, las ich Verblüffung in seinen Augen.

»Onkel Nick! Von alldem wusste ich überhaupt nichts. Uns hat man immer gesagt, du seist Carlos natürliches Kind. Dabei bist du tatsächlich der Sohn des Mannes, den du Vater nennst! Und deine Kindheit, die Jugend des angeblichen Taugenichts Carlo … Alles, was uns die Familie erzählt hat, ist barer Unsinn.«

»Nicht alles, aber die Wirklichkeit unterliegt, sagen wir mal … der Interpretation. Das ist auch bei mir so.«

»Ja, aber bei dir geht es nicht darum, systematisch zu lästern. Zunächst einmal werden wir dieses Buch nicht Biografie, sondern Roman nennen. Und dann werde ich die Pflichtexemplare vorlegen. Das ist der heikelste Augenblick. Aber ich gehe davon aus, dass sie damals, als ihr die Sache nur kurz nach Gattons Tod ganz offen behandelt habt, die Publikationen der Pflichtexemplare überwacht haben. Jetzt, zwanzig Jahre später, sind sie bestimmt nicht mehr so aufmerksam.«

Während ein eigens dafür angestellter Kopist den Text unter Julias wachsamen Augen ins Reine schrieb, ging ich in die Adelaide Gallery.

»Stefano«, begann ich geradeheraus, als ich mich an seinen Tisch gesetzt hatte, »wenn du Carlos Biografie lesen willst, die eigentlich eine Doppel-Biografie ist, seine und meine, dann ist jetzt der richtige Moment.«

Er brachte mich mit einer Handbewegung zum Schweigen.

»Zick, ich vertraue dir. Und von John habe ich gehört, sie sei spannend. Ich lese das Buch, wenn es gedruckt ist und spiele nicht den Zensor. Während also John damit beschäftigt ist, ein

Verbot zu vermeiden, bete ich darum, dass die Schlossherrin ihren Blick nicht in unsere Richtung wendet.«

Stefano war schon immer von beharrlich frommer Natur gewesen.

»Übrigens solltest du Aktien der Shell Petroleum kaufen.«

»Wer ist die Shell Petroleum?«

»Ein Unternehmen, das Rohöl per Schiff aus dem Nahen Osten importiert. Gulbenkian verkauft gerade seine Aktien, und er wird sich die Haare raufen, weil er sie eines Tages wird zurückkaufen müssen. Für ein Vermögen.«

»Und woher weißt du das?«

»Es ist logisch, Zick, schau mal …«

»Erspar mir diese Logik, Stefano, ich bitte dich. Die Argumente der Finanzwelt und der Börse interessieren mich nicht. Ich glaube dir aufs Wort. Auch ich vertraue dir.«

»Glaub mir, bis in zwanzig Jahren sieht man kein einziges Pferd mehr auf den Straßen. Es wird nur noch Automobile geben, und die fahren mit Benzin. Alle werden das wollen. Und deine Aktien kannst du in Diamanten aufwiegen. Du wirst reich sein.«

»In zwanzig Jahren, mein lieber Stefano …«

»Tu es für deine Kinder. Ich habe die Papiere für meine Neffen gekauft.«

Ich kaufte Aktien der Shell Petroleum.

Wenn sie wirklich Gewinn abwerfen, wird das Geld mittellosen Kindern zugutekommen.

Werden sie Gewinn abwerfen?

Für den Duft der Zukunft hatten die Gattis schon immer eine feine Nase.

## Nachwort

*Ich verfüge über keinerlei persönliche Angaben zu diesem Mann.*

So lautet die Feststellung von Felicity Kinross am Ende einer mehrere Hundert Seiten umfassenden Arbeit über Carlo Gatti. Und diese Autorin, die sich als Erste ernsthaft für ihn interessierte, fühlt sich zur Frage verpflichtet: *Wer war Carlo Gatti?*

Andere hatten die Gattis bereits zur Sprache gebracht. Peter Barber beschreibt den Werdegang der Familie in verschiedenen Publikationen, die sich mit den Tessinern in London und in England beschäftigen. Er hatte insbesondere Zugang zu den Archiven der Bank, wo Carlo und seine Angehörigen ihre Konten hatten, und das Studium dieser Unterlagen erlaubte es ihm, ihre Transaktionen zu verfolgen. Ein Weiterer, Plino Peduzzi, ein Nachkomme der Gattis, hatte direkten Zugang zu einer ganzen Reihe von Einzelheiten und hat ein interessantes Porträt der Familie gezeichnet. Sein Porträt von Carlo ist allerdings ungenau.

Ausschließlich auf Carlo bezogen hat sich nur Frau Kinross.

Es gab schon zu seinen Lebzeiten und noch ein Jahrhundert nach seinem Tod Gerüchte über ihn unter Verwandten, Freunden und Feinden. Einige Fakten sind dank der Volkszählung, dank Adressbüchern der Post und aus einigen Artikeln der Tessiner und Londoner Presse bekannt. Aber nichts davon erlaubt es, sich ein genaues Bild der Person zu machen.

Dabei sind die Unternehmungen von Carlo Gatti und seiner Familie von vitaler Bedeutung gewesen. Im September 1925 zeichnet der englische Abgeordnete T. P. O'Connor ein umfassendes Bild:

*Den Mitgliedern der Familie Gatti ist es gelungen, das soziale Leben Londons vollständig zu verändern. Bevor sie ihre Restaurants öffneten, gab es praktisch keinen Ort, wo sich die mittlere Bevölkerungsschicht zwischen bitterster Armut und Reichtum treffen konnte. Der einzige Ort, wo man eine Tasse Tee oder Kaffee trinken konnte, waren diese heruntergekommenen Cafés, Abklatsch dessen, was sie im XVIII. Jahrhundert zur Zeit von Swift gewesen waren, als sich dort die Aristokraten und die großen Geister jener wunderbaren Epoche getroffen hatten. Die Gattis aber waren es, die in ihren neu eröffneten, heiteren und geschmackvoll eingerichteten Restaurants etwas absolut Neues eingeführt haben – Musik zu den Mahlzeiten. Diese Lokale sind seit Generationen sehr beliebt, vor allem bei Literaten und Künstlern, sodass die Familie Gatti als Pionierin des strahlenden, komfortablen London von heute angesehen werden muss. Diese Veränderung wissen insbesondere Leute wie ich zu schätzen, die sich daran erinnern, wie es war, als sie sich mit mittelmäßigem Essen in einem schäbigen Restaurant oder an der Bar eines armseligen Pubs zufriedengeben mussten.*

Und was ist mit der Frage ›*Wer war Carlo Gatti?*‹ Felicity Kinross gibt darauf über vier Seiten Antwort – Eindrücke, die sie aus ihren Recherchen, aus Diskussionen und aus Schlussfolgerungen aufgrund der wenigen bekannten Fakten gewonnen hatte. Doch ihre Antworten bleiben auch in ihren Augen sehr unvollständig.

Als ich auf ihren Text stieß, dachte ich, es handle sich um den Entwurf zu einer Biografie, und ich nahm mir vor, eine ausführliche Beschreibung seines Lebens zu verfassen.

Doch mir wurde rasch klar, dass das unmöglich war, eben weil es keine Einzelheiten zu Carlos Leben gab. In einer Sammlung dreier Texte über die Gattis mit dem Titel *Lo Zampino dei Gatti* von Fernando Ferrari in italienischer Sprache ergänzt der Autor nach dem Tod von Frau Kinross ihren Bericht mit detaillierten Angaben über die politischen Karrieren von Mitgliedern der Familie Gatti. Sie ändern allerdings kaum etwas an dem Bild, von Carlo, zumal der Abgeordnete Gatti im Parlament kaum von sich reden gemacht hatte. Ein einziger Sachverhalt erlaubte einen gewissen Einblick in seinen energischen und leidenschaftlichen Charakter – seine Beharrlichkeit in Bezug auf die Finanzierung der Lukmanier-Straße; es ging ihm darum, sein Tal so schnell als möglich aus seiner Isolation zu befreien. Im Übrigen gewann man den allgemeinen Eindruck, dass Carlo Gatti immer in Eile gewesen sein musste.

Schließlich änderte ich meine Taktik.

Carlo Gatti ist eine dieser Figuren, um die sich Legenden ranken.

Ich schrieb also die Legende Carlo Gattis. Eine der möglichen Legenden.

Wohlverstanden: Ich habe gründlich recherchiert, ich durchstreifte London, ich reiste ins Blenio-Tal, ich las die Tessiner und englischen Zeitungen der damaligen Zeit, die recht häufig über die Gattis berichteten. Ich nutzte sie ausgiebig, bis ich versteckt unter »Vermischtes« in einer Londoner Tageszeitung auf die Kurzmeldung stieß, die zwei oder drei Jahre nach seinem Tod meldete, ein Richter habe die Beschlagnahmung der Biografie des Herrn Gatti verfügt und deren Veröffentlichung zum Schutz der Privatsphäre verboten.

Die nachweislich historischen Fakten und Daten habe ich voll und ganz respektiert. Aber um dieses Gerüst herum baute ich ein umso mythenhafteres Wesen, als Gatti zunächst durch die Augen eines kleinen Jungen wahrgenommen wird, der ihm sein Überleben verdankt, und dann durch das, was er diesem als Erwachsenen über sein Leben erzählt.

Den kleinen Jungen habe ich mit Carlo Gattis Hilfe »erfunden«. In einem Zeitungsartikel las ich, Carlo Gatti habe den Anblick verlassener Kinder auf Londons Straßen nicht ertragen. Als er 1847 nach London kam, waren diese Straßenkinder noch sehr zahlreich. Für sie gab es weder einen allgemeinen Schulunterricht noch sonstige Bildung, und sie wurden oft schon mit acht oder neun Jahren kriminell. Eines von ihnen nahm ich als Ausgangspunkt.

Mein Text war schon fast fertig, als ich einen Roman entdeckte, den Frau Kinross aufgrund ihrer Recherchen geschrieben hatte. Er trug den Titel *Ragazzo* und blieb bis zu ihrem Tod unvollendet. Sie hatte gleich angefangen wie ich – mit einem kleinen Jungen, der von Carlo gerettet wird. Sehr rasch gehen unsere Geschichten dann allerdings auseinander, aber es berührte mich und gab mir Sicherheit, dass wir vom gleichen Detail ausgegangen sind und wahrscheinlich aus der gleichen Quelle geschöpft haben.

Ich machte aus Nicolas eines dieser kleinen Geschöpfe, denen man in der zeitgenössischen Literatur zu Dutzenden begegnet, bei Dickens und vielen anderen Autoren, Journalisten, Sozialarbeitern, die die Verhältnisse in den Armenquartieren schilderten.

Die Schule, die ich für ihn ausgesucht habe, das Christ's Hospital, ist eine beispielhafte Institution, dank der seit annährend einem halben Jahrtausend Kinder aus bescheidenen Verhältnissen, die ohne ihre Hilfe niemals aus dem Elend herausgekommen wären, nützliche Erwachsene geworden sind. Zu ihnen gehören angesehene Vertreter der freien Berufe, Politiker, Schriftsteller und berühmte Schauspieler, schöpferische Menschen auf allen Gebieten der Technik, der Kunst, hohe und niedrige Beamte, hoch ausgezeichnete Personen auch, inklusive Nobelpreis. Für Nicolas schien mir diese Wahl unausweichlich.

*

Andere Tessiner Familien haben im London des 19. Jahrhunderts ebenfalls eine große Rolle gespielt. So könnte man ohne Weiteres einen Parallel-Roman über die Familie Pagani und ihr Restaurant schreiben, wo der Prinz von Wales und zahlreiche weitere Berühmtheiten der Welt verkehrten, wie etwa der Komponist Strawinsky, der Dirigent Toscanini, der Maler Urtillo, Caruso, der Tenor, die Schriftsteller Oscar Wilde und Luigi Pirandello und so weiter und so weiter ...

Das Gleiche gilt für die Restaurants Monico oder Valchera, um nur diese beiden zu nennen. Für die Gattis habe ich mich ihrer Pionierrolle wegen entschieden. Das goldene Zeitalter der Paganis beginnt beispielsweise erst am Ende und nach dem Ende unserer Geschichte. Aber auch deshalb, weil die Gattis immer die Mittelklasse im Blick hatten, um die sich bis dahin niemand gekümmert hatte. Für sie haben die Gattis Cafés und Restaurants eingerichtet, wo sich die Leute dieser Gesellschaftsschicht wohlfühlten und zu vernünftigen Preisen gut essen konnten.

Im Jahr 1899 schrieb der Exleutnant Newnham-Davis, der mit seinem Sold keine großen Sprünge machen konnte:

*Bei Gatti gab es währschafte Mahlzeiten zu bescheidenem Preis. Wer die Speisekarte studierte, wusste genau Bescheid über die Preise jedes Gerichts, und es gab keinen Oberkellner, der ihnen lächelnd ein Nest von Schwalbeneiern zu siebeneinhalb Shilling oder ein Körbchen Erdbeeren für eine Guinee schmackhaft machen wollte ... Der* Asti Spumante *ist wesentlich günstiger als der Champagner, und ich dachte, dass die Damen diesen lieber tranken. Kurz und gut, die Preisfrage hatte Vorrang vor allem anderen.*

Gäste wie dieser Herr Newnham-Davis erinnerten sich an die Zeit, als sie zu günstigen Preisen gut gegessen hatten, und kehrten, Oberst geworden und mit prallerem Geldbeutel, in das Restaurant zurück.

*

Ein sehr hartnäckiges Gerücht betraf Carlo Gatti im Alter von dreizehn Jahren. Er verlässt seine Heimat, weil er außer Schafhirt keinerlei berufliche Aussichten hat. Er ist ein Faulenzer. Als etwa Achtzehnjähriger ist er in Paris, wo er seinem Vater und seinen Brüdern Kummer bereitet, ein Taugenichts, der in den Tag hinein lebt, mit einem Wort: Man kann ihn zu nichts brauchen und gibt den Versuch auf, doch noch etwas aus ihm zu machen.

Als er 1847 nach London kommt, ist er dreißig Jahre alt. Und schon drei Jahre später hat der »Nichtsnutz« die beiden Firmen gegründet, mit denen er ein Vermögen verdient: jene der französischen Cafés und jene für den Verkauf von preisgünstigem Eis.

In allen Nachrufen auf Carlo Gatti kann man das nachlesen. Vom Habenichts zum reichen Mann dank Eiscreme zum Preis von einem Penny.

Zweifellos hat Carlo Gatti selbst zu dieser Einschätzung seiner Person beigetragen.

In Wirklichkeit aber gibt sie zu Fragen Anlass.

Als Erstes ist zu bedenken, dass die Familie Gatti, die als Folge der Armut im Tal ausgewandert ist, im Bleniotal eine angesehene Familie war, Richter der Großvater, Abgeordneter der Bruder, der Vater führt in Paris ein Engros-Handelsgeschäft. Vielleicht hat man den »Faulenzer« in punkto Sackgeld kurzgehalten, aber am Hungertuch genagt hat die Familie wirklich nicht. Carlos Vater und seine Brüder waren Unternehmer.

Dann gibt es da das »Geheimnis« von Carlos Verwandlung.

Es erinnert mich an das, was man von Shakespeare sagt: Nach Jahren mysteriöser Verlorenheit entspringt er vollständig ausgerüstet Jupiters Schenkel, er weiß, was Theater ist, er schreibt Meisterwerke. Das »Wunder« wird abgehandelt bis zum Gehtnichtmehr. Befasst man sich aber ernsthaft mit den Jahren, in denen der junge Mann nicht von sich reden machte, begreift man rasch, dass er in dieser Zeit seine Lehrjahre durchlief, dass der junge Shakespeare reifer geworden ist und dass das Talent, das sich später bemerkbar macht, Ergebnis einer Entwicklung ist.

Shakespeares Genie ist von anderer Natur, wahrscheinlich aber kann Ähnliches auch über Carlo gesagt werden. Mit dreizehn kommt er nach Paris, man geht davon aus, dass er als Maroni- und Waffelverkäufer arbeitet. Dann reist er eines schönen Tages wieder ab, ist aber insgesamt achtzehn Jahre in Paris gewesen. Abgesehen von ein bisschen Tratsch ist über sein Leben in Paris nichts bekannt. Was ist in diesen achtzehn Jahren alles geschehen? Und was hat es mit den Pariser Cafés für eine Bewandtnis, die ihn inspirieren? Ich bin eingetaucht in das Leben jener Zeit. Und ich habe entdeckt, dass das Haus der Gattis an der Rue Montmartre an der legendären damaligen Passage du Saumon lag, von der es Beschreibungen mehrerer großer Schriftsteller der damaligen Zeit gibt. Modehäuser für elegante Damen und Herren befanden sich dort, öffentliche Bäder, ein Theater, das auch »caf' conc'«, Konzertcafé, war. Dort, mitten im Stadtleben von Paris, muss Carlo täglich vorbeigekommen sein. Er mag durchaus Maroni und Waffeln verkauft haben, aber mit offenen Augen. Als ich Beschreibungen des Café Tortoni las, schien es mir naheliegend, dass das Carlos Bezugspunkt war: die roten Sitzbänke, die Marmortische, die Spiegel, die Ursprünglichkeit des Essens sowie – der Eiscreme-Verkauf in mundgerechten Portionen. Hier sah ich die Lehrzeit, die ich ihm zuschrieb. Ich weiß nicht, ob er wirklich als Kellner bei Tortoni gearbeitet hat, aber es schien mir naheliegend. Vor allem aber lassen die wenigen Daten, über die wir verfügen, darauf schließen, dass er bereit war, als er in London ankam. Noch fehlten ihm die Mittel, aber er wusste, was er wollte.

Er konnte Menschen führen, es ist ihm gelungen, seine Brüder zu überzeugen. In den Erzählungen werden sie nur unscharf gezeichnet, wirken nur hinter den Kulissen und erscheinen in London erst, als der »Taugenichts« für sie das Eis gebrochen hat. Aus dem Bleniotal lässt Carlo Hunderte junger Burschen und Freunde kommen, es ist die Rede von etwa zweitausend. Die Unternehmen der Gattis lassen sich, nachdem sie auf den Weg gebracht worden sind, von nichts mehr aufhalten. Im 19. Jahrhundert heißt es im Tessin, die Auswanderung und insbesondere die Gattis hätten dem Bleniotal und der Leventina wirtschaftlichen Aufschwung gebracht. Carlo Gatti jedenfalls liegt das Schicksal seiner Heimat immer am Herzen und für das Tessin tut er alles, was in seiner Macht steht.

*

Es heißt, Carlo Gatti sei ein harter und anspruchsvoller Patron gewesen, der von seinen Angestellten in den Cafés und in den Eisfabriken lange Arbeitstage forderte.

Man darf hier allerdings nicht die Elle moderner Arbeitsgesetze anlegen. Ein Kind unter zehn Jahren arbeitete gesetzeskonform zehn Stunden am Tag; ein Arbeitstag von vierzehn Stunden war die Regel in Industrie und Dienstleistung. Beim Lesen damaliger Berichte fällt auf, dass die Zeit weder für die Geschäftsinhaber noch für die Angestellten existierte. Schichtarbeit war noch kaum ein Thema. Carlo Gatti verhielt sich als Patron nicht anders als die anderen Patrons seiner Zeit. Doch sowohl er als auch seine Neffen sorgten immer für die Tessiner in England mit Einrichtungen wie den Hilfskassen und der *Unione ticinese*. Es gibt keinen Anlass, die Gattis zu verteidigen, aber auch nicht, sie anzugreifen. Sie waren Männer ihrer Zeit, einer anderen Zeit.

In dieser anderen Zeit ist auch Nicolas aufgewachsen, der Erzähler, und ich habe versucht, das Buch aus seinem Blickwinkel zu schreiben. Die langen Arbeitstage erschrecken ihn nicht. Er findet es normal, als Schüler mit dem Stock geschlagen zu werden. Er ist sehr zurückhaltend, was sein Liebesleben betrifft. Nur beiläufig erwähnt er Dora, seine Geliebte, und gut viktorianisch hätte er vorübergehende Liebeleien niemals erwähnt, nur die Frau, die er heiratete, war es wert, beschrieben zu werden. Die Beispiele könnten beliebig vermehrt werden.

Schließlich möchte ich auch daran erinnern, dass das moderne Verständnis von Kindheit im 19. Jahrhundert erst in den bessergestellten Kreisen Fuß gefasst hatte, in der Arbeitswelt wusste man noch nichts davon. Kinder ab fünf oder sechs Jahren galten als Arbeitskraft und wurden als kleine Erwachsene behandelt. Sie waren deshalb gezwungen, in einem so frühen Alter Reife zu entwickeln, dass sich heutige Leser darüber nur wundern können.

*

Was ist nach dem Tod Carlos und seiner Neffen, seinen eigentlichen geistigen Nachfolgern, aus den Gatti-Unternehmen geworden? Die Music Hall Under the Arches an der Villiers Street wurde 1903 geschlossen, um erst einem Kino, dann einem Theater Platz zu machen. Das Haus wurde mehrmals umgebaut, steht aber heute noch. Das Café der Schweizer Eidgenossenschaft stellte seinen Betrieb 1906 ein. Die zweite Music Hall, Gatti Over the Water, wurde von der Familie verkauft und nach dem Ersten Weltkrieg geschlossen und in ein Kino verwandelt. 1941 wurde es von einer deutschen Fliegerbombe zerstört. Carlo Gattis Restaurants und Music Halls verschwanden also lange vor der Royal Adelaide Gallery, die von seinen Neffen gegründet und später von seinen Großneffen weiterbetrieben worden war.

John Gatti und sein Bruder Rocco haben die Geschäfte ihres Vaters Agostino übernommen und später, nach dessen Tod, auch diejenigen ihres Onkels Stefano. Sie betätigten sich auf den Gebieten Elektrizität, Theater und Gastronomie. Über den Umweg der Stromverteilung interessierte sich John Gatti für Stadtpolitik und wurde 1903 in den Stadtrat von Westminster gewählt, von 1911 bis 1912 war er sogar Bürgermeister. Ab 1918 stand er während sechs Jahren der Finanzkommission der Grafschaft London vor, und in den Jahren 1927 und 1928 war er Präsident der Grafschaft. Als solcher war er für mehr Einwohner zuständig als die Schweiz insgesamt zählt. 1928, ein Jahr vor seinem Tod, wurde er in den Adelsstand erhoben.

Etwa zu dieser Zeit begann der Niedergang der kleinen Schweizer Café-Restaurants und der großen Tessiner Restaurants der Paganis, Monicos und Gattis … Der Geschmack, die Mode hatten sich gewandelt. Die Royal Adelaide Gallery schloss ihre Pforten definitiv im Jahr 1939. Das letzte Tessiner Café-Restaurant, das Valchera in Richmond, im Besitz der Familie Jacomelli, schloss erst 1987.

Die von den Gattis gegründeten Unternehmen florierten über lange Zeit. Die Elektrizitätsgesellschaft blieb im Besitz von Agostinos Nachkommen, und selbst nach deren Nationalisierung 1948 waren die Gattis bis zum Tod von Stephen Geoffrey Gatti im Jahr 1958 weiter in der Elektroindustrie aktiv.

Die Eisindustrie florierte ebenfalls. Erst 1981 verschwanden die schwarz-gelben Pferdefuhrwerke, die Eis an Brauereien und andere Kunden lieferten, von Londons Straßen. Die Importgesellschaft für Eis, United Carlo Gatti, hatte ihren Betrieb eingestellt.

Agostinos Enkel Jack John Gatti verkaufte das Theater Adelphi im Jahr 1955 und das Vaudeville im Jahr 1969.

Carlos Erben, die Corazza-Gattis, verkauften die von Carlo erworbenen Liegenschaften erst 1988.

*

Erstaunen ruft heute, wenn man sich mit Carlo Gatti beschäftigt, die Tatsache hervor, dass er wie seine Neffen Stefano und Agostino sowie der gesamte »englische« Zweig der Familie der Vergessenheit anheimgefallen ist. Nur ein paar Historiker und Forscher wissen noch von ihnen. Selbst im Bleniotal erinnert man sich nur noch vage an sie. Man muss das Canal Museum in London besuchen, um Carlo Gatti zu begegnen. Das Museum wurde in einem der Eislager entlang des Regent Canals eingerichtet, die Carlo Gatti hatte bauen lassen. Es zeigt Gatti zunächst als Eis-Importeur, aber auch in seinen übrigen Aktivitäten. Aber das Museum wird nur von Leuten besucht, die sich für die Kanäle interessieren. Mich hat der Zufall in dieses Museum geführt.

Das Tessiner Fernsehen hat Carlo Gatti gelegentlich in Reportagen über die Emigration der Tessiner in alle Welt und insbesondere nach England erwähnt. Ein Film jüngeren Datums, *Ticino Town* von Michelangelo Gandolfi, der sich der Tessiner Restaurants in London annimmt, erlaubt einen Blick auf Örtlichkeiten und Gesichter, und auch die Nachkommen der Gattis, der Monicos, der Paganis usw. kommen darin vor. Doch trotz aller Bemühungen, die Erinnerung wachzuhalten, ist die wirkliche Leistung Carlo Gattis und der Leute, die nach ihm gekommen sind, weitgehend in Vergessenheit geraten.

Felicity Kinross nimmt an, das liege am Snobismus der Familie, und wahrscheinlich hat sie recht. Carlo mochte zwar aus seinen Töchtern und indirekt aus seinen Neffen Millionäre gemacht haben, aber er blieb, was er immer gewesen war – ein ungehobelter, jovialer Kerl, der sich für die einfachen Dinge mindestens ebenso sehr interessierte wie fürs Geschäftliche. Er war nicht fein genug für seine Nachkommen mit Ambitionen auf gesellschaftlichen Aufstieg. Sie wollten lieber nicht wissen, dass sie ihr Vermögen ihm verdankten. Man entschloss sich, nicht mehr über ihn zu reden, unter anderem zweifellos auch, indem man die Biografie verschwieg, die wohl geschrieben worden war, sich aber nach dem Veröffentlichungsverbot in Luft auflöste. Seine Nachkommen wissen nicht mehr genau, wer er war. Jene, deren Familienname nicht Gatti war, hatten immerhin dafür gesorgt, dass sein Name in ihrer Werbung als »Inhaber G. L. Corazza (Gatti)« angegeben wurde. Seine Töchter und Neffen waren offenbar darauf bedacht zu verhindern, dass man über die Herkunft von Vater und Onkel sprach, von seinem Namen profitieren wollten sie aber durchaus. Carlos Geschichte wurde nicht an die Kinder weitergegeben, und die Erinnerung an ihn erlosch allmählich. Dennoch behielt der Name Gatti lange über Carlos Tod hinaus seinen guten Ruf. Auch wurden von vielen seiner ehemaligen Kellner Restaurants eröffnet, die ihrem Namen jenen Gattis anfügten. Der Namenszug war außerdem mehr als ein Jahrhundert lang auf den schwarz-gelben Wagen von United Carlo Gatti zu sehen. Doch der Mensch verschwand hinter seinen Unternehmungen und dem Vorhang des Schweigens, den seine ersten Nachkommen installiert hatten.

Zum Schweigen in der Familie gesellten sich nach dem Ersten Weltkrieg die Vorurteile der Engländer gegenüber den Italienern, weil in England nicht zwischen Italienern und Tessinern unterschieden wurde. Viele Tessiner haben ihre Namen anglisiert, um keine Schwierigkeiten zu bekommen. Peter Jacomelli zum Beispiel, der als Letzter ein Tessiner Restaurant der »alten Schule« betrieb, Held der britischen Armee im Zweiten Weltkrieg, tarnte seine Herkunft mit dem Namen Jack O'Malley. Bis zum Ende des 20. Jahrhunderts hat es gedauert, bis in London wie in vielen anderen Städten Pizzerien wie Pilze aus dem Boden schossen und die Italiener herzlich willkommen waren.

Indem ich ihn gewissermaßen neu erschaffe, versuche ich hier, den Schweizern und vielleicht eines Tages sogar den Engländern einen Mann in Erinnerung zu rufen, der in Vergessenheit geraten ist, obwohl man sich darüber einig ist, dass er mit seinen Unternehmungen das gesellschaftliche Leben Londons umgekrempelt und viel für das Tessin geleistet hat.

## Erläuterungen
## Zum Verständnis des politischen Engagements der Gattis

Die Schweiz ist ein Staatenbund (Schweizerische Eidgenossenschaft), dessen Staatsgewalt auf den Bund und die Kantone verteilt ist. Auf Bundesebene besteht die Legislative aus dem Nationalrat (Abgeordnetenkammer) und dem Ständerat (Senat), die Exekutive obliegt dem Bundesrat (Ministerrat). Agostino Gatti war Nationalrat.

Im Tessin besteht die Legislative aus dem Großen Rat (Abgeordnetenkammer) und die Exekutive aus dem Staatsrat (Ministerrat).

Carlo Gatti, sein Bruder Giuseppe und ihr Neffe, der junge Stefano Gatti, waren Mitglieder des Großen Rates des Kantons Tessin.

Abgeordnete, Senatoren und Minister werden im Bund und in den Kantonen alle vier Jahre gewählt oder wiedergewählt.

Das Tessin war während langer Zeit Untertanengebiet einiger Kantone nördlich des Gotthards und besteht als unabhängiger Kanton innerhalb der Eidgenossenschaft erst seit 1803.

### *Zum Wert des Geldes*

Ein Pfund Sterling (£) bestand im 19. Jahrhundert aus 20 Shillings (s), der Shilling aus 12 Pence (d).

2013 war ein Pfund Sterling von 1860 gemessen an der Kaufkraft 1951 Pfund wert. Die 8000 Pfund, die Carlo Gatti als Kompensation beim Abbruch des Hungerford-Marktes und beim Bau des Bahnhofs Charing Cross erhielt, hätten gemessen an der Kaufkraft 2014 über 15 Millionen Pfund entsprochen.

1875 entsprach ein Pfund Sterling etwa 25 Schweizer Franken. Es ist somit möglich, dass Carlo Gatti ein Franken-Millionär war, aber es ist zu bezweifeln, dass er das auch in Pfund Sterling war.

Um den Wert des Schweizer Frankens von 1875 im Vergleich zu heute abzuschätzen, muss man ihn gemäß Angaben des Bundesamtes für Statistik von 2014 mit etwa 10 bzw. mit 8 für den Wert in Euro multiplizieren. Das statistische Amt gibt nicht an, wie diese Umrechnungswerte berechnet worden sind. Fest steht allerdings, dass sich das Pfund Sterling schneller entwertet hat als der Schweizer Franken. Der Unterschied kommt daher, dass die Schweizer Währung lange Zeit auf dem Gold-Franken basierte, was anfänglich die Inflation verhinderte und später bremste.

Man sollte sich auch in Erinnerung rufen, dass das Geld vor der Zeit der Konsumgesellschaft im 20. und 21. Jahrhundert anders ausgegeben worden ist. Die Umrechnungswerte sind deshalb nur als Annäherung zu verstehen.

## Quellen

Meine wichtigsten Quellen sind Felicity Kinross, gefolgt von Peter Barber, Direktor der Kartenabteilung der British Library und Präsident der *Unione ticinese* in London. Herr Barber, der das Tessin seit seiner Kindheit kennt, verfügt über enzyklopädisches Wissen über das Leben der Tessiner in London.

Eine weitere Quelle, die ich vor dem allgemeinen Literaturverzeichnis nennen will, ist die Website des viktorianischen London (www.victorianlondon.org), betrieben vom Schriftsteller Lee Jackson, Verfasser von sieben Krimis, die allesamt im viktorianischen London spielen, und zweier Anthologien mit Texten aus jener Zeit. Er hat die Website großzügig mit seiner Lektüre und seinen umfangreichen Kenntnissen ausgestattet; man findet dort Texte zu beinahe jedem Aspekt des Lebens im 19. Jahrhundert in England.

Hier nun eine kurz gefasste Bibliografie und Filmografie:


A BLUE, *Annals of Christ's Hospital*, London 1867

ANONYME, *The Sunday School Spelling Book*, Philadelphia 1822

BALTARD, Victor & CALLET, Francois, *Les Halles centrales de Paris*, Paris 1862

BARBER, Peter, *»A Curious Colony«, Leicester Square and the Swiss,* London 2011

BARBER, Peter, *Continental Taste, Ticinesi Emigrants and Their Café-Restaurants in Britain*, London 1997

BARBER, Peter, *Gatti Family*, in *Oxford Dictionary of National Biography*, London 2004

BENNETT, Alfred Rosling, *London and Londoners in the 1850s & 1860*, London 1924/2011

BERLA, Gianni, *Migranti ticinesi a Parigi (18301850)*, in *Archivio storico ticinese*, N° 111, Bellinzona 1992

BLANCH, William Harnett, *The Blue-Coat Boys*, London 1877

CAVALCANTI, Alberto, *Champagne Charlie*, Film, London 1944

CESCHI, Raffaello, *La »Città« nelle montagne*, in *Histoire des Alpes*, Bern 2000

CESCHI, Raffaello (éd.), *Storia del canton Ticino*, vol. 1, *L'Ottocento*, Bellinzona 1998

CHEDA, Giorgio, *Emigrazione: sogni e realtà* (ohne Datum)

CHEDA, Giorgio, *L'emigrazione ticinese in Australia*, Locarno 1976

COLLECTIF, *Official Descriptive Catalogue of the Great Exhibition*, London 1851/1979

DICKENS, Charles, *Complete Works*, (éd. Andrew Lang), London 1898

DICKENS, Charles, jr. *Dickens's Dictionary of London*, 1878–1892

FAZIOLI, Fabrizio, *I Gatti … fra ghiaccio, politica e Music Hall*, Lugano 1995, Video (http://la2.rsi.ch/Sendung *Superalbum* vom 27. April 2013)

FIORINI, Sonia, *Lettere di emigrati bleniesi in Inghilterra*, in *Archivio storico ticinese*, N° 111, Bellinzona 1992

FLANDERS, Judith, *The Victorian City, Everyday Life in Dickens' London,* London 2012

FURGER, Andres, *Der Gotthard-Postwagen*, Zürich 1990

GAMBAZZI, Oscar, EUSEBIO, Giuseppe, DE MARIA Frank, revu par Peter BARBER, *Vita Ticinese a Londra : 125 Years of the Unione Ticinese*, London 1999

GANDOLFI, Michelangelo, *Jaco – un ticinese in guerra con gl'inglesi, Lugano 2003*, Video (http://la2.rsi.ch/Sendung *Superalbum* vom 27. April 2013)

GANDOLFI, Michelangelo, *Ticino Town*, Lugano 2014, Video (http://la1.rsi.ch/Sendung *Storie* vom 31. Januar 2014)

HÉRON DE VILLEFOSSE, René, *Histoire et géographie gourmande de Paris*, Paris 1956

HUGO, Victor, *Les Misérables,* (éd. Maurice Allem), Paris 1951

JACKSON, Lee, *Daily Life in Victorian London*, London 2011

JOHNSON, R. Brimley, *Christ's Hospital, Recollection of Lamb, Coleridge and Leigh Hunt,* London 1896

KINROSS, Felicity, *Coffee and Ices: The Story of Carlo Gatti in London*, Lavenham 1981

KINROSS, Felicity, BARBER, Peter, JACOMELLI, Peter, FERRARI, Fernando, *Lo zampino dei Gatti*, Bellinzona 1996

KIPLING, Rudyard, *Abaft the Funnel*, New York 1909

MANSELL, Ken, *Christ's Hospital in the Victorian Era*, London 2011

MAYHEW, Henry, *London Labour and the London Poor*, London 1851

OECHSLI, Wilhelm, *Geschichte der Gründung des Eidg. Polytechnikums mit einer Übersicht seiner Entwicklung 1855–1905*, Frauenfeld 1905

PASCOE, Charles Eyre, *London of Today*, London 18851900

PEDUZZI, Pino, *Pionieri ticinesi in Inghilterra, la saga della famiglia Gatti*, Bellinzona 1985

PICARD, Liza, *Victorian London, The Life of a City 1840–1870*, London 2005

PRON, Sebastian, SORMANI, Michela, *Il castagno nella Svizzera italiana*, Museo del Malcantone, Curio, 2011

REINDERS, Pim, *Licks, Sticks & Bricks, A World History of Ice Cream*, Rotterdam 1999

RIMBAUD, Arthur, *Correspondance*, in Œuvres complètes (éd. Antoine Adam), Paris 1972

SIMOND, Charles, *Paris de 1800 à 1900*, Paris 1900

SIMS, George Robert, *Living London*, 3 vol., London 1900

WATSON, William Henry, *The First Fifty Years of the Sunday School*, London 1858

WOLF, Johann Rudolf, *Das Schweizerische Polytechnikum 1880*, Zürich 1881

# Dank

Ein Buch wie dieses kann nicht ohne Hilfe geschrieben werden. Hilfe, um eine Epoche wiederaufleben zu lassen, um präzise Informationen zu finden, von denen nur Spezialisten wissen, wo sie aufzutreiben sind, um Orte ausfindig zu machen, um Texte und Websites zu finden und als Anregungen zur Handlung und ihrer Entfaltung im Buch.

Mein Dank gebührt in erster Linie Peter Barber. Mit seinem Rat und seinen Schriften, ganz zu schweigen von den Spaziergängen im »Tessiner« London in seiner Begleitung, gab er mir den Impuls, der es mir erlaubt hat, mit dem Schreiben anzufangen. Er hat Wesentliches zur Verbesserung meines Textes beigetragen.

Des Weiteren bedanke ich mich für die Hilfe der folgenden Personen (in alphabetischer Reihenfolge):
*Personen:* Georges-Henri Dépraz, Mireille Dépraz,
Michelangelo Gandolfi, Lee Jackson, Ken Mansell,
Marco Mona, Tiziana Mona, Bernard Rickli, Michel Toman.

*Institutionen:*
Archivio di Stato, Bellinzona, Schweizer Nationalbibliothek,
Bern, British History Online, British Library, London
British Newspaper Archive, London, Canal Museum, London
London Museum, London, Zentralbibliothek, Zürich